ein Ullstein Buch

Ullstein Buch Nr. 20445
im Verlag Ullstein GmbH,
Frankfurt/M – Berlin – Wien
Titel der Originalausgabe:
Krakatit
Übersetzt von S. Mader

Lizenzausgabe mit freundlicher
Genehmigung der Gebrüder
Weiß Verlag
Umschlaggestaltung:
Theodor Bayer-Eynck

Printed in Germany 1984
Gesamtherstellung:
Ebner Ulm
ISBN 3 548 20445 7

Februar 1984
13.–17. Tsd.

CIP-Kurztitelaufnahme
der Deutschen Bibliothek

Čapek, Karel:
Krakatit: Roman / Karel Čapek. Hrsg.u.
mit e. Nachw. von Herbert W. Franke.
[Übers. von S. Mader]. – Frankfurt/M;
Berlin; Wien: Ullstein, 1984.
(Ullstein-Buch; Nr. 20445:
Ozean. Bibliothek)
Einheitssacht.: Krakatit <dt.>
ISBN 3-548-20445-7
NE: GT

Karel Čapek

Krakatit

Roman

Herausgegeben und
mit einem Nachwort von
Herbert W. Franke

Ozeanische Bibliothek
1984

I.

Gegen Abend verdichtete sich der Nebel des naßkalten Tages. Es war, als bahnte man sich einen Weg durch eine schüttere, feuchte Masse, die sich unaufhaltsam gleich wieder hinter einem schloß. Man hätte daheim sein mögen, daheim bei der Lampe in seinen vier Wänden.

Nie hatte sich Prokop so verlassen gefühlt. Mühevoll tappte er den Weg am Ufer entlang. Ihn fröstelte, seine Stirn war feucht vom Schweiß der Schwäche. Er hätte sich gern auf die nasse Bank gesetzt, aber er fürchtete die Polizei. Er hatte das Gefühl, daß er taumelte; bei der Altstädter Mühle wich ihm jemand in weitem Bogen aus wie einem Betrunkenen. Er nahm jetzt seine ganze Kraft zusammen, um aufrecht zu gehen. Da kam ihm ein Mann entgegen, den Hut tief ins Gesicht gedrückt und den Kragen hochgeschlagen. Prokop biß die Zähne zusammen, runzelte die Stirn und spannte alle Muskeln, um unbehindert vorbeizukommen. Aber knapp einen Schritt vor dem Passanten wurde ihm schwarz vor den Augen, mit einemmal begann sich alles um ihn zu drehen. Er sah plötzlich nahe, ganz nahe ein Paar Augen vor sich, die ihn durchbohrend anstarrten. Er stieß gegen eine Schulter, murmelte etwas wie »Verzeihung« und ging mit krampfhafter Würde weiter. Nach einigen Schritten blieb er stehen und sah sich um. Der Mann stand immer noch da und blickte ihm nach; vor lauter Neugier streckte er sogar den Kopf aus dem Kragen wie eine Schildkröte. Mag er schauen, dachte Prokop beunruhigt, ich sehe mich nicht mehr nach ihm um. Er ging, so gut er konnte, weiter. Da hörte er Schritte hinter sich. Der Mann mit dem aufgestellten Kragen kam näher. Er schien zu laufen. Da floh Prokop in panischer Angst.

Wieder begann sich alles um ihn zu drehen. Schwer atmend und zähneklappernd lehnte er sich gegen einen Baum und schloß die Augen. Er fühlte sich sehr elend und fürchtete zusammenzubrechen; sein Herz würde bersten und Blut aus seinem Munde strömen. Als er die Augen wieder öffnete, erblickte er dicht vor sich den Mann mit dem hochgeschlagenen Kragen.

»Sind Sie nicht der Ingenieur Prokop?« fragte der Mann offenbar schon zum zweiten Male.

»Ich . . . ich war nicht dort«, versuchte Prokop abzuleugnen.

»Wo?« fragte der Mann.

»Dort«, sagte Prokop und wies mit dem Kopf gegen Strahow.

»Was wollen Sie von mir?«

»Kennst du mich denn nicht mehr? Ich bin Tomesch. Tomesch von der Technischen Hochschule, erinnerst du dich nicht?«

»Tomesch«, wiederholte Prokop; der Name war ihm jetzt völlig gleichgültig. »Ach ja, Tomesch, richtig. Und was – was wollen Sie von mir?«

Der Mann mit dem aufgestellten Kragen faßte Prokop unter. »Jetzt setzest du dich einmal hin, verstanden?«

»Gut«, sagte Prokop und ließ sich zu einer Bank führen. »Ich wollte eigentlich . . . mir ist sehr elend.« Er zeigte seine Hand; sie war mit einem schmutzigen Lappen verbunden. »Verletzt, wissen Sie? Verdammte Sache!«

»Hör mich an, Prokop«, sagte der Mann. »Du hast Fieber, du mußt ins Krankenhaus. Dir ist elend, das merkt man. Aber versuch doch wenigstens, dich an mich zu erinnern. Ich bin Tomesch. Wir haben gemeinsam Chemie studiert. Erinnerst du dich noch?«

»Ach ja«, sagte Prokop matt, »Tomesch, der Halunke! Was ist mit ihm?«

»Nichts«, sagte Tomesch. »Er spricht mit dir. Du mußt ins Bett, hörst du? Wo wohnst du?«

»Dort«, sagte Prokop mühsam und wies mit dem Kopf irgendwohin. Er versuchte, sich aufzurichten. »Ich will nicht! Gehen Sie nicht hin! Dort ist – dort –«

»Was ist dort?«

»Krakatit«, flüsterte Prokop geheimnisvoll.

»Was ist das?«

»Nichts. Ich sag's nicht. Niemand darf hin, sonst – sonst –«

»Was sonst?«

»Fft, päng!« machte Prokop und warf die Hand hoch.

»Was ist das?«

»Krakatoe. Kra-ka-tau. Ein Vu-Vulkan. Mir hat's fast . . . den Daumen weggerissen. Ich weiß nicht, was es . . .«, Prokop stutzte. »Eine ganz gefährliche Sache«, setzte er langsam hinzu.

Tomesch blickte aufmerksam, als erwarte er noch etwas. »Du befaßt dich also immer noch mit Sprengstoffen?« fragte er nach einer Weile.

»Ja.«

»Mit Erfolg?«

Prokop gab etwas wie ein Lachen von sich. »Das möchtest du gern wissen! Ist nicht so einfach, mein Freund – nein, nein, nicht so einfach«, wiederholte er und bewegte wie trunken den Kopf. »Stell' dir vor, es ist von selbst – ganz von selbst –«

»Was?«

»Kra-ka-tit. Krakatit. Krrrakatit. Ganz von selbst – Ich ließ bloß ein Stäubchen davon zurück. Das übrige hab' ich in – in eine Dose getan. Es blieb – blieb bloß ein winziges Stäubchen auf – auf dem Tisch und – plötzlich –«

». . . ist es explodiert.«

»Ja, ein Hauch von einem Pülverchen, das ich verschüttet habe. Man sah es kaum. Da war eine Glühlampe – ganz weit entfernt. Aber die war's nicht. Und ich – im Lehnstuhl, wie ein Stück Holz. Abgespannt – weißt du. Überarbeitet. Plötzlich . . . bums! Ich flog auf die Erde. Es riß die Fensterstöcke heraus – die Glühbirne war dahin. Detonation wie – wie bei einer Lydditpatrone. Furcht-, furchtbare Brisanz. Ich – ich dachte zuerst, die por-ponz-, die porzenale, ponzelare . . . wie heißt das Zeug, Sie wissen doch, das Weiße, Isolator, wie heißt es nur, das Alu-mini-umsilikat?«

»Porzellan.«

»Die Dose. Ich dachte, die Dose ist explodiert mit allem, was drin war; aber sie stand noch da, völlig unbeschädigt. Ich starrte darauf – bis mir das Streichholz die Finger verbrannte. Nur fort über die Felder – durch die Finsternis. Irgendwo fiel mir dann das Wort ein: Krakatoe. Krakatit. Kra-ka-tit. Nein, nein, was rede ich denn, so war's ja gar nicht. Als es explodierte, riß es mich zu Boden und ich schrie: Krakatit, Krakatit! Dann habe ich's wieder vergessen. Wer ist da? Wer sind Sie?«

»Kollege Tomesch.«

»Tomesch, aha, der Lausebengel! Hat sich immer die Kolleghefte ausgeborgt. Ein Chemieheft hat er mir nicht mehr zurückgegeben. Tomesch – wie hieß er noch?«

»Georg.«

»Richtig, Georg! Du bist Georg, ja. Georg Tomesch. Wo hast du mein Heft? Warte, hör zu! Wenn das übrige auch noch in die Luft fliegt, dann wird's arg. Dann legt's die ganze Stadt in Trümmer, fegt sie weg, bläst sie fort, fft! Wenn die Porzellandose in die Luft geht, verstehst du?«

»Was für eine Dose?«

»Du bist Georg Tomesch, ich weiß schon. Geh und sieh zu, wie es explodiert. Lauf, lauf schnell!«

»Warum denn?«

»Ich habe einen Zentner davon hergestellt, einen ganzen Zentner Krakatit. Nein, nein – nur fünfzehn Dekagramm – bei mir oben – in der Por-Por-zel-landose. Wenn die explodiert! Aber – das ist unmöglich, ist ja Unsinn«, murmelte Prokop und faßte sich an den Kopf.

»Was ist damit?«

»Warum – warum ist es nicht auch in der Dose explodiert? Das Stäubchen ist doch – von selbst . . . Aha, auf dem Tisch war Zink – Zinkblech, richtig . . . Aber wieso ist es auf dem Tisch explodiert? War-te – sei – still«, sagte Prokop abgehackt und erhob sich taumelnd.

»Was ist dir?«

»Krakatit«, lallte Prokop, drehte sich mit dem ganzen Körper und sackte zusammen.

II.

Als Prokop zu sich kam, fühlte er, daß sich alles mit ratterndem Gepolter um ihn drehte und jemand ihn fest um die Hüften hielt. Er fürchtete sich davor, die Augen aufzumachen; er glaubte, alles müsse über ihm zusammenstürzen. Da es nicht nachließ, hob er ein wenig die Lider und sah ein mattes Viereck vor sich, durch das nebelhafte Lichtkugeln und -streifen hereinglitten. Er vermochte sich das nicht zu erklären; verwirrt blickte er auf die verschwimmenden und hüpfenden Irrlichter und ergab sich geduldig in alles, was mit ihm noch geschehen würde. Dann begriff er, daß dieser hartnäckige Lärm von Wagenrädern herrührte und daß es Laternenlichter waren, die draußen im Nebel vorüberglitten. Ermüdet von dem vielen Schauen, schloß er die Augen wieder und ließ sich forttragen.

»Du wirst dich niederlegen«, sagte eine Stimme leise über seinem Kopf, »ein Aspirin nehmen, und dann wird dir besser werden.«

»Wer spricht da?« fragte Prokop schläfrig.

»Tomesch. Du legst dich bei mir nieder, Prokop. Du hast Fieber. Wo fühlst du Schmerzen?«

»Überall. Der Kopf dreht sich mir wie – na du weißt schon . . .«

»Bleib nur ruhig. Ich mache dir Tee, und dann wirst du schlafen. Das kommt von der Aufregung, eine Art Nervenfieber. Morgen ist es vorbei.«

Prokop zog die Stirn kraus vor angestrengtem Nachdenken. »Ich weiß«, sagte er nach einer Weile besorgt, »aber jemand sollte doch die Dose ins Wasser werfen, damit sie nicht explodiert.«

»Sei unbesorgt. Und sprich jetzt nicht!«

». . . Vielleicht könnte ich mich aufsetzen. Bin ich dir nicht zu schwer?«

»Nein, bleib nur!«

»– Hast du mein Chemieheft noch?« entsann sich Prokop wieder.

»Ja, du bekommst es. Aber jetzt Ruhe, verstanden!«

»Ich habe so einen schweren Kopf . . .«

Die Droschke polterte die Gerstengasse hinauf. Tomesch pfiff leise vor sich hin und sah durchs Fenster hinaus. Prokop atmete schwer und stöhnte leise. Der Nebel legte sich feucht auf die Gehsteige und drang mit seiner glitschigen Nässe bis unter die Mäntel; es war öde und spät.

»Gleich sind wir da!« sagte Tomesch laut. Die Droschke rollte nun etwas schneller über einen Platz und bog nach rechts ein. »Kannst du ein paar Schritte tun, Prokop? Ich helfe dir.«

Mit Mühe schleppte Tomesch seinen Gast in den zweiten Stock hinauf. Prokop fühlte sich so leicht, als wäre er gewichtlos, und ließ sich fast die Treppe hinauftragen. Tomesch trocknete sich schwer atmend die Stirn.

»Ich bin wie eine Feder, nicht wahr?« fragte Prokop verwundert.

»Ja, genau so!« brummte Tomesch erschöpft, während er die Wohnung aufschloß.

Prokop kam sich wie ein kleines Kind vor, als Tomesch ihn entkleidete. »Meine Mutter«, begann er zu plaudern, »als meine Mutter . . . aber das ist schon lange her, der Vater saß am Tisch, und die Mutter trug mich zu Bett, stell dir das vor!«

Dann lag er im Bett, bis ans Kinn zugedeckt, klapperte mit den Zähnen und sah zu, wie sich Tomesch beim Ofen zu schaffen machte und rasch einheizte. Er war den Tränen nahe vor Rührung, Trauer und Schwäche und schwatzte in einem fort; erst als er einen kalten Umschlag auf die Stirn bekam, beruhigte er sich. Dann blickte er sich still im Zimmer um; es roch nach Tabak und Frauen.

»Du bist ein Lump, Tomesch!« begann er ernsthaft. »Immer hast du was mit Weibern.«

Tomesch drehte sich nach ihm um. »Na und?«

»Nichts. Was treibst du eigentlich?«

Tomesch winkte ab. »Ein Hundeleben, mein Lieber. Kein Geld!«

»Du bummelst.«

Tomesch schüttelte den Kopf.

»Schade um dich«, meinte Prokop voller Sorge. »Du könntest . . . Schau mich an, ich arbeite schon seit zwölf Jahren.«

»Und was hast du davon?« wandte Tomesch schroff ein.

»Hie und da doch was. Dieses Jahr habe ich Nitrodextrin verkauft.«

»Wie teuer?«

»Zehntausend. Dabei ist das doch gar nichts! Eine Dummheit, ein blödsinniges Knallpulver für Bergwerke. Aber wenn ich wollte –«

»Fühlst du dich schon besser?«

»Viel besser. Ich habe Methoden erfunden! Ein Cernitrat – das ist eine Sache! Und Chlor, Chlor, tetragrädigen Chlorstickstoff, der sich am bloßen Licht entzündet. Knipst eine Glühbirne an und . . . fft, päng! Aber das ist alles noch nichts.« Er streckte jäh seine abgezehrte, furchtbar verstümmelte Hand unter der Decke hervor. »Wenn ich was in die Hand nehme, dann – fühle ich die Atome rumoren wie in einem Ameisenhaufen. Jede Materie kribbelt anders, verstehst du?«

»Nein.«

»Das ist die Kraft – in der Materie. Die Materie ist von unvorstellbarer Kraft. Und ich . . . ich taste es förmlich, wie es drin wimmelt. Eine phantastische Energie hält alles zusammen. Sobald man es im Innern lockert, spaltet es sich auf – und bums! Alles ist Explosion. Jeder Gedanke ist eine Erschütterung im Gehirn. Wenn du mir die Hand reichst, fühle ich, wie etwas in dir explodiert. Einen solchen Tastsinn habe ich! Und ein Gehör! Überall braust es . . . wie ein Brausepulver, lauter winzige Explosionen. Es dröhnt mir im Kopf . . . ratatata . . .«

»So«, sagte Tomesch, »und jetzt schluck das Aspirin.«

»Ja. Ex-explosiv-Aspirin. Perchlorides Acetylsalizylacid. Das ist gar nichts! Ich habe exothermische Explosivstoffe gefunden. Jeder Stoff hat seine eigene Sprengkraft. Wasser . . . Wasser ist ein Sprengstoff. Erde, Luft – sind Sprengstoffe. Die Federn hier im Federbett sind Sprengstoffe. Vorläufig hat das alles nur theoretische Bedeutung. Ich habe Atomexplosionen ausgelöst, habe – habe eine Alphaexplosion herbeigeführt. Es zerfällt in Plus-Elektronen. Keine Thermochemie. De-struk-tion. Destruktive Chemie. Eine ungeheure Sache, Tomesch, rein wissenschaftlich! Ich habe Tabellen zu Hause . . . Wenn ich nur Apparate hätte! Ihr würdet staunen! Aber so habe ich nur meine Augen . . . meine Hände . . . Du wirst dich wundern, wenn ich's einmal niederschreibe!«

»Willst du jetzt nicht schlafen?«

»Ja. Ich bin – heute so müde. Was hast du während der ganzen Zeit getrieben?«

»Eigentlich nichts. Dahingelebt.«

»Auch das Leben ist ein Sprengstoff. Der Mensch wird geboren und zerfällt – aus! Und wir glauben, es dauert Jahre. Du, mir scheint, ich – ich bringe da alles durcheinander?«

»Durchaus nicht, Prokop. Vielleicht mache ich wirklich morgen Schluß; wenn ich nämlich kein Geld bekomme. Aber ist ja egal, schlaf jetzt!«

»Wenn du willst – ich leih' dir etwas.«

»Laß nur! Es würde ohnehin nicht reichen. Vielleicht, daß mein Vater . . .« Tomesch machte eine wegwerfende Handbewegung.

»Siehst du, du hast noch einen Vater!« ließ sich Prokop nach einer Weile mit auffallender Wärme vernehmen.

»Ja. Er ist Arzt in Teinitz.« Tomesch erhob sich und ging im Zimmer auf und nieder. »Mensch, ist das ein Elend, ist das ein Elend! Ich hab's satt. Aber scher dich nicht um mich! Ich werde schon – irgendwas unternehmen. Schlaf jetzt!«

Prokop beruhigte sich. Mit halbgeschlossenen Augen sah er, wie sich Tomesch an den Tisch setzte und in Papieren kramte. Es tat ihm wohl, dem Knistern des Papiers und dem stillen Flackern des Feuers im Ofen zu lauschen. Der Mann saß, über den Tisch gebeugt, den Kopf in die Hand gestützt, und atmete kaum. Prokop war es, als sehe er vom Bett aus seinen älteren Bruder, seinen Bruder Josef, wie er Elektrotechnik aus einem Buch lernt, weil er morgen die Prüfung ablegen soll. Und Prokop verfiel in fieberhaften Schlaf.

III.

Ihm war, als hörte er den surrenden Lärm unzähliger Räder. »Das muß eine Fabrik sein«, dachte er und lief die Treppe hinauf. Da stand er vor einer großen Tür, an der auf einer Glastafel: PLINIUS zu lesen war. Er freute sich ungemein und trat ein. »Ist Herr Plinius zugegen?« fragte er ein Tippfräulein. »Er kommt gleich«, sagte das Fräulein. Da trat ein großer, glattrasierter Herr im Cutaway und mit riesigen Brillengläsern vor den Augen auf ihn zu und fragte: »Was wünschen Sie?«

Prokop blickte neugierig in das ungewöhnlich ausdrucksvolle Gesicht des Mannes. Er hatte den Mund eines Engländers, eine zerfurchte Stirn, eine fingernagelgroße Warze auf der Backe und das Kinn eines Filmschauspielers. »Sind – sind – Sie – bitte – Plinius?«

»Ja«, sagte der große Mann und wies mit knapper Geste auf sein Arbeitszimmer.

»Ich bin . . . ich fühle mich . . . ungemein geehrt«, stotterte Prokop und nahm Platz.

»Was wünschen Sie?« unterbrach ihn der hochgewachsene Mann.

»Ich habe die Materie zertrümmert«, erklärte Prokop. Plinius tat nichts dergleichen; er spielte mit einem Stahlschlüssel und schloß die schweren Augenlider hinter den Brillengläsern.

»Das verhält sich nämlich folgendermaßen«, begann Prokop überstürzt. »Al-al-alles zerfällt. Die Materie ist spröde, brüchig. Aber ich bringe es zuwege, daß sie plötzlich zerfällt. Durch Explosion! In kleinste Teile, Moleküle, Atome. Ich habe sogar schon Atome zertrümmert.«

»Schade!« meinte Plinius überlegend.

»Wieso schade?«

»Schade, etwas zu zertrümmern. Auch um ein Atom ist es schade. Und weiter?«

»Ich . . . ich spalte das Atom. Ich weiß, Rutherford hat bereits ähnliches . . . Aber das war nur eine Spielerei mit Strahlungen. Das ist nichts! Es muß im großen geschehen. Wenn Sie wollen, zertrümmere ich eine Tonne Wismut; dabei geht die ga-ganze Welt flöten. Wollen Sie?«

»Warum sollten Sie das tun?«

»Weil es . . . wissenschaftlich interessant ist«, antwortete Prokop verwirrt. »Einen Augenblick, ich weiß nicht, wie ich es Ihnen . . . Es ist – ko-los-sal interessant.« Er preßte die Hände an die Schläfen. »Ich glaube, mein Kopf zerspringt; auch das wird . . . wissenschaftlich . . . unerhört interessant sein, meinen Sie nicht? Ach ja, jetzt . . .«, fuhr er erleichtert fort, »jetzt kann ich's erklären. Dynamit – Dynamit zerreißt bekanntlich die Masse in Stücke, in Brocken, aber Benzoltrioxozonid zermalmt sie zu Pulver. Es verursacht bloß ein kleines Loch, löst aber die Masse in submikroskopische Fragmente auf als Folge der Detonationsgeschwindigkeit. Die Masse hat keine Zeit mehr auszubrechen; sie kann nicht einmal mehr zerbersten. Ich . . . ich habe nun die Detonationsgeschwindigkeit noch wesentlich gesteigert. Argonoxonid. Chlorargonoxozonid. Tetrargon. Und immer weiter. Da kann selbst die Luft nicht mehr ausweichen; sie wird so dicht wie – eine Stahlplatte. Zerbirst in Moleküle und so fort. Von einer gewissen

Geschwindigkeit an . . . nimmt die Sprengkraft in gewaltigem Maße zu. Sie wächst . . . im Quadrat. Ich war wie vor den Kopf geschlagen. Woher stammt auf einmal diese Energie?« fragte Prokop fiebernd. »Was meinen Sie?«

»Vielleicht ist sie im Atom«, erwiderte Plinius.

»Ja!« rief Prokop begeistert aus und trocknete sich die Stirn. »Das ist der Witz! Einfach im Atom! Es – drückt die Atome ineinander . . . zerrr . . . zerreißt den Beta-Mantel . . . und der Kern muß zerfallen. Wissen Sie, wer ich bin? Ich bin der erste Mensch, der den Koeffizienten der Zusammendrückbarkeit überschritten hat. Ich habe die Atomexplosion entdeckt. Ich . . . ich habe das Tantal aus dem Wismut ausgeschieden. Ahnen Sie überhaupt, was für eine Kraft in einem Gramm Quecksilber enthalten ist? Vierhundertzweiundsechzig Millionen Kilogrammeter. Die Materie ist von einer unvorstellbaren Gewalt. Sie gleicht einem Regiment, das auf der Stelle marschiert: eins, zwei, eins, zwei . . . Aber erteilen Sie den richtigen Befehl, und das Regiment stürmt vor, en avant! Das ist die Explosion. Verstehen Sie mich? Hurra!«

Prokop erschrak über sein eigenes Geschrei. Es dröhnte ihm derart im Kopf, daß er aufhörte, irgend etwas wahrzunehmen. »Verzeihen Sie«, sagte er, um seine Verlegenheit zu verbergen, und suchte mit bebender Hand sein Zigarrenetui. »Rauchen Sie?«

»Nein.«

»Schon die alten Römer haben geraucht«, bemerkte Prokop, seine Zigarrentasche öffnend; es waren lauter schwere Patronen darin. »Bedienen Sie sich«, bot er an, »das ist eine leichte Nobel Extra.« Er biß die Spitze einer Tetryl-Patrone ab und suchte Streichhölzer. »Das ist gar nichts«, sagte er, »aber kennen Sie Explosivglas? Schade! Ich kann Ihnen auch ein Explosivpapier herstellen. Sie schreiben einen Brief, irgendwer wirft ihn ins Feuer, und das ganze Haus fliegt in die Luft. Wollen Sie?«

»Wozu?« fragte Plinius, die Brauen hochziehend.

»Ich weiß nicht. Aber die Kraft muß heraus. Ich will Ihnen etwas sagen: Wenn Sie an der Zimmerdecke spazierengehen, was wäre der Erfolg? Ich pfeife vor allem auf die Valenztheorie. Alles läßt sich durchführen. Hören Sie, wie es draußen knallt? Das ist das Gras, das wächst: nichts als Explosionen. Jeder Samen ist eine Explosivkapsel, die explodiert. Wie eine Rakete. Und die Dummköpfe glauben, es gebe keine Tautomerie. Ich werde ihnen eine Metropie zeigen, daß ihnen die Haare zu Berge stehen. Alles Laboratoriumserfahrung.«

Prokop fühlte entsetzt, daß er Unsinn schwatzte. Er wollte davon loskommen, redete aber nur immer rascher und brachte schließlich alles durcheinander. Plinius wackelte mit dem Kopf hin und her; dann schaukelte er mit dem ganzen Körper und neigte sich dabei immer tiefer und tiefer. Prokop leierte verwirrt Formeln herunter, die Augen starr auf Plinius gerichtet, der mit wachsender Geschwindigkeit wie eine Maschine hin und her pendelte. Der Fußboden unter ihm begann zu schaukeln und sich zu heben.

»Jetzt hören Sie aber auf, Mensch!« brüllte Prokop entsetzt und erwachte schweißüberströmt. An Stelle von Plinius sah er Tomesch beim Tisch, der, ohne sich umzudrehen, brummte: »Schrei nicht, ich bitte dich.«

»Ich schreie nicht« sagte Prokop und schloß die Augen. Das Hämmern im Kopf wurde rascher und schmerzhafter.

Ihm schien, als flöge er zum mindesten mit der Geschwindigkeit des Lichtes dahin. Sein Herz krampfte sich zusammen. Das ist nur die Fitzgerald-Lorentz-Kontraktion, sagte er sich; ich muß flach werden wie ein Pfannkuchen. Plötzlich stellten sich ihm riesenhafte Glasprismen entgegen; nein, es waren nur unendliche glattpolierte Flächen, die sich in scharfen Winkeln wie kristallographische Modelle durchdrangen. Er wurde mit schwindelerregender Geschwindigkeit gegen eine scharfe Kante getrieben. »Achtung!« brüllte er sich selber zu, denn in der nächsten tausendstel Sekunde mußte er zerschmettern. Da aber flog er schon wieder mit Blitzeseile in entgegengesetzter Richtung, geradeaus auf die Spitze einer Riesenpyramide zu. Es warf ihn wie einen Lichtstrahl gegen eine glatte Glaswand zurück, er glitt daran ab, sauste in einen scharfen Winkel hinein, bewegte sich zwischen dessen Wänden wie verrückt hin und her, worauf es ihn wieder zurückwarf. Abermals prallte er ab und drohte mit dem Kinn auf eine messerscharfe Kante aufzufallen, doch im letzten Augenblick warf es ihn hoch. Nun zerschmetterte er sich den Schädel an einer Euklidischen Ebene des Unendlichen, stürzte aber gleich darauf kopfüber hinab, hinab in die Finsternis. Ein heftiger Aufprall, ein schmerzhaftes Zucken im ganzen Körper, gleich aber erhob er sich wieder und floh weiter. Er raste durch einen labyrinthischen Gang und hörte hinter sich das Tappen der Verfolger. Der Gang verengte sich, begann sich zu schließen, seine Wände neigten sich in grauenhaft unaufhaltsamer Bewegung zueinander. Er machte sich dünn wie ein Pfriem, hielt den Atem an und raste in panischer Angst weiter, um noch durchzukommen, ehe ihn die Wände zermalmten. Schon schlossen sie sich mit steinernem Anprall hinter ihm, während er längs einer eisigen Wand in einen Abgrund taumelte. Er schlug so heftig auf, daß er das Bewußtsein verlor. Als er wieder zu sich kam, war schwärzeste Nacht um ihn. Er tastete die glitschigen Steinwände ab und schrie um Hilfe, aber kein Laut entrang sich seinem Munde, so dicht war die Finsternis.

Zitternd vor Angst stolperte er auf der Sohle des Abgrunds weiter. Seitlich ertastete er einen Gang und stürzte hinein. Es waren eigentlich Treppen; in unendlicher Ferne blinkte eine schmale Öffnung wie in einem Schacht. Er lief die unzähligen, gefährlich steilen Stufen hinan. Aber oben war nur eine winzige Plattform aus dünnem Blech, die über einer schwindelhaften Tiefe klirrte und schwankte. Von dort führte eine endlose Wendeltreppe aus Eisenplatten hinab. Da hörte er schon das Keuchen seiner Verfolger hinter sich. Dem Wahnsinn nahe vor Entsetzen, sprang er die Stufen der Wendeltreppe hinunter, und hinter ihm stampfte und polterte die Schar der Feinde. Plötzlich endete die Treppe wie abgeschnitten im leeren Raum. Prokop schrie auf, breitete die Arme aus und stürzte wirbelnd ins Bodenlose. Sein Kopf dröhnte zum Zerspringen, er sah und hörte nichts mehr. Mit Füßen, die nicht von der Stelle kamen, lief er ins Ungewisse, getrieben von einem furchtbaren blinden Zwang, irgendwohin zu gelangen, ehe es zu spät war. Immer rascher lief er durch einen endlosen gewölbten Korridor, ab und zu an einem Semaphor vorbeikommend, an dem jedesmal eine höhere Zahl aufleuchtete: 17, 18, 19. Da begriff er, daß er im Kreise rannte und die Ziffern die Anzahl seiner Runden anzeigten: 40, 41, 42. Da befiel ihn unerträgliches Grauen, er könnte zu spät kommen und nie mehr von hier hinausgelangen. Er lief jetzt mit so rasender Geschwindigkeit, daß der Semaphor vorbeiflitzte wie eine Telegraphenstange hinter einem Schnellzugfenster; schneller, immer schneller! Nun zählte der Semaphor mit Blitzesschnelle nur noch Tausende, Zehntausende von Runden; aber nirgends war ein Ausweg aus diesem Gang. Der Gang war scheinbar gerade und aus glänzendem Metall, und doch kehrte er im Kreise zurück. Prokop schluchzte verzweifelt auf. Das war der Einsteinsche Kosmos, und er mußte darin umkommen! Da ertönte ein markerschütternder Schrei; Prokop hielt starr vor Schrecken inne: Das war die Stimme des Vaters. Er begann noch schneller zu laufen, der Semaphor verschwand, Finsternis breitete sich aus. Prokop tastete die Wände entlang und fühlte eine verschlossene Tür, hinter der er verzweifeltes Stöhnen und das Gepolter umstürzender Möbel vernahm. Brüllend vor Angst bohrte Prokop seine Fingernägel in die Tür ein, kratzte und splitterte daran, riß Span um Span heraus, bis er dahinter die vertraute Treppe fand, die er noch als Knabe täglich nach Hause gegangen war. Der Vater oben war am Ersticken, jemand würgte ihn und zerrte ihn auf dem Boden hin und her. Schreiend flog Prokop treppauf. Er war daheim, sah die Gießkanne und die Brotdose der Mutter, die halbgeöffnete Tür zur Küche, wo der Vater röchelnd flehte, sie sollten ihn doch um Gottes willen nicht töten. Aber immer wieder schlugen sie ihn mit dem Kopf auf die Erde. Prokop wollte ihm zu Hilfe eilen, eine blöde, blinde Macht nötigte ihn jedoch, hier auf dem Korridor im Kreise zu laufen, immer rascher im Kreise, bis er krampfhaft zu kichern begann, während drinnen das Stöhnen des Vaters immer schwächer wurde und schließlich ganz erstickte. Unfähig, diesem schwindelerregenden Kreislabyrinth zu entkommen, brach Prokop in irrsinniges Angstgelächter aus.

Da erwachte er schweißgebadet und zähneklappernd. Tomesch stand zu Häupten des Bettes und legte ihm einen frischen, kühlen Umschlag auf die heiße Stirn.

»Das tut gut, das tut gut«, murmelte Prokop, »ich werde nicht mehr schlafen.« Er lag still und blickte auf Tomesch, der dort im Schein der Tischlampe saß. Georg Tomesch, sagte er zu sich, und alle andern, unser ganzer Jahrgang in Chemie. Wer war denn noch dabei? Da hörte er plötzlich eine Stimme: »Herr Prokop wird referieren.«

Prokop erschrak zutiefst.

Auf dem Katheder saß Professor Wald und zupfte mit Spinnenfingern an seinem Bart. »Erzählen Sie«, sagt Professor Wald, »was Sie über Sprengstoffe wissen.«

»Sprengstoffe, Sprengstoffe«, beginnt Prokop nervös, »ihre Sprengkraft beruht darauf, daß – daß – daß sich auf einmal ein großes Gasvolumen aus einem . . . aus einem viel kleineren Volumen Sprengmasse entwickelt . . . Bitte, das stimmt nicht!«

»Wieso nicht?« fragt Wald streng.

»Ich – ich – ich habe die Alpha-Explosion entdeckt. Die Explosion erfolgt durch den Zerfall des Atoms. Die Atomteilchen sprengen – sprengen auseinander . . .«

»Unsinn!« unterbricht ihn der Professor. »Es gibt keine Atome.«

»Doch, doch, doch, es gibt«, ereifert sich Prokop. »Bitte, ich – ich – ich werde es beweisen –«

»Überwundene Theorie«, brummt der Professor. »Es gibt überhaupt keine Atome, nur Gumetalle. Wissen Sie, was ein Gumetall ist?«

Prokop schwitzt vor Aufregung. Dieses Wort hat er noch nie gehört. Gumetall? »Das kenne ich nicht«, gesteht er kleinlaut.

»Sehen Sie«, sagt Wald trocken. »Und da wagen Sie es, zum Kolloquium zu kommen. Was wissen Sie von Krakatit?«

Prokop stutzte ängstlich. »Krakatit«, flüstert er, »ist . . . ist ein völlig neuer Sprengstoff, der . . . der bisher . . .«

»Wodurch gelangt er zur Entzündung? Wodurch? Wodurch explodiert er?«

»Durch Hertzsche Wellen«, stößt Prokop erleichtert hervor.

»Woraus schließen Sie das?«

»Weil es so plötzlich explodiert ist, weil – weil kein anderer Impuls da war und weil . . .«

»Nun?«

». . . weil mir seine Synthese . . . mittels . . . hochfrequenter Oszillationsströme gelungen ist. Es ist bisher noch nicht – nicht – nicht – aufgeklärt, aber ich glaube, es – es sind elektromagnetische Wellen.«

»Stimmt. Ich weiß es. Schreiben Sie uns die chemische Formel für Krakatit an die Tafel.«

Prokop nimmt ein Stück Kreide und kritzelt seine Formel an die Tafel.

»Lesen Sie!«

Prokop liest laut die Formel ab.

Da steht Professor Wald auf und sagt unvermittelt mit fremder Stimme: »Wie? Wie ist das?«

Prokop wiederholt die Formel.

»Tetrargon?« fragt der Professor rasch. »Wieviel – Pb?«

»Zwei.«

»Wie wird es hergestellt?« fragt die Stimme merkwürdig nahe. »Der Vorgang! Wie wird es hergestellt? Wie? . . . Wie stellt man Krakatit her?«

Prokop öffnet die Augen. Tomesch stand über ihn gebeugt, hielt Bleistift und Notizbuch in den Händen und starrte atemlos auf seine Lippen.

»Was?« murmelte Prokop beunruhigt. »Was willst du? Wie . . . wie man es herstellt?«

»Du hast geträumt«, sagte Tomesch und verbarg das Notizbuch hinterm Rücken. »Schlaf, Prokop, schlaf!«

IV.

Jetzt habe ich etwas ausgeplaudert, besann sich Prokop im klareren Teil seines Gehirns; aber sonst war es ihm höchst gleichgültig. Er wollte nur schlafen, endlos schlafen. Ihm war, als sehe er einen türkischen Teppich, dessen Muster sich immer wieder verschoben, ineinanderliefen und veränderten. Es war eigentlich nichts, trotzdem regte es ihn auf. Auch im Schlaf wünschte er Plinius wiederzusehen. Er versuchte, sich seine Gestalt in Erinnerung zu rufen. Statt dessen sah er eine widerlich grinsende Fratze vor sich, die mit gelben, fauligen Zähnen knirschte, bis sie splitterten, und die sie dann stückweise ausspie. Aus irgendeinem Grund kam ihm das furchtbar lächerlich vor, so daß er in lautes, krampfhaftes Gelächter ausbrach, wodurch er erwachte.

Er war vollkommen in Schweiß gebadet und abgedeckt. Mit fiebrigen Augen blickte er auf Tomesch, der sich im Zimmer eifrig zu schaffen machte und verschiedene Sachen in einen Koffer warf. Aber Prokop erkannte ihn nicht. »Hören Sie, hören Sie doch«, rief er, »ist das nicht komisch? Hören Sie, so warten Sie doch, Sie müssen sich das anhören . . .« Er wollte ihm das Erlebnis mit der Fratze als einen Witz erzählen und lachte darüber; aber er konnte und konnte sich nicht entsinnen, wie es eigentlich war. Das verdroß ihn derart, daß er verstummte.

Tomesch zog den Überrock an und nahm die Mütze. Er wollte schon nach dem Koffer greifen, da besann er sich und setzte sich zu Prokop auf den Bettrand. »Hör mich an, alter Knabe«, sagte er besorgt. »Ich muß hinausfahren – zum Vater nach Teinitz. Wenn er mir kein Geld gibt, dann – dann kehre ich nicht mehr zurück. Aber mach dir nichts draus. Morgen früh kommt die Hausmeisterin mit einem Arzt, ja?«

»Wie spät ist es?« fragte Prokop unbeteiligt.

»Vier . . . fünf nach vier. Es fehlt dir doch hier nichts?«

Prokop schloß die Augen; er wollte sich um nichts mehr auf der Welt kümmern. Tomesch deckte ihn noch sorgsam zu. Dann war es still.

Er schlug die Augen weit auf. Die Zimmerdecke, die er über sich erblickte, hatte an den Rändern ein fremdes Ornament. Er tastete zur Seite nach dem Nachttisch und griff ins Leere. Da wandte er sich erschrocken um und sah statt seines breiten Laboratoriumpultes einen fremden Tisch mit einer Lampe darauf. Wo das Fenster sein sollte, stand ein Schrank, an Stelle des Waschtisches war eine Tür. Das verwirrte ihn maßlos; er begriff nicht, was mit ihm geschehen war und wo er sich befand. Einen Schwindelanfall überwindend, setzte er sich im Bett auf. Allmählich dämmerte ihm, daß er hier nicht zu Hause war, konnte sich aber nicht entsinnen, wie er hierher geraten war. »Wer ist da?« fragte er laut aufs Geratewohl; er vermochte kaum die Zunge zu bewegen. »Trinken«, sagte er nach einer Weile, »trinken!« Es herrschte eine qualvolle Stille. Er stand auf und suchte etwas taumelig nach Wasser. Auf dem Waschtisch fand er eine Karaffe und trank gierig daraus; als er zum Bett zurückkehrte, versagten ihm die Beine; er mußte sich auf einen Stuhl setzen. Er mochte ziemlich lange so gesessen haben; nun schüttelte ihn die Kälte, da er sich beim Trinken mit Wasser begossen hatte. Er begann Mitleid mit sich selber zu empfinden, weil er nicht wußte, wo er sich befand, und nicht einmal bis zum Bett gelangen konnte und so ratlos und ohnmächtig allein war; da brach er in kindliches Schluchzen aus.

Als es vorbei war, wurde sein Kopf etwas klarer. Er vermochte sogar, bis zum Bett zu gehen und sich niederzulegen. Kaum hatte er sich erwärmt, so versank er in einen tiefen, traumlosen Schlaf.

Als er erwachte, war der Vorhang hochgezogen, das Tageslicht drang grau durchs Fenster und im Zimmer war ein wenig aufgeräumt. Er wußte nicht, wer das gemacht haben konnte, aber sonst erinnerte er sich genau an die gestrige Explosion, an Tomesch und dessen Abreise. Er hatte rasende Kopfschmerzen, fühlte einen Druck auf der Brust und wurde von einem stechenden Husten gequält. Das ist böse, sagte er zu sich, das ist ganz böse; ich sollte nach Hause gehen und mich niederlegen! Er stand auf und begann langsam sich anzukleiden, immer wieder ein wenig ausruhend. Eine Zentnerlast schien ihm auf die Brust zu drücken. Dann setzte er sich geistesabwesend nieder und atmete schwer.

Da ertönte kurz und dünn die Klingel. Er erhob sich mühsam und ging öffnen. Auf der Schwelle stand ein junges Mädchen, das Gesicht verschleiert.

»Wohnt hier . . . Herr Tomesch?« fragte sie eilig und bedrückt.

»Bitte«, sagte Prokop und gab ihr den Weg frei. Als sie, etwas zögernd, knapp hinter ihm eintrat, verspürte er einen schwachen lieblichen Duft, den er beglückt einatmete.

Er setzte sich ihr gegenüber neben das Fenster und bemühte sich, nach Möglichkeit gerade zu sitzen. Er fühlte, daß er sich vor lauter Anstrengung ernst und steif ausnahm, was beide in große Verlegenheit brachte. Das Mädchen biß sich in die Lippen und schlug die Augen nieder. Ach, diese liebliche Glätte der Wangen, diese zarten, so erregten Hände! Sie blickte auf, und Prokop hielt den Atem an, so schön erschien sie ihm.

»Ist Herr Tomesch nicht zu Hause?« fragte das Mädchen.

»Er ist weggefahren«, antwortete Prokop zögernd, »heute nacht.«

»Wohin?«

»Nach Teinitz, zu seinem Vater.«

»Wann kommt er zurück?«

Prokop zuckte mit den Achseln.

Das Mädchen senkte den Kopf; ihre Hände schienen mit etwas zu kämpfen. »Hat er Ihnen gesagt, warum er . . .?«

»Ja.«

»Glauben Sie, daß – daß er es tut?«

»Was, Fräulein?«

»Sich erschießen.«

Prokop erinnerte sich blitzschnell, daß er Tomesch einen Revolver in den Koffer hatte packen sehen. »Vielleicht mache ich morgen Schluß«, hörte er ihn wieder sagen. Aber Prokop wollte jetzt nicht davon sprechen.

»Mein Gott, mein Gott«, klagte das Mädchen, »das ist ja furchtbar! Was meinen Sie . . . wenn – ihm jemand nachfahren würde! Ihm alles sagen – Geld geben würde – da hätte er doch keinen Grund mehr, es zu tun. Wenn man ihm heute noch nachfahren würde –«

Prokop sah, wie sie verzweifelt die Hände rang.

»Ich fahre zu ihm«, sagte er leise. »Ich habe zufällig – in der Gegend zu tun. Wenn Sie wollen . . . ich –«

Das Mädchen hob den Kopf. »Wirklich?« rief sie erfreut. »Sie würden –?«

»Ich bin ein alter Freund von ihm«, erklärte Prokop.

»Sie sind zu gütig«, setzte sie kaum hörbar hinzu.

Prokop errötete leicht. »Das ist eine Kleinigkeit«, wehrte er ab. »Zufällig habe ich gerade frei – ich wollte ohnehin . . . hinausfahren, und überhaupt . . .« Er machte eine verlegene Handbewegung. »Es ist doch nicht der Rede wert. Ich mache alles – was Sie wollen.«

Nun wurde das Mädchen rot und blickte schnell weg. »Ich weiß gar nicht, wie ich . . . Ihnen danken soll«, sagte sie verwirrt. »Es tut mir so leid, daß . . . ich Sie . . . Aber es ist sehr wichtig, und dann

– sind Sie ja sein Freund. – Oder glauben Sie, ich sollte selber –« Sie überwand sich und blickte Prokop mit klaren Augen an. »Ich habe ihm etwas zu schicken. Ich – ich möchte nicht darüber sprechen.«

»Ist auch nicht nötig«, sagte Prokop rasch. »Ich übergebe es ihm einfach. Ich bin so froh, daß ich Ihnen . . . daß ich ihm . . . Regnet es denn?« fragte er plötzlich, indem er auf ihre feuchte Pelzjacke sah.

»Ja.«

»Das ist gut«, meinte Prokop; aber er dachte, wie angenehm es wäre, die Stirn auf diesen kühlen Pelz zu legen.

»Ich habe die Sache nicht bei mir«, sagte sie und erhob sich. »Es ist nur ein ganz kleines Päckchen. Wenn Sie so lange warten könnten . . . Ich bin in zwei Stunden wieder da.«

Prokop verbeugte sich sehr steif aus Furcht, das Gleichgewicht zu verlieren. In der Tür wandte sie sich noch einmal um und sah ihm voll ins Gesicht. »Auf Wiedersehen«, sagte sie dann und ging.

Prokop setzte sich und schloß die Augen. Regentropfen auf dem Pelz, ein dichter, mit Tauperlen benetzter Schleier, verhaltene Stimme, unruhige Hände in enganliegenden kleinen Handschuhen; kühler Duft, der Blick klar und verwirrend unter anmutigen, stark geschwungenen Brauen. Hände im Schoß, weicher Faltenwurf des Rockes über kräftigen Knien, ach, diese kleinen Hände in den engen Handschuhen! Dunkle, bebende Stimme, das Gesicht glatt und blaß. Traurig, verwirrt und doch mutig. Blaugraue Augen, klare, leuchtende Augen! O Gott, wie sie den Schleier an die Lippen drückte!

Prokop stöhnte und öffnete die Augen. Das ist sein Mädel, sagte er zu sich in blinder Wut. Sie kennt den Weg hierher und war sicher nicht zum ersten Male da. Vielleicht haben sie hier . . . gerade hier . . . in diesem Zimmer – – – Und ich Dummkopf biete mich noch an, ihm nachzufahren! Ich Idiot, ich trage ihm noch einen Liebesbrief nach! Was – was kümmert sie mich überhaupt?

Da kam ihm ein rettender Gedanke. Ich laufe nach Hause in meine Laboratoriumsbaracke. Soll sie dann wiederkommen! Mag sie tun, was sie will! Sie – sie – kann ihm ja selber nachfahren, wenn . . . ihr so viel dran liegt –

Er blickte sich im Zimmer um, sah das zerwühlte Bett, schämte sich und brachte es in Ordnung, wie er es von zu Hause gewöhnt war. Es schien ihm noch nicht gut genug; er bettete es um, richtete es aus, strich noch einmal drüber hin und machte dann überall im Zimmer Ordnung, zupfte sogar die Gardinen zurecht. Dann setzte er sich hin, mit einem dumpfen Gefühl im Kopf, die Brust von schmerzhaftem Druck beengt, und wartete.

Ihm war, als ginge er durch einen riesigen Gemüsegarten. Ringsum gab es nichts als Kohlköpfe, aber es waren gar keine Kohlköpfe, es waren fletschende, triefäugige, unförmige, wäßrige, finnige und aufgedunsene Menschenhäupter. Sie wuchsen auf dünnen Strünken und waren mit widerwärtigen grünen Raupen übersät.

Sieh, da kommt ein Mädchen übers Feld auf ihn zugelaufen. Sie trägt einen Schleier vor dem Gesicht, hebt ein wenig den Rock und hüpft über die Menschenhäupter hinweg. Da wachsen unter jedem von ihnen nackte, unheimlich dünne und behaarte Hände hervor und greifen nach den Beinen und dem Rock. Das Mädchen schreit, wahnsinnig vor Angst, und hebt den Rock hoch bis über die festen Knie, entblößt die weißen Beine und versucht, über die gierig greifenden Hände hinwegzuspringen. Prokop schließt die Augen; er erträgt den Anblick ihrer weißen starken Beine nicht und fürchtet, die grünen Häupter könnten das Mädchen schänden. Da wirft er sich zu Boden und schneidet mit dem Taschenmesser den ersten Kopf ab; der brüllt tierisch auf und schnappt mit hohlen Zähnen nach seinen Händen. Nun der zweite, der dritte Kopf; o Gott, wird er das Riesenfeld abgemäht haben, ehe das Mädchen, das drüben auf der andern Seite des unübersehbaren Gartens kämpft, bis zu ihm gelangt? Wütend springt er auf, trampelt auf den abstoßend gespenstigen Häuptern herum, stößt mit den Füßen nach ihnen. Da verstrickt er sich mit den Beinen in dem Gewirr der dünnen Saugpfoten, stürzt nieder, wird ergriffen, erdrosselt, erstickt . . . und alles verschwindet.

Alles geht unter in einem wirbelnden Chaos. Plötzlich ertönt ganz in der Nähe eine gedämpfte Stimme: »Ich bringe Ihnen das Päckchen!« Da öffnet er die Augen und springt auf; vor ihm steht ein liederliches Frauenzimmer aus der Altstadt, schielend und schwanger, und reicht ihm etwas, in einen feuchten Fetzen gewickelt. Das ist sie ja gar nicht, durchzuckt es Prokop schmerzlich, und gleich darauf sieht er eine magere, traurige Verkäuferin, die ihm mit Holzstäben seine Handschuhe dehnt. Das ist sie nicht, wehrt sich Prokop. Da sieht er ein kleines aufgedunsenes Mädchen auf rachitischen Beinen, das – das sich ihm schamlos anbietet. »Geh fort!« schreit Prokop auf und erwacht.

Es klingelte so leise, als hätte ein Vogel die Glocke angeschlagen.

Prokop stürzte zur Tür und öffnete; auf der Schwelle stand das Mädchen mit dem Schleier, drückte ein Päckchen an die Brust und holte tief Atem. »Sie sind es?!« sagte Prokop sanft und, aus einem unbekannten Grund, tief ergriffen. Das Mädchen trat ein und streifte ihn im Vorbeigehen. Der Duft, der von ihr ausging, quälte und berauschte ihn zugleich.

Sie blieb mitten im Zimmer stehen. »Seien Sie mir, bitte, nicht böse«, sagte sie merkwürdig hastig, »daß ich Sie mit einem solchen Auftrag belästige. Aber Sie wissen gar nicht, warum – warum ich – – Wenn es Ihnen Schwierigkeiten machen sollte, dann . . .«

»Ich fahre!« stieß Prokop heiser hervor.

Das Mädchen sah ihn nun ganz nahe mit ernsten, klaren Augen an. »Denken Sie nicht schlecht von mir. Ich fürchte nur, daß Herr – daß Ihr Freund etwas tut, was einen andern bis in den Tod betrüben würde. Ich habe viel Vertrauen zu Ihnen . . . Sie werden ihn retten, nicht wahr?«

»Unendlich gern«, beteuerte Prokop mit seltsam fremder und erregter Stimme. »Fräulein, ich . . . was immer Sie auch von mir verlangen . . .« Er wandte die Augen ab, fürchtete, etwas auszuschwatzen, bangte, man könnte sein Herz schlagen hören; er schämte sich seiner Schwerfälligkeit.

Auch des Mädchens bemächtigte sich nun Verwirrung; sie wurde über und über rot und wich seinem Blick aus. »Ich danke, ich danke Ihnen«, sagte sie unsicher.

Stille trat ein. Prokop fühlte selig und qualvoll zugleich, wie sie ihn musterte. Er hätte etwas sagen müssen, um über die Situation hinwegzukommen; aber er bewegte nur die Lippen und fühlte ein Frösteln am ganzen Körper.

Endlich regte sich das Mädchen und flüsterte: »Das Päckchen!« Da vergaß Prokop, warum er bisher die rechte Hand hinterm Rücken verborgen hatte, und griff nach dem Umschlag. Das Mädchen erblaßte und wich zurück. »Sie sind verwundet«, entfuhr es ihr. »Zeigen Sie die Hand her!« Prokop verbarg sie rasch. »Das ist nichts«, versicherte er eilig, »ein wenig . . . entzündet . . . von einer kleinen Wunde, weiter nichts.«

Das Mädchen, ganz blaß im Gesicht, stöhnte auf, als ob sie selbst den Schmerz verspürte. »Warum gehen Sie nicht zum Arzt?« fragte sie heftig. »Sie dürfen nicht fahren! Ich . . . ich schicke jemand andern!«

»Es ist fast verheilt«, verteidigte sich Prokop, als wollte man ihm etwas Kostbares nehmen. »Wirklich, es ist fast wieder in Ordnung . . .

eine kleine Kratzwunde, nichts weiter, und überhaupt, das ist ja Unsinn! Warum sollte ich nicht fahren? Sie können doch in einer solchen Angelegenheit nicht . . . einen Fremden schicken, das ist doch klar! Es schmerzt auch gar nicht mehr, sehen Sie!« sagte er und schüttelte zum Beweis die rechte Hand.

Das Mädchen zog die Brauen zusammen. Ihr Gesicht drückte zugleich Strenge und Mitleid aus. »Warum haben Sie es mir nicht gesagt? Sie dürfen nicht fahren!«

Prokop war verzweifelt. »Aber das bedeutet nichts«, ereiferte er sich, »ich bin das gewöhnt. Sehen Sie, da!« Er zeigte ihr die linke Hand: Fast der ganze kleine Finger fehlte, und das Gelenk des Zeigefingers war zu einer knotigen Narbe angeschwollen. »Das bringt der Beruf mit sich«, meinte er und merkte gar nicht, wie das Mädchen mit erblassenden Lippen zurücktrat und auf seine Stirn starrte, die eine auffallend breite Schramme vom Auge bis zu den Haarwurzeln aufwies. »Geben Sie mir das Päckchen!« Er nahm es ihr aus der Hand, warf es in die Höhe und fing es wieder auf. »Nur keine Angst! Es wird schon alles gut gehen. Eigentlich wollte ich schon längst irgendwohin fahren. Kennen Sie Amerika?«

Das Mädchen schwieg und sah ihn verwundert an.

»Sie behaupten, neue Theorien zu haben«, schwatzte Prokop im Fieber. »Wartet nur, ich werde es euch schon beweisen, wenn einmal meine Berechnungen veröffentlicht sind. Schade, daß Sie nichts davon verstehen; ich würde es Ihnen erklären, Ihnen vertraue ich, Ihnen ja, aber nicht ihm. Vertrauen Sie ihm nicht«, redete er ihr eindringlich zu, »nehmen Sie sich in acht. Sie sind so schön«, flüsterte er entzückt. »Bei mir oben, zu Hause, spreche ich mit niemandem. Es ist nur eine einfache Bretterbude. Haha, wie Sie sich vor den Kohlköpfen gefürchtet haben! Aber ich werde Sie schon beschützen. Nur keine Furcht! Ich lasse es nicht zu!«

Sie starrte ihn mit vor Angst geweiteten Augen an. »Sie können doch nicht so wegfahren!«

Prokop wurde traurig und fühlte sich wieder schwach. »Beachten Sie es nicht! Ich habe Unsinn geschwatzt. Ich wollte nur, daß Sie nicht an die Hand denken. Sie sollen sich nicht fürchten. Es ist schon vorbei.« Er überwand seine Erregung und wurde steif und verdrießlich, so sehr nahm er sich zusammen. »Ich fahre nach Teinitz und werde Tomesch suchen. Ich übergebe ihm das Päckchen und sage, es sei von einem ihm bekannten Fräulein. Ist es recht so?«

»Ja«, sagte das Mädchen zögernd, »aber Sie können doch nicht . . .«

Prokop versuchte ein bittendes Lächeln. Sein schweres, narbiges Gesicht verschönte sich plötzlich. »Lassen Sie mich«, sagte er leise, »es ist doch – – es ist doch für Sie.«

Das Mädchen bewegte rasch die Lider, nickte schweigend und reichte ihm die Hand. Er hob seine unförmige Linke. Das Mädchen betrachtete sie und drückte sie fest. »Ich bin Ihnen sehr dankbar«, sagte sie rasch, »leben Sie wohl.«

In der Tür hielt sie inne, als wollte sie noch etwas hinzufügen; sie hatte die Klinke in der Hand und wartete –

»Soll ich ihm . . . einen Gruß bestellen?« fragte Prokop, etwas verlegen lächelnd.

»Nein«, erwiderte sie und sah ihn kurz an. »Auf Wiedersehen!«

Die Tür fiel hinter ihr zu. Prokop blickte ihr nach; er fühlte sich auf einmal zu Tode erschöpft und matt, der Kopf drehte sich ihm, es kostete unendliche Anstrengung, auch nur einen einzigen Schritt zu tun.

V.

Er mußte zweieinhalb Stunden auf dem Bahnhof warten und setzte sich, zitternd vor Kälte, in die Vorhalle. Als er die Augen schloß, war ihm, als ob die schmerzende Hand wachse, immer größer werde, nun war sie so groß wie ein Kopf, wie ein Kürbis; in ihrer ganzen Ausdehnung zuckte und zwackte glühend das wunde Fleisch. Dabei war ihm übel bis zum Erbrechen; unaufhörlich trat ihm der kalte Angstschweiß auf die Stirn. Er konnte nicht auf die schmutzigen, angespuckten Steinkacheln hinuntersehen, ohne daß sich ihm der Magen hob. Er stellte den Kragen hoch und verfiel in Halbschlaf, allmählich von grenzenloser Gleichgültigkeit bezwungen. Er träumte, er sei wieder Soldat und liege verwundet irgendwo im weiten Feld; wo – wo kämpft man denn immer noch? Da tönte ihm eine schrille Glocke in die Ohren und jemand rief: »Teinitz, Dux, einsteigen!«

Nun saß er im Abteil beim Fenster und fühlte eine unbändige Fröhlichkeit, als hätte er jemand überlistet, als wäre er irgendwo entkommen: Jetzt fahre ich nach Teinitz, und nichts kann mich mehr davon abhalten! Er kicherte fast vor Freude und machte es sich auf seinem Eckplatz bequem. Er durfte nicht zum Fenster hinaussehen, sonst schwindelte ihn. Ratata, ratata, ratata stampfte der Zug; alles ratterte, trommelte, dröhnte in fiebriger Hast. Fahre nur, fahre nur, fahre nur, skandierte Prokop mit dem Stoßen der Räder; rascher noch, rascher noch. Der Zug erwärmte sich durch seine eigene Geschwindigkeit; es wurde drückend heiß. Prokop schwitzte. Er wandte sich zum Fenster; darin tauchte plötzlich ein menschliches Gesicht auf. Er wußte erst nicht, was ihn daran so stutzig machte; er starrte es an und erkannte einen zweiten Prokop, der ihn mit erschreckender Aufmerksamkeit musterte. Was will er? fragte sich Prokop entsetzt. Mein Gott, ich habe doch nicht das Päckchen in Tomeschs Wohnung vergessen? Rasch tastete er den Rock ab und fand es in der Brusttasche. Da begann das Gesicht im Fenster zu lächeln, und Prokop atmete erleichtert auf. Er hätte am liebsten den Mantel über den Kopf gezogen und geschlafen, aber er fürchtete, jemand könnte ihm den versiegelten Umschlag aus der Tasche ziehen. Dann übermannte ihn doch der Schlaf, er war unsäglich müde; nie hätte er gedacht, daß ein Mensch so müde sein kann. Er schlief ein, schreckte auf und schlief wieder ein. Plötzlich fuhr er hoch, emporgerissen von der fiebrigen Gewißheit, in Teinitz zu sein. Vielleicht hatte draußen jemand die Station ausgerufen, denn der Zug hielt.

Er lief hinaus und sah, daß es schon Abend war. Zwei, drei Leute stiegen auf dem kleinen Bahnhof mit den blinzelnden Laternen aus, hinter denen sich unbekannte, neblige Finsternis breitete. Prokop erfuhr, daß er mit der Post nach Teinitz fahren könne, falls noch ein Platz frei sei. Der Postwagen bestand aus einem Bock, und dahinter war ein Kasten für die Postsendungen. Auf dem Bock saßen bereits der Postkutscher und ein Fahrgast.

»Kann ich nach Teinitz mitfahren?« fragte Prokop.

Der Postkutscher schüttelte unendlich traurig den Kopf. »Geht nicht«, sagte er nach einer Weile.

»Warum nicht?«

»Weil kein Platz ist«, erwiderte der Mann nach reiflicher Überlegung.

Prokop fühlte sich vom Trübsal übermannt. »Wie weit ist es . . . zu Fuß?«

Der Postkutscher überlegte teilnahmsvoll. »Eine gute Stunde«, antwortete er.

»Aber ich – ich kann nicht zu Fuß gehen! Ich muß zu Doktor Tomesch!« wandte Prokop niedergeschlagen ein.

Der Postkutscher zögerte. »Kommen Sie . . . als . . . Patient?«

»Mir ist elend«, murmelte Prokop; er zitterte wirklich vor Schwäche und Kälte.

Der Postkutscher grübelte eine Weile und schüttelte dann den Kopf. »Es geht leider nicht«, meinte er schließlich.

»Ich werde schon noch Platz finden . . . ein winziges Plätzchen genügt, ich . . .«

Auf dem Kutschbock blieb es still. Der Postkutscher fuhr sich durch den Bart, daß man es knistern hörte; dann stieg er wortlos herunter, machte sich am Strang zu schaffen und ging schweigend in das Bahnhofsgebäude. Der Fahrgast oben auf dem Bock rührte sich nicht.

Prokop war so erschöpft, daß er sich auf den Randstein setzen mußte. Ich werde mein Ziel nie erreichen, fühlte er verzweifelt; ich werde hierbleiben bis – bis –

Der Postkutscher kehrte mit einer leeren Kiste zurück. Auf irgendeine Weise brachte er sie oben neben dem Bock unter und betrachtete sie dann bedächtig. »So, nun setzen Sie sich hinauf«, sagte er endlich.

»Wohin?« fragte Prokop.

»Auf den Bock.«

Prokop gelangte auf so merkwürdige Weise auf den Kutschbock, als hätten ihn überirdische Kräfte emporgehoben. Der Postkutscher machte sich wieder am Riemenzeug zu schaffen, und dann saß er oben auf der Kiste, ließ die Beine herunterbaumeln, faßte die Zügel und sagte: »Hü!«

Das Pferd rührte sich nicht. Es zitterte nur.

Der Postkutscher stimmte ein dünnes, kehliges »Hrrr« an. Der Gaul bewegte den Schweif, und die Postkutsche fuhr langsam los.

Prokop klammerte sich krampfhaft an dem niedrigen Geländer des Bockes an; er fühlte, es werde seine Kräfte übersteigen, sich auf dem Bock aufrechtzuhalten.

»Hrrr!« Dieser hohe, schnurrende Gesang schien den alten Klepper zu elektrisieren. Er lief hinkend dahin, bewegte den Schweif hin und her und ließ bei jedem Schritt hörbare Winde entweichen.

»Hrrrrrr.« Es ging durch eine Allee kahler Bäume; ringsum pechschwarze Finsternis; nur ein flimmernder Lichtstreif aus der Laterne huschte über die Straße. Prokop umklammerte mit erstarrten Fingern das Geländer. Er beherrschte seinen Körper nicht mehr, aber er durfte nicht nachgeben, obwohl er sich schwach und elend fühlte. Ein beleuchtetes Fenster glitt vorbei, eine Allee, ein dunkles Feld. »Hrrr.« Das Pferd trabte unermüdlich weiter und bewegte dabei die Beine so steif und unnatürlich, als wäre es längst tot.

Prokop blickte seinen Mitreisenden von der Seite an. Es war ein alter Mann mit einem dicken Schal um den Hals. Er kaute ständig an etwas, schob es von einem Mundwinkel in den andern und spuckte es dann wieder aus. Da erinnerte sich Prokop, diese Gestalt schon einmal gesehen zu haben. Sie hatte dasselbe scheußliche Gesicht wie damals im Traum, als sie mit den hohlen Zähnen knirschte, bis sie splitterten, und sie dann stückweise ausspie. Es war merkwürdig und gräßlich zugleich.

»Hrrr.« Die Straße bildete eine Kehre, wand sich einen Hügel hinauf und wieder hinab. Dann tauchte ein Gutshof auf, ein Hund bellte, ein Mann kam die Landstraße daher und grüßte »Guten Abend«. Nun ging es bergan; immer mehr kleine Häuser tauchten auf. Der Postwagen bog ein, das hohe »Hrrr« brach plötzlich ab, und das Pferd blieb stehen.

»Hier wohnt Doktor Tomesch«, sagte der Postkutscher.

Prokop wollte etwas erwidern, war aber außerstande. Er bemühte sich, das niedrige Geländer loszulassen, doch die Finger waren verkrampft und klamm.

»Wir sind da«, wiederholte der Postkutscher. Langsam ließ der Krampf nach; Prokop kletterte vom Bock herunter, er zitterte am ganzen Körper. Wie im Traum öffnete er eine Gartenpforte und klingelte an der Haustür. Drin erscholl wütendes Bellen; eine junge Stimme rief: »Ruhe, Hansi!« Die Türe öffnete sich, und Prokop fragte, kaum daß er die Zunge bewegen konnte: »Ist der Herr Doktor zu Hause?«

Eine Weile blieb es still; dann sagte die junge Stimme: »Treten Sie ein!«

Prokop befand sich in einer warmen Stube. Auf dem Tisch stand eine Lampe; es war zum Abendessen gedeckt; Buchenholz duftete. Ein alter Herr, die Brille auf der Stirn, erhob sich vom Tisch, ging auf Prokop zu und fragte: »Nun, wo fehlt's denn?«

Prokop entsann sich nur trübe, weshalb er eigentlich hier war. »Ich . . . nämlich . . .«, begann er verwirrt, »ist Ihr Sohn daheim?«

Der alte Herr sah Prokop aufmerksam an. »Nein. Was ist Ihnen?«

»Georg . . . Georg«, murmelte Prokop, »ich . . . ich bin sein Freund und bringe ihm . . . ich soll ihm etwas übergeben . . .« Er suchte in den Taschen nach dem versiegelten Umschlag. »Es handelt sich um . . . eine wichtige Sache, ich – ich –«

»Georg ist nicht da«, unterbrach ihn der alte Herr. »Setzen Sie sich doch!«

Prokop war sehr erstaunt. »Aber er hat doch . . . er hat mir doch gesagt, daß er hierher fährt. Ich muß mit ihm sprechen . . .« Der Fußboden unter ihm begann zu schwanken und zu weichen.

»Anni, einen Stuhl!« rief der alte Herr mit merkwürdiger Stimme.

Prokop vernahm noch einen gedämpften Aufschrei und brach zusammen. Unendliches Dunkel hüllte ihn ein. Dann war nichts mehr.

VI.

Nichts mehr. Nur wie im Nebel, der sich ab und zu teilte, wurde ein Muster der Wandmalerei sichtbar, der geschnitzte Rand eines Schrankes, ein Stück Gardine oder der Fries der Zimmerdecke. Manchmal neigte sich ein Gesicht gleichsam wie über einen Brunnenrand, ohne daß jedoch die Züge erkennbar wurden. Etwas ging vor, hin und wieder befeuchtete jemand die heißen Lippen oder hob den ohnmächtigen Körper auf; aber alles schwand wieder dahin und löste sich in verschwommene Bilder eines Traumes auf.

Es waren Landschaften, Teppichmuster, Differenzialrechnungen, feurige Kugeln, chemische Formeln. Zeitweise trieb etwas an die Oberfläche, wurde einen Augenblick lang zu einem klareren Traum, aber gleich darauf zerrann es wieder im breiten Strom der Bewußtlosigkeit.

Endlich trat der Augenblick ein, da er erwachte. Er sah über sich eine anheimelnde, sichere Zimmerdecke mit einem Stuckfries, fand mit den Augen seine eigenen abgezehrten, todblassen Hände auf der geblümten Bettdecke und entdeckte dahinter die Bettleiste, einen Schrank und eine weiße Tür, alles gleichsam liebenswert still und vertraut. Er hatte keine Ahnung, wo er sich befand. Er wollte darüber nachdenken, doch sein Kopf war unsagbar matt. Alles begann wieder zu verschwimmen; da schloß er die Augen und ruhte, in seine Schwäche ergeben, aus.

Die Tür knarrte leise. Prokop öffnete die Augen und setzte sich im Bett auf, als hätte ihn etwas emporgehoben. Ein Mädchen stand in der Tür, groß und schön, blickte aus klaren, ungemein erstaunten Augen und hielt ein weißes Linnen an die Brust gedrückt. Sie rührte sich nicht vor Verlegenheit; ihre langen Wimpern zuckten, und ihr rosiger Mund begann unsicher und scheu zu lächeln.

Prokop blickte finster drein. Er bemühte sich angestrengt, etwas zu sagen, aber sein Kopf war leer. Er bewegte lautlos die Lippen und beobachtete das Mädchen mit strengen, nachdenklichen Augen.

»Gúnúmai se, anassa«, kam es jäh und unbewußt von seinen Lippen, »theos ny tis é brotos essi?« Und weiter, Vers um Vers, strömte der göttliche Gruß, mit dem Odysseus Nausikaa angeredet hatte. »Flehend nah' ich dir, Hohe, der Göttinnen, oder der Jungfraun! Bist du der Göttinnen eine, die hoch obwalten im Himmel; Artemis gleich dann acht' ich, der Tochter Zeus der Erhabenen, dich an schöner Gestalt, an Größ' und jeglicher Bildung. Bist du der Sterblichen eine, die rings umwohnen das Erdreich, dreimal selig dein Vater fürwahr und die würdige Mutter, dreimal selig die Brüder zugleich! Muß ihnen das Herz doch stets von entzückender Wonne ob deiner Schöne durchglüht sein, wenn sie schaun, wie ein solches Gewächs hinschwebt zum Reihntanz!«

Das Mädchen lauschte reglos, wie versteinert, dieser Begrüßung in einer ihr unbekannten Sprache. Ihre glatte Stirn kräuselte sich vor Verwirrung, und ihre Augen blickten so kindlich und unerschrocken, daß Prokop den Eifer des ans Ufer geschleuderten Odysseus verdoppelte, obgleich er selber nur unklar den Sinn der Worte begriff.

»Keinos d'au peri kéri makartatos«, sagte er rasch her. »Aber wie ragt doch jener an Seligkeit hoch vor den andern, der mit Geschenk obsiegend, als Braut zum Heime dich führet! Denn noch nie so einen Sterblichen sah ich mit Augen, weder Mann noch Weib; mit Staunen erfüllt mich dein Anblick.«

Das Mädchen war über und über errötet, als ob sie den Gruß des griechischen Helden verstanden hättte. Eine linkische und zugleich anmutige Verwirrung lähmte ihr die Glieder, und Prokop sprach, die Hände über der Bettdecke gefaltet, als ob er bete:

»Da warf hierher mich ein Dämon, daß noch hier ich dulde des Weh's. Denn schwerlich ja wird's nun endigen; viel noch drohn mir vorher zu erfüllen die Götter!«

Prokop atmete schwer und hob die erschreckend mageren Hände. »Alla, anass', eleaire! Aber erbarme dich, Hohe! Denn dir, nach unendlicher Trübsal, naht' ich zuerst hilflos – der anderen Sterblichen kenn' ich niemand, welche das Land und die Stadt hier bewohnen. Zeige mir jetzt doch die Stadt, und gib mir ein Stück zur

Bedeckung, etwa ein Wickeltuch, worin du die Wäsche gebracht hast.«

Nun hellte sich das Gesicht des Mädchens ein wenig auf, die feuchten Lippen öffneten sich leicht. Vielleicht wird Nausikaa antworten, aber Prokop wollte sie noch für das Wölkchen lieblichen Mitleids, das ihr Gesicht so rosig färbte, segnen. »Mögen die Götter dir schenken, so viel dein Herz nur begehret, einen Mann und ein Haus, und Fried euch gewähren und Eintracht, selige! Nichts ist wahrscheinlich so wünschenswert und erfreulich, als wenn Mann und Weib, in herzlicher Liebe vereinigt, ruhig ihr Haus verwalten; dem Feind ein kränkender Anblick, aber Wonne dem Freund, und mehr noch genießen sie selber.«

Die letzten Worte hatte Prokop nur noch geflüstert. Er verstand sie selbst kaum. Sie entströmten fließend und ohne seinen Willen einem unbekannten Winkel des Gedächtnisses. Es war fast zwanzig Jahre her, seit er sich durch die süße Wortmelodie des sechsten Gesanges so schlecht und recht hindurchgearbeitet hatte. Es bereitete ihm geradezu eine körperliche Erleichterung, die Worte frei verströmen zu lassen. Sein Kopf wurde unbeschwerter und klarer; er fühlte sich selig in dieser schlaffen, angenehmen Mattigkeit. Ein verlegenes Lächeln trat auf seine Lippen.

Auch das Mädchen lächelte, regte sich und sagte: »Nun denn?« Sie trat einen kleinen Schritt näher und begann zu lachen. »Was haben Sie da gesagt?«

»Ich weiß nicht«, antwortete Prokop unsicher.

Da flog die nur angelehnte Tür auf: Etwas Kleines, Zottiges kam hereingeflitzt, quietschte vergnügt und sprang aufs Bett.

»Hansi!« schrie das Mädchen erschrocken auf. »Gleich gehst du herunter!« Aber der kleine Hund leckte bereits Prokops Gesicht und schmiegte sich mit leidenschaftlichem Vergnügen in die Bettdecke. Prokop fuhr sich über die Wangen, um sie zu trocknen; da verspürte er entsetzt einen richtigen Vollbart unter der Hand. »Wie – wieso denn?« stotterte er und verstummte erstaunt. Der Hund tollte umher, biß Prokop aus überströmender Zärtlichkeit in die Hände, knurrte vergnügt, bellte und erreichte schließlich mit seiner nassen Schnauze Prokops Brust.

»Hansi«, rief jetzt das Mädchen, »bist du verrückt? Gleich wirst du das Herrchen in Ruhe lassen!« Sie eilte ans Bett und nahm den Hund in die Arme. »Bist du aber dumm, Hansi!«

»Lassen Sie ihn«, bat Prokop.

»Aber Sie haben doch eine schlimme Hand«, wandte das Mädchen mit deutlichem Ernst ein, während sie den sich zur Wehr setzenden Hund fest an die Brust drückte.

Prokop sah verständnislos auf seine Rechte. Vom Daumen über die Handfläche zog sich eine breite Narbe, die mit einem neuen, ganz dünnen, angenehm juckenden roten Häutchen überzogen war. »Wo . . . wo bin ich denn eigentlich?« fragte er erstaunt.

»Bei uns«, antwortete das Mädchen mit der natürlichsten Selbstverständlichkeit, die Prokop sofort beruhigte. »Bei Ihnen«, wiederholte er erleichtert, obgleich er keine Ahnung hatte, wo das war. »Und wie lange schon?«

»Seit zwanzig Tagen. Und immer haben Sie . . .«, sie wollte etwas sagen, verstummte aber wieder. »Hansi hat bei Ihnen geschlafen«, setzte sie dann rasch hinzu und errötete, ohne zu wissen, warum, wobei sie den Hund wie ein kleines Kind wiegte. »Wissen Sie davon?«

»Nein«, antwortete Prokop nachdenklich. »Habe ich denn geschlafen?«

»In einem fort«, entfuhr es ihr. »Jetzt könnten Sie schon ausgeschlafen sein.« Sie ließ den Hund auf die Erde und näherte sich dem Bett. »Geht es Ihnen besser? . . . Haben Sie einen Wunsch?«

Prokop schüttelte den Kopf; ihm fiel nichts ein. »Wie spät ist es?« fragte er unsicher.

»Zehn. Ich weiß nicht, was Sie essen dürfen. Sobald der Vater kommt . . . Vater wird sich freuen . . . Möchten Sie etwas?«

»Einen Spiegel«, bat Prokop zögernd.

Das Mädchen lachte und eilte hinaus. In Prokops Kopf rumorte es. Er versuchte krampfhaft, sich zu erinnern, aber alles entglitt ihm immer wieder. Da kam schon das Mädchen zurück, sagte irgendwas und reichte ihm einen kleinen Spiegel. Prokop wollte die Hand heben; es ging nicht. Das Mädchen drückte ihm den Griff zwischen die Finger, doch der Spiegel fiel auf die Bettdecke. Da erblaßte das Mädchen und hielt ihm, seltsam beunruhigt, den Spiegel vor die Augen. Prokop starrte hinein und erblickte ein vollkommen fremdes Gesicht mit dichten Bartstoppeln auf Wangen und Kinn. Er starrte und konnte nicht begreifen; seine Lippen begannen zu zittern.

»Legen Sie sich gleich nieder, legen Sie sich gleich wieder nieder«, gebot ihm eine zarte, fast schluchzende Stimme, und flinke Hände rückten ihm das Kissen zurecht. Prokop legte sich zurück und schloß die Augen. Ich werde noch ein Weilchen schlafen, dachte er, und fühlte eine angenehme, tiefe Stille um sich.

VII.

Jemand zupfte ihn am Ärmel. »He!« sagte dieser Jemand. »Jetzt wird nicht mehr geschlafen!« Prokop öffnete die Augen und sah einen alten Herrn vor sich mit einer rosigen Glatze, weißem Spitzbart, goldener Brille auf der Stirn und ungemein lebhaften Augen. »Schlafen Sie jetzt nicht mehr weiter, Verehrtester«, sagte der alte Herr, »es ist übergenug; sonst erwachen Sie erst im Jenseits.«

Prokop musterte den alten Herrn mürrisch; er wollte lieber weiterschlafen. »Was soll ich?« fragte er unwillig. »Mit . . . mit wem habe ich überhaupt die Ehre?«

Der alte Herr begann zu lachen. »Bitte, Doktor Tomesch. Sie haben mich ja bisher nicht zur Kenntnis genommen. Tut nichts. Wie fühlen Sie sich?«

»Prokop«, brummte der Kranke unfreundlich.

»So, so«, meinte der Doktor zufrieden. »Und ich hätte Sie fast schon für das Dornröschen gehalten. Nun, Herr Ingenieur, ich muß Sie mir jetzt ansehen. Bitte, nur keine Grimassen!« Er zauberte unter Prokops Achsel ein Thermometer hervor und knurrte behaglich. »Fünfunddreißig acht. Sie sind wie eine Fliege. Wir müssen Sie auffüttern. Rühren Sie sich nicht!«

Prokop spürte auf der Brust eine kalte Glatze und ein kaltes Ohr, das von einer Schulter zur andern, vom Bauch zum Hals glitt, während ein aufmunterndes Brummen zu hören war.

»Ausgezeichnet«, sagte der Doktor schließlich und schob seine Brille herunter. »Rechts rasselt es noch ein wenig, und das Herz – na, das werden wir schon in Ordnung bringen.« Er beugte sich über Prokop, hob ihm mit beiden Daumen die Augenlider und drückte sie wieder hinunter. »Jetzt wird nicht mehr geschlafen«, sagte er und prüfte dabei die Pupillen. »Sie bekommen Bücher und werden lesen. Sie werden etwas essen, ein Gläschen Wein trinken und – rühren Sie sich nicht, ich beiße nicht.«

»Was fehlt mir?« fragte Prokop zaghaft.

Der Doktor richtete sich auf. »Jetzt nichts mehr. Sagen Sie, wie sind Sie eigentlich hierhergekommen?«

»Wohin hierher?«

»Hierher nach Teinitz. Wir haben Sie vom Fußboden aufgehoben und . . . Woher sind Sie denn gekommen?«

»Ich weiß nicht. Ich glaube, aus der Stadt«, besann sich Prokop.

Der Doktor schüttelte den Kopf. »Per Bahn aus der Stadt! Mit einer

Gehirnhautentzündung! Waren Sie bei Verstande? Wissen Sie überhaupt, was es war?«

»Nein.«

»Meningitis. Eine Schlafform von Meningitis. Und dazu noch Lungenentzündung. Vierzig Grad Fieber. In einem solchen Zustand macht man keine Ausflüge! Wissen Sie, daß Sie – zeigen Sie die rechte Hand her!«

»Das . . . das war bloß ein Kratzer«, wehrte Prokop ab.

»Ein schöner Kratzer! Blutvergiftung! Wenn Sie wieder gesund sind, will ich Ihnen sagen, daß Sie – daß Sie eine Mordseselei begangen haben. Entschuldigen Sie«, meinte er in würdevoller Entrüstung, »fast wäre mir was Gröberes entschlüpft. Ein gebildeter Mensch und weiß nicht, daß er genug für einen dreifachen Exitus in sich hat! Wie konnten Sie sich überhaupt auf den Beinen halten?«

»Ich weiß nicht«, flüsterte Prokop beschämt.

Der Doktor wollte weiterschimpfen, brummte aber nur und winkte ab. »Und wie fühlen Sie sich?« fragte er streng. »Etwas dumpf im Kopf, nicht wahr? Kein Gedächtnis. Und da, da«, er tippte an die Stirn, »irgendwie schwach, stimmt's?«

Prokop schwieg.

»Nun, Herr Ingenieur«, redete der Doktor eifrig weiter, »Sie brauchen sich das nicht sehr zu Herzen zu nehmen. Einige Zeit wird's schon noch dauern. Sie dürfen den Kopf nicht anstrengen. Nicht nachdenken. Es kommt wieder . . . Stück für Stück kommt's wieder. Vorübergehende Störung, eine schwache Amentia, verstanden?«

Der Doktor redete so laut, schwitzte und ereiferte sich derart, als gelte es, einen Taubstummen zu überzeugen. Prokop betrachtete ihn gespannt und fragte dann leise: »Ich bleibe also schwachsinnig?«

»Davon kann gar keine Rede sein«, widersprach der Doktor heftig. »Ganz ausgeschlossen! Bloß . . . zeitweise Gedächtnistrübung, Zerstreutheit, Mattigkeit und ähnliche Symptome. Störungen in der Koordination. Jetzt heißt es nur ausruhen. Vollkommene Ruhe. Nichts tun. Mein lieber Herr Ingenieur, danken Sie Gott, daß Sie es überhaupt überstanden haben.

Ja, überstanden!« wiederholte er nach einer Weile und blies freudig erregt in sein Taschentuch. »Einen solchen Fall habe ich noch nicht erlebt. Sie kamen im Delirium hier an, brachen zusammen, und aus war's! Was sollte ich mit Ihnen anfangen? Das Krankenhaus ist weit, das Mädel war außer sich . . . und dann, Sie waren doch als Gast zu . . . Georg, zum Sohn gekommen. Wir haben Sie also hierbehalten, das ist doch selbstverständlich. Uns macht es nichts aus. Aber einen so unterhaltsamen Gast hatten wir noch nicht im Haus. Zwanzig Tage verschlafen, ganz schön! Als Ihnen mein Kollege, der Oberarzt, die Hand schnitt, wachten Sie erst gar nicht auf, wozu auch? Ein stiller Patient, das muß man sagen! Na, ist ja einerlei. Wenn Sie es nur überstanden haben.« Der Doktor klatschte sich heftig auf die Schenkel. »Aber, zum Teufel, schlafen Sie nicht mehr! Heda, Herr, jetzt wird nicht mehr geschlafen, sonst ist es für immer. Trachten Sie, es ein wenig zu überwinden! Wach bleiben, hören Sie!«

Prokop nickte matt; er fühlte, wie sich zwischen ihm und der Wirklichkeit Schleier spannten, wie alles verhüllt und trübe wurde und verstummte.

»Anni«, hörte er aus weiter Ferne eine aufgeregte Stimme, »bring Wein!« Rasche Schritte, ein Gespräch wie unter Wasser und der kühle Geschmack des Weines, der ihm die Kehle hinunterrann. Er öffnete die Augen und sah das Mädchen über sich gebeugt. »Sie dürfen nicht schlafen!« sagte sie angstvoll.

»Ich werde nicht schlafen«, entschuldigte sich Prokop kleinlaut.

»Das möchte ich mir auch ausgebeten haben«, polterte der Doktor am Bettrand. »Der Professor kommt eigens aus der Stadt zur Konsultation herüber; er soll sehen, daß wir Bader auf dem Lande auch etwas können. Sie müssen sich zusammennehmen.« Mit ungewöhnlicher Gewandtheit hob er Prokop hoch und ordnete die Kissen hinter seinem Rücken. »So, jetzt können Sie sitzen. Den Schlaf heben Sie sich bis nach dem Mittagessen auf. Ich muß in die Sprechstunde. Und du, Anni, setz dich hierher und plaudere ein wenig. Dein Mundwerk steht sonst auch nicht still. Wenn er wieder einschlafen sollte, ruf mich. Ich werde ihm schon meine Meinung sagen.« In der Tür drehte er sich um und knurrte: »Aber – ich freue mich. Also, mach's gut!«

Prokops Blicke glitten zu dem Mädchen hin. Sie saß etwas abseits, die Hände im Schoß, und wußte beim besten Willen nicht, worüber sie reden sollte. Jetzt hob sie den Kopf und öffnete leicht die Lippen; gleich wird Prokop etwas zu hören bekommen. Aber noch schämte sie sich, verschluckte, was sie sagen wollte, und ließ den Kopf noch tiefer sinken. Man sah nur die langen Wimpern, die sich auf den zarten Wangen bewegten.

»Der Vater ist immer so heftig«, begann sie endlich zaghaft. »Er ist das . . . Herumschreien gewohnt . . . von den Patienten her.«

Schon war ihr wieder der Faden ausgegangen. Da tauchte – wie gerufen – die Schürze zwischen den Fingern auf und ließ sich lange und vielfältig zusammenlegen.

»Was ist das für ein Geräusch?« fragte Prokop nach einer Weile.

Sie wandte den Kopf zum Fenster; sie hatte schönes, blondes Haar, das die Stirn erhellte; ein Lichtschimmer spielte auf den feuchten Lippen. »Das sind die Kühe«, erklärte sie. »Drüben liegt das Gut der Herrschaft. Dieses Haus gehört auch der Herrschaft. Der Vater hat ein Pferd und einen Wagen . . . Fritz heißt es.«

Prokop nickte und lauschte.

»Waren Sie noch nie in Teinitz? Hier gibt es nur Alleen und Felder . . . Solange die Mutter noch lebte, da war Leben im Haus. – Da kam auch Georg öfter . . . Jetzt war er schon über ein Jahr nicht mehr bei uns. Man darf nicht einmal seinen Namen nennen. – Sehen Sie ihn oft?«

Prokop verneinte entschieden.

Das Mädchen seufzte und überlegte. »Er ist so . . . ich weiß nicht – so merkwürdig. Zu Hause ging er mit den Händen in den Hosentaschen herum und langweilte sich immer nur . . . Gewiß, es ist nichts los hier, aber . . . Der Vater ist froh, daß Sie dageblieben sind«, beendete sie rasch und ein wenig unzusammenhängend das Gespräch.

Auf dem Hofe draußen begann heiser und komisch ein junger Hahn zu krähen. Plötzlich schienen die Hühner in Aufruhr geraten zu sein, man hörte ihr aufgeregtes »Ko-ko-ko« und das triumphierend kläffende Bellen des Hundes. Das Mädchen sprang auf. »Hansi jagt Hühner!« Aber sie setzte sich gleich wieder, entschlossen, die Hühner ihrem Schicksal zu überlassen. Es herrschte eine angenehme, klare Stille.

»Ich weiß nicht, was ich Ihnen erzählen soll«, sagte sie nach einer Weile mit schöner Offenherzigkeit. »Ich werde Ihnen aus der Zeitung vorlesen, wollen Sie?«

Prokop lächelte. Und schon war sie mit der Zeitung da und begann mutig mit dem Leitartikel. Finanzielles Gleichgewicht, Staatsbudget, ungedeckte Kredite . . . Die liebliche, unsichere Stimme las ruhig die ernsthaftesten Dinge vor. Prokop, der gar nicht zuhörte, fühlte sich wohler, als wenn er tief geschlafen hätte.

VIII.

Prokop durfte nun täglich ein Stündchen das Bett verlassen. Noch schleppte er die Füße so sonderbar und war nicht eben redselig. Was immer man ihn fragte, er antwortete meist nur kurz und entschuldigte sich dabei mit einem scheuen Lächeln.

Zur Mittagsstunde – es war erst Anfang April – saß er meist im Hausgarten auf der Bank; neben ihm hockte der struppige Terrier Hansi, grinste breit unter seinem stets feuchten Schnauzbart, sichtlich stolz darauf, Gesellschaft leisten zu dürfen, und blinzelte vergnügt, wenn ihm Prokops narbige Linke den zottigen Kopf kraulte. Um diese Zeit kam der Doktor zumeist aus der Sprechstunde geeilt, so daß das Käppchen auf der blanken Glatze hin und her rutschte, hockte sich nieder und pflanzte Gemüsesetzlinge. Mit den dicken, kurzen Fingern zerbröckelte er die Erdbrocken, um den jungen Keimen sorgsam ein Lager zu bereiten. Jeden Augenblick suchte er etwas, wobei er ärgerlich brummte: Er habe irgendwo seine Tabakspfeife in ein Beet gesteckt und wisse nicht, wo. Da erhob sich Prokop und schritt mit dem Spürsinn eines Detektivs (er las jetzt im Bett immer Detektivgeschichten) auf die verschwundene Pfeife zu. Diesen Augenblick benutzte Hansi immer, um sich geräuschvoll zu schütteln.

Jetzt kam auch Anni, um Vaters Beete zu begießen. In der rechten Hand schleppte sie die volle Kanne, die linke hielt sie ausgestreckt von sich, um das Gleichgewicht zu halten. Ein silbriger Wasserschauer brauste über den lehmigen Boden, und wenn Hansi zufällig in der Nähe auftauchte, bekam er sein Teil ab, entweder auf die Hinterbakken oder auf seinen dummen lustigen Kopf. Dann quiekte er entsetzt auf und suchte bei Prokop Schutz.

Während des ganzen Morgens strömten Patienten in die Sprechstunde. Sie saßen im Wartezimmer, räusperten sich und starrten schweigend vor sich hin, jeder nur mit seiner Krankheit beschäftigt. Manchmal ertönte aus dem Ordinationszimmer ein durchdringender Schrei, wenn der Doktor einem Jungen einen Zahn zog. Dann flüchtete Anni in panischer Angst zu Prokop, zuckte aufgeregt mit den langen Wimpern und wartete so das Ende der gräßlichen Operation ab.

Anders war es, wenn vor dem Doktorhaus ein mit Stroh ausgepolsterter Wagen hielt und zwei Männer einen Schwerverletzten behutsam die Treppe hinauftrugen. Er hat eine zerquetschte Hand, ein gebrochenes Bein oder eine Schädelwunde von einem Hufschlag.

Kalter Schweiß läuft dem Verwundeten über die bleiche Stirn herab, und er stöhnt in heldenhafter Selbstüberwindung. Tragische Stille lastete dann über dem ganzen Hause. Die dicke, fröhliche Magd ging auf den Zehenspitzen umher. Anni hatte verweinte Augen, und ihre Finger zitterten. Der Doktor kam in die Küche gestürzt, verlangte barschen Tones Rum, Wein oder Wasser und verbarg so das quälende Mitleid unter betonter Grobheit. Noch den ganzen nächsten Tag über war er schweigsam, ging mürrisch umher und knallte die Türen zu.

Aber es gab auch große Festtage, zum Beispiel die berühmte Kirmes jedes Landarztes: das Kinderimpfen. Hunderte von Müttern wiegten ihre plärrenden, quäkenden, schlafenden Bündel und belegten Wartezimmer, Flur, Küche und Garten. Anni war außer sich; sie hätte am liebsten alle die zahnlosen, vom vielen Schreien erschöpften, flaumhaarigen Säuglinge in einem Anfall begeisterter Mütterlichkeit in die Arme genommen, gewiegt und gewickelt. Auch die Glatze des alten Doktors strahlte festlicher denn je. Seit dem frühen Morgen ging er ohne Brille umher, um die Kleinen nicht zu erschrecken, und seine Augen verschwammen vor Müdigkeit und Freude.

Ein andermal wieder schrillte mitten in der Nacht die Glocke. Dann hörte man brummende Stimmen in der Tür, der Doktor schimpfte, der Kutscher Josef mußte einspannen. Irgendwo hinter einem erleuchteten Fenster des Dorfes kam dann ein neuer Mensch zur Welt. Erst gegen Morgen kehrte der Doktor todmüde, aber zufrieden heim, zehn Schritte weit nach Karbol riechend. So hatte ihn Anni am liebsten.

Es gab auch noch andere Geschöpfe im Haus. Da war die dicke, lachlustige Nanni in der Küche, die den ganzen Tag sang und lärmte oder sich vor Lachen bog. Der Kutscher Josef dagegen, der einen Hängeschnauzbart trug, galt als sehr ernsthaft. Man nannte ihn den Historiker, weil er gern Geschichtsbücher las und von allerlei historischen Geheimnissen der Gegend zu erzählen wußte. Ferner war da der Herrschaftsgärtner, ein großer Schürzenjäger, der täglich in den Garten des Doktors kam, um die Rosen zu okulieren, die Sträucher zu stutzen und die Köchin zu gefährlichen Lachkrämpfen zu verleiten. Nicht zu vergessen der schon erwähnte stichelhaarige, quietschlebendige Hansi, der nicht von Prokops Seite wich, Flöhe und Hühner jagte und besonders gern auf dem Bock des Wagens mitfuhr. Fritz, der alte, schon etwas ergraute Rappe, Freund der Kaninchen, ein rechtschaffenes, gutmütiges Pferd; seine warmen, empfindlichen Nüstern zu streicheln, war der Gipfel des Angenehmen. Der brünette Wirtschaftsadjunkt, über beide Ohren in Anni verliebt, die ihn, gemeinsam mit der Köchin, herzlos zum Narren hielt. Der Gutsdirektor, ein verschlagener Fuchs und alter Dieb, der gern mit dem Doktor eine Partie Schach spielte, wobei sich der Doktor ständig aufregte und immer verlor.

Prokop las viel oder tat, als wolle er lesen. Sein narbiges, schweres Gesicht drückte nur wenig aus, schon gar nichts über den verzweifelten und heimlichen Kampf mit dem gestörten Gedächtnis. Die Erinnerung an die letzten Arbeitsjahre hatte besonders arg gelitten, die einfachsten Formeln und Prozesse waren vergessen. Prokop notierte dann und wann an den Rand des Buches eine knappe Formel, die ihm gerade einfiel, wenn er am wenigsten daran dachte. Manchmal spielte er mit Anni Billard; das war ein Spiel, bei dem nicht viel gesprochen wurde. Auch Anni nahm etwas von seinem ledernen, undurchdringlichen Ernst an. Sie spielte konzentriert, die Brauen streng gefaltet, zog und traf die Kugel; aber wenn diese wider Erwarten anderswohin rollte, öffnete sie erstaunt den Mund und wies ihr mit der feuchten Zunge den rechten Weg.

Dann gab es die Abende bei Lampenschein. Wie immer redete der Doktor am meisten. Er war Naturwissenschaftler ohne jede Kenntnisse. Besonders die Welträtsel hatten es ihm angetan: Radioaktivität, Unendlichkeit des Raumes, Elektrizität, Relativität, Ursprung der Materie und das Alter der Menschheit. Er war ein geschworener Materialist und empfand eben darum ein geheimnisvolles, süßes Gruseln vor den unlösbaren Welträtseln. Manchmal konnte Prokop nicht an sich halten und korrigierte die naiven Ansichten. Dann lauschte der alte Herr geradezu andächtig und begann Hochachtung für Prokop zu empfinden, besonders, wenn es für ihn unverständlich wurde, also etwa beim Resonanzpotential oder der Quantentheorie. Anni saß dabei, das Kinn auf die Tischplatte gestützt; sie war zwar schon ein wenig zu erwachsen dafür, aber offenbar hatte sie seit Mutters Tod zu reifen vergessen. Sie hielt ganz still und blickte nur mit großen Augen bald auf den Vater, bald auf Prokop.

Die Nächte waren still und weit wie überall auf dem Lande. Hin und wieder klirrten die Ketten im Kuhstall, schlugen nah oder fern die Hunde an; ein fallender Stern glitt über den Himmel, der Frühlingsregen rauschte im Garten und der einsame Brunnen ließ silbrig klingende Tropfen fallen. Aus den Tiefen der Nacht wehte die reine Kühle durch das offene Fenster, und der Mensch versank in gesegneten, traumlosen Schlaf.

IX.

Es ging besser. Tag um Tag kehrte das Leben mit winzigen Schritten wieder. Noch spürte Prokop eine Mattigkeit im Kopf, fühlte sich wie in einer unwirklichen Welt. Jetzt bliebe nur noch, dem Doktor zu danken und dann seiner Wege zu gehen. Er wollte es einmal nach dem Abendessen ankündigen, aber da schwiegen gerade alle, als hätte es ihnen die Rede verschlagen. Nachher faßte der Doktor Prokop unter und ging mit ihm ins Ordinationszimmer hinüber. Nach einigem Hin und Her platzte er in seiner verlegenen Grobheit heraus: Prokop brauche vorläufig nicht abzureisen, er solle lieber noch etwas ausruhen, das Spiel sei noch nicht gewonnen, und überhaupt – er könne ruhig hierbleiben. Prokop wehrte sich nur schwach. Er fühlte sich wirklich noch nicht völlig wiederhergestellt und war auch etwas verweichlicht. Kurz, von einer Abreise war vorderhand keine Rede mehr.

Nachmittags schloß sich der Doktor immer im Ordinationszimmer ein. »Setzen Sie sich doch einmal zu mir herein«, sagte er so beiläufig zu Prokop. Prokop fand ihn mit Fläschchen, Tiegeln und Pülverchen hantierend. »Hier im Ort gibt es nämlich keine Apotheke«, erklärte der Doktor, »ich muß mir also die Arzneien selber zusammenbrauen.« Mit kurzen, zittrigen Fingern dosierte er ein Pulver auf der Handwaage. Er hatte eine unsichere Hand, und die Waage schwankte und drehte sich. Der alte Herr ärgerte sich, schnaubte und schwitzte an der Nase winzige Tröpfchen aus. »Ich seh's nicht genau«, versuchte der Alte die Ungeschicklichkeit seiner Finger zu entschuldigen. Prokop sah eine Weile zu, nahm ihm dann die Waage wortlos aus der Hand und wog das Pülverchen, ein zweites, ein drittes auf ein Milligramm genau ab. Die empfindliche Waage tanzte nur so zwischen seinen Fingern. »Sieh mal, sieh mal an«, staunte der Doktor und verfolgte verblüfft Prokops Hände mit ihren verunstalteten, knotigen und unförmigen Gelenken, den abgebrochenen Nägeln und kurzen Stümpfen an Stelle einiger Finger. »Haben Sie aber eine Geschicklichkeit in den Händen!« Bald rührte Prokop bereits Salben an, maß Tropfen ab und erwärmte die Reagenzgläser. Der Doktor strahlte und klebte Zettel auf. In einer halben Stunde war er mit der ganzen Apothekerarbeit fertig, und dabei gab es noch eine Menge Pulver auf Vorrat. In wenigen Tagen las Prokop bereits geläufig alle Rezepte des Doktors und arbeitete als sein Assistent.

Einmal gegen Abend stocherte der Doktor in der lockeren Erde eines Beetes herum. Plötzlich ertönte ein furchtbarer Knall im Hause und gleichzeitig klirrte splitterndes Glas. Der Doktor stürzte ins Haus und stieß im Flur mit der entsetzten Anni zusammen. »Was ist geschehen?« schrie er.

»Ich weiß nicht«, stammelte das Mädchen. »Im Sprechzimmer . . .« Der Doktor lief ins Ordinationszimmer und fand Prokop, wie er auf allen vieren auf dem Fußboden umherkroch und Scherben und Papiere auflas.

»Was haben Sie da angestellt?« fuhr ihn der Doktor an.

»Nichts«, antwortete Prokop und erhob sich schuldbewußt. »Ein Probierglas ist mir explodiert.«

»Aber was, zum Donnerwetter . . .«, wollte der Doktor lostoben, stockte aber bestürzt: Aus Prokops linker Hand sickerte Blut. »Hat es Ihnen den Finger weggerissen?«

»Nur ein Kratzer«, widersprach Prokop und verbarg die Linke hinterm Rücken.

»Zeigen Sie her!« schrie der alte Doktor und zerrte Prokop ans Fenster. Der halbe Finger hing nur noch an der Haut. Der Doktor rannte zum Verbandskasten nach einer Schere und erblickte in der offenen Tür Annis todbleiches Gesicht. »Was willst du hier?« schrie er sie an. »Marsch, hinaus!« Anni rührte sich nicht; sie preßte die Hände an die Brust, einer Ohnmacht nahe.

Der Doktor kehrte zu Prokop zurück. Erst hantierte er mit Watte, und dann zwackte die Schere. »Licht!« rief er. Anni stürzte zum Schalter und drehte das Licht an. »Steh hier nicht herum!« brauste der alte Herr auf, während er eine Nadel in Benzin badete. »Was hast du hier zu suchen? Reich mir den Zwirn!« Anni sprang zum Schrank und brachte eine Rolle mit Zwirn. »Jetzt geh!«

Anni blickte auf Prokops Rücken und tat etwas anderes. Sie trat näher, faßte mit beiden Händen die verletzte Hand und hielt sie. Der Doktor wusch sich gerade die Hände; er wandte sich nach Anni um und wollte lospoltern, statt dessen brummte er: »So, jetzt halt fest! Und näher ans Licht!«

Anni schloß die Augen und hielt fest. Als nichts mehr zu hören war als des Doktors Schnaufen, wagte sie aufzublicken. Unten, wo der Vater gerade arbeitete, war alles blutig und häßlich. Sie sah Prokop an. Er hatte das Gesicht abgewandt, seine Augenlider zuckten vor Schmerz. Anni zitterte und verschluckte die Tränen; ihr begann übel zu werden.

Inzwischen wuchs um Prokops Hand eine Menge Watte, Billrothbatist und wohl ein Kilometer festgewickelter Verbandstoff zu einem weißen Riesengebilde an. Anni hielt immer noch fest, ihre Knie bebten; die schreckliche Operation schien kein Ende zu nehmen. Plötzlich begann sich ihr der Kopf zu drehen, und dann hörte sie den Vater sagen: »Da, trink das schnell!« Sie öffnete die Augen, merkte, daß sie im Operationsstuhl saß, daß der Vater ihr ein Glas mit etwas Gelblichem darin reichte, daß hinter ihm Prokop stand, der ihr zulächelte, die verbundene Hand wie eine Riesenknospe an sich drückend. »Trink das aus!« drängte der Doktor und zeigte die Zähne. Sie schluckte es gehorsam und bekam einen Hustenanfall; es war sehr starker Kognak.

»Jetzt kommen Sie an die Reihe«, wandte sich der Doktor an Prokop und reichte ihm das Glas. Prokop war etwas bleich und erwartete standhaft das Donnerwetter. Schließlich trank auch der Doktor, räusperte sich und legte los: »Also, was haben Sie hier eigentlich angestellt?«

»Einen Versuch«, antwortete Prokop mit dem schiefen Lächeln des Schuldbewußten.

»Was für einen Versuch? Womit denn?«

»Nichts Besonderes. Ich – ich wollte nur sehen, ob sich mit Kaliumchlorid etwas machen läßt.«

»Was machen läßt?«

»Ein Sprengstoff«, flüsterte Prokop in der Rolle eines reumütigen Sünders.

»Das hat sich gelohnt«, sagte der Doktor mit einem Blick auf die verbundene Hand. »Es hätte Ihnen die Hand wegreißen können. Fühlen Sie Schmerzen? Recht geschieht Ihnen, Sie verdienen's nicht anders«, erklärte er blutdürstig.

»Aber Vater«, mengte sich Anni ein, »laß ihn jetzt in Ruhe.«

»Was hast du hier zu schaffen?« knurrte der Doktor und fuhr ihr mit der nach Karbol und Jodoform riechenden Hand über die Wange.

Von jetzt ab trug der Doktor den Schlüssel zum Ordinationszimmer bei sich. Prokop hatte eine Sendung wissenschaftlicher Bücher erhalten, trug die Hand in der Schlinge und studierte tagsüber. Schon blühten die Kirschbäume, das klebrige junge Laub flimmerte in der Sonne, die Goldlilien öffneten die schweren Knospen. Im Garten ging Anni mit ihrer rundlichen Freundin spazieren; sie hielten sich umfaßt und kicherten in einem fort; dann steckten sie die Köpfe zusammen und flüsterten einander etwas zu, lachten errötend und begannen einander zu küssen.

Nach Jahren verspürte Prokop wieder einmal ein körperliches Wohlbehagen. Lebensdurstig gab er sich der Sonne hin und kniff die Augen zu, um auf das Rauschen in seinem Körper zu horchen. Mit einem Seufzer setzte er sich an die Arbeit. Aber dann mußte er wieder Bewegung machen, streifte in der Gegend umher und widmete sich leidenschaftlich der Freude des Atmens. Manchmal begegnete er Anni im Hause oder im Garten und versuchte, ihr etwas Nettes zu sagen. Anni sah ihn bloß von der Seite an und wußte nichts zu reden. Auch Prokop fiel nichts Rechtes ein, und so schlug er immer einen brummigen Ton an. Am wohlsten fühlte er sich doch allein.

Er merkte beim Studium, daß er viel vernachlässigt hatte. Die Wissenschaft war nicht stehengeblieben, und über vieles mußte er sich neu orientieren. Eine besondere Scheu empfand er, an seine eigene Arbeit zu denken, denn da, so fühlte er, waren die Zusammenhänge am empfindlichsten zerrissen. Er arbeitete viel und angestrengt oder träumte von neuen Laboratoriumsmethoden und ließ sich von der subtilen, kühnen Berechnung des Theoretikers verlokken. Er wütete gegen sich, wenn sich sein grobes Gehirn als unfähig erwies, das feine Haar eines Problems zu spalten. Er wußte, daß seine »destruktive Laboratoriumschemie« die merkwürdigsten Einblicke in die Theorie der Materie eröffnete. Er stieß auf unerwartete Zusammenhänge, zerstörte sie aber gleich wieder durch seine allzu schwerfälligen Erwägungen. Verdrossen ließ er es dann sein, um sich in irgendeinen dummen Roman zu versenken. Aber auch so wurde er die Besessenheit nicht los; statt der Worte las er immer wieder chemische Formeln. Es waren närrische Formeln bisher unbekannter Elemente, die ihn bis in die Träume hinein beunruhigten.

X.

In jener Nacht träumte er, daß er einen sehr gelehrten Artikel in »The Chemist« las. Bei der Formel An Ni stockte er und wußte sich keinen Rat damit. Er grübelte und grübelte, plötzlich begriff er, daß es Anni bedeutete. Da stand sie ja vor ihm im Zimmer, die Arme hinterm Kopf verschränkt, und blickte ihn spöttisch an. Er trat auf sie zu, packte sie mit beiden Händen und begann sie wild auf den Mund zu küssen. Anni wehrte sich heftig mit Knien und Ellbogen.

Er hielt sie brutal fest, und mit der einen Hand riß er ihr die Kleider in langen Streifen vom Leibe. Schon fühlte er ihren jungen Körper unter den Händen. Anni wehrte sich so wütend, daß ihr die Haare ins Gesicht fielen, jetzt, jetzt ermattete sie und sank. Prokop stürzte zu ihr nieder, fand jedoch nichts als lange Streifen und Wickelbinden unter den Händen; er riß daran, zerrte daran, wollte sich davon befreien . . . da erwachte er.

Er schämte sich seines Traumes sehr. Leise kleidete er sich an, setzte sich ans Fenster und erwartete den Morgen. Es gibt keine Grenze zwischen Tag und Nacht. Der Himmel verblaßt ein wenig, und durch die Luft fliegt das Signal, das weder Licht noch Laut ist, und der Natur befiehlt: Erwache! So beginnt der Morgen noch inmitten der Nacht. Die Hähne krähen, die Tiere im Stall bewegen sich. Der Himmel wird perlmutterfarben, erhellt sich und überzieht sich mit sanfter Röte; dann flammt der erste rote Streifen im Osten auf. Die Vögel zwitschern und lärmen, und der erste Mensch geht schwingenden Schrittes an sein Tagewerk.

Auch der gelehrte Mensch setzte sich ans Werk. Er kaute lange am Federhalter, ehe er sich entschloß, die ersten Worte niederzuschreiben. Es sollte etwas Großes werden, die Zusammenfassung seiner experimentellen und denkerischen Arbeit der letzten zwölf Jahre, ein schwer erkämpftes Werk. Das hier war vorerst nur als Entwurf gedacht, als eine Art physikalischer Philosophie, als physikalisches Gedicht oder Glaubensbekenntnis. Das Weltbild darin sollte aus Zahlen und Gleichungen gewölbt sein. Aber diese Ziffern der astronomischen Ordnung sollten etwas anderes messen als die Erhabenheit des Himmels; sie waren bestimmt, die Unbeständigkeit und Zerstörbarkeit der Materie zu berechnen.

Alles, was ist, gleicht einem trägen, abwartenden Sprengstoff; aber wie immer auch seine Beharrungszahl laute, sie stellt nur einen verschwindenden Bruchteil seiner Sprengkraft dar. Alles, was vor sich geht, der Kreislauf der Gestirne, die tellurische Arbeit, das emsige, unersättliche Leben selbst, alles das lockert und bindet nur an der Oberfläche, unmerklich und unmeßbar, jene Explosivkraft, die Materie heißt. Wisset denn, daß die Fessel, die sie bindet, nur ein Spinngewebe an den Gliedern eines schlafenden Titanen ist. Gebt mir die Kraft, sie zu zerstören, und er wird die Erdrinde von sich abschütteln und Jupiter auf den Saturn schleudern. Du aber, Menschheit, du gleichst nur einer Schwalbe, die sich geschäftig ihr Nest unter dem Dache dieses kosmischen Pulverlagers gebaut hat. Du zwitscherst bei Sonnenaufgang, während in den Fässern unter dir das furchtbare Potential der Explosion lautlos vibriert.

Diese Dinge schrieb Prokop freilich nicht nieder; sie waren bloß die heimliche Melodie, welche die schwerfälligen Sätze einer Fachstudie beflügelte. Für ihn lag mehr Phantasie in der nüchternen Formel und mehr bezaubernde Schönheit im Ausdruck der Zahlen. Und so schrieb er sein Gedicht in Zeichen, Ziffern und dem üblen Kauderwelsch gelehrter Wörter.

Er kam nicht zum Frühstück. Anni brachte ihm die Milch. Er dankte, erinnerte sich dabei an seinen Traum und konnte es nicht über sich bringen, das Mädchen anzusehen. Er blickte hartnäckig in die Ecke; weiß der Kuckuck, wie er es dabei fertigbrachte, trotzdem jedes einzelne Goldhärchen an ihren nackten Armen zu entdecken. Nie hatte er das bisher beachtet.

Anni stand nahe bei ihm. »Werden Sie schreiben?« fragte sie unsicher.

»Ja«, brummte er und dachte, was sie wohl dazu sagen würde, wenn er unvermutet den Kopf an ihre Brust legte.

»Den ganzen Tag?«

»Ja.« Wahrscheinlich würde sie sehr unangenehm berührt zurückweichen. Sie hat kleine, feste Brüste und weiß vielleicht gar nichts davon. Übrigens, was ging ihn das an!

»Wünschen Sie noch etwas?«

»Nein, nichts.« Zu dumm; am liebsten möchte er fest zupacken! Eine Frau weiß nie, wie sehr sie einen aus der Fassung bringt.

Anni zuckte ein wenig gekränkt mit den Schultern. »Also schön!« Und fort war sie.

Er stand auf und ging hin und her. Er ärgerte sich über sich selbst und auch über sie und hatte vor allem keine Lust mehr zu schreiben. Er versuchte, seine Gedanken zu sammeln, doch ohne Erfolg. Mißmutig und verärgert ging er zwischen den Wänden auf und nieder mit der Regelmäßigkeit eines Uhrpendels. Eine Stunde, zwei Stunden. Von unten hörte man Tellergeklirr. Der Mittagstisch wurde gedeckt. Er setzte sich wieder an seine Arbeit und stützte den Kopf in die Hände. Eine Weile später brachte die Magd das Mittagessen.

Er ließ es fast unberührt und warf sich übellaunig ins Bett. Es war klar: Sie hatten ihn satt, und auch er hatte schon von allem hier genug. Es war höchste Zeit abzureisen. Ja, gleich morgen. Er faßte allerlei Pläne für seine künftigen Arbeiten und wußte selbst nicht, warum er ein so beschämendes und peinliches Gefühl dabei hatte. Schließlich schlief er todmüde ein. Er erwachte spät nachmittags voll widerwärtiger Dumpfheit und Schlaffheit an Körper und Seele. Er lief ziellos im Zimmer umher, gähnte und war gedankenlos verdrießlich. Es wurde dunkel, aber er machte kein Licht.

Die Magd brachte ihm das Abendessen. Er ließ es kalt werden und lauschte, was unten vorging. Die Gabeln klirrten, der Doktor brummte und schlug sehr bald nach dem Abendessen die Tür seines Zimmers zu. Dann war es still.

Überzeugt, niemandem mehr zu begegnen, raffte sich Prokop auf und ging in den Garten hinunter. Die Nacht war lau und klar. Schon blühte der Flieder, Bootes streckte seine Sternenarme weit am Himmel aus, und aus der Tiefe der Stille tönte von fernher Hundegekläff. An der Steinmauer im Garten lehnte etwas Helles: Es war Anni.

»Eine schöne Nacht heute!« sagte er, bloß um überhaupt etwas zu sagen, und lehnte sich neben sie an die Mauer. Anni schwieg, wandte das Gesicht ab, nur ihre Schultern zuckten ungewohnt und unruhig.

»Das ist Bootes«, erklärte Prokop mitteilsam. »Darüber – ist der Drache und der Cepheus, und dort die Kassiopeia, die vier Sterne beisammen. Sie müssen höher schauen.«

Anni stand abgewandt und fuhr sich über die Augen. »Der helle dort ist der Pollux«, sagte Prokop zögernd. »Sie dürfen mir nicht böse sein. Vielleicht bin ich Ihnen grob erschienen. Ich bin – irgendwas quält mich. Beachten Sie es nicht.«

Anni seufzte tief. »Und . . . der dort?« fragte sie mit leiser, schwankender Stimme. »Der hellste dort?«

»Das ist der Sirius im Großen Hund. Man nennt ihn auch Alhabor. Und ganz links sehen Sie den Arcturus und die Spica. Jetzt fiel eine Sternschnuppe. Haben Sie gesehen?«

»Ja. Warum ärgerten Sie sich heute morgen so über mich?«

»Ich ärgerte mich nicht. Ich bin . . . manchmal . . . vielleicht etwas schroff. Aber ich habe ein hartes Leben hinter mir, allzu hart und immer allein wie – ein Vorposten. Ich kann ja nicht einmal ordentlich sprechen. Ich wollte heute . . . etwas Schönes schreiben . . . etwas wie ein wissenschaftliches Gebet, für jeden verständlich. Ich . . . hätte es Ihnen gern vorgelesen; aber in mir ist alles verdorrt. Man schämt sich förmlich schon . . . seiner Begeisterung, als ob das eine Schwäche wäre. Oder überhaupt etwas frei herauszusagen. So verkrustet ist die Seele. Ich werde schon recht grau.«

»Das steht Ihnen doch gut«, sagte Anni leise.

Prokop war überrascht, wie sie die Dinge sah. »Nun, angenehm ist es gerade nicht«, sagte er verwirrt. »Es wäre an der Zeit . . . es wäre hoch an der Zeit, die Ernte einzubringen. Was hätte ein anderer aus meinem Wissen gemacht! Aber ich habe nichts, nichts von alldem. Ich bin bloß . . . ›berühmt‹, ›célèbre‹, ›highly esteemed‹, freilich, bei uns weiß niemand davon. Ich halte meine Theorien für ziemlich falsch; ich bin kein Theoretiker. Aber was ich gefunden habe, ist nicht ohne Wert. Meine exothermischen Sprengstoffe zum Beispiel . . . die Diagramme . . . und die Atomexplosion . . . das bedeutet schon etwas. Dabei habe ich kaum ein Zehntel meiner Kenntnisse publiziert. Was würde ein anderer daraus machen! Ich verstehe die Theorien der andern nicht einmal mehr; sie sind so subtil, so geistreich – daß sie mich nur verwirren. Ich bin ein Küchengeist. Halten Sie mir irgendeinen Stoff unter die Nase und ich schnuppere förmlich, was sich daraus machen läßt. Aber begreifen, was daraus zu folgern wäre – theoretisch und philosophisch –, das vermag ich nicht. Ich kenne . . . nur Tatsachen, *ich schaffe sie*, es sind *meine* Tatsachen, verstehen Sie das? Und doch fühle ich dahinter eine – eine Wahrheit, eine ungeheure, allgemeine Wahrheit, die – alles umstürzen wird –, wenn sie einmal entfesselt ist. Aber diese große Wahrheit steckt hinter den Tatsachen – nicht hinter den Worten. Und deshalb, deshalb muß ich hinter die Tatsachen gelangen, und wenn es mich beide Hände kosten sollte . . .«

Anni, die an der Mauer lehnte, wagte kaum zu atmen. Nie zuvor war dieser düstere Mensch so redselig gewesen, und nie noch hatte er von sich gesprochen. Er rang schwer mit den Worten; ein gewaltiger Stolz durchbebte ihn, aber auch Scheu und Gequältheit. Doch selbst wenn er in Integralen geredet hätte, würde Anni begriffen haben, daß sich ihr da etwas ganz Innerliches und menschlich Aufgewühltes offenbarte.

»Das Schlimmste aber«, fuhr Prokop verhalten fort, »das Schlimmste ist, daß mir manchmal – und hier besonders – auch *das* töricht, unnütz scheint, ist meine jene letzte Wahrheit – und überhaupt alles. Das habe ich früher nicht gekannt: dieses Wofür und Wozu! . . . Vielleicht wäre es vernünftiger, sich zu ergeben . . . sich einfach all dem, all dem zu ergeben – (Er bewegte dabei die Hand in der Runde.) Dem Leben! Der Mensch soll nicht glücklich sein; es verweichlicht ihn. Dann erscheint ihm alles übrige klein, überflüssig . . . sinnlos. Das Größte . . . das Höchste leistet der Mensch aus Verzweiflung, Verlassenheit, aus Einsamkeit, Betäubung. Weil ihm nichts genügt.

Ich habe wie ein Wahnsinniger gearbeitet. Aber hier, hier begann ich glücklich zu werden. Hier erkannte ich, daß es vielleicht . . . etwas Besseres gibt als zu denken. Hier lebt der Mensch einfach . . . und merkt, daß es etwas Gewaltiges ist, nur zu leben. So wie Ihr Hund, Ihre Katze, wie die Hühner. Jedes Tier vermag es . . . mir erscheint das so großartig, als hätte ich bisher überhaupt nicht gelebt. Und so . . . habe ich zum zweitenmal zwölf Jahre verloren.«

Seine verunstaltete, so oft geflickte Hand an der Mauer erzitterte. Anni schwieg, selbst in der Dunkelheit waren ihre langen Wimpern zu sehen. Sie stützte sich mit den Ellbogen auf die Mauer und blickte zu den Sternen empor. Da raschelte etwas im Strauchwerk; Anni erschrak so heftig, daß sie gegen Prokops Schulter stieß. »Was ist das?«

»Nichts, vielleicht ein Marder; er schleicht wohl in den Hof zu den Hühnern.«

Anni rührte sich nicht. Ihre jungen Brüste berührten jetzt voll und sanft Prokops rechte Hand. Vielleicht, sicher ahnte sie nichts davon, Prokop aber wußte es in diesem Augenblick mehr als alles andere in der Welt; er fürchtete sich, die Hand zu bewegen. Sie sollte nicht glauben, er habe die Hand mit Absicht hingelegt, und sie sollte sich nicht abwenden. Das Merkwürdige war, daß er jetzt nicht mehr von sich und seinem verlorenen Leben sprechen konnte. »Niemals«, sagte er stockend und verwirrt, »niemals noch war ich so glücklich wie hier. Ihr Vater ist der beste Mensch, den ich kenne, und Sie . . . Sie sind so jung . . .«

»Ich glaubte, Sie halten mich . . . für dumm«, sagte Anni leise und selig. »Noch nie haben Sie so mit mir gesprochen.«

»Nein, noch nie«, sagte Prokop. Nun schwiegen beide. Er fühlte an der Hand das leichte Wogen ihrer Brust. Ein Schauer durchlief ihn, er hielt den Atem an; auch sie schien in stiller Erregung den Atem anzuhalten. Sie rührte sich mit keiner Wimper und blickte nur starr vor sich hin. Ob es ein berauschenderes Abenteuer gibt als diese erste, unbewußte, vertrauliche Berührung?

Anni richtete sich mit der natürlichsten Bewegung der Welt auf. Ach, Mädchen, du wußtest wirklich von nichts! »Gute Nacht!« sagte sie leise, und ihr Gesicht schimmerte bleich und unklar. »Gute Nacht«, sagte sie etwas unfrei und reichte ihm die Hand; sie war linkisch und schlaff, war wie geknickt, und blickte anderswohin. Es schien, als wollte sie noch verweilen. Sie ging und zögerte zugleich; nun stand sie wieder und zerpflückte ein Blatt in kleine Stücke. Was blieb noch zu sagen? Gute Nacht, Anni, schlafen Sie besser als ich.

Denn jetzt konnte man freilich nicht schlafen gehen. Prokop warf sich auf die Bank und lehnte sich zurück, die Hände hinterm Kopf verschränkt. Nichts, nichts war geschehen! Anni war rein und unwissend wie ein junges Reh, und nun Schluß damit! Da erhellte sich ein Fenster im ersten Stock. Es war Annis Schlafzimmer.

Prokops Herz begann heftiger zu schlagen. Er wußte, es war nicht recht, heimlich zuzusehen; als Gast dürfte er das nicht tun. Er versuchte sogar, sich durch Hüsteln bemerkbar zu machen, aber es mißlang. Er saß regungslos und starrte zu dem golden schimmernden Fenster empor. Anni ging im Zimmer umher, bückte sich und hantierte lange, offenbar machte sie ihr Bett zurecht. Nun stand sie am Fenster und blickte in die Dunkelheit hinaus, die Hände im Nacken verschränkt: Genau so hatte er sie im Traum gesehen. Jetzt wäre es wohl ratsam gewesen, sich bemerkbar zu machen; warum tat er es nicht? Schon war es zu spät. Anni wandte sich vom Fenster ab, ging durchs Zimmer und verschwand. Nein, sie saß nur mit dem Rücken zum Fenster und entledigte sich offenbar sehr langsam und nachdenklich ihrer Schuhe. (Nie träumt es sich besser als mit einem Schuh in der Hand.) Prokop kletterte nun auf die Bank, um besser zu sehen. Anni richtete sich auf, sie war jetzt ohne Bluse, hob die nackten Arme und nestelte in den Haaren. Sie warf den Kopf zurück, so daß die ganze Haarflut über ihre Schultern wallte. Sie schüttelte sich, ließ das Haar über die Stirn nach vorn fallen, worauf sie es mit Kamm und Bürste bearbeitete, bis der Kopf glatt wie eine Zwiebel aussah. Das nahm sich offenbar sehr komisch aus, denn Prokop strahlte übers ganze Gesicht.

Anni stand da, den Kopf ein wenig geneigt, und flocht das Haar zu zwei Zöpfen. Sie hielt die Lider gesenkt, flüsterte etwas vor sich hin, lächelte, begann sich zu schämen, hob die Schultern, daß das eine Achselband des Hemdes herabzugleiten drohte, verharrte in Gedanken versunken, strich sich zärtlich über die weiße Schulter, bis die Nachtkühle sie frösteln machte. Das Achselband rutschte immer bedenklicher; da verlöschte das Licht.

Nie hatte Prokop etwas Lichteres und Schöneres gesehen als jenes helle Fenster in der Nacht.

XI.

Frühmorgens traf er sie an, wie sie Hansi im Waschtrog mit Seifenschaum sauber rieb. Der Hund schüttelte verzweifelt das Wasser ab, aber Anni ließ nicht locker, hielt ihn an den Schopfhaaren fest und seifte ihn tüchtig ein. Sie war über und über bespritzt, hatte am Bauch einen nassen Fleck und rote Backen vor Lachen. »Achtung«, schrie sie schon von weitem, »er macht Sie ganz naß!« Sie sah aus wie eine junge, begeisterte Mutter; o Gott, wie einfach und klar ist doch alles auf dieser sonnigen Welt!

Auch Prokop hielt es nicht aus, müßig zu bleiben. Er erinnerte sich, daß die Hausglocke nicht in Ordnung war, und ging daran, die Batterie nachzusehen. Er kratzte gerade den Zinkstab ab, als sich Anni ihm leise näherte. Sie hatte die Ärmel bis zu den Ellbogen hochgekrempelt und die Hände aufgeweicht, denn es war Waschtag. »Wird es nicht explodieren?« fragte sie besorgt. Prokop mußte lachen; sie lachte mit und bespritzte ihn mit Seifenschaum. Aber gleich darauf trat sie mit ernster Miene näher, um ihm mit dem Ellbogen eine Seifenblase aus dem Haar zu streifen. Das hätte sie gestern noch nicht gewagt!

Gegen Mittag schleppte sie mit Nanni einen Korb voll Wäsche zum Bleichen in den Garten. Prokop klappte dankbar das Buch zu; er konnte sie doch nicht die schwere Gießkanne tragen lassen. Also bemächtigte er sich der Kanne und besprengte die ausgebreiteten Wäschestücke. Ein dichter Sprühregen trommelte lustig und eifrig auf die faltenreichen Tischtücher, die weißschimmernden Bettüberzüge und die weit ausgebreiteten Herrenhemden, schäumte, rieselte und ergoß sich in Fjorde und kleine Seen. Prokop beeilte sich nun, auch die weißen Glocken der Frauenröcke und andere aufregende Dinge zu begießen, doch Anni entriß ihm die Kanne und besorgte es selbst. Prokop hatte sich inzwischen ins Gras gesetzt und atmete mit Wonne den Duft der Feuchtigkeit ein, während er Annis rege, schöne Hände betrachtete. Mögen die Götter dir schenken, so viel dein Herz nur begehret, erinnerte er sich andächtig. Mit Staunen erfüllt mich dein Anblick!

Anni setzte sich zu ihm ins Gras. »Woran haben Sie jetzt gedacht?« fragte sie, blinzelte, von Sonne und Freude geblendet, hatte rote Backen und schien aus irgendeinem Grunde sehr glücklich. Sie riß eine Handvoll frisches Gras aus und wollte es ihm aus Übermut ins Haar werfen. Aber auch jetzt noch, ohne daß sie wußte warum, hielt sie eine Art ehrfürchtige Scheu vor diesem gezähmten Helden davon ab. »Haben Sie schon einmal jemanden gern gehabt?« fragte sie ganz unerwartet und blickte rasch zur Seite.

Prokop lachte. »Ja. Sie doch auch.«

»Da war ich noch recht dumm«, entfuhr es ihr; sie wurde wider Willen rot.

»Einen Studenten?«

Anni nickte nur und kaute an einem Grashalm. »Das war nichts«, sagte sie hastig. »Und Sie?«

»Ich kannte einmal ein Mädchen, das hatte die gleichen Wimpern wie Sie. Vielleicht sah sie Ihnen ähnlich. Sie war Verkäuferin in einem Handschuhladen.«

»Und was war weiter?«

»Nichts. Als ich mir das zweitemal Handschuhe kaufen wollte, war sie nicht mehr da.«

»Hat sie . . . Ihnen gefallen?«

»Ja.«

»Und . . . Sie haben sie nie mehr . . .«

»Nein. Meine Handschuhe fertigt jetzt . . . der Bandagist an.«

Anni blickte hartnäckig zu Boden. »Warum . . . verbergen Sie immer Ihre Hände vor mir?«

»Weil . . . weil sie so zugerichtet sind«, antwortete Prokop und wurde ganz rot dabei.

»Das ist doch gerade schön«, flüsterte Anni und hielt weiter die Augen gesenkt.

»Das Mittagessen, das Mittagessen ist fertig!« rief Nanni vor der Haustüre. »Ach schon«, meinte Anni seufzend und erhob sich höchst unwillig.

Nach dem Mittagessen wollte sich der Doktor nur für eine ganz kleine Weile niederlegen. »Wissen Sie«, entschuldigte er sich, »ich habe heute morgen ehrlich gerackert.« Kaum hatte er sich niedergelegt, begann er schon regelmäßig und ausdauernd zu schnarchen. Sie lächelten einander mit den Augen zu und schlichen auf den Zehenspitzen hinaus; selbst im Garten redeten sie, als ob sie seinen satten Schlummer respektierten.

Prokop mußte von seinem Leben erzählen. Wo er zur Welt gekommen und wo er aufgewachsen war. Was er bisher erlebt und getan hatte. Er berichtete, daß er in Amerika war, viel Not gelitten hatte, und es tat ihm wohl, sein ganzes Leben noch einmal vorüberziehen zu lassen. Es war viel weniger geradlinig und viel merkwürdiger, als er selbst gedacht hatte. Dabei verschwieg er noch manches, namentlich ein paar Herzensangelegenheiten; sie waren gewiß nicht von großer Bedeutung (außerdem hat bekanntlich jeder Mann etwas zu verschweigen). Anni rührte sich nicht; es schien ihr ein wenig komisch und seltsam, daß Prokop auch einmal ein Kind und ein Knabe gewesen war, also ganz etwas anderes als der brummige und sonderbare Mensch, neben dem sie sich immer so unfrei und winzig vorkam. Jetzt hätte sie sich nicht einmal mehr gefürchtet, ihn anzurühren, seine Krawatte zu binden, ihm durchs Haar zu fahren und überhaupt . . . Zum erstenmal bemerkte sie jetzt seine dicke Nase, seinen harten, ernsten Mund und die strengen, blutgeäderten Augen; das kam ihr alles höchst merkwürdig vor.

Nun war sie an der Reihe, von ihrem Leben zu erzählen. Schon öffnete sie den Mund, holte tief Atem – da brach sie in Lachen aus. Was konnte man schon von einem so unberührten und bescheidenen Leben erzählen, noch dazu einem Manne, der schon einmal zwölf Stunden verschüttet, der in Amerika, über dem Ozean und weiß Gott wo noch gewesen war? »Ich weiß nichts«, sagte sie aufrichtig. Ist so ein »Nichts« nicht ebenso wertvoll wie die Erfahrungen des Mannes?

Es war spät am Nachmittag, als sie den sonnenwarmen Feldpfad entlangschritten. Prokop schwieg und Anni lauschte. Sie strich mit der Hand über die Spitzen der Ähren. Sie streifte mit dem Arm an Prokop, verlangsamte den Schritt, blieb stehen; dann ging sie wieder rascher, zwei Schritte vor ihm, und riß ungeduldig Ähren aus. Die sonnige Einsamkeit bedrückte sie allmählich und machte sie unruhig; sie hätten nicht hierher gehen sollen, dachten beide insgeheim und brachten in quälender Verstimmung nur ein oberflächliches, einsilbiges Gespräch zuwege. Endlich waren sie am Ziel, eine Kapelle zwischen zwei Linden. Es war spät am Nachmittag, die Zeit, da die Hirten zu singen beginnen. Sie ließen sich auf einer Bank für Wallfahrer nieder und wurden noch schweigsamer. Eine Frau kniete betend vor der Kapelle. Kaum war sie aufgestanden, erhob sich Anni und kniete an ihrer Statt nieder. Es lag etwas so unsäglich und natürlich Weibliches darin, daß sich Prokop wie ein Knabe neben der reifen Schlichtheit dieser uralten heiligen Geste vorkam. Als sich Anni dann wieder erhob, schien sie ernst und erwachsen, zu irgend etwas entschlossen und mit irgend etwas ausgesöhnt; als ob sie eine Erkenntnis gewonnen hätte und sie in sich trüge, überlastet, sinnend und so ganz verwandelt. Sie antwortete nur einsilbig mit süßer, dunkler Stimme, als sie den dämmrigen Pfad heimwärts schlenderten.

Sie schwieg beim Abendessen, und Prokop tat desgleichen. Sie wünschten wohl beide, der alte Herr möge bald verschwinden, um die Zeitung zu lesen. Der alte Herr aber brummte nur in einem fort und beobachtete die beiden über die Ränder seiner Brille hinweg. Etwas schien ihm da nicht zu stimmen. Die Situation dehnte sich schon peinlich in die Länge, als die Hausglocke schrillte. Ein Mann war gekommen und bat den Doktor, bei seiner Frau nach dem Rechten zu sehen; es sei schon soweit. Der alte Doktor war wenig erbaut davon und vergaß sogar zu schimpfen. Die Geburtshelfertasche in der Hand, wandte er sich noch in der Tür um und sagte trocken: »Geh schlafen, Anni.«

Sie erhob sich wortlos und deckte den Tisch ab. Sie blieb lange, sehr lange in der Küche. Prokop rauchte nervös und wollte schon fortgehen. Da kam sie zurück, blaß, als ob sie fröstelte, und sagte mit Überwindung: »Wollen Sie nicht eine Partie Billard spielen?« Das bedeutete: Aus dem Garten wurde heute nichts.

Es war eine miserable Partie. Anni benahm sich geradezu linkisch, stieß ins Leere, vergaß zu spielen und gab kaum Antwort. Als sie einen aufgelegten »Sitzer« verfehlte, zeigte ihr Prokop, wie sie hätte spielen sollen: Rechte Fälsche, etwas tiefer nehmen, und der Ball ist sicher. Er legte dabei, nur um ihre Hand zu führen, seine Hand auf die ihre. Da blickte ihn Anni, dunkelrot vor Empörung an, warf den Stock heftig hin und lief davon.

Was tun? Prokop ging im Salon auf und ab, rauchte und war verärgert. Merkwürdiges Mädchen! Warum verwirrte sie ihn so? Ihr dummer Mund, die klaren, eng beianderstehenden Augen, dieses glatte, flammende Lärvchen, nun – man ist eben nicht aus Holz! Wäre es denn wirklich so unrecht, ihr zärtlich die rosigen Wangen zu streicheln und sie zu küssen, ihr durchs Haar zu fahren, durch dieses köstlich feine, seidenweiche Haar über dem jungen Nacken – man ist eben nicht aus Holz. Unsinn, sagte sich Prokop ärgerlich, ich alter Esel müßte mich nur schämen – so ein Kind, das an derlei Dinge noch nicht einmal zu denken wagt! – Gut, dieser Versuchung widerstand er also, wenn es ihm auch nicht leicht fiel. Er besah sich im Spiegel und zählte düster, bitter und herausfordernd seine Jahre.

Geh schlafen, alter Junggeselle! Nun hast du dir wenigstens die Schande erspart, daß dich diese junge, dumme Ding noch obendrein auslacht; auch das ist ein Gewinn.

Mehr oder weniger entschlossen stieg Prokop in sein Schlafzimmer hinauf. Es war nur unangenehm, daß er an Annis Schlafzimmer vorbei mußte. Er ging auf den Zehenspitzen; vielleicht schläft das Kind schon. Plötzlich blieb er, klopfenden Herzens, stehen. Die Tür zu Annis Zimmer . . . stand halb offen. Dahinter war es finster. Was konnte das bedeuten? Da vernahm er ein leises Schluchzen.

Schon wollte er hineinstürzen; aber etwas Stärkeres trieb ihn die Treppe hinunter und in den Garten hinaus. Sicherlich kniete sie, halb entkleidet, die Haare aufgelöst – und weinte ins Kissen; warum weinte sie? Er wußte es nicht. Aber wenn er zu ihr ins Zimmer eingedrungen wäre – nun, was dann? Nichts! Er hätte ihr sanft übers Haar gestrichen und sie gebeten, nicht mehr zu weinen. Warum hatte sie die Tür offenstehen lassen?

Ein lichter Schatten glitt aus dem Haus in den Garten hinaus. Es war Anni; sie war nicht entkleidet, und auch ihr Haar war nicht aufgelöst. Sie preßte die Hände gegen die Schläfen, die glühende Stirn zu kühlen. Ab und zu entrang sich ihr noch ein leises Schluchzen als letzter Ausklang des Weinens. Sie ging an Prokop vorbei, als sähe sie ihn nicht, machte ihm aber zur Rechten Platz. Sie hörte nichts, sah nichts, wehrte sich jedoch nicht, als er sie am Arm faßte und zur Bank führte. Prokop suchte nach Worten der Beschwichtigung (Himmel, was wollte er eigentlich beschwichtigen?), da fühlte er plötzlich ihren Kopf an seiner Schulter. Noch einmal kehrte es krampfhaft wieder, aber dann sagte sie mitten im Schluchzen: »Das ist nichts!« Prokop schlang den Arm um sie wie ein leibhaftiger Onkel und brummte ratlos vor sich hin, sie sei doch so brav und so lieb, worauf die Schluchzer in lange Seufzer übergingen (irgendwo am Arm spürte er ihre heiße Feuchtigkeit), und dann war alles gut. An irgendeinem winzigen Punkt des Weltraumes, irgendwo zwischen dem Polarstern und dem Kreuz des Südens, zwischen dem Centaur und der Leyer spielte sich etwas Ergreifendes ab: Ein Mann fühlte sich mit einemmal als einziger Beschützer und liebevoller Vater dieses tränenfeuchten Gesichtchens und sagte – was sagte er eigentlich? Er sei so überaus glücklich und habe das schluchzende Ding an seiner Seite so lieb, daß er niemals von hier fortgehen werde, und noch manches andere . . .

»Ich weiß nicht, was mir eingefallen ist«, stammelte Anni zwischen Schluchzen und Seufzen. »Ich . . . ich wollte so gern noch . . . mit Ihnen sprechen . . .«

»Warum haben Sie geweint?« brummte Prokop.

»Weil Sie so lange nicht gekommen sind«, lautete die überraschende Antwort.

»Ich hätte . . . zu Ihnen kommen sollen?« flüsterte Prokop bestürzt. Doch da verneinte der Kopf entschieden. »Hier . . . ist mir wohler«, sagte sie kaum hörbar nach einer Weile. »Hier ist es . . . so schön!« Es ist schwer zu begreifen, was an einem rauhen, nach Tabak und Körperlichkeit riechenden Männerrock Schönes sein soll. Aber Anni wühlte ihr Gesicht hinein und hätte es um nichts auf der Welt den Sternen zugekehrt, so glücklich fühlte sie sich in dem finstern, rauhen Versteck. Ihre lieblich duftenden Haare kitzelten Prokop unter der Nase. Seine Hand strich zärtlich über ihre Schultern, den jungen Nacken, die Brust und fand nur bebende Hingabe. Da vergaß er alles, faßte heftig nach ihrem Kopf und wollte sie auf die feuchten Lippen küssen. Doch Anni wehrte sich wild, die Augen starr vor Entsetzen, und stammelte: »Nein, nein, nein!«, und schon hatte sie das Gesicht wieder in seinem Rock vergraben, daß Prokop ihr aufgescheuchtes Herz pochen fühlte. Da begriff er, daß sie zum erstenmal geküßt werden sollte.

Er schämte sich, wurde überaus ernst. Mein Gott, sie ist ja noch ganz jung und völlig unwissend! Nun kein Wort mehr, kein Sterbenswörtchen mehr, das auch nur mit einem Hauch dieses junge, unschuldige Geschöpf betrüben könnte; und mit keinem Gedanken mehr die dunklen Beweggründe dieses Abends grob erklären wollen! Er wußte wahrhaftig nicht mehr, was er daherredete. Es war eine bärenplumpe Melodie mit leerem Satzbau und bezog sich abwechselnd auf Sterne, Liebe, Gott, auf schöne Nächte und eine Oper, deren Namen und Inhalt ihm längst entfallen waren, deren Geigen und Stimmen jedoch berauschend in ihm widertönten. Manchmal schien es ihm, als wäre Anni eingeschlafen; dann verstummte er, bis er an seinem Arm wieder den seligen Atem neuerwachter Aufmerksamkeit verspürte.

Anni richtete sich auf, faltete die Hände im Schoß und sann nach. »Ich weiß nicht, ich weiß nicht«, sagte sie süß, »es erscheint mir alles so unwirklich.«

Ein fallender Stern zog seine lichte Spur über den Himmel. Geißblatt duftete, die geschlossenen Ballen der Pfingstrosen schlummerten, in den Baumkronen rauschte es wie göttlicher Atem. »So müßte es immer bleiben«, flüsterte Anni.

Noch einmal mußte Prokop einen stummen Kampf mit der Versuchung führen. »Gute Nacht, Anni«, sagte er stockend. »Wenn . . . wenn Ihr Vater zurückkommt . . .«

Anni erhob sich folgsam. »Gute Nacht«, sagte sie und zauderte. So standen sie einander gegenüber und wußten nicht, was tun – oder wie enden. Anni war blaß und sah aus, als wollte sie sich zu einem heldenmütigen Entschluß durchringen. Aber als Prokop, der nun völlig den Kopf verlor, die Hand nach ihr ausstreckte, wich sie feige zurück und trat den Rückzug an. Sie gingen den Gartenweg entlang, wohl einen Meter voneinander entfernt. Als sie aber dorthin kamen, wo der schwärzeste Schatten war, verloren sie offenbar die Richtung, denn Prokop stieß mit den Zähnen gegen eine Stirn, berührte hastig eine kalte Nase und fand mit seinem Mund verzweifelt geschlossene Lippen. Er brach sie auf und küßte gewaltsam die stöhnende, heiße Feuchte. Dann entrang sich Anni seinen Armen, stellte sich an die Gartenpforte und schluchzte. Prokop wollte sie trösten, aber es half alles nichts. Er flehte, wandte das feuchte Gesichtchen sich zu, die tränennassen Augen, den schluchzenden Mund. Da merkte er, daß sie sich gar nicht mehr wehrte und sich ihm auf Gnade und Ungnade ergab; vielleicht weinte sie nur über ihre furchtbare Niederlage. Da erwachte in Prokop alle männliche Ritterlichkeit. Er ließ das Häuflein Unglück aus den Armen gleiten und küßte nur tief bewegt die tränennassen, bebenden Finger. So, so war es besser. Nun legte sie gar ihre Wange auf seine rauhe Hand, liebkoste sie mit brennendem Mund und heißem Atem und hielt sie fest.

»Gute Nacht«, sagte sie dann leise. Er wagte nicht einmal mehr, sie zu begleiten. Er stand noch eine Weile und ging dann in die andere Richtung des Gartens, wohin auch nicht ein Schimmer aus ihrem Fenster dringen konnte.

XII.

Als der Morgen dämmerte, hielt es ihn nicht mehr länger im Hause. Er hatte sich vorgenommen, Blumen zu pflücken, die er Anni auf die Schwelle des Schlafzimmers legen wollte. Beflügelt von Freude schlich er schon gegen vier Uhr morgens aus dem Hause.

Wie herrlich es draußen ist! Jede Blüte glitzert wie ein Auge. (Sie hat die sanften, großen Augen einer Färse. Sie hat auch lange Wimpern. Jetzt schläft sie, ihre Lider sind oval und zart wie Taubeneier. O Gott, ihre Träume kennen! Wenn sie die Hände über der Brust gefaltet hält, dann heben und senken sie sich mit dem Atem; hält sie

sie unterm Kopf verschränkt, so ist gewiß der Ärmel hochgerutscht und das kräftige, rosige Rund des Ellbogens ist zu sehen. Neulich sagte sie, sie schlafe immer noch in einem eisernen Kinderbett. Im Oktober, sagte sie, werde sie schon neunzehn. Auf dem Hals hat sie ein Muttermal.)

Wahrhaftig, nichts gleicht der Schönheit eines Sommermorgens! Dabei blickte Prokop zu Boden, lächelte, soweit er es vermochte, und schlenderte nachdenklich zum Fluß. Dort entdeckte er, freilich am andern Ufer, Knospen von Seerosen. Ungeachtet aller Gefahren entkleidete er sich und sprang in den dicken Wasserschleim der Bucht, zerschnitt sich die Beine an dem tückischen Riedgras und kehrte mit einer Handvoll Seerosen zurück.

Die Seerose ist eine poetische Blume, bis auf den dicken Stengel, dem ein häßliches Wasser entquillt. Prokop eilte mit seiner Beute nach Hause und überlegte, wie er seinen Strauß passend einwickeln könnte. Auf der Bank vor dem Hause fand er die Zeitung, die der Doktor gestern dort vergessen hatte. Prokop riß sie vergnügt in Stücke und schlug die nassen Stiele in das Papier ein. Als er dann sein Werk stolz betrachtete, traf es ihn wie ein Blitz. Auf der Manschette aus Zeitungspapier las er das Wort: KRAKATIT.

Eine Weile starrte er darauf, ohne seinen Augen zu trauen. Dann faltete er in fieberhafter Hast die Zeitung auseinander, ließ all die schönen Seerosen zu Boden fallen und fand schließlich eine Anzeige: »KRAKATIT! Ing. P. soll seine Adresse bekanntgeben. Carson. Hauptpostlg.« Proskop las von neuem: »Ing. P. soll seine Adresse bekanntgeben. Carson.« Zum Kuckuck . . ., wer ist Carson? Und wieso weiß er, woher kann er wissen . . . Prokop las die Anzeige vielleicht schon zum zehnten Male, aber er wurde nicht klug daraus.

Prokop saß da, wie von einem Keulenschlag getroffen. Warum habe ich bloß diese verdammte Zeitung zur Hand genommen, fuhr es ihm in seiner Verzweiflung durch den Sinn. Wie heißt es da? »KRAKATIT! Ing. P. soll seine Adresse bekanntgeben.« Ing. P. bedeutete Prokop. Und Krakatit, das war eben jene verlorene, vernebelte Stelle im Gehirn, die gefährliche Geschwulst, das, woran er nicht zu denken gewagt, was er mit sich herumgetragen hatte, mit dem Kopf gegen die Wand rennend, was längst keinen Namen mehr hatte, und nun plötzlich . . . wie heißt es da? KRAKATIT! Prokop empfand einen Stoß von innen, daß ihm die Augen fast aus den Höhlen traten. Da sah er es wieder vor sich . . . jenes Bleisalz, und mit einemmal lief der verworrene Film der Erinnerung vor seinen Augen ab: der endlose, wütende Kampf im Laboratorium mit der schweren, trägen, gleichgültigen Substanz; blinde, törichte Versuche, wenn ihm alles mißlang, das ätzende Gefühl, wenn er den Stoff zwischen den Fingern zerkleinerte und zerrieb, der beißende Geschmack auf der Zunge und ein stickiger Rauch, Ermüdung, die ihn auf dem Stuhl einschlafen ließ, Verbohrtheit und jäh – vielleicht im Traum oder sonstwann – der letzte Einfall, ein scheinbar widersinniger, aber wunderbar einfacher Versuch, ein physikalischer Trick, den er noch nie angewandt hatte. Er sah die zarten, weißen Nadeln, die er schließlich in eine Porzellandose schüttete, überzeugt, daß es am nächsten Tag eine prächtige Explosion geben werde, wenn er das Zeug in der Sandgrube oben in den Feldern, wo sich seine höchst ungesetzliche private Schießstätte befand, zur Entzündung bringen würde. Er sah seinen Laborationslehnstuhl, aus dem Werg und Drähte hervorlugten. Dort hatte er sich damals völlig erschöpft niedergelassen und war offenbar eingeschlafen, denn es herrschte vollkommene Finsternis, als er inmitten der furchtbaren Explosion und des Klirren splitternden Glases aus dem Lehnstuhl zu Boden stürzte. Dann kam der heftige Schmerz in der rechten Hand, die eine tiefe Rißwunde aufwies, und dann – und dann –

Prokop zog in heftigem Nachdenken die Stirn so krampfhaft in Falten, daß es schmerzte. Gewiß, da ist die Narbe quer über die Hand. Dann wollte er Licht machen, aber die Glühlampen waren dahin. Er tastete im Dunkeln, um zu erkennen, was geschehen war: der Tisch übersät mit Scherben, an der Stelle, wo er gearbeitet hatte, das Zinkblech aufgerissen, verbogen, geschmolzen, und die Eichenplatte gespalten, als wäre der Blitz hineingefahren. Beim Weitertasten fand er die Porzellandose; sie war unversehrt. Erst da wurde er von Entsetzen gepackt. Das, ja, das war Krakatit! Und dann –

Prokop litt es nicht mehr länger auf der Bank. Er trat über die verstreuten Seerosen, lief im Garten umher. Und dann? Ja, dann war er davongestürzt, über Felder und Äcker gelaufen, einigemal gestolpert, aber – wo war das nur gewesen? Hier blieb der Zusammenhang der Erinnerungen entschieden gestört. Unzweifelhaft war bloß der quälende Schmerz unter den Stirnknochen und irgendeine Sache mit der Polizei. Nachher hatte er mit Georg Tomesch gesprochen, sie waren zu ihm gegangen, nein, mit einer Droschke gefahren. Er war krank gewesen, und Tomesch hatte ihn gepflegt. Das war anständig von ihm. Und weiter, was weiter? Tomesch wollte zu seinem Vater nach Teinitz fahren, aber er ist gar nicht gefahren. Merkwürdig! Inzwischen hatte er wohl geschlafen oder –

Dann klingelte kurz und zart die Glocke, er ging öffnen, und auf der Schwelle stand ein Mädchen mit verschleiertem Gesicht.

»Wohnt hier Herr Tomesch?« hatte sie atemlos gefragt. Sie schien gelaufen zu sein – an ihrem Pelz schimmerten Regentropfen, und dann –

»Sie werden ihn retten?« hatte sie gefragt und ihn ganz nahe aus ernsten, unruhigen Augen angeblickt. Dabei hatte sie ein Päckchen, einen steifen versiegelten Briefumschlag in den vor Erregung zitternden Händen gehalten.

Prokop spürte es wie einen Schlag im Gesicht. Wohin hatte er das Päckchen getan? Wer immer auch das Mädchen sein mochte: Er hatte ihr versprochen, es Tomesch zu übergeben.

Er lief in sein Zimmer hinauf und durchsuchte alle Schubladen. Nichts, nichts war zu finden. Immer wieder durchstöberte er seine Habe, Blatt um Blatt, Stück um Stück. Dann ließ er sich inmitten der wüsten Unordnung nieder und stützte die Stirn auf die Hand. Entweder hat es der Doktor, oder Anni hat es genommen; irgendwer muß es doch haben! Als das unwiderlegbar feststand, empfand er plötzlich ein sonderbares Unbehagen, eine Art Verwirrung. Wie im Traum schritt er auf den Ofen zu, griff tief hinein und zog – das Gesuchte heraus. Dabei kam es ihm dunkel vor, als ob er das Päckchen selbst einmal dort versteckt hätte, als er noch nicht ganz gesund gewesen war. Im Dämmerzustand der Ohnmacht und der Fieberträume hatte er es bei sich im Bett gehabt und war immer wütend geworden, wenn man es ihm nehmen wollte. Wahrscheinlich hatte er damals das Päckchen mit der List eines Narren vor sich selber versteckt, um endlich Ruhe zu haben. Wer kennt sich letztlich in den Geheimnissen des Unterbewußtseins aus! Nun war er wieder da, der starke, verschnürte Umschlag mit den fünf Siegeln und der Aufschrift: »Für Herrn Georg Tomesch.« Prokop bemühte sich, aus der reifen und charakteristischen Handschrift einige Anhaltspunkte herauszufinden. Aber er sah nur das Mädchen vor sich, wie es verzweifelt den Umschlag in den bebenden Fingern hält; jetzt, jetzt blickt sie wieder auf . . . Er roch an dem Päckchen; ein zarter, ferner Duft entströmte ihm.

Er legte das Päckchen auf den Tisch und umkreiste es. Er wüßte für sein Leben gern, was sich unter diesen fünf Siegeln verbarg; sicherlich ein Geheimnis, eine wichtige, schicksalhafte Sache. Sie hatte zwar gesagt, sie tue es . . . für jemand andern, aber dabei war sie so aufgeregt gewesen . . . Trotzdem, daß sie, *sie* Tomeschs Geliebte sein könnte, war fast unglaublich. Tomesch ist ein Lump, stellte Prokop mit dunkler Wut fest, ein Zyniker, der immer Glück bei den Weibern hatte. Gut, ich werde ihn finden und ihm das Liebespäckchen überbringen; aber dann Schluß damit –

Plötzlich dämmerte es ihm: Zwischen Tomesch und diesem – wie hieß er denn nur, diesem verdammten Carson – zwischen den beiden mußte doch eine Verbindung bestehen! Niemand wußte oder weiß etwas von Krakatit. Georg Tomesch muß es auf irgendeine Weise ausspioniert haben. – Ein neues Bild drängte sich von selbst in den verworrenen Film der Erinnerung: Prokop spricht im Fieber (das scheint in Tomeschs Wohnung zu sein), und er, Georg beugt sich über ihn und vermerkt etwas in sein Notizbuch. Das war gewiß die Formel! Er hat sie im Fieber verraten, Georg hat sie ihm entlockt, hat sie ihm gestohlen und diesem Carson verkauft! Prokop war wütend über so viel Gemeinheit. Und diesem Menschen war das Mädchen in die Hände gefallen! Sie mußte unbedingt sofort gerettet werden!

Aber erst galt es, Tomesch, den Dieb, ausfindig zu machen. Er wird ihm das Päckchen übergeben und ihm dabei die Zähne einschlagen. Dann muß ihm Tomesch Namen und Wohnung des Mädchens nennen und sich verpflichten – nein: nur keine Versprechen von diesem Schuft! Nachher wird er zu ihr gehen und ihr alles sagen. Und dann wird er für immer ihren Augen entschwinden.

Zufrieden mit dieser ritterlichen Lösung, stand Prokop vor dem unglückseligen Umschlag. Wenn man nur wüßte, nur eines wüßte: ob sie Tomeschs Geliebte war? Wieder sah er sie vor sich stehen; mit keinem Blick hatte sie damals Tomeschs sündhaftes Lager gestreift. War es möglich, mit den Augen, mit diesen Augen zu lügen –

Da erbrach er die Siegel, riß den Bindfaden entzwei und öffnete den Umschlag. Banknoten und ein Brief waren darin.

XIII.

Doktor Tomesch saß schnaufend und brummend am Frühstückstisch; er warf prüfende und unzufriedene Blicke auf Anni. Sie hockte reglos da, aß nichts, trank nichts und wollte es nicht wahrhaben: Prokop war immer noch nicht hier. Ihre Lippen bewegten sich unruhig. Da trat Prokop überflüssig energisch ins Zimmer; er war blaß und setzte sich nicht einmal, so eilig hatte er es. Er grüßte kaum, sah flüchtig nach Anni, als wäre sie ihm fremd, und fragte mit auffälliger Ungeduld: »Wo ist denn Ihr Georg jetzt?«

Der Doktor drehte sich erstaunt um: »Wie?«

»Wo ist denn Ihr Sohn jetzt?« fragte Prokop fast drohend.

»Keine Ahnung«, brummte der Doktor. »Ich will von ihm nichts wissen.«

»Ist er in der Stadt?« drängte Prokop und ballte die Fäuste. Der Doktor schwieg; etwas begann heftig in ihm zu arbeiten.

»Ich muß mit ihm sprechen«, sagte Prokop mit verhaltener Wut. »Ich muß, verstanden? Ich muß zu ihm, jetzt, gleich jetzt! Wo ist er?«

Der Doktor preßte die Zähne aufeinander, stand auf und ging zur Tür.

»Wo ist er? Wo wohnt er?«

»Ich weiß es nicht!« schrie der Doktor aufgebracht und schmetterte die Tür hinter sich zu.

Prokop wandte sich an Anni. Sie saß da wie versteinert und sah mit großen Augen ins Leere.

»Anni«, stammelte Prokop wie im Fieber, »Sie müssen mir sagen, wo Georg ist. Ich . . . ich . . . muß zu ihm. Es handelt sich nämlich . . . um eine Sache . . . um mehrere Sachen . . . Ich . . . Lesen Sie das hier«, sagte er rasch und hielt ihr das zerknitterte Stück Zeitung unter die Nase. Anni sah nichts als ein paar Kreise.

»Das ist meine Erfindung«, erklärte er nervös. »Man sucht mich, ein gewisser Carson – Wo ist Georg?«

»Wir wissen es nicht«, flüsterte Anni. »Seit . . . seit zwei Jahren hat er uns nicht mehr geschrieben –«

»Ach!« entfuhr es Prokop; er zerknüllte wutentbrannt die Zeitung. Die Augen des Mädchens wurden immer größer; zwischen ihren halbgeöffneten Lippen atmete etwas verworren Klägliches.

Prokop wäre am liebsten in die Erde versunken. »Anni«, sagte er und versuchte, die qualvolle Stille zu verscheuchen, »ich komme zurück. In . . . in ein paar Tagen . . . Es handelt sich wirklich um eine sehr ernste Sache. Man . . . muß doch schließlich . . . an seinen Beruf denken. Man hat auch gewisse . . . gewisse Verpflichtungen . . .« (Himmel, das war mißglückt!) »Sie werden begreifen, daß . . . Ich muß ganz einfach«, begann er plötzlich zu schreien, »eher sterbe ich, als daß ich nicht fahre. So verstehen Sie mich doch!«

Anni nickte nur schwach. Ach, hätte sie stärker genickt, dann wäre ihr Kopf laut weinend auf die Tischplatte gesunken; so aber füllten sich nur ihre Augen mit Tränen.

»Anni«, begann Prokop wieder voll verzweifelter Verlegenheit, während er sich zur Tür rettete, »ich werde mich erst gar nicht verabschieden. Es lohnt sich nicht; in einer Woche, in einem Monat bin ich wieder zurück . . . So sehen Sie mich doch an –« Aber Anni war außerstande, etwas zu sehen; sie saß nur stumpf da mit herabhängenden Armen, die Augen verdunkelt von inneren Tränen: ein jammervoller Anblick. »Anni«, versuchte es Prokop noch einmal, ließ es aber gleich wieder sein. Der letzte Augenblick in der Tür schien ihm endlos; er fühlte, er müßte noch etwas sagen, brachte aber nur mit Mühe sein »Wiedersehen!« hervor und verschwand kläglich.

Wie ein Dieb schlich er auf den Zehenspitzen aus dem Hause. Vor der Haustür stutzte er wie einer, der etwas vergessen hat, und kehrte leise in die Küche zurück. Nanni war zum Glück nicht da. ». . . ATIT! . . . Adresse angeben. Carson. Hauptpostlg.« Das stand auf einem Stück Zeitung, das sich die fröhliche Nanni in Zackenform für ein Geschirrbrett zurechtgeschnitten hatte. Dorthin legte er eine Handvoll Geld für alle ihre Dienste und verschwand.

Prokop, Prokop, so handelt kein Mensch, der in einer Woche wiederkehren will!

Der Zug skandierte seinen Schienenrhythmus. Doch der menschlichen Ungeduld genügte nicht einmal mehr die ratternde, polternde Hast; die menschliche Ungeduld wand sich verzweifelt, zückte andauernd die Taschenuhr und trat nervös von einem Fuß auf den andern. Eins, zwei, drei, vier: Telegraphenstangen, Bäume, Felder, Bäume, ein Bahnwärterhaus, Bäume, ein Flußufer, ein Zaun, Felder. Elf Uhr siebzehn. Rübenfelder, Weiber mit blauen Schürzen, ein Haus, ein kleiner Hund, der in seinem Eigensinn den Zug überholen wollte, Felder, Felder, Felder. Elf Uhr siebzehn. Steht denn die Zeit still?

Prokop fuhr auf. KRAKATIT, stach es ihm in die Augen, daß er erschrak. Wo war das? Ach ja, der Mann gegenüber las die Zeitung, und auf der Rückseite war wieder jene Anzeige. »KRAKATIT! Ing. P. soll seine Adresse bekanntgeben. Carson. Hauptpostlg.« Dieser Herr Carson soll mich in Frieden lassen, dachte Ing. P. Aber auf der nächsten Station kaufte er sämtliche Zeitungen, die zu haben waren. Es stand in allen, und in allen dasselbe: KRAKATIT! Ing. P. soll . . . Das ist eine förmliche Hetzjagd nach mir! dachte Ing. P. Wozu brauchen sie mich noch, wenn es ihnen Tomesch schon verkauft hat?

Statt dieses Rätsel zu lösen, blickte er um sich, ob er nicht beobachtet würde, und zog, wohl schon zum hundertstenmal, einen zerrissenen Briefumschlaf hervor. Reichlich umständlich entnahm er nach längerem Abwägen und Umwenden dem prall mit Geld gefüllten Kuvert jenen Brief, jenen wertvollen, mit einer reifen, energischen Handschrift geschriebenen Brief. »Herr Tomesch«, las er wieder begierig, »ich tue dies nicht Ihretwegen, sondern meiner Schwester zuliebe. Sie ist wie von Sinnen, seit Sie ihr den schrecklichen Brief geschrieben haben. Sie wollte alle ihre Kleider und ihren Schmuck verkaufen, um Ihnen Geld zu schicken. Ich mußte sie gewaltsam hindern, etwas zu tun, was sie ihrem Mann gegenüber nicht verheimlichen könnte. Ich schicke Ihnen Geld von mir; ich weiß, Sie werden es ohne überflüssige Verlegenheit annehmen, und bitte Sie, mir nicht zu danken. L.« Dazu eine hastige Nachschrift: »Ich flehe Sie an, lassen Sie M. endlich in Ruhe! Sie gab alles, was sie hatte; sie hat Ihnen mehr gegeben, als ihr gehörte. Ich zittere vor Angst, was geschehen wird, wenn man es einmal entdeckt. Ich bitte Sie um alles in der Welt, mißbrauchen Sie nicht Ihren furchtbaren Einfluß auf sie! Es wäre wirklich gemein, wenn Sie –« Der Rest des Satzes war ausgestrichen; es folgte noch ein Postskriptum: »Danken Sie in meinem Namen Ihrem Freund, der Ihnen dieses überbringt. Er war unendlich gütig zu mir in einem Augenblick, wo ich menschliche Hilfe so nötig hatte.«

Prokop fühlte sich überglücklich. Sie war also nicht Tomeschs Geliebte! Und niemand war da, der ihr hätte beistehen können! Ein tapferes Mädchen und großherzig. Vierzigtausend hatte sie aufgebracht, offenbar, um ihre Schwester vor Schande zu bewahren. Dreißigtausend stammten aus einer Bank; sie steckten noch in der Schleife, so wie sie behoben wurden – zum Kuckuck, warum stand nicht der Name der Bank darauf? Die restlichen Zehntausend hatte sie auf wer weiß welch mühsame Art beschaffen müssen; es waren viele kleine Banknoten darunter. Was für eine Hetzjagd mochte es gewesen sein, ehe sie diese Handvoll Geld beisammen hatte! »Er war unendlich gütig zu mir . . .« Prokop hätte in diesem Augenblick Tomesch, diesen gewissenlosen und erbärmlichen Schuft, umbringen mögen; gleichzeitig verzieh er ihm alles . . . sie war nicht seine Geliebte!

Er mußte sie finden, mußte ihr vor allem das Geld zurückgeben (fast schämte er sich dieses fadenscheinigen Vorwandes) und ihr sagen, daß . . . daß sie sich, sowohl was Tomesch betrifft, aber auch sonst, auf ihn verlassen könne.

Wie langsam doch der Zug fuhr!

XIV.

In der Stadt angekommen, eilte er zu Tomeschs Wohnung. Aber gleich hinter dem Bahnhof hielt er im Gehen inne: Wo wohnte Tomesch eigentlich? Prokop war damals, vom Fieber geschüttelt, am Museum vorbei zum Bahnhof gegangen; aber aus welcher Richtung? Aus welcher Straße? Grollend irrte Prokop beim Museum umher und suchte vergeblich die wahrscheinliche Richtung. Endlich ging er zur Polizeidirektion, Abteilung Hauptmeldeamt. Ein alter Beamter blätterte in Büchern nach: Georg Tomesch, Tomesch Georg . . . Ja, sechzehnter Bezirk, die und die Straße. Das war offenbar eine alte Adresse. Trotzdem eilte Prokop in den sechzehnten Bezirk. Der Hauswart schüttelte den Kopf: Georg Tomesch? Der Herr hat hier gewohnt, aber das ist schon mehr als ein Jahr her. Wo er jetzt wohnt, weiß kein Mensch; er hat übrigens eine Menge Schulden hinterlassen –

Bestürzt suchte Prokop ein Kaffeehaus auf. KRAKATIT, las er auf der Rückseite der Zeitungen. »Ing. P. soll seine Adresse bekanntgeben. Carson. Hauptpostlg.« Nun, dieser Carson weiß gewiß etwas von Tomesch; zwischen den beiden muß es irgendeinen Zusammenhang geben. Gut, hier ist eine Postkarte: Carson, Hauptpostlagernd. Erwarte Sie morgen mittag im Kaffee Soundso. Ing. Prokop. Kaum hatte er die Karte geschrieben, kam ihm ein neuer Gedanke: die Schulden. Er verließ das Kaffeehaus und ging zum Gericht, Abteilung Forderungen. Hier kannte man die Adresse des Herrn Tomesch nur zu gut: Ein ganzer Haufen unzustellbarer Postsendungen, gerichtlicher Mahnungen usw. lag da aufgestapelt. Aber dieser gewisse Tomesch Georg schien spurlos verschwunden zu sein. Trotzdem ging Prokop sogleich der neuen Adresse nach. Die Hausmeisterin, durch eine anständige Belohnung gesprächig gemacht, erkannte Prokop sogleich wieder und bemerkte, daß Herr Tomesch ein Schwindler und Nichtsnutz sei. In jener Nacht damals sei er abgereist und hätte ihn, Herrn Prokop, der Hausbesorgerin in Pflege überlassen. Sie sei dreimal oben gewesen, zu fragen, ob der Herr etwas wünsche, aber der Herr habe immerzu geschlafen und phantasiert, und dann sei er am Nachmittag plötzlich verschwunden. Herr Tomesch habe alles stehen und liegen lassen und sei seither nicht wieder zurückgekehrt. Ab und zu schicke er Geld aus dem Ausland, doch sei er bereits wieder den neuen Mietsbetrag schuldig. Sollte er sich bis Monatsende nicht melden, so müsse man seine Sachen gerichtlich versteigern lassen. Schließlich sei er unter Zurücklassung einer Unmenge Schulden geflüchtet. Prokop unterzog das prächtige Frauenzimmer noch einem Kreuzverhör: Ob ihr etwas von einer Frau bekannt sei, die mit Herrn Tomesch ein Verhältnis unterhalten und ihn öfters besucht haben solle. Darüber wußte die Hausmeisterin im großen und ganzen nicht viel auszusagen. Was die Weibsbilder betreffe, so hätten etwa an die zwanzig hier verkehrt, solche mit und ohne Schleier, geschminkt und sonst irgendwie aufgemacht, kurz, es wäre eine wahre Schande gewesen für die ganze Umgebung. Prokop zahlte ihr den fälligen Mietzins aus eigenem und bekam dafür den Schlüssel zu Tomeschs Wohnung.

Es roch modrig in der lange unbenützten und wie ausgestorbenen Wohnung. Erst jetzt fiel Prokop die seltsame Pracht dieses Raumes auf, wo er damals mit dem Fieber gerungen hatte. Überall Perserteppiche, Kissen, an den Wänden Aktbilder, Gobelins, ein Diwan, Klubsessel, eine seltsame Mischung von Luxus und Verderbtheit, von Ausschweifung und Liederlichkeit.

Wenn er nur wüßte, wo er Georg suchen sollte! Schließlich kam ihm der Haufen Post unter die Hände, die hier auf Tomesch wartete. Es waren meist Geschäftsbriefe, wahrscheinlich nichts als Rechnungen; auch ein paar Privatbriefe, die er zögernd hin und her wendete und beschnupperte. Vielleicht fand sich in dem einen oder andern ein Hinweis, eine Adresse oder ähnliches, was ihn auf seine oder . . . ihre Spur führen würde! Erst widerstand er mutig der Versuchung, zumindest einen dieser Briefe zu öffnen. Aber wie er so allein hinter den trüben Fenstern saß und alles um ihn herum niedrige, heimliche Schande ausatmete, da unterdrückte er alle Zweifel, riß die Umschläge auf und las Brief um Brief. Rechnungen, sehr energische Mahnungen, dunkle Transaktionen betreffend. Prokop traute seinen Augen nicht. Nach diesen Briefen zu urteilen, war Tomesch entweder ein Schwarzhändler im großen, ein Agent mit Perserteppichen oder ein Valutenschieber, wahrscheinlich aber alles in einem. Im ganzen gesehen ergab sich eine Unzahl von Betrügereien, Unterschlagungen, Fälschungen von Ausfuhrbewilligungen und Verstößen gegen allerlei andere Paragraphen, soweit Prokop das überhaupt begriff. Er verstand nur eines nicht, daß die ganze Sache bisher nicht aufgeflogen war. Wenn das alles einmal ans Tageslicht kommt, wie weit wird dann das Ausmaß dieser unbeschreiblichen Schändlichkeiten reichen? Er erinnerte sich an das stille Haus in Teinitz, an das Mädchen, das hier gestanden hatte, verzweifelt und entschlossen, diesen Menschen zu retten. Da nahm Prokop die ganze Korrespondenz der Firma Tomesch und verbrannte sie im Ofen. Der war schon angefüllt mit verkohlten Papieren. Offenbar hatte Tomesch vor seiner Abreise die Verhältnisse in gleicher Weise vereinfacht.

Gut, das waren die Geschäftsbriefe; blieben noch ein paar ganz private Briefe, einige fein und zart duftend, andere armselig und schmutzig. Wiederum zögerte Prokop. Aber zum Kuckuck, was konnte er tun? Immerhin schämte er sich sehr, als er eilig weitere Umschläge aufriß. Da: ein paar klebrige Vertraulichkeiten, Liebling, ich kann dich nicht vergessen, ein neues Rendezvouz, genug davon. Hier machte jemand aufmerksam, daß er etwas wisse, »was die Polizei interessieren könnte«, aber er ließe mit sich reden; Herr Tomesch werde »sicher zu schätzen wissen, welchen Wert eine solche Diskretion habe«. Wieder etwas von einem Geschäft, von verkauften Schuldverschreibungen, unterfertigt mit »Deine Rosa«. Die gleiche Rosa teilt mit, daß ihr Mann verreist sei. Die gleiche Hand wie auf Nummer eins, ein Brief aus dem Kurort: nichts als schmierige Sentimentalitäten, die zügellose Erotik einer reifen, fetten Blondine, ein wenig verzuckert mit Achs! und zärtlichen Vorwürfen, dazu »Mein Liebling« und »Mein Wildling« und ähnliche Geschmacklosigkeiten, daß Prokop beim Lesen fast übel wurde. Er schämte sich unsagbar, in die übelriechende Dämmerung dieser Unterrockaffären einzudringen, aber es gab kein Zurück mehr. Endlich fand er vier Briefe, unterschrieben mit M.: tränenselige, fiebrige und peinliche Briefe, denen die dumpfe, leidenschaftliche Geschichte einer blinden, stickigen, sklavischen Liebe entstieg. Es war ein klägliches Betteln, ein Kriechen im Staub, verzweifelte Selbstanklage, ein erniedrigendes Sichanbieten und eine noch jammervollere Selbstquälerei; eine Andeutung über die Kinder, den Mann, das Angebot einer neuerlichen Geldsumme, unklare Anspielungen und das nur zu klare Ende eines von der Liebe gemarterten Weibes. Das also war ihre Schwester! Prokop vermeinte, den höhnischen grausamen Mund, die stechenden Augen, den herrischen, hochmütigen, selbstbewußten Kopf Tomeschs vor sich zu sehen: er hätte mit der Faust zuschlagen mögen. Aber was half das alles? Diese kläglich entblößte Liebe der Frau sagte nicht das geringste aus über . . . über die andere, die noch ohne Namen für ihn war und die er suchen mußte.

Es blieb also nichts anderes übrig, als Tomesch zu finden.

Tomesch zu finden, als ob das so leicht gewesen wäre! Prokop unterzog nochmals die ganze Wohnung einer eingehenden Durchsuchung. Er kramte in allen Schränken und Laden, fand aber außer verstaubten alten Rechnungen, Liebesbriefen, Fotografien und anderem Junggesellenkram nichts, was die Angelegenheit Tomesch geklärt hätte. Das war nur natürlich: Wenn einer so viel auf dem Kerbholz hat, dann muß er schon gründlich verschwinden!

Prokop besuchte den Hauseigentümer und erkundigte sich, woher Tomesch das Geld aus dem Ausland überwies. Um den Preis übermenschlicher Geduld erfuhr er, daß nicht Herr Tomesch besagtes Geld überweise, sondern der Inhaber einer Wechselstube, und zwar für das Konto der Dresdner Bank »über Auftrag des Herrn Tomesch«.

An einer Straßenecke hielt er inne: Was nun? Blieb nur noch Carson, diese unbekannte Größe; der wußte etwas, wollte etwas. Schön, also Carson! Prokop fand in der Tasche die Postkarte, die er abzusenden vergessen hatte, und ging zur Post.

Aber vor dem Briefkasten ließ er den Arm sinken. Carson, Carson – aber der wollte doch etwas, und das war keine Kleinigkeit! Der Kerl wußte einiges über Krakatit und hatte gewisse Absichten, weiß der Himmel, welche. Warum war er eigentlich so hinter ihm her? Offenbar hatten Tomeschs Kenntnisse Grenzen. Vielleicht wollte Tomesch auch nicht alles verkaufen, oder er stellte unverschämte Forderungen, und Prokop, der Esel, sollte billiger sein. So verhielt es sich wohl. Aber – und da erschrak Prokop zum erstenmal über die Reichweite der ganzen Angelegenheit – konnte man denn Krakatit überhaupt schon aus der Hand geben? Man müßte doch zunächst einmal genau wissen, wie sich diese Substanz verhält, wozu sie brauchbar ist, wie man damit umzugehen hat und so weiter. Schließlich war Krakatit kein Schnupftabak und kein Kinderstreupulver. Vielleicht war es überhaupt viel zu gewaltig für diese Welt. Was könnte man – in einem Kriege zum Beispiel – nicht alles damit anrichten! Prokop begann, sich darüber ernstlich Gedanken zu machen. Warum war dieser verdammte Carson ausgerechnet jetzt aufgetaucht? Dem mußte um jeden Preis Einhalt geboten werden.

Prokop faßte sich plötzlich an den Kopf, daß die Passanten verwundert stehenblieben. Hatte er nicht oben in seinem Laboratorium fast fünfzehn Dekagramm Krakatit in der Porzellandose zurückgelassen, gerade genug, um die ganze Umgebung in die Luft zu sprengen? Erst erstarrte er fast vor Schrecken, aber dann lief er wie ein Verrückter zur Straßenbahn: Als ob es jetzt noch auf die paar Minuten ankäme! Er litt Qualen, ehe die Straßenbahn die Vorstadt erreichte; dann rannte er die steile Straße bergan zu seiner Baracke. Sie war versperrt; vergebens suchte Prokop in seinen Taschen nach etwas wie einem Schlüssel. Er blickte sich in der Abenddämmerung um wie ein Dieb„drückte eine Fensterscheibe ein, öffnete die Riegel und kroch durchs Fenster.

Er ließ ein Streichholz aufflammen und merkte auf den ersten Blick, daß man ihn ganz methodisch ausgeraubt hatte. Federbetten und ähnlicher Kram waren zwar noch da; aber sämtliche Flaschen, Tiegel, Kolben, Retorten, Reagenzgläser, Mörser, Schalen und Apparate, Löffel und Waagen, seine ganze primitive chemische Küche, alles, worin Versuchssubstanzen enthalten waren, alles, wo auch nur ein Restchen oder ein Anflug einer Chemikalie vorhanden sein konnte, alles das war verschwunden. Die Porzellandose mit dem Krakatit fehlte. Er riß die Schublade auf: Seine sämtlichen Aufzeichnungen, jeder bekritzelte Fetzen Papier, jedes noch so geringe Andenken an eine zwölfjährige Versuchstätigkeit, alles war ausgeräumt. Sogar vom Fußboden hatte man die Flecken und Spuren seiner Arbeit abgekratzt; und sein Arbeitskittel, der alte, bekleckste, mit Chemikalien förmlich durchtränkte Kittel hing auch nicht mehr am Haken. Prokop hätte am liebsten losgeheult.

Bis tief in die Nacht hinein saß er auf seinem Strohsack und starrte in den ausgeplünderten Arbeitsraum. Für eine Weile tröstete er sich damit, daß ihm vielleicht einfallen werde, was sich im Verlauf von zwölf Jahren an Notizen und Formeln angesammelt hatte. Als er aber versuchte, sich ein Experiment in Erinnerung zu rufen, kam er trotz verzweifeltster Anstrengung nicht vom Fleck damit; da stöhnte er auf und schlug die Hände vors Gesicht.

Er erwachte jäh vom Sperren eines Schlüssels. Es war hell am Morgen. Ein fremder Mann betrat den Arbeitsraum und ging auf den Tisch zu. Dort saß er dann, den Hut auf dem Kopf, brummte etwas vor sich hin und kratzte sorgfältig das Zink vom Tisch.

»Was wollen Sie hier?« rief Prokop den Mann grob an.

Der fuhr höchst erstaunt herum und starrte Prokop wortlos an.

»Was wollen Sie hier?« wiederholte Prokop gereizt. Der Mann schwieg immer noch; nun setzte er sich gar die Brille auf und musterte Prokop mit ungewöhnlichem Interesse.

Prokop hatte schon ein vernichtendes Schimpfwort bereit. Da begann der Mann über das ganze Gesicht zu strahlen, fuhr vom Stuhl auf und sah plötzlich aus wie ein Hund, der vor Freude mit dem Schweif wedelt. »Carson«, sagte er rasch und setzte schnell fort: »Wie ich mich freue, daß Sie zurückgekehrt sind! Haben Sie mein Inserat gelesen?«

»Ja«, antwortete Prokop, »was suchen Sie hier?«

»Sie!« erwiderte der Gast, und sein Gesicht leuchtete vor Freude. »Seit sechs Wochen suche ich Sie überall. Durch alle Zeitungen, durch sämtliche Detektivbüros, haha! Was sagen Sie dazu? Herrgott, hab' ich eine Freude! Wie geht's? Gesund?«

»Warum haben Sie mich ausgeplündert?« fragte Prokop finster.

»Wie, bitte?«

»Warum Sie mich ausgeplündert haben?«

»Aber, Herr Ingenieur« – der Mann fühlte sich durchaus nicht beleidigt – »was reden Sie denn da? Carson – und ausgeplündert! Das ist ja großartig, haha!«

»Ausgeplündert«, wiederholte Prokop hartnäckig.

»Was Sie nicht sagen!« protestierte Herr Carson milde. »Aufbewahrt, mein Lieber, alles fein säuberlich aufbewahrt. Wie konnten Sie das auch hier herumliegen lassen? Es hätte Ihnen wirklich gestohlen werden können. Stellen Sie sich vor, mein Bester: gestohlen, verkauft, publiziert. Na, das ist doch klar! Das alles wäre möglich gewesen. Aber ich habe die Sachen für Sie aufbewahrt. Ehrenwort! Darum suche ich Sie ja. Sie bekommen alles zurück. Alles. Das heißt«, fügte er zögernd hinzu, und hinter den funkelnden Brillengläsern blitzte es stählern auf, ». . . wenn Sie vernünftig sind. Wir werden uns schon einigen«, fügte er besänftigend hinzu. »Sie müssen sich habilitieren. Sie haben eine ungeheure Karriere vor sich. Atomzertrümmerung, Atomexplosionen, großartige Dinge. Wissenschaft, vor allem Wissenschaft! Wir einigen uns bestimmt, meinen Sie nicht? Ehrenwort, Sie bekommen alles zurück. Tja.«

Prokop schwieg, ganz benommen von diesem Wortschwall, während Herr Carson mit den Händen umherruderte und außer sich vor Vergnügen den Arbeitsraum durchquerte. »Alles, alles liegt für Sie bereit«, redete er munter weiter. »Jeder Span vom Fußboden. Sortiert, beschriftet, versiegelt. Haha, ich hätte mit allem auf und davon fahren können. Aber ich bin ein ehrlicher Mensch. Ich retourniere alles. Wir müssen uns verständigen. Bitte, erkundigen Sie sich nach Carson. Geborener Däne, früher Dozent in Kopenhagen. Ich habe auch einmal wissenschaftlich gearbeitet, o göttliche Wissenschaft! Wie sagt doch Schiller? Dem einen ist sie – ist sie – Na, fällt mir nicht mehr ein; irgendwas von Wissenschaft. Ulkig, nicht? Aber danken Sie mir noch nicht! Erst später. Tja.«

Prokop hatte zwar gar nicht vor, sich zu bedanken, doch Herr Carson strahlte wie ein glücklicher Wohltäter. »An Ihrer Stelle«, sprudelte es begeistert von seinen Lippen, »an Ihrer Stelle würde ich mir . . .«

»Wo ist Tomesch?« unterbrach ihn Prokop.

Herr Carson warf ihm einen prüfenden Blick zu. »Ach ja«, sagte er und überlegte blitzschnell, »wir wissen natürlich, wo er sich aufhält. Ich meine«, wechselte er gewandt auf ein anderes Thema über, »Sie sollten sich . . . Sie sollten sich das größte Laboratorium der Welt einrichten. Die besten Apparate. Ein Weltinstitut für destruktive Chemie. Sie haben recht, Katheder ist Unsinn. Wozu die alten Sachen aufwärmen! Schade um die Zeit. Richten Sie sich auf amerikanische Art ein. Ein Rieseninstitut, eine Brigade von Assistenten, alles, was Sie wollen. Um Geld brauchen Sie sich nicht zu kümmern. Punktum. Wo frühstücken Sie? Ich würde Sie für mein Leben gern einladen.«

»Was wollen Sie eigentlich?« fragte Prokop erstaunt.

Da setzte sich Herr Carson neben ihn auf den Strohsack, nahm ihn überaus herzlich bei der Hand und sagte auf einmal mit ganz veränderter Stimme: »Nur nicht erschrecken! Sie können Millionen verdienen!«

XVI.

Prokop sah Herrn Carson höchst überrascht an. Merkwürdig, das war nicht mehr das selig glänzende Mopsgesicht von vorhin. Alles war ernst und streng geworden an dem eifrigen kleinen Mann, die Augen unter den schweren Lidern lagen tief in den Höhlen und blitzten nur ab und zu matt funkelnd auf. »Seien Sie vernünftig«, brachte er mit Nachdruck vor. »Verkaufen Sie uns Krakatit, und die Sache ist erledigt.«

»Woher wissen Sie überhaupt . . .« brummte Prokop.

»Ich erzähle Ihnen alles. Ehrenwort, alles. Herr Tomesch war bei uns. Er brachte uns fünfzehn Dekagramm und die Formel. Den Herstellungsvorgang leider nicht. Weder er noch unsere Chemiker haben es bisher herausgefunden. Es ist wohl ein Trick dabei?«

»Ja.«

»Hm. Vielleicht findet man ihn auch ohne Sie.«

»Ausgeschlossen.«

»Herr Tomesch . . . weiß etwas darüber, tut aber geheimnisvoll. Er hat bei uns hinter verschlossenen Türen gearbeitet. Übrigens ein miserabler Chemiker, aber vernünftiger als Sie. Zumindest quatscht er nicht alles aus, was er weiß. Warum haben Sie es ihm anvertraut? Er kann nichts, nur Vorschüsse pumpen. Sie hätten selbst damit kommen sollen.«

»Ich habe ihn nicht zu Ihnen geschickt«, sagte Prokop finster.

»So«, schnappte Herr Carson ein, »das ist ja hochinteressant! Herr Tomesch ist nämlich zu uns gekommen –«

»Wohin denn?«

»Zu uns. In unsere Werke nach Balttin. Sie kennen sie nicht?«

»Nein.«

»Ausländisches Unternehmen. Hypermodern. Versuchslaboratorium für neueste Explosivstoffe. Wir erzeugen Keranit, Methylnitrat, Gelbes Pulver und ähnliches. Vor allem für Armeebedarf. Sie verkaufen uns doch Krakatit?«

»Nein. – Also Tomesch ist bei Ihnen?«

»Ach ja, Herr Tomesch. Das muß ich Ihnen erzählen. Zu komisch! Er kommt also zu uns und sagt: Ich bringe hier das Erbe meines Freundes, des genialen Chemikers Prokop. Er ist in meinen Armen gestorben; mit dem letzten Atemzug, haha, hat er mir anvertraut, haha, großartig, was?«

Prokop lächelte nur schwach. »Und Tomesch ist immer noch in Balttin?«

»Nur Geduld. Wir haben ihn natürlich zunächst als Spion festgehalten. Von dieser Sorte wimmelt es bei uns nur so. Das Pulver, Krakatit, ließen wir überprüfen.«

»Und das Ergebnis?«

Herr Carson hob beschwörend die Hände. »Un-ge-heuer!«

»Wie ist die Detonationsgeschwindigkeit? Was für ein Q haben Sie gefunden? Und t? Zahlen! Zahlen!«

Herr Carson ließ die Hände sinken, daß es nur so klatschte, und machte große Augen: »Zahlen, mein Bester? Nun, erster Versuch: Fünfzig Prozent Stärke, der Stauchapparat in Fetzen; ein Ingenieur und zwei Laboranten . . . in Stücke gerissen. Unglaublich, was? Versuch Nummer zwei: Ein Trauz-Block, neunzig Prozent Vaseline, bums! Das Dach flog in die Luft, ein Arbeiter wurde getötet. Von dem Block blieb nichts als ein Brocken Schlacke übrig. – Nun machte sich das Militär heran. Sie lachten uns aus: Wir seien eine Dorfschmiede, aber keine Fabrik. Daraufhin gaben wir ihnen eine kleine Probe davon; sie stopften es zusammen mit pulverisierter Holzkohle in ein Geschützrohr. Das Ergebnis war unerhört: Sieben Kanoniere samt dem Hauptmann . . . Ein Bein wurde in einer Entfernung von drei Kilometern gefunden. In zwei Tagen zwölf Tote. Da haben Sie die Zahlen! Ich finde sie mehr als großartig.«

Prokop wollte etwas einwenden, hielt aber damit zurück. Zwölf Tote in zwei Tagen – verdammt noch mal!

Herr Carson rieb sich das Kinn und strahlte. »Den dritten Tag gönnten wir uns Ruhe. Es macht immer einen schlechten Eindruck, wenn es allzu viele solcher Fälle gibt. Wir ließen Krakatit nur phlegmatisieren, etwa drei Dezigramm in Glyzerin und ähnlichem. Der Idiot von einem Laboranten ließ eine Prise davon frei liegen, und nachts – das Laboratorium war versperrt . . .«

». . . ist es explodiert«, entfuhr es Prokop.

»Ja. Genau um zweiundzwanzig Uhr fünfunddreißig. Das Laboratorium und noch zwei andere Objekte gingen dabei in die Luft . . . Etwa dreißig Tonnen Methylnitrat flogen mit. Insgesamt sechzig Tote. Daraufhin große Untersuchung, wobei sich herausstellte, daß kein Mensch im Laboratorium war. Die Explosion mußte also –«

»– von selbst erfolgt sein«, fügte Prokop hinzu und wagte kaum zu atmen.

»Bei Ihnen auch?«

Prokop nickte düster.

»Sehen Sie«, fiel Carson rasch ein, »es ist wertlos. Viel zu gefährlich. Verkaufen Sie es uns, und Sie sind die Scherereien los. Was können Sie schon viel damit anfangen?«

»Und was wollen Sie damit anfangen?« fragte Prokop lauernd.

»Wir?. . . Wir sind dafür eingerichtet. Was bedeuten schon ein paar Tote! Aber um Sie wäre es schade.«

»Das Krakatit in der Porzellandose ist nicht explodiert«, bemerkte Prokop nachdenklich.

»Zum Glück nicht.«

»Und außerdem war es in der Nacht«, überlegte Prokop weiter.

»Genau zweiundzwanzig Uhr fünfunddreißig.«

»Die Prise Krakatit lag auf der Zink . . . auf der Metallplatte«, wandte Prokop ein.

»Das hat keinen Einfluß darauf«, meinte der kleine Mann, ein wenig aus der Fassung gebracht. Er biß sich auf die Lippen und begann im Laboratorium auf und ab zu gehen. »Es war nur . . . es war wohl nur eine Oxydation«, sagte er nach einer Weile ausweichend. »Irgendein chemischer Prozeß. Die Glyzerinmischung ist übrigens auch nicht explodiert.«

»Weil Glyzerin kein Konduktor ist«, murmelte Prokop. »Oder es kann nicht ionisieren, ich weiß es nicht.«

Herr Carson blieb vor ihm stehen, die Hände im Rücken verschränkt. »Sie sind sehr klug«, meinte er anerkennend. »Sie müssen viel Geld bekommen. Hier wär's schade um Sie.«

»Ist Tomesch in Balttin?« fragte Prokop und bemühte sich mit aller Macht, gleichgültig zu scheinen.

Hinter Carsons Brillengläsern blitzte es auf. »Wir lassen ihn nicht aus den Augen«, sagte er wieder ausweichend. »Er kehrt bestimmt nicht mehr hierher zurück. Kommen Sie zu uns . . . vielleicht finden Sie ihn, wenn Ihnen – so – viel – daran liegt«, sagte er mit Nachdruck.

»Wo ist er?« wiederholte Prokop hartnäckig, wobei er zu verstehen gab, daß man ihn anders nicht zum Reden bringen werde.

Herr Carson ließ die Hände flattern wie ein Vogel seine Flügel. »Geflohen«, setzte er auf Prokops verständnislosen Blick hinzu.

»Geflohen?«

»Verduftet. Er war schlecht bewacht und ist erstaunlich gerissen. Er hatte sich verpflichtet, Krakatit herzustellen. Sechs Wochen lang . . . hat er's versucht. Kostete uns eine Menge Geld. Dann verschwand er, der Lump. Er wußte sich wohl keinen Rat mehr. Er kann nichts.«

»Und wo ist er?«

Herr Carson beugte sich zu Prokop hinab. »Der Gauner bietet jetzt Krakatit einem andern Staat an. Dabei hat er auch unser Methylnitrat mitgehen lassen. Die sind ihm auf den Leim gegangen! Jetzt arbeitet er bei ihnen.«

»Wo?«

»Das darf ich nicht sagen. Ehrenwort, ich darf es nicht. Nachdem er ausgerissen war, fuhr er hierher, um Ihr Grab zu besuchen, haha! Pietät, nicht wahr? Der geniale Chemiker – und niemand kennt ihn hier. Hat viel Arbeit gekostet; ich habe wie blöd inseriert. Natürlich ist's ihnen aufgefallen . . . den andern nämlich. Sie verstehen?«

»Nein.«

»Sehen Sie sich das an«, sagte Carson munter und steuerte auf die gegenüberliegende Wand zu. »Hier«, sagte er und klopfte an das Brett.

»Was ist das?«

»Eine Kugel. Es war jemand da.«

»Und wer hat auf ihn geschossen?«

»Ich natürlich. Wenn Sie . . . vor vierzehn Tagen . . . durchs Fenster hereingekrochen wären, hätte Sie jemand . . . ganz abscheulich aufs Korn genommen.«

»Wer?«

»Ganz gleichgültig wer, dieser oder jener Staat. Ob Sie's glauben oder nicht, Vertreter der Großmächte haben hier einander die Türklinke gereicht. Und Sie? Sie haben inzwischen irgendwo Fische gefangen, haha. Ein Prachtkerl! Aber wenn ich Ihnen raten darf«, sagte er auf einmal besorgt, »dann gehen Sie lieber nicht allein aus. Nie und nirgends, Sie verstehen?«

»Unsinn.«

»Einen Augenblick! Natürlich kein Grenadier mit Bärenmütze. Ganz unauffällige Leute. Heutzutage macht man das . . . außerordentlich diskret.« Herr Carson blieb am Fenster stehen und trommelte gegen die Scheibe. »Sie glauben gar nicht, wieviel Zuschriften ich auf meine Anzeige bekommen habe. Nicht weniger als sechs Prokops haben sich gemeldet . . . Kommen Sie rasch, sehen Sie sich das an!«

Prokop trat ans Fenster. »Was gibt's?«

Herr Carson wies mit dem kurzen Zeigefinger auf die Straße. Ein junger Mann mühte sich dort verzweifelt, das Gleichgewicht auf einem Fahrrad zu halten, wobei jedes der beiden Räder die unwiderstehliche Neigung zeigte, in eine andere Richtung zu rollen. Herr Carson blickte Prokop fragend an.

»Der lernt wohl fahren«, meinte Prokop unsicher.

»Hoffnungslos unbegabt, nicht?« sagte Herr Carson, das Fenster öffnend. »Bob!«

Der Jüngling auf dem Rad blieb wie festgenagelt stehen. »Yessr.«

»Go to the town for our car.«

»Yessr.« Der junge Radfahrer trat aufs Pedal und flitzte der Stadt zu.

Herr Carson wandte sich vom Fenster ab. »Ein Ire. Sehr aufgeweckter Junge. Was ich sagen wollte: Also nicht weniger als sechs Prokops haben sich auf meine Anzeige hin gemeldet – Zusammenkünfte an verschiedenen Stellen, namentlich nachts – ulkig, was? Lesen Sie diese Karte.«

»Kommen Sie morgen abend um zehn in mein Laboratorium«, las Prokop wie im Traum. »Aber . . . das ist ja fast . . . meine Handschrift!«

»Da haben Sie's«, sagte Carson grinsend. »Sagte ich Ihnen nicht, daß hier ein heißer Boden ist? Verkaufen Sie die Sache und Sie haben Ruhe!«

Prokop schüttelte den Kopf.

Herr Carson fixierte ihn mit einem starren, unabweislichen Blick. »Sie können . . . meinetwegen . . . zwanzig Millionen verlangen. Verkaufen Sie uns Krakatit.«

»Nein.«

»Sie erhalten alles zurück. Zwanzig Millionen. Verkaufen Sie doch!«

»Nein«, sagte Prokop schwerfällig. »Ich will . . . mit euren Kriegen nichts gemein haben. Ich will nicht.«

»Und was haben Sie hier? Ein genialer Chemiker und . . . wohnt in einer Holzbaracke! Landsleute, Vaterland! Ich kenne das. Ein großer Mensch hat keine Landsleute. Lassen Sie nichts an sich herankommen. Verkaufen Sie und –«

»Ich will nicht.«

Herr Carson vergrub die Hände in den Taschen und tat gelangweilt. »Kriege! Glauben Sie vielleicht, Sie werden sie verhindern? Pah! Verkaufen Sie, und um das andere kümmern Sie sich nicht. Sie sind ein Gelehrter . . . das andere geht Sie nichts an. Kriege! Ist doch lachhaft. Solange die Menschen Nägel und Zähne haben –«

»Ich verkaufe nicht«, sagte Prokop, und seine Lippen wurden ganz schmal dabei.

Herr Carson zuckte mit den Schultern. »Wie Sie wollen. Dann werden wir es eben selber herausfinden. Oder Tomesch. Auch gut.«

Eine Weile blieb es still. »Mir ist's einerlei«, ließ sich Herr Carson wieder vernehmen. »Wenn es Ihnen lieber ist, fahren wir damit nach Frankreich, nach England, wohin Sie wollen, meinetwegen nach China. Wir beide. Hier könnte uns das niemand bezahlen. Sie wären ja wirklich ein Esel, wenn Sie für zwanzig Millionen verkauft hätten. Verlassen Sie sich auf Carson. Nun?«

Prokop schüttelte energisch den Kopf.

»Ein Charakter«, bemerkte Herr Carson anerkennend. »Alle Achtung. Das gefällt mir, gefällt mir außerordentlich. Ich will Ihnen etwas sagen. Ein absolutes Geheimnis. Hand drauf.«

»Ich bin nicht neugierig auf Ihre Geheimnisse«, brummte Prokop.

»Bravo! Ein diskreter Mensch. Sie sind mein Typ, Bester.«

XVII.

Herr Carson setzte sich, zündete sich eine sehr dicke Zigarre an und begann angestrengt nachzudenken. »Tja, tja«, sagte er nach einer Weile. »Also Ihnen ist's auch explodiert. Wann war das? Datum?«

». . . weiß ich nicht mehr.«

»An welchem Tag in der Woche?«

». . . Weiß ich nicht. Ich glaube . . . zwei Tage nach dem Sonntag.«

»Also an einem Dienstag. Um wieviel Uhr?«

»Ungefähr nach zehn Uhr abends.«

»Richtig.« Herr Carson blies nachdenklich den Rauch von sich. »Uns ist es zum erstenmal . . . an einem Dienstag um zweiundzwanzig Uhr fünfunddreißig . . . ›von selbst‹, wie Sie sich auszudrücken belieben . . . explodiert. Haben Sie dabei etwas bemerkt?«

»Nein. Ich habe geschlafen.«

»Aha. Auch an einem Freitag explodierte es, so um halb elf herum. An einem Dienstag und an einem Freitag. Wir haben es ausprobiert«, erläuterte er auf Prokops erstaunten Blick hin. »Wir ließen ein Milligramm Krakatit frei liegen und überwachten es Tag und Nacht. An einem Dienstag und an einem Freitag, um zweiundzwanzig Uhr dreißig ungefähr, ist es explodiert. Siebenmal. Einmal an einem Montag um zweiundzwanzig Uhr neunundzwanzig.«

Prokop beschränkte sich darauf, aus dem Staunen nicht herauszukommen.

»Da zuckte ein blauer Blitz durch das Pulver«, erklärte Carson nachdenklich, »und dann ist es explodiert.«

Es war so still, daß Prokop das Ticken von Carsons Taschenuhr vernahm.

»Tja.« Herr Carson tat einen tiefen Seufzer und strich verzweifelt über die Bürste seiner rötlichen Haare.

»Was bedeutet das?« fragte Prokop atemlos.

Herr Carson zuckte bloß mit den Schultern. »Und Sie?« wandte er sich an Prokop, »was haben Sie sich eigentlich dabei gedacht, als es so . . . ›von selbst‹ explodierte? Nun?«

»Nichts!« meinte Prokop ausweichend. »Darüber habe ich . . . eigentlich noch gar nicht nachgedacht.«

Herr Carson brummte etwas Beleidigendes.

»Das heißt«, verbesserte sich Prokop, »damals glaubte ich, es werde vielleicht . . . durch elektromagnetische Wellen hervorgerufen.«

»Aha. Elektromagnetische Wellen. Haben wir uns auch gedacht.

Ein schöner Einfall – aber ganz blödsinnig. Leider ganz blödsinnig. Tja.«

Nun war Prokop wirklich ratlos.

»Zunächst einmal«, überlegte Herr Carson, »laufen solche drahtlosen Wellen bekanntlich nicht nur Dienstag und Freitag um halb elf Uhr nachts durchs Weltall spazieren, das ist doch sonnenklar! Zweitens können Sie sich denken, daß wir sofort mit allen möglichen Wellen experimentiert haben, mit Kurzwellen, Langwellen usw. Aber auf Ihr Krakatit wirkte das nicht *so viel*«, er zeigte etwas Kleinwinziges an seinem Fingernagel. »Am Dienstag und Freitag jedoch . . . um halb elf . . . geruhte es, ›von selbst‹ zu explodieren. Und wissen Sie, was noch?«

Prokop wußte es natürlich nicht.

»Seit einiger Zeit – etwa seit einem halben Jahr – haben die drahtlosen Stationen in Europa einen heillosen Ärger. Ihre Gespräche werden gestört, ganz unregelmäßig; und zwar zufällig immer . . . am Dienstag und Freitag um halb elf nachts. Sagten Sie was?«

Prokop hatte nichts gesagt, sondern sich nur die Stirn gerieben.

»Also, Dienstag und Freitag. Man nennt es ›verwischte Gespräche‹. Es fängt damit an, daß es den Telegraphisten ganz abscheulich in den Ohren zu knattern beginnt. Die Leute ärgern sich natürlich grün und gelb darüber. Peinlich, wie?« Herr Carson nahm die Brille ab und begann sie umständlich zu putzen. »Anfangs glaubte man, es handle sich – um magnetische Gewitter. Als man aber merkte, daß sich die Störungen regelmäßig . . . Dienstag und Freitag einstellten, da . . . Na, kurz, Marconi, T. S. F., Transradio und mehrere Ministerien, der Post und Marine, des Handels, des Innern und was weiß ich noch, zahlen sofort zwanzigtausend Pfund in bar demjenigen klugen Kopf aus, der der Sache auf den Grund kommt.« Herr Carson setzte seine Brille auf und fuhr belustigt fort: »Nun nimmt man an, es existiere eine illegale Station, die es sich zum Vergnügen macht, die Gespräche jeden Dienstag und Freitag zu stören. Eine Schnapsidee! Anzunehmen, es gäbe eine Privatstation, die rein zum Spaß mindestens hundert Kilowatt in den Äther hinaussendet!« Herr Carson schnaufte verächtlich.

»Dienstag und Freitag«, ließ sich Prokop vernehmen, »also regelmäßig . . . gleichzeitig . . .«

»Merkwürdig genug!« meinte Herr Carson grinsend. »Ich habe es mir hier notiert: Dienstag, den soundsovielten, zweiundzwanzig Uhr fünfunddreißig und einige Sekunden: Störung bei sämtlichen Radiostationen. Und in der gleichen Sekunde explodierte bei uns ›von selbst‹ ein bestimmtes Quantum Krakatit. Nun? Dasselbe wiederholt sich am nächsten Freitag um zweiundzwanzig Uhr siebenundzwanzig und einige Sekunden: Störung und Explosion. Und so weiter. Ausnahmsweise, sozusagen programmwidrig, auch einmal eine Störung an einem Montag um zweiundzwanzig Uhr neunundzwanzig Minuten dreißig Sekunden. Ditto Explosion. Es klappt auf die Sekunde. Achtmal in acht Fällen. Was halten Sie davon?«

»Ich . . . ich weiß nicht«, meinte Prokop mehr für sich.

»Dann noch etwas«, begann Herr Carson nach längerer Überlegung. »Herr Tomesch hat bei uns gearbeitet. Er kann nichts, aber er weiß einiges. Herr Tomesch ließ einen Hochfrequenzgenerator ins Laboratorium stellen und sperrte uns die Tür vor der Nase zu, der Lump. Ich habe noch nie gehört, daß man in der gewöhnlichen Chemie mit Hochfrequenzmaschinen arbeitet. Was meinen Sie?«

»Ja . . . natürlich«, sagte Prokop zögernd und warf einen unruhigen Blick auf seinen fast neuen Generator in der Ecke. Herr Carson fing diesen Blick geschickt auf. »Hm«, sagte er, »Sie haben ja auch so ein Ding hier? Ein hübscher Transformator. Was hat er gekostet?«

Prokops Gesicht verfinsterte sich. Herr Carson dagegen begann zu strahlen. »Ich glaube«, sagte er mit zunehmendem Vergnügen, »es wäre eine wunderbare Sache, wenn es gelänge . . ., sagen wir mit Hilfe von Hochfrequenz . . ., die innere Struktur einer Substanz in Bewegung zu versetzen, zu lockern, aufzuspalten, und zwar derart, daß es genügen würde, in der Ferne einfach auf einen Knopf zu drücken, um die Substanz durch . . . Wellen . . . Entladungen . . . Oszillationen oder was weiß ich auseinandersprengen zu lassen. Einfach bums! Auf die Entfernung hin! Nun, was meinen Sie dazu?«

Prokop sagte nichts. Herr Carson, der verzückt an seiner Zigarre saugte, weidete sich förmlich an ihm.

»Ich bin kein Elektriker«, setzte er nach einer Weile fort. »Ein Wissenschaftler hat es mir so erklärt, und ich soll auf der Stelle versinken, wenn ich es verstanden habe. Der gute Mann schwatzte mir damals die Ohren voll mit seinen Elektronen, Ionen, Elementarquanten und wie er es sonst noch nannte, und am Ende sagte mir diese Kathederleuchte, die Sache sei ganz unmöglich. Hören Sie, Sie haben da was Schönes angerichtet: Erfinden und stellen etwas her, was nach Meinung einer Weltautorität gar nicht möglich ist . . .

Ich habe es mir mit meinem Laienverstand selbst zurechtgelegt«, fuhr er fort. »Angenommen, jemand setzt es sich in den Kopf . . . aus einem bestimmten Bleisalz . . . eine unbeständige Verbindung herzustellen. Aber das betreffende Salz benimmt sich nicht so, wie es sollte: Es geht auf keinen Fall eine Verbindung ein. Der Chemiker versucht alles mögliche . . . vergebens. Da erinnert er sich, in der Januarnummer von ›The Chemist‹ eine Abhandlung gelesen zu haben, wonach das betreffende phlegmatische Salz ein Kohärer . . . ein Detektor für elektrische Wellen sei. Ein idiotischer und zugleich genialer Einfall – vielleicht läßt sich dieses verwünschte Salz mit Hilfe von elektrischen Wellen in bessere Stimmung versetzen! Tja, so holt sich der Mensch seine besten Einfälle aus der Idiotie. Er beschafft sich also einen solchen komischen Transformator und geht ans Werk; was er gemacht hat, bleibt vorläufig sein Geheimnis, aber – schließlich hat er die gesuchte Verbindung. Und wenn mich der Teufel holt – er hat sie! Sie ist ihm offenbar durch Oszillation geglückt. Ich glaube, ich werde doch noch auf meine alten Tage Physik lernen müssen. Sie werden sich nun denken: Der leistet sich was an Unsinn!«

Prokop brummte etwas ganz Unverständliches.

»Macht nichts«, erklärte Herr Carson zufrieden. »Wenn es nur vorerst zusammenhält. Ich Schafskopf stelle mir nun vor, die Sache hat eine Art elektromagnetische Struktur erhalten. Freilich, wenn die gestört wird, dann . . . geht alles in die Luft. Zum Glück unterhalten in unserer irdischen Atmosphäre etwa zehntausend offizielle Radiostationen und mehrere hundert illegale so etwas wie ein elektromagnetisches Klima, eine Art . . . eh . . . Oszillationsbad, das dieser Struktur wohlbekommt. Und so hält sie zusammen . . .«

Herr Carson überlegte einen Augenblick. »Und nun«, setzte er fort, »nun stellen Sie sich vor, daß irgendwo in der Welt so ein Teufelskerl Mittel besitzt, mit denen er die elektrischen Wellen gründlich stören, sie einfach vernichten kann oder sonst was. Stellen Sie sich vor, daß er das – der Himmel weiß, warum – regelmäßig jeden Dienstag und Freitag um halb elf Uhr nachts vollbringt. In dieser Minute und Sekunde unterbricht er auf der ganzen Welt die drahtlose Verbindung. Aber in der gleichen Minute und Sekunde geht auch etwas in dieser . . . labilen Verbindung vor sich, soweit sie eben nicht isoliert ist . . . zum Beispiel . . . in einer gewissen Prozellandose. Da drin wird etwas gestört . . . es knackst und . . . und . . .«

». . . explodiert«, stieß Prokop hervor.

»Sehr richtig! Interessant, nicht? Ein gelehrter Mann hat es mir genau erklärt – was hat er nur gesagt? Ach ja, er meinte, es –«

Prokop sprang auf und packte Carson am Rock. »Hören Sie, wenn man . . . wenn man . . .«, er stotterte vor furchtbarer Aufregung, »wenn man also . . . Krakatit . . . ausstreut, hier . . . oder anderswo . . . an einer beliebigen Stelle . . .«

». . . dann fliegt es kommenden Dienstag oder Freitag nachts um halb elf in die Luft. Tja! Aber, erwürgen Sie mich nicht!«

Prokop ließ Carson los und rannte höchst erregt im Zimmer auf und ab. »Es ist klar«, stammelte er, »es ist sonnenklar! Niemand darf Krakatit her . . ., herstel . . .«

»Ausgenommen Herr Tomesch«, wandte Carson skeptisch ein.

»Lassen Sie mich in Frieden!« brauste Prokop auf. »Der ist doch unfähig dazu!«

»Kommt drauf an«, meinte Herr Carson zweifelnd, »wieviel Sie ihm verraten haben.«

Prokop blieb wie angewurzelt stehen. »Nun denken Sie . . . denken Sie zum Beispiel . . . an einen Krieg! Wer Krakatit besitzt, der kann . . . kann . . . wann immer . . .«

»Vorläufig nur Dienstag und Freitag.«

». . . ganze Städte . . . ganze Armeen . . . alles, alles vernichten! Er braucht bloß . . . braucht bloß . . . ein wenig davon auszustreuen . . . Können Sie sich das vorstellen?«

»Ja. Vollkommen.«

»Und darum . . . gebe ich es . . . im Interesse der Welt niemals . . . niemals her!«

»Hm! Im Interesse der Welt!« brummte Carson. »Ich meine, im Interesse der Welt wäre es vor allem nötig, dieser – dieser –«

»Was?«

»Dieser verdammten Weltzerstörerbande samt ihren Sensationen auf die Spur zu kommen.«

XVIII.

»Sie meinen«, sagte Prokop zögernd, »daß – es wirklich . . .«

»Wir wissen«, unterbrach ihn Carson, »daß es in der Welt unbekannte Empfangs- und Sendestationen gibt. Jeden Dienstag und Freitag sagen sie einander etwas mehr als bloß: Gute Nacht! Sie verfügen über uns bisher unbekannte Kräfte: Entladungen, Oszillationen, Funken, Strahlen oder andere teuflische Dinge. Vielleicht über Antiwellen, Antioszillatoren, oder wie man's sonst nennen sollte, kurz etwas, womit sie unsere Wellen stören oder vernichten. Verstehen Sie mich?« Herr Carson blickte sich im Laboratorium um. »Aha«, sagte er und nahm ein Stück Kreide. »Das ist entweder so«, erklärte er und zeichnete mit der Kreide einen halbellenlangen Pfeil, »oder so«; er bekritzelte dabei fast das ganze Brett und setzte mit dem befeuchteten Finger einen dunklen Strich hinein. »So oder so. Positiv oder negativ. Entweder sie senden neue Wellen in unser Medium hinein, oder sie schleudern künstliche Pausen in unser gründlich mit Telegrafie durchsetztes Milieu. Man kann auf beide Arten . . . ohne unsere Kontrolle arbeiten. Beides ist bisher . . . sowohl technisch wie physikalisch . . . absolut rätselhaft. Verdammt noch mal«, begann Herr Carson, von einem plötzlichen Wutausbruch gepackt, zu fluchen und warf die Kreide hin, daß sie in Stücke brach, »das ist denn doch zu viel! Mit uns unbekannten Kräften geheime Depeschen an ebenso geheimnisvolle Empfänger zu senden! Wer macht das? Was glauben Sie, wer?«

»Vielleicht die Marsbewohner«, bemühte sich Prokop zu scherzen, obwohl ihm in Wirklichkeit ganz anders zumute war.

Herr Carson warf ihm einen vernichtenden Blick zu, aber dann grölte er aus vollem Halse: »Gut, sehr gut, Meister, nehmen wir an, die Marsbewohner. Ausgezeichnet! – Aber es dürfte eher etwas sehr Irdisches sein. Angenommen, eine hiesige Macht sendet geheime Instruktionen. Angenommen, sie habe sehr schwerwiegende Gründe, sich der allgemeinen Kontrolle zu entziehen. Angenommen, es sei . . . ein internationaler Geheimdienst oder eine Organisation, die über unbekannte Kräfte, geheime Stationen und was weiß ich noch verfügt. Jedenfalls . . . jedenfalls – hat die Menschheit ein Recht darauf, sich für diese geheimen Depeschen zu interessieren – ob sie nun vom Mars oder aus der Hölle stammen. Schon . . . im Interesse der menschlichen Gesellschaft. Sie können sich denken . . . Nun, Bester, der Inhalt dieser Radiodepeschen dürfte kaum von Rotkäppchen handeln.«

Herr Carson lief jetzt im Zimmer auf und ab. »Vor allem steht eins fest«, überlegte er laut, »die betreffende Sendestation befindet sich irgendwo in Mitteleuropa, ungefähr in der Mitte des Störungskreises. Sie ist verhältnismäßig schwach, denn sie spricht nur bei Nacht. Um so schlimmer! Die bekannten Sender sind leicht zu finden. Und nun überlegen Sie«, rief er, im Gehen innehaltend, »im Herzen Europas existiert etwas und geht höchst Merkwürdiges vor. Es ist verzweigt, hat seine amtlichen Stellen, unterhält geheime Verbindungen, besitzt uns unbekannte technische Mittel, geheime Kräfte und – jetzt sollen Sie's wissen«, brüllte Carson, »besitzt sogar Krakatit!«

Prokop fuhr entsetzt auf. »Was – wieso?«

»Krakatit. Neun Dekagramm und fünfunddreißig Dezigramm. Alles, was uns geblieben ist.«

»Was haben Sie damit gemacht?« fragte Prokop wütend.

»Versuche. Wir haben gespart damit wie – ich weiß nicht wie. Eines Abends –«

»Nun?«

»War's verschwunden. Samt der Porzellandose.«

»Gestohlen?«

»Ja.«

»Und wer – wer –«

»Die Marsbewohner natürlich.« Herr Carson feixte. »Leider durch die irdische Vermittlung eines unserer Laboranten, der samt der Porzellandose verduftet ist.«

»Wann ist das geschehen?«

»Knapp vorher, ehe man mich zu Ihnen hergesandt hat. Er war ein gebildeter Mann. Ein Sachse. Nicht ein Stäubchen ist uns davon geblieben. Deshalb bin ich hergekommen.«

»Und Sie sind der Meinung, es sei diesen . . . diesen Unbekannten in die Hände geraten?«

Herr Carson schnaubte nur.

»Woher wissen Sie das?«

»Ich behaupte es. Sehen Sie mich an«, sagte Herr Carson und wiegte sich auf seinen kurzen Beinen, »sehe ich aus wie ein Hasenfuß?«

»N–ein.«

»Dann will ich Ihnen sagen, daß ich *davor* Angst habe. Ehrenwort! Krakatit . . . ist eine gefährliche Sache. Diese unbekannte Station ist schlimm genug. Aber beides in einer Hand vereinigt? . . . Gnade uns! Dann packt Herr Carson seinen Koffer und fährt zu den Menschenfressern nach Tasmanien. Ich möchte das Ende Europas nicht miterleben.«

Prokop rieb sich hilflos die Hände zwischen den Knien. »Mein Gott, mein Gott!« stöhnte er für sich.

»Nun ja«, meinte Herr Carson, »wissen Sie, ich wundere mich nur, daß es bisher keine . . . grandiose Explosion gegeben hat. Die brauchen doch bloß auf einen Hebel zu drücken . . . und tausende Kilometer entfernt geht alles in die Luft. Worauf warten sie noch?«

»Es ist klar«, sagte Prokop wie von Fieber geschüttelt, »Krakatit darf nicht aus der Hand gegeben werden. Und Tomesch? Dem muß man verwehren . . .«

»Herr Tomesch«, wendete Carson rasch ein, »verkauft Krakatit selbst dem Teufel, wenn er dafür bezahlt. In diesem Augenblick bedeutet Herr Tomesch eine Gefahr für die ganze Welt.«

»Was soll also geschehen?« fragte Prokop verzweifelt.

Herr Carson schaltete eine längere Pause ein. »Das ist klar«, sagte er endlich. »Sie müssen Krakatit aus der Hand geben.«

»Nein! Niemals!«

»Aus der Hand geben. Und zwar deshalb, weil es . . . ein Dechiffrierschlüssel ist. Ich sage Ihnen nur: höchste Zeit. Zum Kuckuck, geben Sie's, wem Sie wollen, aber zögern Sie nicht mehr lange. Geben Sie's der Schweiz, dem Verband alter Jungfern oder meinetwegen des Teufels Großmutter. Man wird erst ein halbes Jahr darüber sitzen, ehe man begreift, daß Sie kein Narr sind. Oder geben Sie's uns. In Balttin steht schon eine besondere Vorrichtung, ein Empfangsapparat, bereit. Stellen Sie sich vor . . . unendlich rasche Explosionen mikroskopischer Teilchen des Krakatits. Entzünder ist ein unbekannter Strom. Sobald ihn die Gegenpartei irgendwo einschaltet, geht die Sache bei uns los: Trrr ta ta trrr trrr ta trrr ta ta ta. Dann heißt es nur dechiffrieren, und alles ist erledigt. Aber dazu braucht man Krakatit!«

»Ich gebe es nicht her«, widerstand Prokop, dessen Stirn mit kaltem Schweiß bedeckt war. »Ich glaube euch nicht. Ihr würdet Krakatit . . . für eigenen Gebrauch herstellen.«

Herrn Carsons Mundwinkel zuckten. »Wenn's nur darum geht . . .«, sagte er. »Übrigens, wenn Sie wünschen, rufen wir Ihnen die Vereinten Nationen, den Weltpostverein, den Eucharistischen Kongreß – wen oder was immer Sie wollen – zu Hilfe. Damit die arme Seele ihren Frieden hat. Ich bin Däne und pfeife auf die Politik. Und Sie übergeben Krakatit zu Händen einer internationalen Kommission. Was ist Ihnen?«

»Ich . . . ich war lange krank«, entschuldigte sich Prokop, bleich wie der Tod. »Ich bin . . . noch immer nicht . . . ganz hergestellt. Und dann . . . ich habe . . . zwei Tage nichts gegessen.«

»Schwäche«, sagte Herr Carson, setzte sich zu ihm und schlang den Arm um ihn. »Das geht gleich vorüber. Sie fahren nach Balttin. Eine sehr gesunde Gegend. Nachher können Sie Herrn Tomesch aufspüren. Geld werden Sie haben wie Heu. Aus Ihnen wird noch ein big man. Nun?«

»Ja«, flüsterte Prokop wie ein kleines Kind und ließ sich sanft wiegen.

»Na also. Überanstrengt, ist ja verständlich. Das geht vorüber. Die Hauptsache . . . die Hauptsache ist die Zukunft. Sie müssen viel Elend durchgemacht haben. Aber Sie sind ein ganzer Kerl. Sehen Sie, es ist schon besser.« Herr Carson rauchte nachdenklich. »Eine großartige Zukunft. Sie werden eine Menge Geld bekommen. Übrigens – zehn Prozent für mich, abgemacht? Das ist internationaler Brauch. Carson hat es auch nötig . . .«

Vor der Baracke hupte ein Auto.

»Wunderbar, der Wagen ist auch schon da«, sagte Herr Carson aufatmend. »Also, fahren wir!«

»Wohin?«

»Zuerst einmal essen.«

XIX.

Tags darauf erwachte Prokop mit schwerem, dumpfem Schädel und vermochte sich anfangs nicht zu besinnen, wo er sich hier eigentlich befand. Er erwartete, das Gackern der Hennen oder Hansis lautes Gebell zu vernehmen. Langsam dämmerte ihm, daß er nicht mehr in Teinitz war, daß er in einem Hotel lag, wohin ihn Herr Carson als sinnlos Betrunkenen und wie am Spieß Brüllenden hatte bringen lassen. Erst als er sich den kalten Wasserstrahl über den Kopf rinnen ließ, erinnerte er sich an gestern und wäre vor Schmach am liebsten versunken.

Sie hatten schon beim Mittagessen getrunken, aber nur so viel, daß sie beide sehr rot im Gesicht waren; nachher fuhren sie im Auto ein wenig spazieren, um die Köpfe auszulüften. Prokop redete ununterbrochen, während Herr Carson an seiner Zigarre kaute und immerzu nickte. »Aus Ihnen wird noch ein big man.« Dieses »big man, big man« hallte in Prokops Kopf wie eine Glocke wider. Wenn sie ihn so sehen könnte . . . die Gewisse mit dem Schleier! Er blähte sich förmlich auf vor Carson; doch der nickte nur immerzu wie ein Mandarin und schürte Prokops unmäßigen Stolz nur noch mehr. Ein Wunder, daß Prokop vor Eifer nicht aus dem Wagen fiel. Er quasselte, wie er sich ein Weltinstitut für destruktive Chemie vorstelle, was er über Sozialismus, die Ehe und die Erziehung der Kinder denke und ähnlichen

Unsinn. Aber erst am Abend begann es so richtig. Wo sie überall getrunken hatten, wußte er nicht mehr. Es war abscheulich. Carson, mit rotem, glänzendem Gesicht, den Hut bis über die Ohren, zahlte für Bekannte und Unbekannte. Irgendwelche Mädchen tanzten, jemand schmiß ein Glas in Scherben und Prokop beichtete schluchzend Carson seine qualvolle Liebe zu der einen, der Unbekannten.

Dann hatten sie den grölenden »Krakatit« ins Auto gesetzt. Weiß der Kuckuck, wohin sie ihn bringen wollten! Sie rasten auf endlosen Straßen dahin; neben Prokop hüpfte ein rotes Flämmchen auf und nieder – das war wohl Herr Carson mit seiner Zigarre. Er rülpste ab und zu und trieb immer wieder zur Eile an: »Tempo, Bob, Tempo!« Plötzlich kamen ihnen in einer Straßenbiegung zwei grelle Lichter entgegen. Stimmen schrien auf, das Auto wurde zur Seite geschleudert, Prokop flog vornüber ins Gras, wodurch er so weit zur Besinnung kam, daß er wahrzunehmen begann. Irgendwelche Stimmen stritten wütend und warfen einander Trunkenheit vor, Herr Carson fluchte fürchterlich und schrie: »Wir müssen zurück!«, worauf man Prokop als den am schwersten Verwundeten so behutsam wie nur möglich in das andere Auto lud. Herr Carson setzte sich zu ihm, und schon fuhr man zurück, während Bob bei dem verunglückten Wagen blieb. Auf dem halben Wege begann der Schwerverwundete zu singen und zu grölen, und ehe sie die Stadt erreichten, verspürte er neuerlich Durst. Sie mußten mit ihm noch einige Bars besuchen, bevor er endgültig zum Schweigen gebracht war.

Angewidert betrachtete Prokop jetzt sein entstelltes Gesicht im Spiegel. In dieser peinlichen Betrachtung wurde er durch den Hotelportier gestört, der ihm – unter gebührenden Entschuldigungen – den Anmeldeschein zum Ausfüllen brachte. Prokop setzte seine Daten ein und hielt die Sache für erledigt. Kaum aber hatte der Portier Namen und Beruf gelesen, als er Prokop lebhaft und eindringlich bat, jetzt nicht auszugehen: Ein Herr aus dem Ausland hätte gebeten, ihn sofort zu verständigen, falls Herr Ing. Prokop in dem Hotel absteigen sollte. Wenn Herr Ingenieur also gestatten und so weiter . . . Der Herr Ingenieur war so wütend über sich selbst, daß er sogar eingewilligt hätte, sich den Kopf abschneiden zu lassen. Er setzte sich also hin und wartete ergeben, von starken Kopfschmerzen gepeinigt.

Eine Viertelstunde später erschien der Portier wieder und übergab ihm eine Besuchskarte. Darauf stand:

Sir Reginald Carson
Col. B. A., M. R. A., M. P., D. S. etc.
President of Marconi's Wireless Co.
London

»Ich lasse bitten«, sagte Prokop und konnte sich nicht genug wundern, warum ihm dieser Carson nicht schon gestern seinen phantastischen Rang und Titel genannt hatte und warum er heute so viel Umstände machte. Außerdem war er ein wenig neugierig, wie Herr Carson nach der tollen Nacht von gestern aussehen würde. Da riß er auch schon die Augen auf. Ein ihm ganz unbekannter Herr war eingetreten, der um einen guten Kopf größer war als der gestrige Herr Carson.

»Very glad to see you«, ließ sich der unbekannte Gentleman vernehmen und verbeugte sich, als wäre er eine Telegraphenstange. »Sir Reginald Carson«, stellte er sich vor und blickte sich nach einem Stuhl um.

Prokop gab einen unbestimmten Laut von sich und wies auf einen Stuhl. Der Gentleman setzte sich kerzengerade hin und fing umständlich an, sich seiner prachtvollen Wildlederhandschuhe zu entledigen. Er war ein langer, ungemein ernst aussehender Herr mit einem in strenge Falten gelegten Pferdegesicht. In der Krawatte stak ein riesiger indischer Opal, an einer Goldkette baumelte eine antike Kamee und die überdimensionierten Füße waren die eines Golfspielers, kurz: jeder Zoll ein Lord. Prokop staunte zutiefst. »Bitte«, sagte er schließlich, als das Schweigen kein Ende nehmen wollte.

Der Gentleman hatte es durchaus nicht eilig. »Sie waren«, begann er auf englisch, »Sie waren gewiß erstaunt, meine Anzeige in den Zeitungen zu finden. Ich setze voraus, daß Sie Ingenieur Prokop sind, der Autor, eh, einiger interessanter Artikel über Explosivstoffe.«

Prokop nickte.

»Sehr angenehm«, sagte Sir Carson durchaus nicht eilig. »Ich habe in einer bestimmten Angelegenheit nach Ihnen geforscht, die wissenschaftlich sehr interessant und praktisch von Bedeutung ist, sowohl für unsere Gesellschaft, die Marconi's Wireless, deren Präsident ich zu sein die Ehre habe, als auch nicht minder für die Internationale Union für drahtlose Telegraphie, die mir die unverdiente Ehre erwiesen hat, mich zu ihrem Generalsekretär zu ernennen. Sie werden sich gewiß wundern«, fuhr er fort, ohne durch den langen Satz atemlos zu sein, »daß diese bedeutenden Gesellschaften mich zu Ihnen entsandt haben, obgleich sich Ihre Arbeiten auf ganz anderem Gebiete bewegen. Sie gestatten.« Nach diesen Worten öffnete Sir Carson seine krokodillederne Aktentasche und entnahm ihr einige Papiere, einen Vormerkblock und einen goldenen Bleistift.

»Seit etwa einem dreiviertel Jahr«, begann er langsam, während er sich seinen Goldkneifer aufsetzte, um in den Papieren nachzusehen, »konstatieren die europäischen Radiostationen –«

»Verzeihen Sie«, unterbrach ihn Prokop, der sich nicht mehr länger beherrschen konnte, »diese Anzeigen stammen also von Ihnen?«

»Sehr wohl . . . konstatieren also gewisse regelmäßige Störungserscheinungen –«

»An Dienstagen und Freitagen, ich weiß. Wer hat Ihnen von Krakatit erzählt?«

»Ich wäre von selbst darauf zu sprechen gekommen«, bemerkte der ehrenwerte Lord etwas vorwurfsvoll. »Well, überspringen wir die näheren Einzelheiten in der Voraussetzung, daß Sie bis zu einem gewissen Maße informiert sind über unsere Schwierigkeiten und über, eh, und –«

»– die geheime Weltverschwörung.«

Sir Carson riß die wasserblauen Augen auf. »Verzeihen Sie, bitte, was für eine Verschwörung?«

»Nun, die geheimnisvollen nächtlichen Depeschen und die Geheimorganisation, die sie aussendet –«

Sir Reginald Carson unterbrach ihn. »Phantasien«, sagte er bedauernd, »nichts als Phantasien. Ich weiß, sogar die ›Daily News‹ haben solches angedeutet, als unsere Gesellschaft eine verhältnismäßig hohe Belohnung ausschrieb –«

»Kenne ich«, sagte Prokop rasch, aus Besorgnis, der langsame Lord könnte nun davon zu reden beginnen.

»Ja. Nichts als Phantasie. Die ganze Sache hat lediglich geschäftlichen Hintergrund. Irgend jemand hat Interesse daran, die Unzuverlässigkeit unserer Stationen zu beweisen; Sie verstehen? Leider vermögen unsere Rezeptoren und – eh – Kohärer nicht die besondere Art von Wellen festzustellen, mit deren Hilfe diese Störungen herbeigeführt werden. Da wir Nachrichten erhalten haben, daß Sie eine Substanz oder Chemikalie besitzen, die sehr, sehr bemerkenswert auf jene Störungen reagiert –«

»Von wem haben Sie diese Nachrichten?«

»Von Ihrem Mitarbeiter, Herrn – eh – Herrn Tomesch. Mister Tomesch, stimmt es?« Der langsame Gentleman suchte unter seinen Papieren einen Brief. »Dear Sir«, las er mit einiger Anstrengung, »ich finde in den Zeitungen die Ausschreibung einer Belohnung usw. Da ich derzeit Balttin, wo ich an einer Erfindung arbeite, nicht verlassen kann, sich aber eine Angelegenheit von solcher Tragweite unmöglich schriftlich erledigen läßt, bitte ich, meinen Freund und langjährigen Mitarbeiter Mr. Ing. Prokop in Prag ausforschen zu lassen, der einen neu erfundenen Stoff, Krakatit genannt, besitzt, das Tetrargon eines bestimmten Bleisalzes, dessen Synthese unter spezifischen Einwirkungen von Hochfrequenzstrom hergestellt wird. Krakatit reagiert, wie genaue Versuche beweisen, auf die unbekannten Störwellen mit starker Explosion; woraus sich von selbst die entscheidende Bedeutung dieses Stoffes zur Erforschung der genannten Wellen ergibt. Mit Rücksicht auf die Wichtigkeit dieser Sache setze ich in meinem und im Namen meines Freundes voraus, daß die ausgeschriebene Belohnung entsprechend er-erhö- . . .« Sir Carson hüstelte. »Das wäre so ziemlich alles«, sagte er. »Bezüglich der Belohnung wäre ein separates Übereinkommen zu treffen. Unterschrift: Mr. Tomesch, Balttin.«

»Hm«, meinte Prokop, dem ein ernster Verdacht aufstieg, »daß eine so private – unzuverlässige – phantastische Nachricht der Marconi-Gesellschaft genügen sollte, um –«

»Beg your pardon«, wandte der lange Herr ein, »es sind uns natürlich genaue Berichte über gewisse Versuche in Balttin zugegangen –«

»Aha. Von einem sächsischen Laboranten?«

»Nein. Von unserem eigenen Vertreter. Ich lese es Ihnen gleich vor.« Sir Carson kramte wieder in seinen Papieren. »Ja, da ist es. ›Dear Sir, den hiesigen Stationen ist es bisher nicht gelungen, die bekannten Störungen zu beseitigen. Versuche mit erhöhten Sendeenergien versagten vollständig. Ich erhielt die vertrauliche und zuverlässige Nachricht, daß das Militärinstitut in Balttin ein Quantum eines gewissen Stoffes erworben hat –‹«

Es klopfte. »Herein!« sagte Prokop. Der Kellner brachte eine Besuchskarte. »Ein Herr läßt bitten –«

Auf der Karte stand:

Ing. Carson
Balttin

»Der Herr möge hereinkommen«, sagte Prokop nun sehr aufgeräumt, wobei er die Zeichen des Protestes von seiten Sir Carsons geflissentlich übersah.

Gleich darauf trat Herr Carson mit fahlem, unausgeschlafenem

Gesicht ein und eilte, seiner Freude laut Ausdruck gebend, auf Prokop zu.

XX.

»Einen Augenblick«, sagte Prokop. »Gestatten Sie, daß ich vorstelle. Ingenieur Carson, Sir Reginald Carson.«

Sir Carson zuckte zusammen, blieb jedoch voll unberührter Würde sitzen. Ingenieur Carson dagegen ließ vor Überraschung einen Pfiff vernehmen und landete auf dem Stuhl wie ein Mensch, dem die Füße unerwartet den Dienst versagen. Prokop lehnte sich an die Tür und weidete sich mit zügelloser Schadenfreude am Anblick der beiden Herren. »Nun?« fragte er dann.

Sir Carson begann seine Papiere in der Aktentasche zu verstauen. »Gewiß«, sagte er langsam, »es wird besser sein, ich besuche Sie ein andermal.«

»Bitte nur zu bleiben«, unterbrach ihn Prokop. »Verzeihen die Herren, sind Sie vielleicht verwandt?«

»O nein«, meinte Ingenieur Carson. »Im Gegenteil.«

»Wer von Ihnen ist also wirklich Carson?«

Keiner antwortete; es war höchst peinlich.

»Lassen Sie sich die Papiere dieses Herrn zeigen«, sagte Sir Reginald scharf.

»Ohne weiters«, fuhr Ingenieur Carson auf, »aber erst nach dem Vorredner. Tja.«

»Und wer von Ihnen hat inseriert?«

»Ich«, erklärte Ingenieur Carson, ohne zu zögern. »Das war mein Einfall. Ich stelle fest, daß es auch in unserm Fach eine bodenlose Schmutzigkeit ist, fremde Einfälle kostenlos auszuwerten. Tja.«

»Erlauben Sie«, wandte sich Sir Reginald, nun wirklich moralisch entrüstet, an Prokop, »das geht denn doch zu weit! Wie hätte es denn ausgesehen, wenn noch eine zweite Anzeige unter anderem Namen erschienen wäre? Ich mußte einfach die Tatsache hinnehmen, die jener Herr dort vollzogen hatte.«

»Aha«, fuhr ihn Carson kampflustig an, »darum hat sich der Herr auch meinen Namen zugelegt.«

»Ich möchte nur feststellen«, wehrte sich Sir Reginald, »daß dieser Herr dort auch nicht Carson heißt.«

»Wie heißt er denn?« fragte Prokop begierig.

». . . Das weiß ich nicht genau«, knurrte der Lord verächtlich.

»Carson«, wandte sich Prokop an den Ingenieur, »und wer ist dieser Herr dort?«

»Die Konkurrenz«, erwiderte Herr Carson mit bitterem Humor. »Das ist jener Herr, der mich mit untergeschobenen Briefen an verschiedene Orte locken wollte. Sicherlich hätte er mich dort mit sehr netten Leuten bekannt gemacht.«

»Mit der hiesigen Militärpolizei, bitte«, brummte Sir Reginald.

Ingenieur Carson warf ihm einen bitterbösen Blick zu und räusperte sich warnend: »Darüber kein Wort, wenn ich bitten darf, sonst –«

»Vielleicht möchten die Herren noch gegenseitig einiges klarstellen?« meinte Prokop grinsend an der Tür.

»Nein, nichts weiter«, sagte Sir Reginald würdevoll. Er hatte bisher den zweiten Carson noch nicht einmal eines Blickes gewürdigt.

»Ich danke Ihnen vor allem für Ihren Besuch«, sagte Prokop. »Weiter freut es mich ungemein, daß sich Krakatit in guten Händen befindet, nämlich in meinen eigenen. Wenn Sie auch nur die geringste Hoffnung hätten, es auf andere Weise zu erlangen, wäre ich kaum eine so gesuchte Persönlichkeit. Für diese unfreiwillige Auskunft bin ich Ihnen sehr verbunden.«

»Frohlocken Sie nicht zu früh«, brummte Herr Carson. »Es bleibt noch –«

»– er?« fragte Prokop, auf Sir Reginals weisend.

Herr Carson schüttelte den Kopf. »Nein, nein! Aber der unbekannte Dritte.«

»Verzeihen Sie«, sagte Prokop fast beleidigt, »Sie werden doch nicht annehmen, daß ich Ihnen auch nur ein Wort von dem glaube, was Sie mir gestern abend einreden wollten!«

Herr Carson zuckte bedauernd die Achseln. »Wie Sie meinen!«

»Und drittens«, fuhr Prokop fort, »möchte ich Sie bitten, mir zu verraten, wo sich Tomesch derzeit aufhält.«

»Ich habe Ihnen doch schon gesagt«, fuhr Herr Carson auf, »daß ich Ihnen das nicht verraten kann – Kommen Sie nach Balttin, dann erfahren Sie alles.«

»Und Sie, mein Herr«, wandte sich Prokop an Sir Reginald.

»Beg your pardon«, ließ sich der lange Gentleman vernehmen, »das möchte ich lieber für mich behalten.«

»Und schließlich lege ich Ihnen ans Herz, sich gegenseitig nicht aufzufressen. Ich gehe nämlich inzwischen –«

»– zur Polizei«, beendete Sir Reginald. »Sehr richtig.«

»Es freut mich, daß wir einer Meinung sind. Verzeihen Sie, wenn ich Sie inzwischen hier einsperre.«

»O bitte«, sagte der Lord höflich, während Herr Carson verzweifelt zu protestieren versuchte.

Prokop schloß mit großer Erleichterung die Tür hinter sich ab und stellte noch zwei Kellner zur Bewachung hin, worauf er zur nächsten Polizeistation lief. Dort wollte er einige Aufklärungen geben. Das erwies sich aber als durchaus nicht so leicht, wie er angenommen hatte. Da er die beiden Ausländer nicht zumindest des Diebstahls von Silberlöffeln bezichtigen konnte, hatte er Mühe, die Zweifel des Polizeibeamten zu zerstreuen, der ihn offenbar für einen Narren hielt. Schließlich – wohl um sich die Sache vom Hals zu schaffen – teilte er Prokop einen Zivilpolizisten zu, eine recht dürftig aussehende und schweigsame Persönlichkeit. Im Hotel angelangt, fanden sie die beiden Kellner mutig an der Türe lehnend, während sich das Hotelpersonal vollzählig um sie versammelt hatte. Prokop schloß auf, und der Zivilpolizist trat gemächlich ein. Das Zimmer war leer. Beide Herren Carson waren verschwunden.

Die schweigsame Persönlichkeit blickte sich nur ein wenig um und begab sich geradeaus ins Badezimmer, das Prokop ganz und gar vergessen hatte. Das in den Lichthof hinausführende Fenster stand weit offen, während an der gegenüberliegenden Wand das Fenster zum Klosett eingedrückt war. Die schweigsame Persönlichkeit ging ins Klosett. Es mündete in einen Gang, war verschlossen und der Schlüssel unauffindbar. Der Polizist öffnete das Schloß mit einem Nachschlüssel: Der Raum war leer, nur auf dem Sitz fanden sich Fußspuren. Die schweigsame Persönlichkeit sperrte alles wieder ab und sagte, er werde den Herrn Kommissar herschicken.

Der Herr Kommissar, ein sehr bewegliches Männchen und bekannter Kriminalist, stellte sich alsbald ein. Er unterzog Prokop einem fast zweistündigen Kreuzverhör und wollte unbedingt wissen, worüber er eigentlich mit den beiden Herren verhandelt hatte. Er schien die größte Lust zu haben, zumindest Prokop zu verhaften, der sich bei seinen Aussagen, soweit sie seine Beziehungen zu den beiden Ausländern betrafen, in verhängnisvolle Widersprüche verwickelte. Hierauf verhörte er den Portier und die beiden Kellner und forderte schließlich Prokop nachdrücklich auf, sich um sechs bei der Polizeidirektion einzufinden; bis dahin sollte er lieber nicht das Hotel verlassen.

Den Rest des Tages verbrachte Prokop im Zimmer auf und ab

laufend und dachte mit Schrecken daran, daß man ihn verhaften werde. Was sollte er schon viel aufklären, wenn er Krakatit um keinen Preis erwähnen wollte? Wie lange konnte eine solche Untersuchungshaft dauern? . . . Prokop fühlte sich elend und schwach. Gegen sechs aber wappnete er sich mit allem Mut und ging zur Polizeidirektion.

Man führte ihn gleich in ein Büro, wo es dicke Teppiche, Ledersessel und ein Kistchen mit Zigarren gab (es war der Amtsraum des Polizeipräsidenten). Am Schreibtisch entdeckte Prokop einen riesenhaften Boxerrücken, der ihm auf den ersten Blick Schrecken und Demut einjagte. »Nehmen Sie Platz, Herr Ingenieur«, sagte der Rücken freundlich, während er noch über Papiere gebeugt und mit einem Löscher beschäftigt war. Dann wandte sich Prokop ein nicht minder monumentales, eindrucksvoll auf dem Nacken des Riesen thronendes Gesicht zu. Der Mächtige musterte Prokop eine Sekunde lang und sagte dann: »Herr Ingenieur, ich werde Sie nicht nötigen, etwas auszusagen, was Sie aus sicherlich wohlerwogenen Gründen für sich behalten wollen. Ich kenne Ihre Arbeit. Ich glaube, es handelt sich in der Angelegenheit um Ihren Sprengstoff.«

»Ja.«

»Die Sache hat wohl einen größeren . . . nun, sagen wir – militärischen Wert.«

»Ja.«

Der mächtige Herr erhob sich und reichte Prokop die Hand: »Ich wollte Ihnen nur danken, Herr Ingenieur, daß Sie sich nicht mit den ausländischen Agenten eingelassen haben.«

»Das ist alles?« wagte Prokop zu fragen.

»Ja.«

»Haben Sie die beiden verhaftet?« forschte Prokop gespannt.

»Warum?« fragte der Herr lachend. »Dazu haben wir kein Recht, solange es sich nur um Ihr Geheimnis und nicht um unseres handelt.«

Prokop verstand den leisen Vorwurf und wurde verlegen. »Die Sache ist . . . noch nicht spruchreif . . .«

»Ich glaube Ihnen und vertraue Ihnen«, sagte der mächtige Mann.

Das war alles.

XXI.

»Ich muß methodisch vorgehen«, überlegte Prokop. Nach langen Erwägungen und den merkwürdigsten Einfällen legte er sich einen richtigen Plan zurecht.

Zunächst ließ er täglich in allen größeren Zeitungen folgende Anzeige erscheinen: »Herr Tomesch. Übermittler mit verwundeter Hand bittet Dame in Schleier um Adressenangabe. Sehr dringend. Unter ›40 000‹ a. d. Adm. d. Bl.« Diese Formulierung schien ihm sehr klug. Es war zwar unsicher, ob eine junge Dame überhaupt Zeitungen und insbesondere den Anzeigenteil liest, aber wer weiß? Der Zufall ist mächtig. Statt des Zufalls ergaben sich Umstände, die zwar vorauszusehen waren, mit denen Prokop jedoch nicht gerechnet hatte. Unter der angegebenen Chiffre liefen eine Menge Briefe ein, in der Mehrzahl Rechnungen, Mahnungen, Drohungen und Grobheiten an die Adresse des verschollenen Tomesch. Außerdem lungerte in der Anzeigenverwaltung ein mageres Individuum herum, das auf Prokop zutrat, als er die eingegangenen Briefe abholen wollte, und fragte ihn, wo Georg Tomesch wohne. Prokop fuhr ihn so grob an, wie es die Umstände erlaubten, doch da zückte der magere Herr einen Polizeiausweis und forderte Prokop nachdrücklichst auf, keine Dummheiten zu machen. Es handle sich nämlich um eine Unterschlagung und andere höchst unangenehme Dinge. Prokop gelang es, den mageren Herrn zu überzeugen, daß er selbst außerordentlich daran interessiert sei, den Aufenthaltsort des Herrn Tomesch zu erfahren. Doch hatte sich nach diesem Vorfall und nach dem Studium der eingelaufenen Briefschaften sein Vertrauen in den Erfolg der Anzeigen stark vermindert. Tatsächlich langten auf zwei weitere Anzeigen immer spärlichere, aber um so drohendere Antworten ein.

Er besuchte ein privates Detektivinstitut und erklärte dort, er suche ein unbekanntes Mädchen mit Schleier, wobei er sich bemühte, eine Beschreibung von ihr zu geben. Man war gern bereit, diskrete Informationen über sie einzuholen, falls Prokop ihre Anschrift oder ihren Namen angeben könne. Also zog er auch da unverrichteter Dinge ab.

Da kam ihm ein genialer Einfall. In dem unglückseligen Briefumschlag, den er Tag und Nacht bei sich trug, waren – neben kleineren Banknoten – dreißig Tausender, mit einer Schleife versehen, wie es in Banken beim Auszahlen größerer Beträge üblich ist. Der Name der Bank war zwar nicht angegeben, aber es war mehr als wahrscheinlich, daß das Mädchen den Betrag in einem Geldinstitut an demselben Tag behoben hatte, an dem er, Prokop, nach Teinitz gefahren war. Er brauchte also nur das genaue Datum herauszufinden, damit alle Banken abzulaufen und zu bitten, ihm den Namen der Person bekanntzugeben, die an diesem Tag dreißigtausend oder etwas mehr abgehoben hatte. Aber wie das genaue Datum feststellen?

Unter krampfhaftem Nachdenken versuchte er, sich zu erinnern oder zu errechnen, wann das ungefähr gewesen sein mochte. Aber jede Berechnung versagte, da er nicht wußte, wie lange er krank gelegen hatte. Richtig, aber die Tomeschs in Teinitz mußten doch wissen, wann er bei ihnen aufgetaucht war! Berauscht von dieser Hoffnung, telegrafierte er dem alten Doktor Tomesch: »Dringdrahtet Datum meiner Ankunft in Teinitz. Prokop.« Kaum hatte er das Telegramm abgeschickt, als er es auch schon wieder bereute; er fühlte geradezu brennend, wie häßlich er sich ihnen gegenüber benommen hatte. Schon wollte er diesen Plan aufgeben, da fiel ihm ein: Vielleicht kann sich die Hausbesorgerin in Tomeschs Haus an jenen Tag erinnern! Er eilte hin; aber sie behauptete, es sei an einem Sonnabend gewesen. Prokop war verzweifelt. Da kam ein Brief, mit den großen, sorgfältigen Buchstaben einer Musterschülerin geschrieben. Prokop erfuhr daraus, daß er an dem und dem Tag nach Teinitz gekommen sei. (»Der Vater darf nicht wissen, daß ich Ihnen geschrieben habe.«) Nichts mehr. Unterschrift. Anni. Trotz allem schmerzten ihn diese zwei Zeilen.

Mit dem glücklich beschafften Datum ging er in die nächste Bank: ob man ihm Auskunft geben könne, wer an dem und dem Tag hier in der Bank dreißigtausend behoben habe. Man schüttelte die Köpfe; das sei weder Brauch noch erlaubt. Als man aber seine Enttäuschung merkte, gab es eine längere Beratung, und dann fragte man ihn, ob das Geld von einem Einlagebuch, von laufender Rechnung, mittels Schecks oder Akkreditivs zur Auszahlung gelangt sei. Prokop wußte das natürlich nicht. Und als er schließlich gestand, durchaus nicht sicher zu sein, ob das Geld von dieser oder einer anderen Bank abgehoben worden war, da lachte man ihn aus und fragte ihn, ob er damit sämtliche zweihundertfünfzig oder mehr Geldinstitute, Filialen und Wechselstuben der Stadt ablaufen wolle. So hatte also auch dieser geniale Einfall völlig versagt.

Blieb noch die letzte Möglichkeit – ihr zufällig zu begegnen. Auch diesem Zufall versuchte Prokop mit Methode beizukommen. Er teilte den Stadtplan in Sektoren ein und durchforschte einen Abschnitt nach dem andern, indem er von früh bis spät auf den Beinen war. Eines Tages errechnete er, wie vielen Menschen er täglich begegnete, und kam auf eine Zahl von fast vierzigtausend. Unter Berücksichtigung der Einwohnerzahl der Hauptstadt betrug die Wahrscheinlichkeit, die Gesuchte zu finden, eins zu zwölf. Aber selbst das bedeutete für ihn schon eine große Hoffnung. Da gab es Gassen und Plätze, die von vornherein würdig genug schienen, daß sie hier wohnen oder vorbeikommen könnte; Gassen mit blühenden Akazienbäumen, ehrwürdige alte Plätze, heimliche Winkel eines tiefen, ernsten Lebens. Und dann schien es wieder ganz und gar unmöglich, sie in dieser lärmenden, düsteren Straße zu finden, wo es nur eilige Menschen gab, oder in der rechtwinkligen Nüchternheit charakterloser Mietshäuser. Aber vielleicht wohnte sie gerade hinter diesen großen Spiegelscheiben, hinter denen eine schlichte und zarte Stille den Atem anhielt? Er irrte wie im Traume umher und wunderte sich, was es in dieser Stadt, in der er so viele Jahre gelebt hatte, zu entdecken gab: alte schöne Plätze, wo sich das Leben friedlich und gereift abspielte und dem betriebsamen Menschen lockend zuzurufen schien: Beschränke dich, beschränke dich!

Unzählige Male lief Prokop jungen Frauen nach, die ihm aus der Ferne, weiß der Himmel wodurch, derjenigen zu gleichen schienen, die er nur zweimal gesehen hatte. Mit wild klopfendem Herzen lief er ihnen nach: Wenn sie es wäre! O seltsame Ahnung: Immer waren es unbekannte, aber schöne und traurige Frauen, in sich verschlossen und beschirmt von einer rätselhaften Unzugänglichkeit. Einmal war er fast sicher, sie vor sich zu sehen. Da stieg die Betreffende in die Straßenbahn ein und fuhr davon. Drei Tage lang hütete er jene Haltestelle; aber er sah die Gestalt nie wieder.

Am schlimmsten waren die Abende, wenn er, todmüde, neue Pläne auszuhecken versuchte. Niemals wird er es aufgeben, sie zu suchen; er war ein Besessener, ein Süchtiger, ein Narr. Je mehr sie ihm enteilte, um so stärker wurde es: Es war . . . einfach . . . Schicksal –

Einmal erwachte er mitten in der Nacht; da wurde ihm unwiderleglich klar, daß er sie auf diese Weise niemals finden werde. Er mußte Georg Tomesch auffinden, der von ihr wußte. Er zog sich an und vermochte kaum den Morgen zu erwarten. Auf die unbegreiflichen Schwierigkeiten und Verzögerungen bei der Besorgung des Passes war er freilich nicht vorbereitet. Er begriff nicht einmal, was man alles von ihm wollte, wütete und bangte in fieberhafter Ungeduld.

Endlich, endlich, eines Nachts brachte ihn der D-Zug über die Grenze. Vorerst nach Balttin.

Jetzt mußte es sich entscheiden, fühlte Prokop.

XXII.

Es entschied sich leider anders, als er erwartet hatte.

Sein Plan war, in Balttin den Mann, der sich ihm als Carson vorgestellt hatte, aufzusuchen und ihm etwa folgendes zu sagen: Ich pfeife auf Ihr Geld. Sie bringen mich sofort mit Georg Tomesch zusammen, mit dem ich eine Angelegenheit zu bereinigen habe, und bekommen dafür einen guten Sprengstoff. Sagen wir ein Jodfulminat mit garantierter Detonation von etwa elftausend Sekundenmetern oder meinetwegen ein gewisses Metallacid mit seinen sicheren dreizehntausend. Machen Sie damit, was Sie wollen. (Sie wären schön dumm, auf ein solches Geschäft nicht einzugehen.)

Das Werk in Balttin schien ihm von außen nicht sonderlich groß. Er stutzte ein wenig, als er an Stelle eines Portiers einen Wachposten antraf. Er fragte ihn nach Herrn Carson (– zum Kuckuck, der Mann hieß ja gar nicht so!). Der Soldat sagte kein Wort, sondern führte ihn zum Feldwebel. Der sagte auch nicht mehr, sondern brachte Prokop zum diensthabenden Offizier. Ingenieur Carson sei hier unbekannt, meinte der Offizier, was er von ihm wolle? Prokop erklärte, daß er eigentlich Herrn Tomesch sprechen möchte. Das wirkte derart auf den Offizier, daß er nach dem Obersten schickte. Der Oberst, ein sehr dicker, asthmatischer Herr, begann Prokop eindringlich auszuforschen, wer er sei und was er hier wolle. Nun waren in der Kanzlei bereits fünf Militärpersonen anwesend, die Prokop in Augenschein nahmen, daß ihm angst und bang wurde. Offenbar erwarteten sie jemanden, den man inzwischen verständigt hatte. Als dieser Jemand wie ein Wirbelwind herbeigeeilt kam, zeigte sich, daß es Herr Carson war. Sie titulierten ihn Direktor. (Seinen wirklichen Namen erfuhr Prokop nie.) Carson schrie vor Freude auf, als er Prokop erblickte, und behauptete, man hätte ihn schon lange erwartet, und so weiter. Er ließ sofort ins »Schloß« telefonieren, man solle die »Kavalier«-Fremdenzimmer vorbereiten, faßte Prokop unter und führte ihn durch das Balttinsche Werk. Dabei zeigte sich, daß das, was Prokop für die Fabrik gehalten hatte, bloß die Unterkünfte für das Militär und die

Feuerwehr am Eingang zum Werke waren. Von dort führte eine lange Chaussee durch einen Tunnel zu einem etwa zehn Meter hohen, bewachsenen Damm. Herr Carson stieg mit Prokop hinauf, und nun erst konnte sich Prokop überzeugen, was die Balttinschen Werke in Wirklichkeit waren: eine ganze Stadt von Munitionsbaracken, mit Ziffern und Buchstaben bezeichnet, rasenbedeckte Hügel, die als Lager dienten, ein Stück weiter ein Bahnhofspark mit Verladerampen und Kranen und im Hintergrund schwarze Gebäude und Bretterbuden. »Sehen Sie den Wald dort?« Herr Carson wies gegen den Horizont. »Dahinter liegen erst die Versuchslaboratorien. Und dort, die kleinen Sandhügel, das ist die Schießstätte. Tja. Hier im Park liegt das Schloß. Sie werden Augen machen, wenn ich Ihnen die Laboratorien zeige. Das Modernste vom Modernen. Jetzt gehen wir ins Schloß.«

Herr Carson plauderte fröhlich drauflos, aber weder über die Vergangenheit noch über die Zukunft. Sie gingen gerade durch den Park; hier zeigte er ihm eine sehr seltene Art von Amorphophalus und dort ein sehr rares japanisches Kirschbäumchen. Nun standen sie vor dem mit Efeu bewachsenen Schloß Balttin. Am Eingang erwartete sie ein stiller, feiner Alter in weißen Handschuhen namens Paul, der Prokop geradewegs ins »Kavalier«-Zimmer führte. Prokop hatte ähnliches noch nie gesehen: Parkett, englisches Empire, alles alt und wertvoll, daß er kaum wagte, sich niederzusetzen. Noch ehe er sein Brausebad beendet hatte, war Paul wieder da, brachte Eier, eine Flasche Wein und ein Glas und ordnete alles so sorgfältig auf dem Tisch an, als gelte es, eine Prinzessin zu bedienen. Unterhalb der Fenster lag der mit hellem Sand bestreute Hof. Ein Stallknecht in Stulpenstiefeln hielt einen hohen Apfelschimmel an der langen Laufleine und ließ ihn im Kreise traben; neben ihm stand ein schlankes, braunes Mädchen, das mit halb zugekniffenen Augen die Gangart des Pferdes verfolgte. Sie gab einen kurzen Befehl, worauf sie niederkniete und die Fesseln des Pferdes befühlte.

Herr Carson kam gleich einem Wirbelwind herbeigejagt: Er müsse jetzt Prokop dem Generaldirektor vorstellen. Sie gingen über einen langen weißen Flur, den zu beiden Seiten schwarze, geschnitzte Stühle säumten, während an den Wänden eine Unzahl von Geweihen hing. Ein Diener in rosa Uniform mit weißen Handschuhen öffnete ihnen eine Tür, Herr Carson schob Prokop in eine Art Rittersaal hinein, worauf sich die Tür hinter ihnen schloß. Am Schreibtisch stand ein hochgewachsener alter Herr, so merkwürdig aufgerichtet, als hätte man ihn soeben aus dem Schrank geholt und zur Begrüßung vorbereitet.

»Herr Ingenieur Prokop, Durchlaucht«, sagte Carson, »Fürst Hagen-Balttin.«

Prokop schnitt ein finsteres Gesicht und machte eine zornige Kopfbewegung; wahrscheinlich sollte das eine Verbeugung sein.

»Seien Sie – uns – willkommen«, ließ sich Fürst Hagen vernehmen und reichte ihm eine überschlanke Hand. Prokop bewegte wieder den Kopf.

»Ich – hoffe – Sie – werden – sich – bei – uns – wohlfühlen«, fuhr der Fürst fort, der, wie Prokop bemerkte, halbseitig gelähmt war.

»Geben – Sie – uns – die – Ehre – bei Tisch«, sagte der Fürst, offenbar in Sorge, das künstliche Gebiß könnte ihm herausfallen.

Prokop trat nervös von einem Fuß auf den andern. »Verzeihen Sie, Fürst«, begann er endlich, »aber ich kann mich hier nicht aufhalten; ich – ich muß noch heute –«

»Ausgeschlossen, ganz ausgeschlossen«, ließ sich Herr Carson im Hintergrund vernehmen.

»Ich muß mich noch heute empfehlen«, wiederholte Prokop hartnäckig. »Ich wollte bloß . . . bitten, daß Sie mir sagen, wo sich Tomesch aufhält. Ich wäre . . . gegebenenfalls bereit, als Gegenleistung dafür . . .«

»Was?« rief der Fürst und starrte Carson vollkommen verständnislos an. »Was – will er?«

»Lassen Sie das vorläufig«, zischte Herr Carson Prokop ins Ohr. »Herr Prokop meint, Durchlaucht, er sei auf Ihre Einladung nicht vorbereitet. Macht nichts«, wandte er sich wieder lebhaft an Prokop, »ich habe schon alles angeordnet. Heute gibt es ein Déjeuner im Freien, also . . . keinen schwarzen Anzug; Sie können ruhig im Straßenanzug kommen. Ich habe bereits dem Schneider telegrafiert; seien Sie ohne Sorge, mein Bester. Morgen ist alles in Ordnung. Tja.«

»Es wird – uns – eine Ehre – sein«, beendete der Fürst das Gespräch und reichte Prokop die leblosen Finger.

»Was soll das bedeuten?« schrie Prokop draußen im Flur und packte Carson am Arm. »Jetzt reden Sie, oder –« Herr Carson brach in Lachen aus und entwischte ihm wie ein Gassenjunge. »Oder – was oder?« sagte er kichernd und lief und hüpfte wie ein Ball vor ihm her. »Wenn Sie mich fangen, sage ich Ihnen alles. Ehrenwort.«

»Sie Clown, Sie«, schimpfte Prokop wütend und rannte hinter ihm her. Herr Carson gackerte, sprang die Treppe hinunter und rutschte an den Blechrittern vorbei in den Park hinaus. Dort hüpfte er wie verrückt auf dem Rasen umher, wobei er sich offensichtlich über Prokop lustig machte. »Nun«, schrie er, »was werden Sie mir antun?«

»Verprügeln«, brüllte Prokop und stürzte sich mit seiner ganzen Körperlast auf ihn. Carson quietschte vor Vergnügen und schlug einen Haken wie ein Hase. »Rasch«, rief er, »hier bin ich.« Schon war er Prokop wieder unter den Händen entwischt und verhöhnte ihn hinter einem Baum.

Prokop verfolgte ihn schweigend mit geballten Fäusten; er sah so ernst und furchtbar aus wie Ajax der Held. Er keuchte bereits atemlos, da bemerkte er, daß von den Schloßstiegen aus die braune Amazone ihren Wettlauf mit halb zugekniffenen Augen verfolgte. Er schämte sich sehr, blieb stehen und fürchtete fast, das Mädchen könnte kommen und seine Fesseln befühlen.

Herr Carson, der wieder ganz ernst aussah, schlenderte, die Hände in den Taschen, ihm entgegen und meinte freundschaftlich: »Zu wenig Training, mein Lieber. Sie dürfen nicht immerfort sitzen. Das Herz trainieren! Tja. Aah!« rief er entzückt, »unsere Kommandantin, hahodihoo! Die Tochter des Alten!« bemerkte er leise. »Prinzessin Wille, nämlich Wilhelmine, Adelheid Maud usw. Ich muß Sie vorstellen«, sagte er wieder laut und zerrte den sich wehrenden Prokop zu dem Mädchen. »Durchlauchtigste Prinzessin«, rief er von weitem, »hier stelle ich Ihnen – gewissermaßen gegen seinen Willen – unsern neuen Gast vor. Ingenieur Prokop. Ein ganz wilder Mensch. Er will mich umbringen.«

»Guten Tag«, sagte die Prinzessin und wandte sich an Carson. »Wissen Sie, daß Whirlwind eine geschwollene Fessel hat?«

»Nicht möglich«, tat Carson erschrocken. »Arme Prinzessin!«

»Spielen Sie Tennis?«

Prokop blickte finster und wußte nicht, daß es ihm galt.

»Nein«, antwortete Carson statt seiner und versetzte ihm einen Rippenstoß. »Sie müssen spielen lernen. Die Prinzessin hat gegen die neue Weltmeisterin nur um ein Set verloren, stimmt es?«

»Weil ich gegen die Sonne stand«, wandte die Prinzessin etwas verlegen ein. »Was spielen Sie?«

Prokop wußte wieder nicht, daß er gemeint war.

»Der Herr Ingenieur ist ein Gelehrter«, legte sich Carson eifrig ins Mittel. »Er befaßt sich mit Atomexplosionen und ähnlichen Dingen. Ein grandioser Geist, im Ernst! Wir sind nur Küchenjungen, mit ihm verglichen. Aber er –«, Herr Carson pfiff begeistert, »– der reinste

Zauberer. Auf Wunsch scheidet er den Wasserstoff aus dem Wismut aus. So einer ist er!«

Die grauen Augen musterten Prokop eingehend durch den Spalt. Er stand da, schwitzend vor Verlegenheit und innerlich wütend auf Carson.

»Sehr interessant«, sagte die Prinzessin und blickte gleich wieder anderswohin. »Sagen Sie ihm, er soll mir gelegentlich einiges erklären. Also zu Mittag auf Wiedersehen!«

Prokop verbeugte sich fast rechtzeitig, und Herr Carson schleppte ihn wieder in den Park zurück. »Rasse«, sagte er anerkennend. »Die Frau hat Rasse. Stolz, was? Warten Sie nur, wenn Sie die erst näher kennenlernen!«

Prokop blieb stehen. »Hören Sie, Carson, damit wir uns im klaren sind. Ich habe gar keine Absicht, hier jemanden näher kennenzulernen. Ich reise heute oder morgen ab, verstanden?«

Herr Carson kaute an einem Blatt und tat gleichgültig. »Schade«, sagte er, »hier ist es sehr schön. Aber da kann man nichts machen.«

»Sagen Sie mir endlich, wo Tomesch ist –«

»Erst wenn Sie abreisen. Wie hat Ihnen der Alte gefallen?«

»Was geht er mich an?« murrte Prokop.

»Nun ja. Ein antikes Stück, nur für Repräsentation. Leider wird er regelmäßig einmal die Woche vom Schlag gerührt. Aber Wille ist ein Prachtmädel. Dann ist noch Egon da, ein achtzehnjähriger Bengel. Beide verwaist. Ferner Gäste, ein Vetter, Prinz Suwalski, verschiedene Offiziere, Rohlauf, von Graun, na, Sie wissen schon, Jockey-Klub, der Erzieher Doktor Krafft und ähnliche Gesellschaft. Sie müssen heute abend unter uns sein. Bierabend, kein Adel, unsere Ingenieure usw. Dort in meiner Villa. Der Abend wird Ihnen zu Ehren veranstaltet.«

»Carson«, sagte Prokop, »ich möchte, ehe ich abreise, einmal ernsthaft mit Ihnen sprechen.«

»Das eilt nicht. Ruhen Sie sich aus. Ich muß an meine Arbeit. Sie können tun, was Ihnen beliebt. Keine Formalitäten. Wenn Sie baden wollen, dort ist der Teich. Alles andere später. Machen Sie sich's bequem. Tja.«

Und fort war er.

XXIII.

Prokop schlenderte durch den Park, verärgert und gähnend vor Müdigkeit. Er wunderte sich, was man hier eigentlich von ihm wollte, musterte kritisch seine Schuhe, die Soldatentretern verdammt ähnlich sahen, und seine abgetragene Hose. So in Gedanken versunken, wäre er beinahe mitten auf den Tennisplatz geraten, wo die Prinzessin mit zwei Kavalieren in weißem Dreß spielte. Er bog rasch ab und ging in der Richtung, wo er das Ende des Parks vermutete. Wirklich endete dort der Park in einer Art Terrasse, einer Steinbalustrade mit einer etwa zwölf Meter hohen Mauer. Man konnte sich an der Aussicht auf die Kiefernwäldchen und an dem Soldaten, der unten mit aufgepflanztem Seitengewehr auf und ab ging, ergötzen.

Prokop ging in der Richtung, wo der Park sanft abfiel. Er fand dort einen Teich mit Kabinen, überwand die Verlockung, ein Bad zu nehmen, und ging weiter in einen kleinen Birkenhain. Hier gab es bloß einen Lattenzaun mit einer Pforte bei einem halb verwachsenen Pfad. Sie war nicht einmal geschlossen, man konnte hinaus in den Kiefernwald. Aha, da war ein mehr als vier Meter hoher Zaun aus Stacheldraht! Wieviel so ein Draht wohl aushält? Prokop versuchte es vorsichtig erst mit der Hand, dann mit dem Fuß, bis er merkte, daß ihm ein Soldat mit aufgepflanztem Seitengewehr jenseits des Zaunes interessiert zusah.

»Eine Hitze heute!« sagte Prokop, um die Sache zu vertuschen.

»Das ist ein verbotener Weg«, sagte der Soldat. Prokop machte auf der Stelle kehrt und schritt den Stacheldrahtzaun entlang. Der Kiefernwald ging in Jungwald über, und dahinter befanden sich Schuppen und Ställe, offenbar der herrschaftliche Wirtschaftshof. Prokop blickte durch den Zaun hinein; da erhob sich im Innern ein fürchterliches Knurren und Bellen, und bald sprang ein gutes Dutzend Doggen, Bluthunde und Wolfshunde wütend am Zaun hoch. Vier mißtrauische Augenpaare blickten aus vier Türen. Prokop grüßte für alle Fälle und wollte weitergehen. Da kam ihm ein Knecht nachgelaufen und sagte: »Der Weg hier ist verboten«, worauf er ihn zur Pforte im Birkenhain zurückführte.

Das alles verstimmte Prokop sehr. Carson muß mir zeigen, wie man da hinauskommt, nahm er sich vor. Ich bin doch kein Kanarienvogel, den man in einem Käfig hält. Er wich dem Tennisplatz in weitem Bogen aus und schlug die Richtung zum Parkweg ein, den ihn Carson zum Schlosse hinaufgeführt hatte. Aber da verstellte ihm ein Mann mit Tellermütze den Weg und fragte ihn, wohin er gehe.

»Hinaus«, sagte Prokop kurz. »Der Weg ist verboten«, erklärte ihm der Mann mit der Mütze; hier komme man zu den Munitionsbaracken, und wer dorthin wolle, müsse sich mit einem Laissez-passer der Direktion ausweisen. Übrigens, der Weg zum Tor aus dem Schlosse direkt ins Freie führe hier zurück und dann links, bitte.

Prokop ging also den Hauptweg zurück und dann links und gelangte an ein großes Gittertor. Der alte Pförtner kam, um zu öffnen. »Den Schein, bitte!«

»Was für einen Schein?«

»Den Passierschein.«

»Was für einen Passierschein?«

»Daß Sie hinausdürfen.«

Prokop wurde wütend. »Bin ich hier in einem Gefängnis?«

Der Alte zuckte bedauernd die Achseln. »Ich habe den Befehl heute bekommen.«

Armer Tropf, wen kannst du schon zurückhalten! dachte Prokop. Man brauchte doch nur *so* zu machen –

Da tauchte am Fenster des Pförtnerhauses ein bekanntes Gesicht auf, das einem gewissen Bob ungewöhnlich ähnlich sah. Prokop führte seinen Gedanken erst gar nicht zu Ende, kehrte auf der Stelle um und ging zum Schloß zurück. Verdammt noch mal, sagte er sich, das sieht ja gut aus; als ob man im Gefängnis wäre! Schön, dann werde ich mit Carson darüber reden. Ich pfeife auf ihre Gastfreundschaft und gehe auch nicht zum Mittagessen. Ich setze mich nicht an einen Tisch mit diesen albernen Hampelmännern, die sich auf dem Tennisplatz hinter meinem Rücken über mich lustig gemacht haben. – Höchst verärgert begab sich Prokop in die ihm zugewiesenen Zimmer und warf sich auf die alte Chaiselongue, daß es nur so krachte. Eine Weile später klopfte Herr Paul an und fragte freundlich und besorgt, ob der Herr zum Déjeuner gehe.

»Nein«, brummte Prokop.

Herr Paul verbeugte sich und verschwand. Nach einer Weile kam er wieder, einen Serviertisch vor sich herschiebend, der mit Gläsern, hauchdünnem Porzellan und Silber gedeckt war.

»Weiß- oder Rotwein, bitte?« fragte er aufmerksam. Prokop brummte wieder etwas, was sich anhörte, wie: man solle ihn in Ruhe lassen.

Herr Paul ging auf den Zehenspitzen zur Tür und nahm dort eine

Schüssel aus zwei weißbehandschuhten Pranken in Empfang. »Consommé de tortues«, flüsterte er und schenkte Prokop ein, worauf die Schüssel wieder zwischen den weißen Pranken verschwand. Auf dem gleichen Weg tauchten Fisch, Braten, Salate und allerlei Dinge auf, die Prokop nicht einmal dem Namen nach kannte und von denen er auch nicht recht wußte, wie man sie aß. Doch schämte er sich vor Herrn Paul, seine Verlegenheit merken zu lassen. »Setzen Sie sich«, sagte er zu ihm und kostete mit Nase und Gaumen einen herben, hellen Wein. Herr Paul verbeugte sich und blieb natürlich stehen.

»Hören Sie, Paul«, sagte Prokop, »glauben Sie, daß ich hier festgehalten werde?«

Herr Paul zuckte höflich mit den Schultern. »Das weiß ich nicht, bitte.«

»Wie gelangt man von hier hinaus?«

Herr Paul überlegte erst eine Weile. »Den Hauptweg entlang und dann links. Belieben der gnädige Herr etwas Kaffee?«

»Ja, meinetwegen.« Prokop verbrühte sich die Kehle mit einem herrlichen Mokka. Herr Paul reichte ihm dann eine Zigarrenschachtel mit allen Düften Arabiens und einen silbernen Leuchter. »Hören Sie, Paul«, begann Prokop wieder, wobei er die Spitze der Zigarre abbiß. »Kannten Sie vielleicht einen gewissen Tomesch?«

Herr Paul hob die Brauen und dachte scharf nach. »Nicht daß ich wüßte.«

»Mhm. – Wieviel Soldaten gibt es hier?«

Herr Paul überlegte und rechnete nach. »Auf der Hauptwache etwa zweihundert Infanteristen. Dann kommen die Feldgendarmen. Über deren Zahl bin ich nicht informiert. In Balttin-Dikkeln liegt eine Schwadron Husaren, auf der Schießstätte in Balttin-Dikkeln eine Abteilung Kanoniere, deren Stand wechselt.«

»Wozu sind die Feldgendarmen da?«

»Hier herrscht ständiger Ausnahmezustand wegen der Munitionsfabrik.«

»So! Und wird hier nur der Umkreis bewacht?«

»Hier gibt es bloß Posten, bitte. Die Kette beginnt weiter draußen, jenseits des Waldes.«

»Was für eine Kette?«

»Die Bewachungszone. Die darf niemand betreten.«

»Und wenn man abreisen wollte –?«

»Dazu braucht man eine Bewilligung des Stationskommandanten. Wünscht der Herr noch etwas?«

»Nein, danke.«

Prokop streckte sich auf dem Liegesofa aus wie ein satter Pascha. Wir werden sehen, dachte er, bisher war es nicht allzu schlimm. Er wollte alles überlegen, aber statt dessen erinnerte er sich, wie ihm Carson davongelaufen war. Ich sollte ihn nicht einholen können? fiel ihm ein, und schon lief er ihm nach. Ein einziger Fünfmetersprung genügte; aber da erhob sich Carson wie eine Heuschrecke und überflog glatt eine Gruppe Sträucher. Prokop stampfte mit dem Fuß auf und erhob sich in die Luft; er brauchte nur die Füße zu bewegen, und schon schwebte er über dem Buschwerk. Ein neuerlicher Absprung, und er flog weiter, ohne sich länger um Carson zu kümmern. Leicht und frei wie ein Vogel glitt er zwischen den Bäumen dahin, versuchte einige Ruderbewegungen mit den Beinen und stieg immer höher. Es gefiel ihm außerordentlich. Mit mächtigen Schlägen schraubte er sich in die Höhe. Unter seinen Füßen breitete sich wie auf einer sauber gezeichneten Landkarte der Schloßpark mit seinen Lauben, Rasen und gewundenen Wegen; man konnte die Tennisplätze unterscheiden, den Teich, das Schloßdach, den Birkenhain; dort war der Gutshof mit den Hunden, der Stacheldraht, rechts davon lagen die Munitionsbaracken und dahinter die Mauer. Prokop nahm in der Luft Richtung nach der ihm bisher unbekannten Seite des Parkes. Unterwegs stellte er fest, daß das, was er für eine Terrasse gehalten hatte, das einstige Festungswerk des Schlosses war, eine mächtige Bastei mit einem Wassergraben, der wohl früher einmal vom Teich aus gespeist wurde. Sein Hauptaugenmerk galt dem Teil des Parkes zwischen Haupteingang und Bastei: verwachsene Gartenwege mit wildem Strauchwerk, ein etwa nur noch drei Meter hoher Wall und davor ein Abfall- oder Komposthaufen, ein Gemüsegarten mit einer ziemlich verfallenen Mauer und einer grünen Gartenpforte. Dahinter begann die Straße. Das will ich mir doch näher ansehen, überlegte Prokop und ließ sich langsam hinunter. Da sprengte auf der Straße eine Schwadron Reiterei mit gezückten Säbeln heran, gerade auf ihn zu. Prokop zog die Beine bis zum Knie an, um dem blitzenden Stahl zu entgehen. Dadurch aber bekam er einen so steilen Auftrieb, daß er wie ein Pfeil hochschnellte. Als er wieder hinunterblickte, sah er alles winzig klein wie aus der Vogelperspektive. Auf der Straße kam eine kleine Batterie Geschütze angefahren, die funkelnden Mündungen kehrten sich nach oben, ein weißes Wölkchen schoß hervor, und bums!, die erste Granate ging über Prokops Kopf hinweg. Sie schießen sich ein, dachte Prokop und ruderte rasch mit den Händen, um weiterkommen. Bums! Die zweite Granate heulte knapp an ihm vorbei. Prokop trat so rasch wie nur möglich den Rückzug an. Bums! Der dritte Schuß zerschmetterte ihm die Flügel, Prokop stürzte kopfüber in die Tiefe und erwachte. Er hörte Klopfen an der Türe.

»Herein!« schrie Prokop und sprang auf, ohne zu wissen, wo er sich eigentlich befand.

Ein weißhaariger, vornehmer Herr in Schwarz trat ein und verneigte sich tief.

Prokop rührte sich nicht und wartete, bis ihn der vornehme Herr ansprechen würde.

»Drehbein«, sagte der Mann und machte wieder eine tiefe Verbeugung.

Zumindest ein Minister, dachte Prokop und verbeugte sich ebenso tief. »Prokop«, stellte er sich vor. »Was wünschen Sie?«

»Wenn Sie die Güte hätten, ein wenig stillzustehen.«

»Bitte«, sagte Prokop aufs höchste erstaunt und zugleich begierig, was man mit ihm vorhatte.

Der weißhaarige Herr musterte Prokop mit halbzugekniffenen Augen; er ging sogar um ihn herum und beäugte Prokops Rücken.

»Wenn Sie die Güte hätten, ein wenig gerade zu stehen.«

Prokop stand stramm wie ein Soldat; was, zum Kuckuck, sollte das –

»Mit Verlaub«, sagte der Herr und kniete vor Prokop nieder.

»Was wollen Sie?« entfuhr es Prokop und wich einen Schritt zurück.

»Maß nehmen.« Und schon entnahm er seiner hinteren Rocktasche ein zusammengerolltes Metermaß und begann, Prokop die Hose anzumessen.

Prokop trat bis ans Fenster zurück. »Lassen Sie das«, knurrte er gereizt. »Ich habe keinen Anzug bestellt.«

»Aber ich habe meinen Auftrag«, bemerkte der Herr höflich.

»Gehen Sie zum –« fuhr ihn Prokop an. »Ich brauche keinen Anzug, verstanden?«

»Bitte«, stimmte Herr Drehbein zu, hockte sich vor Prokop hin, hob ihm die Weste und zupfte am unteren Hosenrand. »Um zwei Zentimeter länger«, bemerkte er im Aufstehen. »Mit Verlaub.« Dabei fuhr er ihm kennerhaft mit der Hand in den Ärmel. »Zu weit.«

»Schon gut so«, brummte Prokop und kehrte ihm den Rücken.

»Danke«, sagte der Herr und glättete ihm eine Falte am Rücken.

Prokop fuhr wütend herum. »Hände weg oder –«

»Verzeihen«, entschuldigte sich der Herr, indem er ihn sanft um die Hüften nahm. Noch ehe ihn Prokop hindern konnte, hatte ihm der

Herr die Schnalle an der Weste zugezogen, trat nun einen Schritt zurück und prüfte, den Kopf ein wenig zur Seite geneigt, Prokops Taille. »So ist es recht, ja«, bemerkte er durchaus zufrieden und verneigte sich tief. »Ich habe die Ehre, mich Ihnen zu empfehlen.«

»Scher dich zum Teufel«, schrie ihm Prokop nach, »morgen bin ich ohnehin nicht mehr da«. Gereizt durchmaß er das Zimmer von einer Ecke zur andern. »Die glauben wohl, ich bleibe ein halbes Jahr hier.«

Da klopfte es wieder; Herr Carson trat mit einer wahren Unschuldsmiene ein. Prokop blieb, die Hände auf dem Rücken, stehen und maß ihn mit wütenden Blicken. »Sagen Sie einmal«, fragte er scharf, »wer sind Sie eigentlich?«

Herr Carson zuckte mit keiner Wimper, kreuzte die Hände über der Brust und verneigte sich wie ein Türke. »Prinz Aladin«, sagte er, »ich bin Dschinn, dein Sklave. Befiehl, und ich erfülle jeden deiner Wünsche. Geruhten Sie gut zu schlafen? Nun, Verehrtester, wie gefällt es Ihnen hier?«

»Großartig«, antwortete Prokop bitter. »Ich möchte nur eins wissen, ob ich hier gefangengehalten werde und mit welchem Recht?«

»Gefangen?« tat Herr Carson erstaunt. »Ja, um Himmels willen, hat man Sie am Ende nicht in den Park hinausgelassen?«

»Doch, aber nicht aus dem Park hinaus.«

Herr Carson schüttelte teilnahmsvoll den Kopf. »Unangenehm! Es tut mir furchtbar leid, daß Sie unzufrieden sind. Haben Sie im Teich gebadet?«

»Nein. Wie komme ich von hier hinaus?«

»Nun durch den Haupteingang natürlich. Gehen Sie geradeaus und dann links –«

»Und dort zeigen Sie den Passierschein – das kenne ich. Der fehlt mir ja leider!«

»Das ist schade«, meinte Herr Carson. »Die Umgebung ist sehr hübsch.«

»Und vor allem gut bewacht.«

»Ja, gut bewacht«, stimmte Herr Carson zu. »Vortrefflich ausgedrückt.«

Prokop stieg die Zornesröte ins Gesicht.

»Meinen Sie vielleicht, es sei angenehm, alle nasenlang auf ein Bajonett oder einen Stacheldraht zu stoßen?«

»Wo denn?« wunderte sich Herr Carson.

»Überall im Außenbezirk des Parkes.«

»Was haben Sie im Außenbezirk des Parkes verloren? Gehen Sie innerhalb des Parkes spazieren, und die Sache ist in Ordnung.«

»Ich bin also gefangen?«

»Was fällt Ihnen ein! Damit ich nicht vergesse, hier ist ein Ausweis für Sie. Laissez-passer fürs Werk, wenn Sie es sich zufällig ansehen wollen.«

Prokop nahm den Ausweis entgegen. Er wunderte sich; der Ausweis war bereits mit seinem Bild versehen, das man offenbar am gleichen Tage angefertigt hatte. »Und damit komme ich hinaus?«

»Das nicht«, sagte Herr Carson rasch. »Ich würde es Ihnen auch nicht geraten haben. Nehmen Sie sich überhaupt ein wenig in acht, Sie verstehen? Sehen Sie sich das an!« sagte er beim Fenster.

»Was gibt es?«

»Egon lernt boxen. Ätsch, jetzt hat er einen abgekriegt! Das ist von Graun, sehen Sie? Haha, der Junge hat Courage!«

Prokop blickte angewidert in den Hof hinunter, wo ein halbnackter Knabe, aus Mund und Nase blutend und vor Schmerz und Wut aufheulend, sich immer wieder auf den älteren Gegner stürzte, worauf er im nächsten Augenblick blutiger und jämmerlicher als zuvor zurückschnellte. Was Prokop besonders mißfiel, war, daß der alte Fürst, der im Fahrstuhl sitzend zusah, aus vollem Halse lachte, und daß sich Prinzessin Wille dabei ruhig mit einem hübschen Kavalier unterhielt. Endlich fiel Egon ganz benommen in den Sand und ließ das Blut aus der Nase abtropfen.

»Viehisch«, bemerkte Prokop, die Fäuste ballend.

»Hier darf man nicht so empfindlich sein«, erklärte Herr Carson. »Harte Zucht. Ein Leben . . . wie beim Militär. Wir verzärteln hier niemanden«, setzte er nachdrücklich hinzu; es hörte sich an wie eine Drohung.

»Carson«, sagte Prokop ernst, »ich bin hier also . . . in . . . einem Gefängnis?«

»Davon kann keine Rede sein! Sie befinden sich nur in einem bewachten Werk. In einer Munitionsfabrik geht es schließlich nicht wie beim Friseur zu. Das müssen Sie verstehen und sich eben anpassen.«

»Morgen reise ich ab«, fuhr Prokop auf.

»Haha«, lachte Herr Carson und versetzte ihm einen leichten Klaps auf den Bauch. »Ein ausgezeichneter Witz! Sie kommen also heute abend zu uns.«

»Ich gehe nirgend hin! Wo ist Tomesch?«

»Was? Ach ja, Tomesch. Nun, vorläufig sehr weit. Hier ist der Schlüssel zu Ihrem Laboratorium. Dort wird Sie niemand stören. Schade, daß ich keine Zeit habe.«

»Carson!« Prokop wollte ihn zurückhalten, aber ein fast befehlshaberischer Wink bannte ihn auf der Stelle; Herr Carson schlüpfte, pfeifend wie ein geübter Singvogel, hinaus.

Prokop begab sich mit seinem Ausweis zum Haupteingang. Der alte Pförtner studierte ihn und schüttelte den Kopf; er gelte nur für das Tor C, von wo der Weg zu den Laboratorien führe. Prokop wanderte zum Tor C. Der Mann mit der flachen Mütze prüfte den Ausweis und zeigte ihm die Richtung: Hier geradeaus, dann der gritte Seitenweg nördlich. Prokop schlug natürlich den ersten Weg südlich ein; aber nach fünf Schritten hielt ihn ein Feldgendarm an: Zurück und den dritten Weg links. Prokop pfiff auf den dritten Weg links und ging geradeaus über die Wiese. Gleich darauf kamen ihm drei Leute nachgelaufen, der Weg hier sei verboten. Also trollte er sich gehorsam den dritten Weg links, aber als er sich von niemandem mehr beobachtet glaubte, steuerte er auf die Munitionsbaracken zu. Dort hielt ihn ein Soldat mit Seitengewehr an und belehrte ihn, daß er zur Kreuzung VII, Weg N 6, zu gehen habe. Prokop versuchte es immer wieder; aber überall wurde er angehalten und auf den Weg VII, N 6, zurückgeschickt. Schließlich nahm er Vernunft an und begriff, daß der Ausweis mit den Buchstaben »C 3 n. w. F. H. A. VII, N 6, Bar. V. 7. S. b.!« einen geheimen Befehl verkörperte, dem man sich blindlings unterzuordnen hatte. Also ging er den ihm gewiesenen Weg. Hier gab es keine Munitionsbaracken, sondern kleine, verschieden bezifferte Betonbauten; allem Anschein nach waren es Versuchslaboratorien, die zwischen Sandhügeln und Lärchenwäldchen verstreut lagen. Sein Weg führte in Serpentinen zu einem ganz allein stehenden Häuschen V. 7. An der Türe war eine Messingtafel angebracht: »Ing. Prokop.« Prokop schloß mit dem Schlüssel, den ihm Carson gegeben hatte, auf und trat ein.

Es war ein mustergültig eingerichtetes Laboratorium für Sprengstoffchemie – so modern und vollkommen, daß Prokop, der Fachmann, vor Freude den Atem anhielt. An einem Nagel hing sein alter Arbeitsmantel, in der Ecke stand ein Feldbett mit einem Strohsack wie daheim, und in den Fächern eines großartig ausgestatteten Schreibtisches lagen sorgfätig geordnet und katalogisiert seine sämtlichen gedruckten Abhandlungen und schriftlichen Aufzeichnungen.

XXIV.

Ein halbes Jahr lang hatte Prokop seine geliebte chemische Apparatur nicht mehr in der Hand gehabt.

Er prüfte eines nach dem andern; alles war vorhanden, wovon er geträumt hatte, alles blitzend, neu und in geradezu pedantischer Ordnung aufgestellt. Da gab es eine Hand- und eine Fachbücherei, ein Riesenregal mit Chemikalien, Schränke mit empfindlichen Instrumenten, eine schalldichte Kabine für Explosionsversuche, eine Kammer mit Transformatoren, ihm unbekannte Versuchsapparate. Er hatte kaum die Hälfte all dieser Wunder gemustert, als er, einer augenblicklichen Eingebung folgend, zum Regal eilte, Bariumsalz, Stickstoffwasserstoffsäure und noch irgendwas anders auswählte und damit einen Versuch anstellte, wobei es ihm gelang, sich die Finger zu verbrennen, ein Reagenzglas zum Springen zu bringen und sich ein Loch in den Mantel zu sengen. Erst dann setzte er sich an den Schreibtisch und machte zwei, drei Aufzeichnungen.

Hierauf begann er wieder das Laboratorium durchzumustern. Es gemahnte ihn ein wenig an eine neueingerichtete, wohlgeordnete Parfümerie. Aber er brauchte bloß nach diesem und jenem zu langen und es ein wenig durcheinanderzubringen, dann sah es gleich gemütlicher aus. Inmitten der eifrigsten Arbeit hielt er plötzlich inne: Aha, sagte er sich, damit wollen sie mich nun fangen! In einer Weile wird Carson da sein und seine alte Leier beginnen: Sie werden noch ein big man und so weiter.

Er setzte sich verärgert auf den Strohsack und wartete. Als niemand kam, stahl er sich wie ein Dieb zum Arbeitstisch und begann wieder mit dem Bariumsalz zu hantieren. Es ist ohnehin das letztemal, tröstete er sich. Der Versuch gelang vollkommen: Eine Stichflamme zischte auf, die Glasglocke der empfindlichen Waage sprang entzwei. »Da habe ich was Schönes angerichtet!« gestand er sich schuldbewußt, als er den Umfang des Schadens bemerkte. Wie ein Schüler, der ein Fenster zerschlagen hat, schlich er aus dem Laboratorium. Draußen dämmerte es schon; ein leichter Regen ging nieder. Zehn Schritte vor der Baracke stand eine Wache.

Prokop schlenderte langsam den Weg zum Schloß zurück. Der Park war menschenleer. Feiner Regen rauschte in den Baumkronen, das Schloß war hell erleuchtet, ein Klavier schmetterte eine jubelnde Weise in die Abenddämmerung. Prokop stieß in den verlassenen Teil des Parkes zwischen Haupteingang und Terrasse vor. Hier war alles weglos verwachsen. Er wühlte sich in das feuchte Buschwerk ein wie ein Eber, lauschte ab und zu und bahnte sich dann wieder einen Weg durch das brechende Gezweig. Endlich gelangte er an den Rand der Dschungel, wo Büsche die an diesen Stellen nicht mehr als drei Meter hohe Mauer überwölbten. Prokop erfaßte einige herabhängende Zweige und ließ sich daran hinuntergleiten. Aber seinem soliden Gewicht hielten die Zweige nicht stand; sie brachen mit einem scharfen, laut vernehmbaren Knacken, und Prokop fiel schwer auf eine Art Komposthaufen auf. Klopfenden Herzens blieb er sitzen: Jetzt wird jemand kommen! Aber nichts war zu hören außer dem Rauschen des Regens. Da raffte er sich auf und suchte die Mauer mit der grünen Pforte, wie er sie im Traum gesehen hatte.

Alles war ebenso bis auf die beunruhigende Tatsache, daß die Pforte halb offenstand. Es mußte also jemand hinausgegangen sein, oder jemand würde zurückkehren. Was tun? Rasch entschlossen stieß Prokop die Pforte auf und ging auf die Straße hinaus. Wahrhaftig: Dort stand ein mittelgroßer Mann im Regenmantel und rauchte eine kurze Pfeife. Sie belauerten einander, noch ein wenig ungewiß, wer als erster von ihnen angreifen werde. Natürlich fing der beweglichere Prokop an. Blitzschnell wählte er unter den verschiedenen Möglichkeiten den Weg der Gewalt, stürzte sich auf den Mann mit der Pfeife und brachte ihn mit einem wahren Widerstoß seiner rohen Kraft zu Fall. Nun preßte er ihn mit Brustkorb und Ellbogen gegen die regennasse Straße, ein wenig erstaunt und ratlos, was er mit ihm beginnen sollte; er konnte ihn doch nicht wie ein Huhn abwürgen. Der Mann unter ihm ließ die Pfeife nicht aus dem Mundwinkel und wartete ab. »Ergib dich!« rief Prokop keuchend, aber im gleichen Augenblick bekam er einen heftigen Stoß mit dem Knie gegen den Bauch und mit der Faust gegen die Stirn, daß er in den Straßengraben flog.

Als er sich ein wenig aufgerappelt hatte, erwartete er einen neuen Hieb; doch der Mann mit der Pfeife stand ruhig auf der Straße und beobachtete ihn. »Mehr?« fragte er grinsend. Prokop schüttelte den Kopf. Da begann der Mann mit einem ausnehmend schmutzigen Taschentuch Prokops Kleider zu bearbeiten. »Straßenkot«, bemerkte er und rieb daran so energisch als möglich.

»Zurück?« fragte er schließlich, wobei er auf die grüne Pforte wies. Prokop nickte schwach. Der Mann mit der Pfeife geleitete ihn zur alten Burgmauer, hockte sich nieder, die Hände aufgestützt, und befahl trocken: »Steigen Sie hinauf!« Prokop faßte nach den überhängenden Sträuchern und zog sich hinauf. Er fühlte sich so beschämt, daß er am liebsten losgeheult hätte.

Aber ein Mißgeschick kommt selten allein: Wie er so zerkratzt und geschwollen, über und über beschmutzt und auf das Schlimmste gedemütigt die Schloßtreppe in sein »Kavalierzimmer« hinaufschlich, begegnete er der Prinzessin. Prokop tat, als ob er ein Fremder wäre und sie gar nicht kenne; er grüßte nicht und raste wie eine aus Straßenkot modellierte Statue treppauf. Als er an ihr vorbeikam, fing er ihren erstaunten, herrischen und wirklich sehr beleidigenden Blick auf. Prokop blieb plötzlich stehen. »Halt!« schrie er; die Stirn schien unter dem Wutausbruch fast zu bersten. »Gehen Sie, und sagen Sie ihnen, sagen Sie ihnen, daß . . . daß sie der Teufel holen soll . . . und daß ich mich nicht einsperren lasse, verstanden? Nein, ich lasse mich nicht«, brüllte er nun und schlug mit der Faust gegen das Geländer, daß es nur so dröhnte. Daraufhin raste er wieder in den Park zurück. Die Prinzessin stand da, blaß bis an die Lippen und wie versteinert.

Wenige Augenblicke später drang jemand, von Straßenkot bis zur Unkenntlichkeit entstellt, in das Pförtnerhaus ein, warf den Eichentisch um, an dem der Alte gerade sein Abendessen einnahm, packte Bob an der Kehle und stieß ihn mit dem Kopf gegen die Wand, bis er halb skalpiert und betäubt war; worauf er sich der Schlüssel bemächtigte, das Tor öffnete und hinauslief. Dort traf er einen wachhabenden Soldaten, der sofort einen Warnungsruf ausstieß und das Gewehr von der Schulter riß. Aber ehe er noch einen Schuß abgeben konnte, packte ihn der Unbekannte, entwand ihm das Gewehr und zerschmetterte ihm mit dem Kolben das Schlüsselbein. Da kamen bereits die nächststehenden Wachen zu Hilfe. Die dunkle Gestalt schleuderte ihnen das Gewehr entgegen und stürzte in den Park zurück.

Fast im gleichen Augenblick wurde der Nachtwächter beim Tor C angefallen. Eine dunkle, hohe Gestalt begann ihn ganz unerwartet mit Hieben gegen das Kinn zu traktieren. Der Wächter, ein blonder Riese, hielt erst, aufs höchste überrascht, eine Weile stand, ehe ihm einfiel, Alarm zu pfeifen. Da ließ ihn der Unbekannte fluchend los und verschwand im dunklen Park. Die Folge war, daß man Verstärkungen alarmierte und den Park von zahlreichen Streifen durchsuchen ließ.

Gegen Mitternacht demolierte jemand das steinerne Geländer auf der Parkterrasse und warf einen zehn Kilogramm schweren Stein auf den Wachposten, der unten in zehn Meter Tiefe vorbeikam. Der Soldat gab einen Schuß ab, worauf sich eine wahre Flut politischer

Beleidigungen über ihn ergoß; dann war alles ruhig. Zu diesem Zeitpunkt kamen die aus Dikkeln herbeigerufenen Kavalleristen angeritten, während die gesamte Garnison von Balttin mit gezückten Seitengewehren die Büsche und Sträucher durchstöberte. Im Schloß schlief längst niemand mehr. Um ein Uhr fand man beim Tennisplatz einen betäubten Soldaten ohne Gewehr. Bald darauf kam es im Birkenhain zu einer kurzen, aber ausgiebigen Schießerei; verwundet wurde zum Glück niemand. Herr Carson, dessen Gesicht Besorgnis ausdrückte, schickte Prinzessin Wille, die sich aus einem ganz rätselhaften Grunde auf den Kampfplatz gewagt hatte, mit allem Nachdruck ins Schloß zurück. Doch die Prinzessin, in der Nachtkühle fröstelnd, sah ihn mit seltsam großen Augen an und sagte, er möge sie gefälligst in Ruhe lassen. Herr Carson zuckte mit den Schultern und ließ sie bei ihrem törichten Vorhaben.

Obgleich es um das Schloß herum nur so von Menschen wimmelte, begann jemand methodisch die Schloßfenster einzuwerfen. Verwirrung entstand, denn gleichzeitig fielen zwei, drei Schüsse auf der Straße. Herr Carson sah höchst beunruhigt aus.

Die Prinzessin ging inzwischen schweigend den Gartenweg zwischen den Rotbuchen entlang. Auf einmal stürzte ihr eine riesenhafte, dunkle Gestalt entgegen, blieb vor ihr stehen, drohte mit den Fäusten, zischte etwas von Schande und Skandal und tauchte wieder in den knackenden, von den Regenschauern triefenden Büschen unter. Die Prinzessin kehrte um und hielt eine Streife an: Dort, woher sie gerade komme, sei niemand. Ihre Augen standen weit offen und glänzten wie im Fieber. Bald darauf vernahm man Schüsse aus den Büschen hinterm Teich; dem Klange nach waren es Schrotbüchsen. Herr Carson schimpfte, die Knechte vom Gutshof sollten sich nicht einmischen, sonst bekämen sie es mit ihm zu tun. Da wußte er noch nicht, daß jemand mit einem Stein eine der herrlichen dänischen Doggen erschlagen hatte.

Im Morgengrauen fand man Prokop in tiefem Schlafe auf einem Strecksessel in der japanischen Laube. Er sah trostlos zerkratzt und verschmutzt aus. Rock und Hose waren zerfetzt; auf der Stirn hatte er eine faustgroße Beule, und die Haare waren blutverklebt. Herr Carson schüttelte den Kopf über den schlafenden Helden der Nacht. Herr Paul kam herbeigeschlichen und deckte den schnarchenden Schläfer mit einer warmen Wolldecke zu. Dann brachte er sogar ein Waschbecken mit Wasser, frische Wäsche und einen funkelneuen Sportanzug von Herrn Drehbein und schlich auf den Zehnspitzen wieder davon.

Nur zwei unauffällige Männer in Zivil, die Revolver in den rückwärtigen Hosentaschen, gingen bis Tagesanbruch in der Nähe der japanischen Laube auf und ab. Sie hatten die ungezwungenen Gesichter von Menschen, die den Sonnenaufgang bewachen.

XXV.

Prokop erwartete, jene Nacht werde allerhand Folgen haben. Aber es geschah nichts, bloß jener Mensch mit der Pfeife folgte ihm von jetzt ab auf Schritt und Tritt – er war der einzige, den Prokop einigermaßen fürchtete. Er hieß Holz – ein Name, der sehr wenig über sein stilles, wachsames Wesen aussagte. Wo immer sich Prokop erging, bewegte sich Holz fünf Schritte hinter ihm. Prokop wurde dadurch aufs äußerste gereizt und quälte ihn auf die raffinierteste Weise. So lief er zum Beispiel eine kurze Wegstrecke, fünfzig-, auch hundertmal auf und ab in Erwartung, Herrn Holz werde es doch einmal zu dumm werden, nach zwanzig Schritten immer kehrtzumachen. Aber Herrn Holz wurde es nie zu dumm. Da begann Prokop zu laufen und lief dreimal um den ganzen Park herum. Herr Holz lief schweigend hinter ihm her und vergaß dabei nicht einmal das Rauchen, während Prokop kaum mehr keuchen konnte.

Herr Carson zeigte sich an diesem Tage kein einziges Mal; er war offenbar verärgert. Gegen Abend machte sich Prokop zum Laboratorium auf, gefolgt von seinem schweigsamen Schatten. Er wollte die Laboratoriumsbaracke hinter sich abschließen. Herr Holz schob jedoch den Fuß zwischen die Türe und trat ein. Da im Vorraum ein Lehnstuhl bereitstand, beabsichtigte er gewiß, sich nicht mehr von hier wegzurühren. Na schön! Prokop braute im Laboratorium etwas Geheimnisvolles, während Herr Holz im Vorraum schnarchte. Gegen zwei Uhr morgens tränkte Prokop ein Stück Hanfseil in Petroleum, zündete es an und lief so rasch er konnte hinaus. Herr Holz sprang augenblicklich aus seinem Lehnstuhl auf und rannte hinterdrein. Nach hundert Schritten warf sich Prokop, mit dem Gesicht zur Erde, in den Graben. Herr Holz blieb neben ihm stehen und zündete sich eine Pfeife an. Prokop hob den Kopf und wollte ihm etwas zurufen, doch besann er sich, daß er mit Holz grundsätzlich nicht redete. Er streckte die Hand aus und brachte Holz zu Fall. »Achtung!« brüllte er; im gleichen Augenblick wurde die Baracke von einer gewaltigen Explosion erschüttert; ein Splitterhagel von Steinen und Glas flog pfeifend über ihre Köpfe hinweg. Prokop stand auf, staubte sich flüchtig ab und lief, von Herrn Holz gefolgt, davon. Da kamen auch schon die Wachposten gelaufen und die Feuerwehrautos angerast.

Das war die erste Warnung für Herrn Carson. Sollte er jetzt nicht kommen, um zu verhandeln, würden schlimmere Dinge geschehen.

Herr Carson kam nicht; statt des Besuches traf ein neuer Ausweis ein, wahrscheinlich für ein anderes Versuchslaboratorium. Prokop war wütend. Gut, sagte er sich, diesmal will ich euch zeigen, wozu ich imstande bin. Er eilte in das neue Laboratorium, während er sich unterwegs eine weit wirksamere Form eines Protestes ausdachte. Er entschied sich für Explosivpottasche, die sich bei Berührung mit Wasser entzündet. Als er aber bei der neuen Baracke ankam, ließ er ohnmächtig die Hände sinken. Dieser Teufel von Carson!

An das Laboratorium grenzten kleine Wohnhäuser, offenbar für die Werkschutzmänner. Im Garten tummelte sich ein Dutzend Kinder, und eine junge Mutter besänftigte gerade ein brüllendes, rosiges Lebewesen. Als sie Prokops wütenden Blick gewahrte, erschrak sie und hielt im Singen inne. »Guten Abend«, brummte Prokop und schlenderte, die Fäuste geballt, zurück. Herr Holz fünf Schritte hinter ihm.

Auf dem Weg zum Schloß begegnete er der Prinzessin zu Pferde mit einer ganzen Kavalkade von Offizieren. Er wich auf einen Seitenpfad aus, doch die Prinzessin galoppierte ihm nach. »Wenn Sie ausreiten wollen«, sagte sie, während eine jähe Blutwelle ihr Gesicht noch dunkler färbte, »steht Ihnen Premier zur Verfügung.«

Prokop wich dem tänzelnden Whirlwind aus. Er hatte noch nie auf einem Pferd gesessen, hätte dies aber um nichts in der Welt zugegeben. »Danke«, sagte er, »es ist nicht nötig . . . mein Gefängnis . . . zu vergolden.«

Die Prinzessin zog die Brauen hoch. Es war ungehörig, mit ihr über diese Seite der Dinge zu sprechen. Sie bezwang sich jedoch und sagte, Vorwurf und Einladung geschmeidig vereinend: »Vergessen Sie nicht, daß Sie auf dem Schloß bei mir zu *Gast* sind.«

»Ich habe nicht darum gebeten«, erwiderte Prokop schroff, wobei er auf jede Bewegung des nervösen Pferdes achtete.

Die Prinzessin wippte gereizt mit dem Fuß; Whirlwind schnaubte und begann zu steigen. »Nur keine Angst«, sagte die Prinzessin spöttisch.

Prokop preßte die Lippen zusammen und schlug das Pferd übers Maul. Die Prinzessin hob die Reitpeitsche, als wollte sie ihm über die

Hand schlagen. Prokop stieg alles Blut zu Kopf. »Vorsicht!« zischte er drohend und funkelte die Prinzessin an. Da hatten die Offiziere bereits den peinlichen Vorfall bemerkt und sprengten heran. »Hallo, was ist los?« rief der an der Spitze Reitende und trieb sein Pferd, eine schwarze Stute, gerade auf Prokop zu. Prokop sah den Pferdekopf über sich, erfaßte den Zügel und riß ihn mit aller Gewalt zur Seite. Das Pferd wieherte vor Schmerz und bäumte sich auf, so daß der Offizier in den Armen des kaltblütigen Herrn Holz landete. Zwei Säbel blitzten in der Sonne. Aber da war schon die Prinzessin auf dem zitternden Whirlwind zur Stelle und drängte die Offiziere ab. »Halt!« befahl sie. »Er ist mein Gast!« Sie warf Prokop einen dunklen Blick zu und sagte noch: »Übrigens fürchtet er sich vor Pferden. Ich mache die Herren bekannt. Leutnant Rohlauf, Ingenieur Prokop. Fürst Suwalski. Von Graun. Der Fall ist erledigt. Rohlauf, aufsitzen! Wir reiten weiter. Premier steht Ihnen zur Verfügung, Herr Ingenieur. Vergessen Sie nicht, daß Sie hier Gast sind. Auf Wiedersehen!« Die Reitpeitsche schwirrte vieldeutig durch die Luft, Whirlwind vollführte eine Wendung, daß der Sand knirschte, und die Kavalkade verschwand in der Wegkehre. Nur Herr Rohlauf, der aufgesessen war, umtänzelte Prokop noch einmal, fixierte ihn mit zornigen Augen und sagte mit vor Wut überkippender Stimme: »Sie werden mir Genugtuung geben, mein Herr!«

Prokop machte auf der Stelle kehrt, ging in sein Zimmer und schloß sich ein. Zwei Stunden später nahm ein langer Brief durch Vermittlung des alten zittrigen Dieners seinen Weg aus dem »Kavalierzimmer« zur Direktion. Bald darauf kam Carson mit wütendem Gesicht zu Prokop geeilt. Mit herrischer Geste wies er Herrn Holz fort, der ruhig auf einem Stuhl vor dem Zimmer gedöst hatte, und drang ein.

Herr Holz setzte sich vor das Schloß und zündete sich seine Pfeife an. Drinnen erhob sich ein fürchterliches Gebrüll, was aber Holz nicht im geringsten erschütterte. Da die Pfeife nicht zog, schraubte er sie auseinander und reinigte sie fachmännisch mit einem Halm. Aus dem »Kavalierzimmer« drang es wie das Röcheln zweier in sich verbissener Tiger. Der eine brüllte, und der andere tobte, man hörte das Gepolter eines fallenden Möbelstückes, dann blieb es einen Augenblick still, aber gleich darauf dröhnte wieder Prokops mächtige Stimme. Die Gärtner liefen zusammen, doch Herr Holz vertrieb sie mit einer Handbewegung und begann das Pfeifenrohr durchzublasen. Das Getöse oben schwoll gefährlich an; das Brüllen der beiden Tiger wurde stärker, nun schienen sie, rasend vor Wut, übereinander herzufallen. Herr Paul kam, blaß wie eine Wand, aus dem Schloß gelaufen und hob die Augen zum Himmel. Gerade in diesem Augenblick trabte die Prinzessin mit ihrem Gefolge vorüber. Als sie den heillosen Tumult im Gästetrakt des Schlosses vernahm, lachte sie nervös auf und gab Whirlwind ganz überflüssigerweise die Peitsche.

Die Stimmen beruhigten sich wieder einigermaßen. Man hörte Prokop fluchen, Drohungen ausstoßen und mit der Faust auf den Tisch schlagen. Eine scharfe Stimme fiel befehlend ein. Prokop protestierte schimpfend, doch die scharfe Stimme antwortete ruhig und entschieden. »Mit welchem Recht?« hörte man Prokop schreien. Die befehlshaberische Stimme erklärte etwas mit grausam ruhiger Eindringlichkeit. Da legte Prokop von neuem los: »Aber das eine sage ich Ihnen, dann fliegt ihr alle mitsammen in die Luft!« Wieder wurde ein solcher Tumult entfesselt, daß Herr Holz sogar seine Pfeife in die Tasche steckte und ein paar Schritte auf das Schloß zu machte. Dann trat etwas Ruhe ein, nur die scharfe Stimme befahl und wies energisch zurück, begleitet von einem dunklen, drohenden Knurren. Es schien, als würden die Bedingungen eines Waffenstillstandes diktiert. Noch zweimal erhob Prokop Einspruch; die scharfe Stimme ließ sich jedoch nicht mehr herausfordern, sie war ihrer Sache bereits sicher.

Eineinhalb Stunden später lief Carson, violett angelaufen und schweißtriefend, aus Prokops Zimmer und eilte schnaubend und düster zu den Gemächern der Prinzessin. Zehn Minuten später meldete Paul, bebend vor Ehrfurcht, seinem Herrn die Ankunft Ihrer Hoheit.

Die Prinzessin, im großen Abendkleid, trat ein. Sie war aschfahl im Gesicht und zog die Brauen streng zusammen. Prokop ging ihr entgegen, in der Absicht, etwas zu sagen. Aber die Prinessin wehrte mit einer hoheitsvollen Geste ab und sagte mit verhaltener Stimme: »Ich komme, um mich . . . für jenen Auftritt zu entschuldigen. Ich wollte Sie nicht mit der Peitsche treffen. Es tut mir außerordentlich leid.«

Prokops Gesicht wurde dunkelrot. Wieder wollte er etwas einwenden, aber die Prinzessin fuhr fort: »Leutnant Rohlauf reist heute ab. Der Fürst läßt Sie bitten, gelegentlich zu Tisch zu kommen. Vergessen Sie den Vorfall. Auf Wiedersehen.« Sie rechte ihm rasch die Hand; Prokop berührte kaum ihre Finger. Sie waren kalt und wie tot.

XXVI.

Nach dem Gewitter mit Carson schien die Luft gereinigt. Prokop hatte zwar erklärt, er werde bei der nächsten Gelegenheit ausreißen, hatte aber gleichzeitig sein Ehrenwort gegeben, sich bis dahin aller Gewalttaten und Drohungen zu enthalten. Als Gegenleistung wurde Herr Holz auf eine Entfernung von fünfzehn Schritten verwiesen und Prokop gestattet, sich in seiner Begleitung in einem Umkreis von vier Kilometern, von sieben Uhr morgens bis sieben Uhr abends, frei zu bewegen, im Laboratorium zu schlafen und sich nach Belieben zu verköstigen. Andererseits siedelte Carson direkt im Laboratorium eine Frau mit zwei Kindern an, die Witwe eines Arbeiters, der bei einer Krakatitexplosion ums Leben gekommen war. Die Frau verkörperte sozusagen die moralische Sicherung gegen irgendwelche »Unvorsichtigkeiten«. Außerdem wurde Prokop ein hohes Gehalt in Gold ausgesetzt und es ihm vorläufig ganz überlassen, sich zu vergnügen oder zu arbeiten.

Die ersten Tage nach dieser Übereinkunft verbrachte Prokop damit, das Terrain im Umkreis von vier Kilometern gründlich nach Fluchtmöglichkeiten zu untersuchen. Es bestand nur wenig Aussicht, da die Sicherheitszone geradezu ausgezeichnet funktionierte. Prokop dachte mehrmals daran, Holz aus dem Weg zu schaffen. Leider erfuhr er, daß dieser magere, eifrige Patron Vater von fünf Kindern war, eine Mutter und eine lahme Schwester miternährte und außerdem drei Jahre Zuchthaus wegen Totschlags abgesessen hatte. Das alles war nicht gerade ermutigend.

Einen gewissen Trost bereitete es Prokop, daß Herr Paul, Beschließer im Ruhestand, ihm geradezu leidenschaftlich ergeben war. Den guten Alten kränkte es sehr, daß er für zu langsam befunden wurde, um an der fürstlichen Tafel zu bedienen. Um so glücklicher war er jetzt, jemandem dienen zu dürfen. Allerdings, seine aufdringliche, ehrfürchtige Aufmerksamkeit fiel selbst Prokop manchmal auf die Nerven. Daneben hatte sich Doktor Krafft, Egons Erzieher, ein rothaariger und sehr unglücklicher Mensch, eng an Prokop angeschlossen. Krafft war ungewöhnlich gebildet, ein wenig Theosoph und der törichtste Idealist, den man sich vorstellen konnte. Er hatte sich Prokop nur scheu genähert; aber jetzt bewunderte er ihn grenzenlos und hielt ihn zumindest für ein Genie. Er kannte Prokops fachwissenschaftliche Abhandlungen schon lange und hatte darauf sogar eine theosophische Deutung des niedersten Kreises, grob gesagt, der

Materie aufgebaut. Zudem war er Pazifist und, wie alle Menschen von zu edler Gesinnung, sterbenslangweilig.

Prokop wurde schließlich des ziellosen Umherschlenderns längs der Sicherheitszone überdrüssig und kehrte immer häufiger ins Laboratorium zurück, um zu arbeiten. Er studierte seine alten Aufzeichnungen und ergänzte zahlreiche Lücken. Er stellte eine Reihe von Sprengstoffen her und vernichtete sie wieder; sie alle bestätigten seine kühnsten Hypothesen. In diesen Tagen war er beinahe glücklich. Nur abends, abends wich er den Menschen aus, wurde schwermütig unter der immer gleichen, ruhigen Aufsicht des Herrn Holz und sah zu den Wolken, den Sternen und dem freien Himmel auf.

Noch etwas beschäftigte ihn in seltsamer Weise: Sobald er das Geräusch von Pferdehufen vernahm, trat er ans Fenster und beobachtete den Reiter, ob es nun der Reitknecht, einer der Offiziere oder die Prinzessin war (mit der er seit jenem Tage nicht mehr gesprochen hatte). Mit aufmerksamen Augen verfolgte er die Vorgänge. Er bemerkte, daß der Reiter eigentlich nicht nur im Sattel sitzt, sondern in gewissem Sinne in den Steigbügeln steht; daß er nicht mit dem Gesäß, sondern mit den Knien arbeitet; daß er sich nicht wie ein Sack Kartoffeln schütteln läßt, sondern aktiv die sich gleichmäßig wiederholenden Bewegungen des Pferderückens mitmacht. Das war praktisch vielleicht sehr einfach, aber für ihn, den technischen Beobachter, ein ungemein verwickelter Mechanismus, besonders wenn das Pferd zu steigen, auszuschlagen oder in vollblütiger Ungeduld zu tänzeln begann. Alles das konnte Prokop, hinter dem Vorhang verborgen, stundenlang studieren. Eines Morgens gab er Paul den Auftrag, ihm Premier zu satteln.

Herr Paul war bestürzt. Er erklärte, Premier sei ein sehr feuriger und wenig eingerittener Rappe, ein äußerst unverträgliches Tier, doch Prokop wiederholte nur kurz seinen Befehl. Der Reitanzug lag im Schrank bereit. Mit einem leichten Gefühl von Eitelkeit zog er ihn an und eilte in den Hof hinunter. Dort wartete Premier bereits auf ihn, tänzelnd und den Stallknecht, der ihn kurz am Zügel hielt, mit sich zerrend. Prokop bemühte sich, das Pferd zu beruhigen, wie er es bei andern gesehen hatte, indem er ihm über Nüstern und Stirn strich. Der Wallach hielt tatsächlich ein wenig still, nur die Beine kamen nicht zur Ruhe. Prokop näherte sich ihm absichtlich von der Seite. Schon hob er den Fuß zum Steigbügel, da schlug Premier blitzschnell mit dem Huf nach ihm aus, so daß Prokop kaum Zeit hatte, beiseite zu springen. Der Stallknecht lachte hell auf. Das genügte. Prokop ging plötzlich die

Flanke des Pferdes an, gelangte auf irgendeine Weise mit der Fußspitze in den Steigbügel und schwang sich hinauf. Im nächsten Augenblick wußte er nicht mehr, was geschah. Alles drehte sich um ihn, jemand schrie auf, Prokops rechter Fuß schwebte in der Luft, während der linke auf unmögliche Weise im Steigbügel hielt. Nun fiel Prokop schwer in den Sattel und preßte die Knie mit aller Kraft an. Das brachte ihn gerade in dem Augenblick wieder zu Bewußtsein, als Premier wie ein Blitz nach hinten ausschlug. Prokop lehnte sich rasch zurück, fiel wieder in den Sattel und zog krampfhaft die Zügel an. Das Ergebnis war, daß die Bestie kerzengerade hochging; Prokop preßte die Knie wie eine Zange zusammen und legte sich mit dem Gesicht zwischen die Ohren des Rappen, wobei er ängstlich darauf bedacht war, ihn nicht um den Hals zu nehmen, aus Furcht, lächerlich zu erscheinen. Er hing eigentlich nur mit den Knien. Premier stellte sich wieder auf alle vier Beine und begann sich wie ein Kreisel zu drehen; das benützte Prokop, um den zweiten Fuß in den Steigbügel zu bekommen. »Pressen Sie ihn nicht so!« rief der Stallbursche, aber Prokop war froh, das Pferd zwischen den Schenkeln zu haben. Der Wallach bemühte sich, eher verzweifelt als bösartig, seinen merkwürdigen Reiter abzuwerfen; er drehte sich und schlug nach hinten aus, daß es nur so staubte. Das gesamte Küchenpersonal kam auf den Hof gelaufen, um diesem wilden Zirkusschauspiel zuzusehen. Prokop bemerkte Herrn Paul, der vor Angst eine Serviette an den Mund drückte, und den in der Sonne funkelnden Rotschopf Dr. Kraffts, der herbeistürzte und unter Einsatz seines Lebens Premier am Zügel zu packen versuchte. »Lassen Sie ihn«, schrie Prokop, außer sich vor Stolz, und gab dem Wallach die Sporen. Premier, dem derartiges noch nie widerfahren war, schnellte los wie ein Pfeil und jagte aus dem Hof in den Park hinaus. Prokop zog den Kopf ein in der Annahme, so bei einem Sturz glimpflicher davonzukommen. Er stand vorgeneigt in den Steigbügeln, unwillkürlich einen Jockei nachahmend. Als er am Tennisplatz vorbeigaloppierte, erblickte er einige weiße Gestalten. Da wurde er von wildem Übermut gepackt und begann Premiers Hinterbacke mit der Peitsche zu traktieren. Der erschreckte Rappe verlor nun völlig den Kopf; nach einigen unangenehmen Seitensprüngen drohte er sein Gleichgewicht zu verlieren und setzte sich auf die Hinterhand, doch raffte er sich wieder auf und sprang wie toll über die Beete. Prokop begriff, daß nun alles davon abhing, den Kopf oben zu halten, wenn nicht beide auf dem unsicheren Terrain einen Purzelbaum schlagen sollten; er hängte sich an die Zügel und riß daran.

Premier, der über und über mit Schweiß bedeckt war, bäumte sich auf und begann plötzlich ganz vernünftig zu traben. Das war der Sieg.

Prokop atmete erleichtert auf. Erst jetzt konnte er anwenden, was er so gründlich beobachtet hatte, nämlich die akademische Schule des Reiters im Sattel. Das zitternde Pferd gehorchte dem kleinsten Wink. Prokop, stolz wie ein Pfau, ritt den gewundenen Parkweg in der Richtung zum Tennisplatz. Als er hinter den Sträuchern die Prinzessin mit dem Schläger in der Hand gewahrte, spornte er Premier zum Galopp. Da schnalzte die Prinzessin mit der Zunge, Premier vollführte einen Sprung und flog wie ein Pfeil über die Büsche. Prokop, der auf diese hohe Schule völlig unvorbereitet war, verlor die Bügel und landete über den Kopf des Pferdes hinweg im Gras. Er spürte, wie etwas knackte, und verlor vor Schmerz sekundenlang die Besinnung.

Als er wieder zu sich kam, sah er die Prinzessin und drei Herren vor sich in der verlegenen Haltung von Menschen, die nicht wissen, ob sie über einen gelungenen Scherz lachen oder Hilfe leisten sollen. Prokop stützte sich auf die Ellbogen und versuchte, das linke Bein zu bewegen, das merkwürdig verkrümmt unter ihm lag. Die Prinzessin beobachtete ihn mit fragenden und zugleich erschrockenen Blicken.

»So«, sagte Prokop rauh, »nun haben Sie mir das Bein gebrochen.« Er litt sehr und fühlte sein Bewußtsein durch den Aufprall erschüttert, trotzdem versuchte er aufzustehen. Als er wieder zu sich kam, hielt die Prinzessin seinen Kopf im Schoß und tupfte ihm mit einem durchdringend duftenden Taschentuch den Schweiß von der Stirn. Trotz furchtbarer Schmerzen im Bein fühlte er sich halb wie im Traum. »Wo ist . . . das Pferd?« stammelte er und begann zu stöhnen, als zwei Gärtner ihn auf eine herbeigeholte Bahre legten und ins Schloß trugen. Herr Paul verwandelte sich gleichzeitig in einen Engel, in eine barmherzige Schwester und leibhaftige Mutter. Er lief umher, rückte die Kissen unter Prokops Kopf zurecht und träufelte ihm Kognak auf die Lippen; dann mußte er sich neben das Bett setzen, und Prokop preßte die weiche, greisenhaft leichte Hand, wenn die Schmerzen zu arg wurden. Dr. Krafft stand am Fußende, die Augen feucht vor Rührung, und selbst Herr Holz war sichtlich gerührt, schnitt Prokops Reithose auf und legte ihm kalte Umschläge auf den Schenkel. Prokop stöhnte leise und lächelte bisweilen mit blauen Lippen Dr. Krafft oder Herrn Paul zu. Da kam auch schon der Oberstabsarzt, ein besserer Metzger, in Begleitung seines Assistenten und machte sich ohne viele Umstände an die Untersuchung von Prokops Bein. »Hm«, sagte er, »komplizierte Femoralfraktur und so weiter; mindestens sechs Wochen Bettruhe.« Er wählte zwei Schienen aus, und nun begann eine peinliche Sache. »Strecken Sie ihm das Bein«, befahl der Metzger seinem Assistenten. Aber Herr Holz schob den aufgeregten Neuling höflich beiseite und faßte das gebrochene Glied mit all seiner harten, sehnigen Kraft an. Prokop verbiß sich im Kissen, um vor Schmerz nicht aufzuschreien. »Noch etwas«, brummte der Doktor, der die Fraktur abtastete; Holz zerrte schweigend und griffig. Krafft floh in heller Verzweiflung. Nur in dem mitleidigen Gesicht des alten Dieners spiegelten sich alle Qualen Prokops wider. Nun begann der Metzger rasch und gewandt die Schienen anzulegen; dabei brummte er, daß er morgen das verdammte Bein in Gips legen werde. Endlich war es soweit. Es schmerzte zwar noch sehr, doch das gestreckte Bein lag da wie tot, und die Hauptsache – der Metzger war fort. Herr Paul ging auf den Zehenspitzen umher, die weichen Lippen kummervoll bewegend, als ob er dadurch die Qualen des Gepeinigten lindern helfen könnte.

Herr Carson kam im Auto angerast, nahm vier Stufen auf einmal und lief zu Prokop hinein. Das Zimmer war erfüllt von seiner lärmenden Anteilnahme, und gleich herrschte eine fröhlichere und irgendwie männlichere Stimmung. Herr Carson redete nur, um den Patienten zu trösten, und geriet vom Hundertsten ins Tausendste; auf einmal beugte er sich vor und ließ die Hand scheu und freundschaftlich über Prokops struppigen Kopf gleiten. In diesem Augenblick vergab Prokop seinem eingefleischten Feind und Gegner neun Zehntel seiner Schlechtigkeiten. Wie ein Wirbelwind war Herr Carson vorbeigejagt. Nun schob sich etwas Schweres die Treppe hinauf, die Türen flogen auf; zwei Lakaien in weißen Handschuhen führten den gelähmten Fürsten hinein. Der Fürst winkte schon in der Tür mit der unheimlich dürren, schmalfingrigen Hand, vielleicht damit Prokop nicht vor lauter Ehrfurcht auf wunderbare Weise aufstehe und Seiner Durchlaucht entgegengehe. Er ließ sich dann niedersetzen und brachte einige Worte allerhuldvollsten Beileids vor.

Kaum war das Gespenst verschwunden, klopfte es an die Tür; Herr Paul flüsterte einen Augenblick mit einer Kammerzofe. Gleich darauf trat die Prinzessin im Tennisdreß ein; ihr braunes Gesicht drückte Trotz und Reue aus; sie war gekommen, um sich freiwillig wegen ihrer beispiellosen Lausbüberei zu entschuldigen. Aber noch ehe sie zu sprechen begann, erhellte ein kindliches Lächeln das grobe, hartkantige Gesicht Prokops. »Nun«, fragte der Patient stolz, »fürchte ich mich vor Pferden oder nicht?«

Die Prinzessin errötete derart, daß sie sich darüber ärgerte und ganz verlegen wurde. Aber sie faßte sich bald und war gleich wieder die hoheitsvolle Gastgeberin. Sie kündete an, daß ein Chirurg, ein Professor kommen werde und fragte nach Prokops Wünschen in bezug auf das Essen, Lektüre und dergleichen. Dann trug sie noch Paul auf, ihr zweimal täglich über den Gesundheitszustand des Patienten Bericht zu erstatten, rückte, die Arme von sich gestreckt, flüchtig etwas am Kissen zurecht und verabschiedete sich mit einem kaum merklichen Kopfnicken.

Als bald darauf der berühmte Chirurg im Auto vorfuhr, mußte er mehrere Stunden warten, soviel er auch darüber den Kopf schüttelte. Der Patient hatte nämlich geruht, in einen tiefen Schlaf zu verfallen.

XXVII.

Der berühmte Chirurg erkannte natürlich die Arbeit des Militärmetzgers nicht an, zerrte nochmals an Prokops gebrochenem Bein, legte es in Gips und meinte, die linke Extremität werde aller Wahrscheinlichkeit nach lahm bleiben.

Für Prokop begann eine Reihe köstlicher Nichtstuertage. Krafft las ihm aus Swedenborg vor, der Diener Paul aus einem Familienkalender, indes die Prinzessin das Lager des Leidenden mit den herrlichsten Bänden der Weltliteratur umgeben ließ. Bald bekam Prokop auch die Familienkalender satt, worauf er Krafft ein systematisches Werk über destruktive Chemie zu diktieren begann. Am meisten war ihm – sonderbarerweise – Carson ans Herz gewachsen, dessen Frechheit und Rücksichtslosigkeit ihm imponierten; er fand nämlich dahinter große Pläne und die verrückte Phantasie eines grundsätzlichen internationalen Militaristen. Herr Paul aber fühlte sich überglücklich; nun war er Tag und Nacht unentbehrlich, durfte mit jedem Atemzug und jedem kleinsten Schritt seiner altersschwachen Beine dienen.

Prokop lag da, umschlossen von Materie, gleich einem gefällten Baum. Spürte er nicht das Knistern unheimlicher und unbekannter Kräfte in diesem unbeweglichen Stoff, der ihn fesselte? Da tat er sich gütlich, auf prachtvollen Kissen und Federbetten liegend, die mit größerer Kraft geladen waren als ein Faß Dynamit. Sein Körper war ein schlummernder Sprengstoff, und selbst die zitternde, welke Hand Pauls barg größere Brisanzmöglichkeiten als eine Melinitkapsel. Er ruhte regungslos in einem Ozean von unmeßbaren, unzerlegten, unausgelösten Kräften. Nicht stumme Wände, stille Menschen, rauschende Baumkronen waren um ihn, sondern ein Munitionsdepot, eine kosmische Pulverfabrik, bereit zum furchtbaren Ausbruch. Er klopfte mit dem Knöchel an die Materie, als untersuchte er Ekrasitfässer auf ihre Füllung.

Prokops Hände wurden durchscheinend vor Untätigkeit, erwarben andererseits aber ein erstaunliches Tastvermögen: Sie vermochten das Sprengpotential alles dessen, was sie berührten, förmlich zu erfühlen und abzuschätzen. Der junge Körper besaß eine erschreckende Brisanzspannung, Dr. Krafft dagegen, der Idealist und Schwärmer, wies eine verhältnismäßig schwache Sprengkraft auf, während Carsons Detonationsziffer dem Tetranitranilin gleichkam. Prokop erinnerte sich erschauernd an die kalte Hand der Prinzessin, deren Berührung ihm die entsetzliche Brisanz dieses stolzen, amazonenhaften Geschöpfs verraten hatte. Prokop zerbrach sich den Kopf, ob die potentielle Sprengenergie des Organismus von dem Vorhandensein fermentartiger oder anderer Stoffe abhinge oder aber von der chemischen Zusammensetzung der Zellkerne, die selber Ladungen erster Ordnung darstellen. So oder so: Er hätte für sein Leben gern gesehen, wie dieses dunkelhaarige, hochfahrende Geschöpf explodieren würde.

Jetzt fuhr Herr Paul Prokop bereits im Fahrstuhl durch den Park. Herr Holz war zwar überflüssig, aber auch er wußte sich nützlich zu machen, nachdem in ihm ein großes Masseurtalent entdeckt worden war. Prokop fühlte beim Massieren, wie aus diesen kräftigen Fingern eine geradezu wohltuende Explosivkraft knisterte. Wenn die Prinzessin dem Patienten manchmal im Park begegnete, dann sprach sie mit vollendeter und streng bemessener Höflichkeit zu ihm, was Prokop jedesmal aufbrachte, weil er nie begriff, wie man dergleichen fertigbringt. Er selbst war entweder zu grob oder zu mitteilsam. Die übrige Gesellschaft sah in Prokop einen Sonderling; sie brauchten ihn also nicht ernst zu nehmen, während es ihm erlaubt war, so unhöflich wie möglich gegen sie zu sein. Einmal geruhte die Prinzessin mit ihrem ganzen Gefolge vor ihm stehenzubleiben. Sie ließ die Herren warten, setzte sich neben Prokop und befragte ihn nach seiner Arbeit. Prokop, der ihr gern willfahren wollte, ließ eine so fachwissenschaftliche Erklärung vom Stapel, als hielte er einen Vortrag vor dem internationalen Chemikerkongreß. Fürst Suwalski und ein Vetter begannen einander mit den Ellbogen anzustoßen und zu lachen, worauf Prokop sie wütend anfuhr, es wäre gar nicht für ihre Ohren bestimmt. Aller Augen wandten sich Ihrer Durchlaucht zu, der es nun oblag, den ungehobelten Plebejer zurechtzuweisen; aber die Prinzessin lächelte geduldig und schickte die Herren Tennis spielen. Während sie ihnen mit Augen, die nur noch ein schmaler Spalt waren, nachblickte, musterte Prokop sie von der Seite; eigentlich sah er sie heute zum erstenmal richtig. Sie war sehnig schlank, mit einem Übermaß von Pigment in der Haut, und eigentlich nicht sonderlich hübsch; sie hatte kleine Brüste, schöne rassige Hände, eine Narbe auf der stolzen Stirn, tiefliegende, scharfblickende Augen, dunklen Flaum unter der ausgeprägten Nase, hochmütige, schmale Lippen; nun ja, eigentlich war sie doch hübsch zu nennen, wie sie, die Beine übergeschlagen, dasaß. Was für Augen hatte sie in Wirklichkeit?

Da wandte sie ihm den Blick voll zu, und Prokop wurde verwirrt. »Sie können angeblich durch Tasten den Charakter feststellen«, sagte sie rasch. »Krafft hat mir davon erzählt.« Prokop lachte über diese weibliche Erklärung seiner besonderen Chemotaxis. »Nun ja«, erwiderte er, »man kann erfühlen, wieviel Kraft in einem Ding steckt.« Die Prinzessin warf einen raschen Blick auf seine Hand und dann in die Runde; weit und breit war niemand.

»Zeigen Sie einmal«, sagte Prokop und streckte seine vernarbte Hand hin. Sie legte die glatten Fingerspitzen darauf. Da blitzte ihm der unsinnige Gedanke durch den Kopf: Wenn ich jetzt zudrückte! Und schon knetete und preßte er das sehnige, brennende Fleisch ihrer Hand in seiner groben Pranke. Ein berauschendes Gefühl überkam ihn; er sah noch, wie die Prinzessin die Augen schloß und mühsam durch die halbgeschlossenen Lippen atmete, indes er, die Augen verdunkelt und die Zähne aufeinandergepreßt, in kreisende Dämmerung stürzte. Seine Hand rang fieberhaft wild mit den schlanken Fingern, die sich ihm entwinden wollten, die sich schlangenartig krümmten, ihre Nägel in seine Haut bohrten und sich wieder nackt, krampfhaft an sein Fleisch preßten. Die bebenden Finger zuckten unerträglich an seiner Handwurzel, Purpur kreiste vor seinen Augen, plötzlich ein heftiger Druck, und die schmale Hand hatte sich seinem Griff entwunden. Erschöpft hob Prokop die schweren Lider, im Kopfe hämmerte der Pulsschlag zum Bersten; grenzenlos erstaunt sah er den grünen, goldenen Garten wieder und mußte, geblendet vom Tageslicht, die Augen schließen. Die Prinzessin war totenblaß und biß sich mit scharfen Zähnen in die Lippen; in den Schlitzen ihrer Augen blitzte unsäglicher Widerwille auf.

»Nun?« sagte sie scharf.

»Herrisch, gefühllos, wollüstig, zornwütig und stolz – entflammbar wie Zunder, wie Zunder – und böse. Sie sind böse; Sie brennen vor Grausamkeit und sind voller Haß und herzlos; Sie sind böse und bis zum Rande geladen mit Leidenschaft; unberührbar, lüstern, hart gegen sich selbst, Eis und Feuer, Feuer und Eis –«

Die Prinzessin nickte schweigend: Ja.

»– zu niemandem gut, zu nichts gut; hochmütig, unfähig zur Liebe, vergiftet und brennend, glühend – zu glühender Schlacke geworden vor Glut, und alles um Sie friert.«

»Ich muß hart gegen mich sein«, flüsterte die Prinzessin. »Sie wissen nicht – Sie wissen nicht –« Sie beendete den Satz mit einer Handbewegung und erhob sich. »Ich danke Ihnen. Ich werde Ihnen Paul schicken.«

Seit er seine persönliche, beleidigte Bitterkeit überwunden hatte, dachte Prokop freundlicher von der Prinzessin. Es tat ihm sogar leid, daß sie ihn nun so auffällig mied. Er wollte ihr bei nächster Gelegenheit etwas besonders Freundliches sagen, aber die Gelegenheit ergab sich nicht.

Fürst Rohn war zu Besuch aufs Schloß gekommen, genannt mon oncle Charles, ein Bruder der verstorbenen Fürstin, ein gebildeter, feiner Weltmann, in allem möglichen dilettierend, très grand artiste, wie man ihn nannte, der sogar einige historische Romane verbrochen hatte, aber sonst ein überaus liebenswerter Mensch war. Er war Prokop besonders zugetan und saß stundenlang bei ihm. Prokop profitierte viel von dem feinen Herrn, wurde manierlich und fing an zu begreifen, daß es neben seiner destruktiven Chemie noch andere Dinge in der Welt gab. Oncle Charles war die verkörperte Anekdotenchronik. Prokop brachte gern das Gespräch auf die Prinzessin und hörte mit besonderer Aufmerksamkeit zu, wenn erzählt wurde, was für ein böses, überspanntes, hochmütiges und großherziges Mädchen sie gewesen sei, das einmal auf ihren Maître de dance geschossen und sich ein andermal wieder ein Stück Haut habe ausschneiden lassen wollen zwecks Transplantation für ihre schwer verbrühte Amme; als man es ihr verbot, zertrümmerte sie aus Wut eine Vitrine mit kostbarem Glas. Le bon oncle brachte auch Egon, den ungebärdigen Jungen, zu Prokop mit und stellte ihn dem Knaben mit derartigen Lobeshymnen als Beispiel hin, daß beide erröten mußten.

Nach fünf Wochen konnte Prokop schon mit dem Stock gehen.

Er kehrte immer häufiger ins Laboratorium zurück und arbeitete angestrengt, bis er Schmerzen im Bein verspürte, so daß er sich auf dem Heimwege schwer am Arm des aufmerksamen Herrn Holz schleppte. Carson strahlte, als er Prokop so sanft und arbeitswütig sah; manchmal brachte er das Gespräch auf Krakatit, aber davon wollte Prokop nichts hören.

Eines Abends war große Soiree im Schloß; Prokop hatte sich eine Überraschung ausgedacht. Die Prinzessin stand gerade in einer Gruppe von Generälen und Diplomaten, als sich die Türen öffneten und der halsstarrige Gefangene – ohne Stock – eintrat, um zum erstenmal den Fürstenflügel mit seinem Besuch zu beehren. Oncle Charles und Carson eilten ihm entgegen, während die Prinzessin nur flüchtig prüfend über den Kopf des chinesischen Gesandten hinweg nach ihm blickte. Prokop hatte angenommen, sie werde ihn begrüßen; als er aber merkte, daß sie sich mit zwei älteren, bis zum Nabel dekolletierten Damen angeregt unterhielt, zog er sich verärgert in eine Ecke zurück und erwiderte nur höchst unwillig die Verbeugungen der hohen Persönlichkeiten, denen Herr Carson ihn als »den berühmten Gelehrten«, »unsern berühmten Gast« und so weiter vorstellte. Herr Carson schien hier Holzens Rolle übernommen zu haben, da er keinen Schritt von Prokops Seite wich. Prokop langweilte sich immer verzweifelter; er drückte sich in seine Ecke und ärgerte sich über alle Welt. Die Prinzessin unterhielt sich jetzt mit zwei Würdenträgern, von denen der eine ein Admiral und der andere irgendein hohes Tier aus dem Ausland war. Sie warf einen raschen Blick auf Prokop, der finster vor sich hinstarrte, aber da trat ein Thronprätendent (ohne Land) auf sie zu und entführte sie in entgegengesetzter Richtung. »Ich geh' nach Hause«, brummte Prokop und entschloß sich, binnen drei Tagen einen neuerlichen Fluchtversuch zu wagen. Da stand plötzlich die Prinzessin vor ihm und reichte ihm die Hand. »Ich freue mich, Sie wieder gesund zu sehen.«

Prokop vergaß in diesem Augenblick alle gute Erziehung, die er sich so mühsam von oncle Charles angeeignet hatte. Er vollführte eine plumpe Schulterbewegung, die als Verbeugung gedacht war, und sagte mit einer Bärenstimme: »Ich dachte, Sie bemerken mich überhaupt nicht.« Herr Carson verschwand wie in einer Versenkung.

Das Kleid der Prinzessin war tief ausgeschnitten, was Prokop verwirrte. Er wußte nicht, wohin er schauen sollte, er sah nur das feste, braune Fleisch mit einem Hauch von Puder darüber und verspürte einen durchdringend köstlichen Duft.

»Ich habe gehört, Sie arbeiten wieder«, sagte die Prinzessin. »Was machen Sie gerade?«

»Dies und jenes«, versuchte Prokop zu antworten, »eigentlich nichts Rechtes.« Jetzt hätte er Gelegenheit, seine Grobheit von damals . . . gutzumachen; aber was, zum Kuckuck, sollte er ihr Freundliches sagen? »Wenn Sie wollen«, murmelte er, »würde ich . . . einen Versuch mit Ihrem Puder anstellen.«

»Was für einen Versuch?«

»Einen Sprengstoffversuch. Sie haben genug davon an sich, um eine Kanone damit laden zu können.«

Die Prinzessin lachte. »Ich wußte nicht, daß Puder ein Sprengstoff ist.«

»Jedes Ding ist ein Sprengstoff . . . wenn man es richtig in die Hand nimmt. Sie selbst –«

»Nun?«

»Ach nichts. Ich meine nur, auch Sie sind gefesselte Explosion. Sie haben eine unheimliche Brisanz.«

»Wenn man mich richtig in die Hand nimmt«, sagte die Prinzessin lachend und wurde gleich wieder ernst. »Böse, gefühllos, zornwütig, lüstern und hochmütig, nicht wahr?«

»Ein kleines Mädchen, das sich ein Stück Haut abziehen lassen will . . . für ihre alte Amme . . .«

Die Prinzessin flammte auf. »Wer hat Ihnen das gesagt?«

»Mon oncle Charles«, verriet Prokop.

Die Prinzessin erstarrte und war wieder hunderte Meilen weit weg. »Ach, Fürst Rohn!« verbesserte sie ihn zurechtweisend. »Fürst Rohn redet viel. Es freut mich, daß Sie wieder all right sind.« Ein leichtes Kopfnicken, und schon durchquerte sie wieder den Saal an der Seite eines Kavaliers in Uniform und ließ Prokop in seiner Ecke wüten.

Am nächsten Morgen brachte Herr Paul behutsam etwas hereingetragen mit dem Bemerken, die Zofe Ihrer Durchlaucht, der Prinzessin, hätte es abgegeben.

Es war eine Schachtel, angefüllt mit durchdringend duftendem braunem Puder.

XXVIII.

Der starke Duft beunruhigte und reizte Prokop, als er, über die Puderschachtel gebeugt, an seinem Versuch arbeitete; als wäre die Prinzessin im Laboratorium anwesend und sähe ihm über seine Schulter hinweg zu.

In seiner junggesellenhaften Unerfahrenheit hatte er bisher Puder für eine natürliche Mineralfarbe gehalten und nicht gewußt, daß dieses wohlriechende braune Pulver nichts anderes ist als gewöhnliches Stärkemehl. Stärke läßt sich ausgezeichnet zum Phlegmatisieren allzu offensiver Sprengstoffe verwenden, weil sie selbst träge und unempfänglich ist. Um so schlimmer, wenn sie selbst zum Sprengstoff werden soll! Prokop wußte sich keinen Rat damit; er vergrub die Stirn in die Hände, verspürte dauernd den Duft der Prinzessin und verließ nicht einmal des Nachts das Laboratorium.

Die ihm zugetan waren, stellten ihre Besuche bei ihm ein, denn er verbarg seine Arbeit vor ihnen, war ständig gereizt und dachte nur an den verdammten Puder. Was sollte er noch versuchen? Nach fünf Tagen dämmerte es ihm. Fieberhaft studierte er aromatische Nitroamine, worauf er mit ungewöhnlicher Geduld an eine synthetische Arbeit ging. Eines Nachts lag es vor ihm, unverändert im Aussehen und durchdringend duftend: ein braunes Pulver, an Frauenhaut erinnernd.

Prokop streckte sich, müde zum Umfallen, auf dem Strohsack aus. Ihm träumte, er sähe ein Plakat mit der Aufschrift »Powderit, der beste Sprengpuder für Ihren Teint«; auf dem Plakat war die Prinzessin abgebildet, wie sie die Zunge nach ihm herausstreckte. Er wollte sich abwenden, doch da schoben sich zwei nackte braune Arme aus dem Plakat heraus und zogen ihn medusenhaft an sich. Da zückte er sein Taschenmesser und schnitt sie ab. Er war furchtbar erschrocken, einen Mord begangen zu haben, und floh durch die Straße, wo er vor Jahren gewohnt hatte. Er sprang in ein bereitstehendes Auto und schrie: »Fahren Sie rasch!« Das Auto fuhr los; da merkte er erst, daß die Prinzessin am Lenkrad saß; sie hatte einen Lederhelm auf, in dem er sie noch nie gesehen hatte. In einer Straßenbiegung warf sich jemand vor das Auto, offenbar, um es aufzuhalten; ein unmenschlicher Schrei, während das eine Rad über etwas Weiches hinwegging – und Prokop erwachte.

Er tastete seinen fiebernden Kopf ab, stand auf und suchte im Laboratorium nach einer Medizin. Er fand nur absoluten Alkohol, nahm einen tüchtigen Schluck davon, verbrannte sich Mund und Rachen und legte sich mit dumpfem Schädel wieder hin. Er träumte noch von Formeln, Blumen, von Anni und einer verworrenen Bahnfahrt; schließlich löste sich alles in einen tiefen Schlaf auf.

Am nächsten Morgen verschaffte er sich die Bewilligung, auf der Schießstätte eine Versuchsexplosion ausführen zu dürfen, worüber sich Carson geradezu maßlos freute. Prokop verbat sich jede Assistenz und wachte selbst darüber, daß der Versuchsstollen im Sandstein so weit als möglich vom Schloß entfernt ausgehauen wurde, und zwar in jenem Teil der Schießstätte, wo es nicht einmal eine elektrische Leitung gab, so daß man eine gewöhnliche Zündschnur verwenden mußte. Als alles vorbereitet war, ließ er der Prinzessin sagen, daß Punkt vier ihre Puderschachtel in die Luft fliegen werde. Er legte Carson persönlich ans Herz, die nächstliegenden Baracken räumen zu lassen und den Zutritt für jedermann im Umkreis eines Kilometers zu sperren. Weiters bat er, für dieses Mal gegen Ehrenwort von Holzens Begleitung befreit zu sein. Herr Carson meinte zwar, das sei reichlich viel Lärm um nichts, willfahrte aber Prokop in allem.

Kurz vor vier Uhr trug Prokop eigenhändig die Puderschachtel zum Explosionsstollen, sog zum letztenmal mit einem gewissen Vergnügen den Duft der Prinzessin ein und versenkte die Schachtel in die Grube. Dann legte er eine Knallquecksilberkapsel unter, befestigte eine auf fünf Minuten berechnete Bickfordschnur daran, worauf er sich mit der Uhr in der Hand danebenhockte und wartete, bis es fünf Minuten vor vier wurde.

Nun soll das hochmütige Fräulein sehen, wozu Prokop imstande ist. Es wird eine gewaltige Explosion abgeben, etwas anderes als die Versuchsböllerei daheim, wo er sich noch vor der Polizei verstecken mußte, eine prächtige Explosion, eine Feuersäule bis zum Himmel, eine wunderbare Kraft gleich einem großen Donnerschlag; die Feuermacht wird den Himmel spalten, und der Funken dazu ist von Menschenhand ausgelöst.

Fünf Minuten vor vier. Prokop brannte rasch die Zündschnur an und lief mit der Uhr in der Hand, ein wenig hinkend, davon. Noch drei Minuten; verdammt, jetzt aber Tempo! Noch zwei Minuten. Da sah er rechts die Prinzessin in Begleitung von Herrn Carson daherkommen und auf den Stollen zugehen. Eine Sekunde lang war er starr vor Schrecken, dann brüllte er, um sie zu warnen. Herr Carson blieb stehen, doch die Prinzessin ging unbekümmert weiter; Carson eilte ihr nach, wahrscheinlich, um sie zur Umkehr zu bewegen. Ungeachtet des heftigen Schmerzes im Bein, rannte Prokop hinter ihnen drein. »Hinlegen«, brüllte er, »zum Teufel, hinlegen!« Sein Gesicht war so wutverzerrt, daß Herr Carson erbleichte, zwei große Sprünge tat und sich in einen tiefen Graben warf. Die Prinzessin ging ruhig weiter; sie war jetzt nur noch zweihundert Schritt vom Explosionsstollen entfernt. Prokop schleuderte wütend die Uhr zur Erde und lief der Prinzessin nach. »Hinlegen!« brüllte er noch einmal und packte sie am Arm. Die Prinzessin wandte sich heftig um und maß ihn mit einem erstaunten Blick ob seiner Vermessenheit. Da riß Prokop sie mit beiden Fäusten zu Boden und stürzte mit seinem ganzen Körpergewicht über sie.

Der sehnige, schlanke Körper wand sich verzweifelt unter ihm. »Schlange«, zischte Prokop und zwang, schwer atmend, mit aller Kraft des Brustkorbes die Prinzessin zu Boden. Der Körper unter ihm bäumte sich auf und entglitt zur Seite. Da drückte er sie mit dem Knie nieder, damit sie ihm nicht entkomme. In blitzschneller Überlegung hielt er ihr die Ohren zu aus Angst, der Luftdruck könnte ihr das Trommelfell zerreißen. Ihre scharfen Nägel bohrten sich in seinen Nacken, im Gesicht spürte er den wütenden Biß von vier spitzen Zähnen. Er versuchte, das verbissene Tier abzuschütteln; aber sie ließ nicht locker. Ein heiserer Ton entrang sich ihrer Kehle, ihr Körper bäumte sich wellenartig auf und bewegte sich wie im Krampfe. Der ihm vertraute durchdringende Duft betäubte ihn; sein Herz begann wild zu schlagen, er wollte aufspringen ohne Rücksicht auf die Explosion, die in der nächsten Sekunde erfolgen müßte. Aber ihre Knie hielten sein Bein umklammert, zwei Arme schlangen sich um seinen Nacken, und an der Wange spürte er die feuchte, glühende, bebende Berührung ihrer Lippen und ihrer Zunge. Er stöhnte entsetzt auf und suchte den Mund der Prinzessin. Da erfolgte eine furchtbare Detonation, eine Säule von Erde und Steinen wurde in die Luft geschleudert. Etwas schlug heftig gegen Prokops Hinterhaupt; aber in diesem Augenblick merkte er nichts davon. Er vergrub seine Lippen in die fieberheiße Feuchtigkeit ihres offenen stöhnenden Mundes, küßte Lippen, Zunge, Zähne. Plötzlich gab ihr elastischer Körper erschauernd unter ihm nach. Ihm war, als ob Herr Carson sich erhoben hätte, aber gleich darauf wieder zu Boden gegangen wäre. Bebende Finger liebkosten Prokops Nacken und verursachten ein wunderliches, unerträgliches Lustgefühl; sengende Lippen bedeckten sein Gesicht und seine Augen mit kurzen, erregten Küssen, während Prokop durstig den Duft ihres fiebrig pochenden Halses einsog.

»Lieber, Lieber«, drang das heiße Flüstern an sein Ohr; zarte Finger vergruben sich in sein Haar, und ein zärtlich weicher Körper schmiegte sich in seiner ganzen Länge an ihn. Da preßte Prokop die Lippen in endlosem Kuß auf die ihren.

Von ihrem Ellbogen beiseite gestoßen, sprang Prokop auf und faßte sich wie berauscht an die Stirn. Die Prinzessin setzte sich auf und brachte ihr Haar in Ordnung. »Reichen Sie mir die Hand!« befahl sie kurz; sie sah sich hastig um und drückte rasch die dargebotene Hand an die glühende Wange. Plötzlich stieß sie die Hand von sich, stand auf, straffte sich und blickte mit großen Augen irgendwohin ins Leere. Prokop wollte sich ihr wieder nähern; aber sie zuckte nervös mit der Schulter, als ob sie etwas abschüttle. Er sah, wie sie sich die Lippen blutig biß. Erst jetzt erinnerte er sich an Carson, fand ihn unweit auf dem Rücken liegend – aber nicht mehr im Graben – und fröhlich gegen den Himmel blinzelnd. »Ist es vorbei?« fragte er und drehte lustig die Daumen. »Ich fürchte mich nämlich vor diesen Dingen. Darf ich schon aufstehen?« Er sprang auf und schüttelte sich. »Fabelhafte Explosion!« sagte er begeistert und blinzelte unwillkürlich der Prinzessin zu.

Die Prinzessin wandte sich ab; ihr Gesicht war olivenfarben bleich, aber streng und beherrscht. »War das alles?« fragte sie obenhin.

»Du lieber Himmel«, rief Carson, »als ob das noch nicht genug wäre! Eine kleine Schachtel Puder! Sie sind ein wahrer Zauberer, dem Teufel verschrieben, oder der König der Hölle in Person, ach was, der König der Materie. Prinzessin, hier, seht den König!« bemerkte er mit einer deutlichen Anspielung und quasselte unbeirrt weiter: »Genial, was? Ein einzigartiger Mensch. Wir sind die reinsten Pfuscher gegen ihn, so wahr ich lebe. Übrigens, welchen Namen hat das höllische Zeug?«

Prokop, der immer noch benommen war, ermannte sich wieder. »Die Prinnzessin soll es taufen«, sagte er, froh über seine Unbefangenheit. »Es gehört . . . ihr.«

Die Prinzessin erschauerte. »Nennen Sie es meinetwegen Vicit«, sagte sie schroff.

»Wie?« rief Carson. »Aha, Vicit, das bedeutet ›Siegte‹, nicht wahr? Prinzessin, Sie sind genial! Vicit! Phantastisch, haha! Hurra!«

Aber Prokop fiel eine andere, furchtbare Bedeutung dieses Wortes ein. Vitium. Le Vice. Laster! Er blickte die Prinzessin entsetzt an; doch in ihrem gespannten Gesicht war keine Antwort zu lesen.

XXIX.

Herr Carson lief vor zur Explosionsstelle. Die Prinzessin war – anscheinend absichtlich – zurückgeblieben. Prokop dachte, sie wolle ihm noch etwas sagen, aber sie wies nur mit dem Finger auf seine Wange; Vorsicht, hier – Prokop griff sich rasch an die Backe, fand die blutende Spur ihres Bisses, hob etwas Erde auf und verrieb sie im Gesicht, als hätte ihn bei der Explosion ein Erdbrocken verletzt.

Der Explosionsstollen war in einen Krater mit einem Durchmesser von etwa fünf Metern verwandelt. Es war schwer, die Brisanz zu bestimmen. Herr Carson schätzte die Leistung auf das Fünffache von Oxyliquid. Ein patenter Sprengstoff, meinte er, aber für praktische Zwecke zu stark. Herr Carson bestritt überhaupt spielend die ganze Unterhaltung, indem er über die bedenklichen Risse in der Konversation hinwegglitt. Als er sich dann auf dem Heimweg mit auffallendem Eifer empfahl, weil er noch dies und jenes zu tun habe, fühlte sich Prokop schwer bedrückt: Wovon sollte er jetzt reden? Weiß der Himmel, warum er glaubte, er dürfe jene seltsame, dunkle Begebenheit, als die Explosion erfolgte und »die Feuermacht den Himmel spaltete«, mit keinem Wort erwähnen. Er hatte das bittere, unangenehme Gefühl, die Prnzessin würde ihn wie einen Lakaien eisig abweisen, mit dem sie – mit dem sie – Er preßte die Fäuste vor Ekel zusammen und redete etwas ganz Nebensächliches über Pferde; die Worte blieben ihm in der Kehle stecken, und die Prinzessin beschleunigte offensichtlich ihre Schritte, um so bald als möglich im Schloß zu sein. Prokop hinkte stark, ließ es sich jedoch nicht anmerken. Im Park wollte er sich verabschieden, die Prinzessin bog jedoch in einen Seitenweg ein. Er folgte ihr zögernd. Da lehnte sie sich mit der Schulter an ihn, bog den Kopf zurück und bot ihm die Lippen dar.

Toi, der chinesische Pinscher der Prinzessin, witterte seine Herrin schon von weitem, bellte vor Freude und sprang über Beete und Büsche auf sie zu. Da war er! Aber was bedeutete das? Der Pinscher blieb stehen. Der Große, Unfreundliche drückte sie an sich, sie schienen ineinander verbissen, taumelten in stummem, wütendem Zweikampf. Oh, die Herrin war besiegt, ihre Hände hingen herab, sie lag stöhnend in den Armen des Großen; jetzt wird er sie erwürgen. »Hilfe! Hilfe«, begann Toi in seiner chinesischen Hundesprache zu bellen.

Die Prinzessin löste sich aus Prokops Armen. »Selbst der Hund, selbst der Hund!« flüsterte sie und lachte nervös auf. »Gehen wir!«

Prokop war wie betäubt und kaum imstande, einige Schritte zu tun. Die Prinzessin faßte ihn unter (ein Wahnsinn! Wenn sie jemand –), zwang ihn ein Stück mit sich, aber bald versagten auch ihr die Beine. Da flog sie plötzlich, heiser aufschluchzend, Prokop an den Hals, daß sie ihn fast ins Wanken brachte, und suchte seinen Mund. Prokops Arme umfingen sie; eine lange, atemlose Umarmung, der wie ein Bogen gespannte Körper erschlaffte, sanft und willenlos sank sie an Prokops Brust, lag da mit geschlossenen Augen, süße, törichte Worte stammelnd. O Gott, welch ein Lächeln, welch ein bebendes, liebliches Wunder von Lächeln auf ihren Lippen!

Sie öffnete die Augen, sah ihn starr an und entwand sich heftig seiner Umarmung. Sie waren zwei Schritte von der Hauptallee entfernt. Sie fuhr sich mit den Händen über das Gesicht wie ein aus dem Traum Erwachender; unsicher trat sie einen Schritt zurück und lehnte die Stirn gegen einen Eichenstamm. Kaum hatte Prokop sie losgelassen, war sein Herz erfüllt von häßlichen, demütigenden Zweifeln. Ich bin nichts als ein Diener für sie, an dem sie sich in einem unzurechnungsfähigen Augenblick entflammt, wenn sie die Einsamkeit nicht mehr zu ertragen vermeint; nun stößt sie mich von sich, um ein andermal wieder . . . Er trat auf sie zu und legte ihr schwer die Hand auf die Schulter. Sie wandte sich sanft mit einem scheuen, fast ängstlichen Lächeln um. »Nein, nein«, flüsterte sie, die Hände ringend, »bitte, nicht –«

Ein Übermaß von Zärtlichkeit erfüllte plötzlich Prokops Herz. »Wann . . . wann sehe ich Sie wieder?«

»Morgen, morgen«, flüsterte sie ängstlich und tat ein paar Schritte in der Richtung zum Schloß.

»Wir müssen gehen. Hier ist es nicht –«

»Wo morgen?« drängte Prokop.

»Morgen«, wiederholte sie nervös, zog fröstelnd die Schultern ein und eilte wortlos weiter. Vor dem Schloß reichte sie ihm die Hand: »Leben Sie wohl.«

Ihre Finger begegneten einander zärtlich; er wollte sie abermals an sich ziehen. »Jetzt nicht, jetzt darfst du nicht«, flüsterte sie und traf ihn mit einem flammenden Blick.

Sonst hatte die Versuchsexplosion mit Vicit keinen größeren Schaden angerichtet. Einige Schornsteine auf den umliegenden Baracken waren umgeworfen und mehrere Fensterscheiben durch den Luftdruck eingedrückt worden. Auch die großen Spiegelscheiben im Zimmer des Fürsten waren gesprungen; der lahme Herr hatte sich mühsam aufgerichtet und hatte dagestanden wie ein Soldat in Erwartung einer hereinbrechenden Katastrophe.

Die Gesellschaft im Schloß war nach dem Abendessen gerade beim schwarzen Kaffee, als Prokop eintrat, die Prinzessin mit den Augen suchend; er hatte die peinigenden Zweifel nicht mehr ertragen können. Die Prinzessin wurde blaß. Aber der joviale Onkel Rohn nahm sich sofort Prokops an und beglückwünschte ihn zu dem prächtigen Erfolg. Selbst der aufgeblasene Suwalski erkundigte sich interessiert, ob es denn wahr sei, daß der Herr alles in Sprengstoff verwandeln könne. »Nehmen wir zum Beispiel Zucker«, wiederholte er mehrmals und staunte, als Prokop etwas unwirsch erklärte, daß man während des Großen Krieges mit Zucker geschossen habe. Eine Zeitlang stand Prokop überhaupt im Mittelpunkt des allgemeinen Interesses; aber er antwortete nur einsilbig, wehrte alle Fragen ab und begriff um nichts in der Welt die aufmunternden Blicke der Prinzessin; er starrte sie nur immerfort mit blutunterlaufenen Augen an. Die Prinzessin saß wie auf Nadeln.

Die Unterhaltung nahm eine andere Wendung, und Prokop schien es, daß ihn nun niemand mehr beachtete. Die Menschen hier verstanden sich ausgezeichnet, sprachen mühelos, in Andeutungen und mit ungewöhnlicher Anteilnahme von Dingen, die er überhaupt nicht verstand oder über die er rein nichts zu sagen wußte. Selbst die Prinzessin lebte auf. Da war der Beweis: Sie verstand sich tausendmal besser mit diesen Laffen als mit ihm. Er blickte finster, wußte nicht, was mit den Händen beginnen, und fühlte eine ohnmächtige Wut in sich aufsteigen; da stellte er die Kaffeetasse so heftig nieder, daß sie zerbrach.

Die Prinzessin blickte ihn erschrocken an. Aber der charmante Onkel Charles rettete die Situation, indem er von einem Schiffskapitän zu erzählen begann, der eine Bierflasche zwischen den Fingern zerdrücken konnte. Der dicke Vetter behauptete, dazu wäre er auch imstande. Da ließ man leere Bierflaschen kommen, und einer nach dem andern versuchte unter großem Hallo sein Glück. Es waren schwere Flaschen aus Glas; nicht eine zersprang.

»Nun sind Sie an der Reihe«, gebot die Prinzessin mit einem raschen Blick auf Prokop.

»Das bringe ich nicht fertig«, brummte Prokop, doch die Prinzessin zuckte so herrisch mit den Brauen -- Prokop stand auf und packte die

Flasche am Hals. Er blieb reglos, wand sich nicht wie die andern vor Anstrengung hin und her, die Muskeln im Gesicht waren zum Zerreißen gespannt; er sah aus wie ein Urmensch, der im Begriff ist, jemanden mit seiner kurzen Keule zu erschlagen. Den Mund vor Anspannung verzerrt, das Gesicht wie durchschnitten von den derben Muskeln, mit schräg herabhängender Schulter, als wollte er die Flasche wie ein Gorilla zum Angriff schwingen, so stand er und richtete die blutunterlaufenen Augen auf die Prinzessin. Die Prinzessin erhob sich, Prokop wie fasziniert anstarrend. Die Lippen gaben die aufeinandergepreßten Zähne frei, im olivenfarbenen Gesicht traten die Muskelstränge hervor. Ihre Brauen zogen sich schmerzhaft zusammen, ihr Atem ging keuchend wie bei einer schweren körperlichen Anstrengung. So standen sie sich, die Blicke ineinander verbohrt, mit verzerrtem Gesicht gegenüber wie zwei wutentbrannte Ringkämpfer. Ein krampfhaftes Zittern durchlief beider Körper gleichzeitig vom Scheitel bis zur Sohle. Alles hielt den Atem an; man hörte nur noch das schwere Röcheln der beiden. Da knirschte etwas, Glas splitterte, und der Unterteil der Flasche klirrte in Scherben zu Boden.

Als erster faßte sich oncle Charles; er machte verwirrt einige Schritte hin und her und stürzte dann auf die Prinzessin zu. »Minni, aber Minni«, flüsterte er und ließ sie, die atemlos und fast am Umsinken war, in den Sessel gleiten. Er kniete vor ihr nieder und öffnete ihr mit aller Kraft die verzweifelt geballten Fäuste; die Handflächen waren blutig, sie hatte sich die Nägel ins Fleisch gebohrt. »Nehmen Sie ihm die Flasche aus der Hand«, befahl le bon prince und lockerte der Prinzessin einen Finger nach dem andern.

»Bravo!« rief jetzt Prinz Suwalski und begann laut Beifall zu klatschen. Da packte von Graun Prokops Rechte, die immer noch die knirschenden Scherben preßte, und brach ihm förmlich die verkrampften Finger auf. »Wasser«, rief er; der dicke Vetter, der verwirrt etwas suchte, nahm eine Tischdecke, begoß sie mit Wasser und warf sie Prokop über den Kopf.

»Ahahah!« stöhnte Prokop erleichtert auf. Der Krampf ließ nach, doch im Kopf sauste immer noch der schlagflußartige Blutandrang; die Beine zitterten ihm derart vor Schwäche, daß er in den Sessel sank.

Oncle Charles massierte kniend die verkrümmten, schwitzenden, zitternden Finger der Prinzessin. »Das sind gefährliche Spiele«, brummte er, während die völlig erschöpfte Prinzessin schwer nach Atem rang; aber auf ihre Lippen trat ein verzücktes, sieghaftes Lächeln.

»Sie haben ihm geholfen«, rief der dicke Vetter, »das ist es.«

Die Prinzessin erhob sich, kaum einer Bewegung fähig. »Die Herren werden mich entschuldigen«, sagte sie matt und blickte Prokop mit so strahlenden Augen an, daß er erschrak, jemand könnte es bemerkt haben. Dann verließ sie, von Onkel Rohn gestützt, das Zimmer.

Prokops Bravourstück mußte auf irgendeine Weise gefeiert werden. Alles in allem war es eine Gesellschaft gutmütiger junger Leute, die sich nur allzu gern ihrer heldenhaften Taten rühmten. Prokop stieg ungeheuer in ihrer Achtung, weil ihm das Flaschenkunststück gelungen war und er nachher eine Unmenge Wein und Schnaps konsumierte, ohne unter den Tisch zu sinken. Um drei Uhr morgens küßte ihn Fürst Suwalski feierlich, und der dicke Vetter bot ihm fast mit Tränen in den Augen das Du an; dann sprangen sie über die Stühle und verursachten einen Höllenlärm. Prokop lächelte und hatte einen ganz benommenen Kopf. Aber als sie ihn nachher zu einem Balttinschen Freudenmädchen entführen wollten, riß er sich von ihnen los und erklärte, sie seien besoffene Schweine; er seinerseits gehe schlafen.

Doch anstatt dieses recht vernünftige Vorhaben auszuführen, schlenderte er durch den finstern Park und blickte lange, endlos lange auf die dunkle Front des Schlosses, um ein bestimmtes Fenster zu finden. Herr Holz döste in einer Entfernung von fünfzehn Schritten, an einen Baum gelehnt.

XXX.

Am nächsten Tag regnete es. Prokop ging durch den Park, wütend darüber, daß er nun die Prinzessin überhaupt nicht zu Gesicht bekomme. Aber sie lief barhäuptig in den Regen hinaus und eilte auf ihn zu. »Nur auf fünf Minuten«, flüsterte sie atemlos und hielt ihm die Lippen zum Kuß hin. Da erblickte sie Herrn Holz. »Wer ist der Mann?«

Prokop sah sich rasch um. »Welcher Mann?« Er war schon so an seinen Schatten gewöhnt, daß ihm dessen ständige Nähe gar nicht mehr bewußt wurde. »Das ist . . . mein Wächter.«

Die Prinzessin warf Holz nur einen befehlenden Blick zu; Herr Holz steckte sofort seine Pfeife in die Tasche und trollte sich. »Komm«, flüsterte die Prinzessin, auf die Laube weisend. Dort saßen sie und wagten nicht, einander zu küsen, denn Herr Holz äugte bestimmt irgendwo in der Nähe. »Die Hand«, befahl die Prinzessin leise und umklammerte mit ihren Fingern Prokops narbige Stümpfe. »Lieber, Lieber«, sagte sie zärtlich, doch gleich darauf schalt sie: »Du darfst mich vor Leuten nicht so ansehen. Ich weiß dann nicht, was ich tue. Warte nur, einmal fliege ich dir an den Hals und der Skandal ist fertig, o Gott!« Die Prinzessin war ehrlich entsetzt bei diesem Gedanken. Plötzlich fragte sie: »Sied ihr gestern noch zu Mädchen gegangen? Das darfst du nicht, du gehörst mir. Lieber, Lieber, das ist alles so schwer für mich – Warum sprichst du nicht? Ich kam, um dir zu sagen, du sollst vorsichtig sein. Mon oncle Charles spürt uns schon nach. Gestern warst du wunderbar!« Angstvolle Unruhe sprach aus ihr. »Bewachen sie dich immer? Überall? Auch im Laboratorium? Ah, c'est bête! Als du gestern die Mokkatasse zerbrachst, hätte ich dich küssen mögen. So wundervoll warst du in deinem Zorn. Erinnerst du dich, wie du in jener Nacht ausbrachst? Damals folgte ich dir wie blind, wie blind –«

»Prinzessin«, unterbrach sie Prokop heiser, »eines müssen Sie mir sagen. Entweder ist das alles die Laune einer vornehmen Dame oder . . .«

Die Prinzessin ließ seine Hand los. »Oder?«

Prokop sah sie mit einem verzweifelten Blick an. »Entweder spielen Sie nur mit mir –«

»Oder?« wiederholte sie mit sichtlicher Freude, ihn zu quälen.

»Oder Sie sind – oder Sie sind –«

»– verliebt, ja? Hör mich an!« sagte sie, die Arme hinterm Kopf verschränkt, und blitzte ihn dabei aus engen Augenschlitzen an. »Als mir in einem gewissen Augenblick schien, daß . . . daß ich in dich verliebt war, du verstehst? *wirklich*, sinnlos, tödlich, verliebt, da versuchte ich, dich . . . zu vernichten.« Sie schnalzte dabei mit der Zunge wie damals, als sie Premier zu sich gelockt hatte. »Nie hätte ich es dir verziehen, wenn ich mich in dich verliebt hätte.«

»Sie lügen«, rief Prokop wild, »jetzt lügen Sie! Ich könnte es nicht ertragen . . . ich könnte den Gedanken nicht ertragen, daß das alles nur . . . ein Flirt sein sollte. So verdorben sind Sie nicht! Das ist nicht wahr!«

»Wenn du das weißt«, sagte die Prinzessin leise und ernst, »warum fragst du dann?«

»Ich will es hören«, zischte Prokop sie an, »ich will, daß du mir . . . auf die Augen zusagst, was ich dir bedeute. Das will ich hören!«

Die Prinzessin schüttelte den Kopf.

»Ich muß es wissen«, sagte Prokop hitzig, »sonst – sonst –«

Die Prinzessin lächelte matt und legte ihre Hand auf seine Faust. »Nein, bitte, nein, verlange nicht, daß ich dir das sage.«

»Warum?«

»Dann hättest du zu viel Macht über mich«, entgegnete sie kaum hörbar.

Herr Holz draußen wurde von einem heimtückischen Hustenreiz befallen; in der Ferne sah man die Silhouette Onkel Rohns zwischen den Büschen vorbeiflitzen. »Siehst du, er sucht mich schon«, flüsterte die Prinzessin. »Du darfst heute abend nicht zu uns kommen.« Sie verstummten und drückten einander die Hände; nur der Regen rauschte auf das Laubendach nieder und umhüllte sie mit seiner tropfensprühenden Kühle. »Lieber, Lieber«, hauchte die Prinzessin und lehnte ihr Gesicht an ihn. »Wie bist du? Großnasig, zornig, stachelig – Man nennt dich einen großen Gelehrten. Warum bist du kein Fürst?«

Prokop zuckte zusammen.

Sie scheuerte ihre Wange an seinem Arm. »Nun bist du wieder zornig. Und mich – mich hast du Schlange genannt. Du machst es mir wirklich nicht leicht, du ermißt nicht, was ich tue . . . und noch tun werde . . . Lieber«, schloß sie und hob die Hand zu seinem Gesicht.

Er beugte sich zu ihren Lippen nieder; sie schmeckten nach reuiger Trauer.

Im Rauschen des Regens vernahm man die sich nähernden Schritte des Herrn Holz.

Unmöglich, unmöglich! Den ganzen Tag über spähte Prokop umher, wo er sie erblicken könnte. »Du darfst heute abend nicht zu uns kommen!« Nun freilich, er war ja nicht aus ihrer Gesellschaft; sie fühlte sich wohler im Kreise dieser blaublütigen Gecken. Seltsam: Im Innern gestand sich Prokop immer wieder, daß er sie gar nicht liebe; trotzdem eiferte er wütend, irrsinnig vor Zorn und Zurücksetzung. Am Abend durchstreifte er im Regen den Park und dachte daran, wie die Prinzessin jetzt beim Abendessen saß, wie sie strahlte in dieser Umgebung von Fröhlichkeit und Ungebundenheit; er kam sich wie ein Ausgestoßener vor, den man in den Regen hinausgejagt hat. Es gab für ihn nichts Schlimmeres in der Welt als Demütigung.

Er war entschlossen, dem ein Ende zu machen, lief nach Hause, zog den dunklen Abendanzug an und tauchte so wie gestern plötzlich im Rauchsalon auf. Die Prinzessin sah ziemlich niedergeschlagen aus;

kaum aber hatte sie Prokop erblickt, da lebte sie auf, und ein glückseliges Lächeln umspielte ihre Lippen. Die übrige Jugend begrüßte ihn mit einem kameradschaftlichen: Hallo!, nur oncle Charles war um einen Schatten höflicher als sonst. Die Augen der Prinzessin warnten: Sei auf der Hut! Sie sprach fast kein Wort zu ihm, saß nur bedrückt und steif da; und doch fand sie eine Gelegenheit, Prokop ein zerknülltes Stückchen Papier in die Hand zu drücken: »Lieber, Lieber«, stand darauf, mit Bleistift in großen Buchstaben flüchtig hingekritzelt, »was hast Du getan? Geh wieder!« Er zerdrückte das Papier. Nein, Prinzessin, ich bleibe; es tut mir wohl, Ihre Vertraulichkeiten mit diesen parfümierten Laffen zu beobachten. Für diese eifernde Hartnäckigkeit wurde er von der Prinzessin mit einem flammenden Blick belohnt. Sie begann Suwalski, Graun, alle ihre Kavaliere zu narren, war boshaft, grausam, unausstehlich und verspottete alle mitleidlos; bisweilen warf sie Prokop einen raschen Blick zu, ob er zufrieden sei, daß sie ihm so viele Kavaliere aufopfere. Aber Prokop war nicht zufrieden; er blickte finster und bat mit den Augen um eine kurze vertrauliche Unterredung. Da stand sie auf und führte ihn zu einem Bild. »Sei vernünftig, sei doch vernünftig«, flüsterte sie erregt, erhob sich auf die Zehenspitzen und gab ihm einen Kuß. Prokop erstarrte vor Schrecken über diesen verrückten Einfall. Aber niemand hatte es bemerkt, nicht einmal Onkel Rohn, der doch sonst alles mit klugen, traurigen Augen verfolgte.

Mehr ereignete sich an diesem Tage nicht. Und doch warf sich Prokop auf seinem Bett schlaflos hin und her; und auch im andern Flügel des Schlosses vermochte jemand die ganze Nacht kein Auge zu schließen.

Am Morgen brachte Paul einen duftenden Brief, ohne zu sagen, von wem er stamme. »Mein Lieber«, stand darin, »heute sehe ich Dich nicht, bitte, sei vernünftiger als ich.« (Einige Zeilen waren durchgestrichen.) »Du darfst nicht vor dem Schloß auf und ab gehen, sonst komme ich zu Dir hinausgelaufen. Bitte, veranlasse etwas, damit man Dich von diesem widerlichen Wächter befreit. Ich hatte eine schlimme Nacht, sehe abscheulich aus und möchte nicht, daß Du mich heute siehst. Komm nicht zu uns, oncle Charles ergeht sich bereits in Andeutungen. Wir hatten eine Auseinandersetzung, ich spreche seither nicht mit ihm; es regte mich auf, daß er so unerträglich recht hatte. – Lieber, rate mir: Ich jagte soeben meine Kammerzofe davon, weil ich erfahren habe, daß sie des öftern den Stallburschen besucht. So etwas vertrage ich nicht; ich hätte ihr ins Gesicht schlagen mögen, als sie es mir gestand. Sie war schön und weinte, und ich weidete mich daran, wie ihre Tränen flossen. Stell Dir vor, ich habe zum erstenmal aus der Nähe gesehen, wie eine Träne entsteht, hervorquillt, rasch die Wange hinabrinnt, innehält und dann von einer zweiten eingeholt wird. Ich kann nicht weinen. Als ich klein war, schrie ich, bis ich blau anlief, aber die Tränen blieben aus. Ich jagte sie auf der Stelle davon; ich haßte sie, ein Schauer überlief mich, als sie so vor mir stand. Du hast recht, ich bin böse und zornwütig; aber warum darf *sie* alles? Lieber, lege ein Wort für sie ein; ich rufe sie zurück und werde sie behandeln, wie Du es willst, wenn ich nur weiß, daß Du Frauen solche Dinge vergibst. Du siehst, ich bin böse und zu all dem noch neidisch. Ich weiß mir keinen Rat vor Sehnsucht. Ich möchte Dich sehen, aber ich darf jetzt nicht. Schreibe mir nicht. Ich küsse Dich.«

Während er das las, dröhnten im andern Flügel des Schlosses die wilden Tonkaskaden eines Klaviers, und Prokop schrieb: »Ich sehe jetzt, Sie lieben mich nicht. Sie erdenken sich unsinnige Hindernisse, Sie wollen sich nicht bloßstellen und haben es satt, einen Menschen länger zu quälen, der sich Ihnen schließlich nicht aufgedrängt hat. Ich habe es anders verstanden und schäme mich dafür. Ich begreife, daß Sie es nun beenden wollen. Wenn Sie am Nachmittag nicht in die japanische Laube kommen, steht das für mich fest, und ich werde alles tun, um Sie nicht mehr zu belästigen.«

Prokop atmete auf. Er war nicht gewohnt, Liebesbriefe zu schreiben; dieser schien ihm gründlich und herzlich genug abgefaßt. Herr Paul eilte, ihn abzuliefern. Das Klavier im andern Flügel brach jäh ab, dann blieb es still.

Prokop lief inzwischen, um Herrn Carson zu suchen. Er traf ihn bei den Lagern und rückte gleich mit der Sache heraus: Carson möge ihn auf Ehrenwort ohne Holz umhergehen lassen; er sei bereit, jeden Eid zu schwören und bis zu einer weiteren Erklärung keinen Fluchtversuch zu unternehmen. Herr Carson grinste vieldeutig: Aber ja, warum nicht? Prokop könne jederzeit gehen, wohin es ihm beliebe, unter einer Bedingung: daß er Krakatit ausliefere. Prokop wütete: »Ich habe Ihnen Vicit gegeben, was wollen Sie noch? Ich sagte Ihnen schon, Sie bekommen Krakatit nicht, und wenn Sie mir den Kopf abreißen!«

Herr Carson zuckte nur mit den Schultern und bedauerte, daß in diesem Falle leider nichts zu machen sei. Wer Krakatit in seinem Besitz habe, sei eine öffentliche Gefahr, gefährlicher als ein hundertfacher Mörder, ja geradezu ein klassisches Beispiel für Schutzhaft.

»Trachten Sie, Krakatit loszuwerden, und die Sache ist erledigt«, meinte er. »Es lohnt sich. Sonst . . . sonst wird man überlegen müssen, Sie anderswo unterzubringen.«

Prokop, der nahe daran war, in ein Kriegsgeheul auszubrechen, hielt an sich. Er wolle es sich noch überlegen, murmelte er, und lief nach Hause. Vielleicht liegt dort die Antwort, dachte er freudig; aber sie lag nicht da.

Am Nachmittag wartete Prokop in der japanischen Laube. Bis vier Uhr war er von der ungeduldigen, beunruhigenden Hoffnung erfüllt: Jetzt, jetzt muß die Prinzessin jeden Augenblick kommen. Um vier Uhr litt es ihn nicht mehr länger auf der Bank; er begann wie ein Jaguar im Käfig auf und ab zu gehen. Herr Holz verbarg sich diskret im Gebüsch. Gegen fünf fühlte er ein widerliches Gefühl der Enttäuschung; da fiel ihm ein, sie könnte vielleicht erst in der Dämmerung kommen, natürlich in der Dämmerung! Er lächelte, flüsterte zärtliche Worte vor sich hin. Hinterm Schlosse ging die Sonne herbstlich vergoldet unter; die halbentlaubten Bäume zeichneten sich scharf und reglos gegen den Himmel ab, man hörte das Rascheln der Käfer im abgefallenen Laub, und ehe man sich versah, ging der klare Tag in weiches, goldenes Zwielicht über. An der grünschillernden Himmelskuppel blitzte der Abendstern auf: Das war das Abendläuten im Weltall. Die Erde dunkelte unter der blassen Himmelsglocke, Fledermäuse flatterten umher, irgendwo jenseits des Parkes erklangen die dumpfen Schellen der Herde: Die Kühe kehrten heim, duftend nach warmer Milch. Im Schloß leuchteten zwei, drei Fenster hell auf. Wie, schon Abend? Himmlische Sterne, wie oft hat ein staunender Knabe am Quendelrain zu euch aufgesehen, wie oft hat der Mann die Blicke zu euch erhoben, erwartungsvoll, duldend und oft stöhnend unter seinem Kreuze!

Herr Holz trat aus dem Dunkel hervor. »Können wir jetzt gehen?«

»Nein.«

Nun hieß es ertragen, die Demütigung ertragen, denn es stand fest: Sie kam nicht mehr. Sei es! Aber nun mußte er die Bitternis leeren bis auf den Grund, wo Sicherheit war. Er hatte vor dem Glück gebangt, nun gab er sich dem Schmerz preis, dem Betäubungsmittel des gequälten Menschen. Es war Nacht, schon Nacht; und sie kam nicht.

Eine unsagbare Freude erfüllte plötzlich Prokops Herz: Sie weiß, daß er hier wartet (denn sie muß es wissen). Sie wird nachts, wenn alles schläft, auf heimlichen Sohlen zu ihm eilen. Sie wird kommen, blaß auch im Dunkeln, zitternd vor fröstelnder Pein der Wiedersehensfreude, sie wird aus der schwarzdunklen Nacht heraustreten und ihm ihren heißen Mund darbieten –

Im Schloß verlöschten die Lichter.

Herr Holz lehnte vor der Laube, die Hände in den Taschen vergraben. Sein müder Umriß schien zu sagen: Laßt es genug sein! Aber der in der Laube mit dem zornigen, haßerfüllten Lächeln im Gesicht erstickte das letzte Fünkchen Hoffnung, zog das Warten um verzweifelte Minuten hinaus, denn erst die letzte Minute wird das Ende von allem bedeuten.

In der fernen Stadt schlug es Mitternacht. Das war das Ende.

Prokop lief durch den finstern Park heimwärts; weiß der Himmel, warum er es so eilig hatte. Er lief gebückt; fünf Schritte hinter ihm lief gähnend Herr Holz.

XXXI.

Das war das Ende: sicher und zweifellos das Ende. Prokop verbiß sich darein mit einer fast bulldoggartigen Hartnäckigkeit. Gut, es war vorbei. Nun brauchte er nichts mehr zu befürchten. Sie war mit Absicht nicht gekommen; das genügte; nun war es zu Ende. Er saß im Lehnstuhl, unfähig, aufzustehen, und weidete sich immer wieder an seiner Demütigung. Ein entlassener Lakai! Schamlos, hochmütig, gefühllos. Wahrscheinlich gibt sie ihn ihren Kavalieren zum besten. Ausgespielt; um so besser!

Bei jedem Schritt auf dem Flur draußen hob Prokop den Kopf in uneingestandener, fieberhafter Erwartung: Vielleicht bringt man einen Brief – Nein, nichts. Sie hielt es nicht einmal für nötig, sich zu entschuldigen. Das war das Ende.

Herr Paul kam zehnmal mit der besorgten Frage in den farblosen Augen herbeigeschlurft: Befiehlt der Herr etwas? Nein, Paul, gar nichts. »Einen Augenblick, haben Sie nicht einen Brief für mich?« Herr Paul schüttelte den Kopf. »Gut, Sie können gehen.«

Diese Leere, das war das Ende. Selbst wenn sich jetzt die Türe öffnete und sie auf der Schwelle stünde, würde er sagen: Zu Ende. »Lieber, Lieber«, hörte Prokop sie flüstern, und da bricht all seine Verzweiflung aus ihm: »Warum haben Sie mich so gedemütigt? Wenn Sie eine Zofe wären, würde ich Ihnen Ihren Hochmut vergeben; aber einer Prinzessin vergibt man nicht. Hören Sie? Es ist aus, zu Ende!«

Herr Paul stieß die Tür auf: »Haben der Herr etwas befohlen?«

Prokop stutzte; er hatte die letzten Worte wirklich herausgeschrien. »Nein, Paul. Haben Sie nicht einen Brief für mich?«

Der Tag verdichtete sich wie ein häßliches Spinngewebe; es war Nacht. Auf dem Flur draußen hörte man Flüstern; gleich darauf kam Herr Paul in froher Eile angeschlurft. »Ein Brief, bitte, ein Brief«, rief er erregt, »soll ich Licht machen?«

»Nein.« Prokop preßte den dünnen Umschlag zwischen den Fingern und verspürte den bekannten durchdringenden Duft; es schien, als wollte er durch Riechen feststellen, was in dem Brief stand. Warum schrieb sie erst jetzt? Weil sie wieder befehlen will: Sie dürfen heute nicht zu uns kommen. Gut, Prinzessin, wie Sie wünschen; wenn es aus sein soll, dann bitte! Prokop sprang auf, suchte im Dunkeln einen leeren Umschlag, gab ihren Brief hinein und klebte den Rand zu. »Paul, Paul! Bringen Sie das sofort Ihrer Hoheit!«

Kaum war Paul draußen, wollte er ihn wieder zurückrufen; aber es war zu spät. Was er soeben getan hatte, bedeutete unweigerlich das Ende von allem, mußte sich Prokop verzweifelt eingestehen. Da warf er sich aufs Bett und erstickte im Kissen, was sich unbeherrschbar seinem Mund entrang.

Herr Krafft kam, wahrscheinlich von Paul alarmiert, und bemühte sich, den heillos zerrissenen Menschen zu trösten oder abzulenken. Prokop ließ Whisky bringen, trank und versuchte krampfhaft, sich aufzuheitern. Krafft saugte an seinem Sodawasser und nickte zu allem, obgleich es um Dinge ging, die sich mit seinem rotschöpfigen Idealismus ganz und gar nicht vertrugen. Prokop fluchte, lästerte, wälzte sich förmlich in den gemeinsten und niedrigsten Ausdrücken, als ob es ihm wohl tue, alles zu beschmutzen, zu bespeien und zu entehren. Er schleuderte ganze Blöcke von Flüchen und Schändlichkeiten aus sich heraus, drehte das Innere der Frauen um und beschimpfte sie auf die unflätigste Weise. Herr Krafft, der entsetzt zuhörte, nickte dem wütenden Genie bloß schweigend zu. Aber auch Prokops Heftigkeit erschöpfte sich; er verstummte, blickte nur noch finster und trank, bis er genug hatte. Dann legte er sich angezogen aufs Bett, schwankte wie ein schwer beladenes Schiff von einer Seite auf die andere und starrte in die wirbelnde Finsternis.

Am Morgen stand er auf und fühlte sich angeekelt und wie aus allen Fugen. Er übersiedelte ins Laboratorium, arbeitete jedoch nichts, sondern schlenderte nur planlos herum oder kickte einen Badeschwamm vor sich her. Da kam ihm ein Einfall. Sogleich machte er sich an die Arbeit, mischte einen gefährlichen labilen Sprengstoff und schickte ihn der Direktion in der Hoffnung, es werde eine kleinere Katastrophe daraus entstehen. Aber nichts dergleichen geschah. Da warf sich Prokop auf den Strohsack und schlief sechsunddreißig Stunden hindurch.

Er erwachte wie neugeboren: eisig, ernüchtert, hart. Was sich vorher ereignet hatte, war ihm nun gänzlich gleichgültig. Er begann wieder verbissen und methodisch an der explosiven Atomspaltung zu arbeiten. Theoretisch gelangte er zu so haarsträubenden Brisanzziffern, daß er nicht genug über die Kräfte zu staunen vermochte, zwischen denen wir Menschen leben.

Inmitten dieser Berechnungen überkam ihn einmal eine flüchtige Unruhe. Er fühlte sich müde und ging ohne Hut an die Luft. Fast unbewußt schlug er die Richtung zum Schloß ein, lief mechanisch die Treppe hinauf und eilte durch den Flur zu seinem ehemaligen »Kavalierzimmer«. Paul saß nicht auf seinem Stuhl wie gewohnt. Prokop trat ein. Alles war noch, wie er es verlassen hatte, doch in der Luft schwebte der vertraute, starke Duft der Prinzessin. Unsinn, sagte sich Prokop, nichts als Einbildung! Er hatte einfach zu lange die scharfen Gerüche des Laboratoriums eingesogen. Und doch erregte es ihn qualvoll.

Er setzte sich für eine Weile und staunte: Wie fern das alles war! Im Schloß herrschte Ruhe, die Ruhe des Nachmittags. Hatte sich hier etwas verändert? Er vernahm gedämpfte Schritte auf dem Flur, vielleicht war es Paul; er ging nachsehen. Es war die Prinzessin.

Überraschung und etwas wie Entsetzen warfen sie gegen die Wand; sie stand da, totenblaß, die Augen geweitet, den Mund schmerzlich verzogen. Was suchte sie im Gästeflügel? Vielleicht wollte sie zu Suwalski, fiel es Prokop plötzlich ein. Er tat einen Schritt, als ob er auf sie zu wollte, aber dann stöhnte er nur auf und rannte hinaus. Waren es Arme, die sich nach ihm ausstreckten? Er wagte nicht, sich umzusehen. Nur fort, fort von hier!

Erst weit hinterm Schloß, auf dem brachen Boden der Schießstätte, stürzte Prokop nieder, mit dem Gesicht zur sandigen Erde. Noch schlimmer als der Schmerz der Erniedrigung war der quälende Haß.

Zehn Schritte abseits saß ernst und gesammelt Herr Holz.

Die darauffolgende Nacht war dumpf und drückend und ungewöhnlich finster; ein Gewitter war im Anzug. In solchen Nächten sind die

Menschen merkwürdig gereizt und sollen nicht über ihr Schicksal entscheiden, denn es ist eine schlimme Zeit.

Gegen elf Uhr kam Prokop zur Türe des Laboratoriums herausgeschossen, betäubte Herrn Holz mit einem Stuhl, so daß er ihm entwischen und im nächtlichen Dunkel verschwinden konnte. Bald darauf fielen zwei Schüsse beim Werksbahnhof. Unten am Horizont blitzte es; dann war es um so finsterer. Vom hohen Damm beim Eingang flammte eine Garbe grellen Lichtes auf und glitt über den Bahnhof hinweg; sie beleuchtete Waggons, die Verladerampen, Kohlenberge, und nun erfaßte sie eine schwarze Gestalt, die im Zickzack rannte, niederstürzte und wieder im Schatten verschwand. Nun lief sie zwischen den Baracken zum Park hin; einige Gestalten verfolgten sie. Der Scheinwerfer drehte sich zum Schloß hin; wieder zwei Warnungsschüsse, die laufende Gestalt verschwand im Gebüsch.

Kurz darauf klirrte ein Fenster im Schlafzimmer der Prinzessin; sie sprang auf und öffnete; da flog ein zerknülltes Stück Papier, mit einem kleinen Stein beschwert, herein. Auf der einen Seite war mit einem abgebrochenen Bleistift etwas ganz Unleserliches hingekritzelt; auf der andern standen eng und klein geschriebene Berechnungen. Die Prinzessin warf ein Kleid über, doch da fiel schon ein Schuß jenseits des Teiches; dem Klang nach wurde scharf geschossen. Die Prinzessin sah durchs Fenster, wie zwei Soldaten eine dunkle Gestalt zerrten, die sich mit Händen und Füßen wehrte und sie abzuschütteln versuchte. Er war also nicht verwundet.

Über den Himmel fuhren die breiten, gelben Flammenbänder der Blitze; doch der erlösende Gewitterregen ging noch nicht nieder.

Ernüchtert stürzte sich Prokop kopfüber in die Laboratoriumsarbeit oder zwang sich zumindest dazu. Vor einer Weile war Carson dagewesen und hatte abweisend kühl und deutlich genug erklärt, man werde Herrn Prokop wahrscheinlich so bald als möglich an einen sichereren Ort bringen; wenn es nicht im guten ginge, dann müsse man eben andere Mittel anwenden. Es war ja alles so gleichgültig! Das Reagenzglas zerbrach ihm zwischen den Fingern.

Im Vorraum saß Herr Holz mit verbundenem Kopf. Prokop hatte ihm einige Tausender als Schmerzensgeld zustecken wollen, aber er hatte abgelehnt. Ach was, soll er tun, was er will! Man will ihn also anderswohin bringen – Auch gut. Verdammte Prüfgläser! Eines nach dem andern zerbricht!

Im Vorraum war ein Geräusch, wie wenn jemand plötzlich unsanft erwachte. Wieder ein Besuch, wahrscheinlich Krafft. Prokop, über die Flamme gebeugt, wandte sich erst um, als die Tür knarrte. »Lieber, Lieber«, flüsterte es. Prokop wankte, hielt sich am Tisch fest und vollführte eine Wendung wie im Traum. Am Türstock lehnte die Prinzessin, blaß, mit dunkel starrenden Augen, die Hände gegen die Brust gepreßt, als wollte sie den Schlag ihres Herzens dämpfen.

Er ging auf sie zu, am ganzen Körper zitternd, und berührte ihr Gesicht, ihre Schultern, um sich zu vergewissern, daß sie es war. Sie verschloß ihm mit kalten, bebenden Fingern den Mund. Da riß er die Tür auf und blickte in den Vorraum. Herr Holz war verschwunden.

XXXII.

Sie hockte wie erstarrt auf dem Strohsack, die Knie bis zum Kinn hochgezogen, die Haare in wirren Strähnen ins Gesicht hängend und die Hände im Nacken verkrampft. Entsetzt über das, was er getan hatte, bog er ihren Kopf zurück, küßte ihre Knie, die Hände, die Haare, stammelte Bitten und Zärtlichkeiten; sie sah und hörte nichts. Sie schien sich bei jeder seiner Berührungen vor Ekel zu schütteln. Angstschweiß stand auf seiner Stirn; er lief zum Wasserhahn und ließ sich den kalten Wasserstrahl über den Kopf fließen.

Sie sprang leise auf und trat zum Spiegel. Er ging auf den Zehenspitzen zu ihr, um sie zu überraschen; da merkte er im Spiegel, wie sie sich mit einem Ausdruck wilden, furchtbaren und verzweifelten Abscheus musterte. Sie erblickte ihn hinter sich und warf sich an seine Brust. »Bin ich nicht häßlich? Findest du mich nicht abstoßend? Was habe ich getan, was habe ich getan?« Sie drückte ihr Gesicht an ihn, als ob sie sich verbergen wollte. »Ich bin töricht. Ich weiß . . . ich weiß, ich habe dich enttäuscht. Aber du darfst mich deshalb nicht verachten.« Ihr Gesicht war das eines bereuenden Mädchens. »Du wirst nicht mehr fliehen, versprich es mir! Ich werde alles tun, was du willst, Lieber, Lieber, laß mich jetzt nicht denken; ich werde wieder unausstehlich, wenn ich zu denken beginne; du ahnst nicht, mit was für Gedanken ich mich trage. Nein, laß mich jetzt nicht –« Ihre Finger liebkosten seinen Nacken; er hob ihren Kopf zu sich und küßte sie. Ihre Wangen röteten sich, sie wurde schön. »Bin ich nicht häßlich?« fragte sie, glücklich und benommen, zwischen den Küssen. »Ich möchte nur für dich schön sein. Weißt du, warum ich gekommen bin? Ich erwartete, du würdest mich töten.«

»Und wenn du geahnt hättest, was . . . was geschehen würde«, fragte Prokop, sie in seinen Armen wiegend, »wärst du dann auch gekommen?«

Die Prinzessin nickte. »Ich weiß, ich bin schrecklich. Was du wohl von mir denkst? Aber ich lasse dich nicht denken.« Er umarmte sie heftig und hob sie hoch. »Nein, nein«, bat sie und wehrte sich, aber dann ruhte sie mit zärtlich verschwimmenden Augen und spielte mit süßen Fingern in seinem wirren Haar. »Lieber, Lieber«, hauchte sie ihm ins Gesicht, »wie du mich die letzten Tage gequält hast! Hast du mich –?« Das Wort »lieb« sagte sie nicht.

Er nickte eifrig. »Und du?«

»Ja. Du könntest es schon wissen. Weißt du, was du bist? Du bist der schönste häßlichste Mensch mit einer großen Nase. Du hast blutunterlaufene Augen wie ein Bernhardiner. Das kommt von der Arbeit, nicht wahr? Vielleicht wärst du nicht so lieb, wenn du ein Fürst wärst. Nun laß mich!«

Sie entwand sich ihm und ging zum Spiegel, um sich zu kämmen. Sie blickte sich prüfend an und vollführte dann einen tiefen Hofknicks. »Das ist die Prinzessin«, sagte sie, auf ihr Bild zeigend, »und das hier«, sagte sie tonlos und wies auf sich selbst, »ist nur dein Mädel. Siehst du! Du hast doch hoffentlich nicht geglaubt, daß du eine Prinzessin hast?«

Prokop fuhr herum, wie von einem Schlag getroffen. »Was soll das heißen?« schrie er und hieb mit der Faust auf den Tisch, daß die zerbrochenen Gläser klirrten.

»Du mußt wählen, entweder die Prinzessin oder das Mädel. Die Prinzessin kannst du nicht haben; du kannst sie aus der Ferne verehren, aber ihre Hände wirst du nicht küssen und sie nicht einmal mit den Augen fragen, ob sie dich liebt. Das darf die Prinzessin nicht; sie hat tausend Jahre reines Blut in sich. Weißt du nicht, daß wir einmal souveräne Herrscher waren? Ach, du weißt nichts, aber das eine mußt du wissen, daß die Prinzessin auf einem gläsernen Berg thront, wohin du nie gelangen wirst. Die gewöhnliche Frau, das braune Mädel kannst du haben; greif zu, sie gehört dir wie irgendeine Sache. Nun wähle zwischen den beiden.«

Prokop stand wie versteinert. »Prinzessin«, entrang es sich ihm schwer.

Sie trat zu ihm und küßte ihn auf die Wange. »Du gehörst mir, nicht wahr? Du Lieber! Siehst du, du hast eine Prinzessin. Bist du stolz darauf? Was für schreckliche Dinge die Prinzessin vollbringen muß, damit jemand ein paar Tage lang stolz sein kann! Ein paar Tage, ein paar Wochen. Die Prinzessin darf nicht einmal verlangen, daß es für immer wäre. Ich wußte es, ich wußte es: Vom ersten Tag an, als du micht sahst, wolltest du die Prinzessin; aus Wut, aus männlicher Überheblichkeit, was weiß ich? Darum hast du mich so gehaßt, weil du mich wolltest; und ich bin dir in den Weg gelaufen. Meinst du, es reut mich? Im Gegenteil, ich bin stolz darauf, daß ich es getan habe. Es bedeutet schon etwas, sich so einfach Hals über Kopf wegzuwerfen; eine Prinzessin sein, unberührt, hochmütig, und von selbst . . . von selbst kommen . . .«

Prokop war entsetzt über ihre Reden. »Schweig«, bat er und nahm sie zitternd in die Arme. »Wenn ich Ihnen . . . nicht ebenbürtig bin . . .«

»Was sagst du da? Ebenbürtig? Meinst du, wenn du ein Fürst wärst, ich wäre zu dir gekommen? Oh, wenn du wolltest, daß ich mit dir wie mit einem mir Ebenbürtigen verfahre, könnte ich nicht . . . so . . . bei dir sein«, rief sie, die nackten Arme ausbreitend. »Das ist der verhängnisvolle Unterschied, begreifst du jetzt?«

Prokops Hände sanken herab. »Das hätten Sie nicht sagen dürfen«, murmelte er und trat einen Schritt zurück.

Sie warf sich ihm an den Hals. »Lieber, Lieber, laß mich nicht reden! Mache ich dir einen Vorwurf? Ich kam . . . von selbst, weil du fliehen oder dich töten lassen wolltest oder – ich weiß nicht was . . . Meinst du, ich hätte es nicht tun sollen? Sag! Habe ich schlecht gehandelt? – – Siehst du«, flüsterte sie niedergeschlagen, »siehst du, du weißt es auch nicht!«

»Einen Augenblick«, rief Prokop, machte sich von ihr los und durchmaß mit großen Schritten den Raum; eine plötzliche Hoffnung blendete ihn. »Glaubst du an mich? Glaubst du, daß ich etwas zuwege bringe? Ich kann hart arbeiten. Ich habe nie an Ruhm gedacht, aber wenn du wolltest . . . Ich würde mich wie verrückt in die Arbeit stürzen! Weißt du, daß . . . Darwin von Herzögen zu Grabe getragen wurde? Wenn du wolltest, wenn du wolltest . . . würde ich unerhörte Dinge vollbringen. Ich verstehe zu arbeiten – Ich vermag das Antlitz der Erde zu verändern. Laß mich zehn Jahre arbeiten, und du sollst sehen, du sollst sehen –«

Sie schien ihm nicht einmal zuzuhören. »Wenn du ein Fürst wärst, würde es dir genügen, wenn ich dich ansehe, wenn ich dir die Hand reiche; dann wüßtest du es, dann würdest du glauben, müßtest nicht zweifeln – Dann brauchte ich dir keinen so schrecklichen Beweis zu erbringen, wie ich es tat. Zehn Jahre! Könntest du mir nur zehn Tage glauben? Ach was, zehn Tage! In zehn Minuten wirst du die Stirn kraus ziehen, du Lieber, und wirst wüten, daß dich die Prinzessin satt hat . . . weil sie eine Prinzessin ist und du kein Fürst bist. Also beweise es ihm, überzeuge ihn, wenn du kannst; keiner deiner Beweise ist groß genug, keine Erniedrigung unmenschlich genug – Lauf ihm nach, biete dich an, tu mehr als jedes andere Mädel, ich weiß mir keinen Rat mehr! Was soll ich denn noch tun?« Sie trat auf ihn zu und bot ihm die Lippen. »Wirst du mir zehn Jahre glauben?«

Er packte sie; ein Stöhnen entrang sich seiner Brust. »Es ist aber so«, flüsterte sie und fuhr ihm zärtlich über das Haar. »Auch du zerrst an einer Kette. Und bestimmt möchte ich nicht mehr mit der tauschen . . . die ich war. Lieber, Lieber, ich weiß, du wirst mich verlassen.«

Sie ruhte, die Augen geschlossen und kaum atmend, an seiner Brust. Prokop, über sie geneigt, prüfte wehen Herzens den unerforschlichen Frieden dieses glühenden, gespannten Gesichtes. Sie fuhr auf wie aus einem Traum. »Was hast du da in den vielen Fläschchen? Ist das Gift?« Sie besah sich seine Regale und Apparate. »Gib mir ein Gift.«

»Wozu?«

»Wenn sie mich von hier fortbringen wollten.«

Er blickte beunruhigt in ihr ernstes Gesicht; um sie zu täuschen, maß er in eine kleine Dose Schlämmkreide ab. Aber da hatte sie bereits die Hand nach kristallinischem Arsenik ausgestreckt. »Laß das«, warnte er, doch das Fläschchen war schon in ihrer Handtasche verschwunden.

»Du könntest also berühmt werden«, begann sie wieder. »Daran habe ich noch gar nicht gedacht. Du sagtest, Herzöge hätten Darwin zu Grabe getragen? Welche waren es?«

»Das ist doch einerlei.«

Sie küßte ihn auf die Wange. »Du Lieber! Das ist gar nicht einerlei.«

»Wenn du's wissen willst . . . der Herzog von Argyll . . . und der Herzog von Devonshire«, brummte er.

»Wahrhaftig!« Sie dachte, angestrengt die Stirn runzelnd, darüber nach. »Daß Gelehrte so berühmt . . . Und du hast mir das nur so nebenbei erzählt!« Sie betastete seine Brust und seine Schultern, als ob er ein neues Ding wäre. »Und du, du könntest auch –? Ist das sicher?«

»Warte mein Begräbnis ab.«

»Das müßte recht bald sein«, sagte sie zerstreut und mit naiver Grausamkeit. »Es wäre wundervoll, wenn du berühmt wärest. Weißt du, was mir an dir am meisten gefällt?«

»Nein.«

»Ich auch nicht«, sagte sie nachdenklich und holte sich einen Kuß. »Jetzt weiß ich's. Nun könntest du wer immer und was immer sein –«, sie bewegte hilflos die Achseln, »es bleibt für's ganze Leben.«

Prokop staunte über ihren Ernst und ihre Strenge in diesem Punkte. Sie stand vor ihm, bis zur Nase in ihren Blaufuchs gehüllt, und blickte ihn mit glitzernden, weichen Augen in der Dämmerung an. »Oh«, seufzte sie plötzlich auf und ließ sich auf den Stuhlrand nieder, »die Beine zittern mir.« Sie rieb und knetete sie in naiver Schamlosigkeit. »Wie soll ich denn reiten? Komm, Lieber, komm, zeige dich heute bei mir! Mon oncle Charles ist nicht da, und wenn – Mir ist schon alles eins.« Sie stand auf und küßte ihn. »Leb wohl.«

In der Tür blieb sie stehen, zögerte und kehrte zu ihm zurück. »Töte mich, ich bitte dich«, bat sie, »töte mich!«

Er zog sie an sich: »Warum?«

»Damit ich nicht von hier fortgehen muß . . . damit ich nie, nie mehr hierherkommen muß.«

»Morgen?« flüsterte er ihr ins Ohr.

Sie sah ihn an und senkte ergeben den Kopf. Es war ein Versprechen.

Er ging lange nach ihr in die zunehmende Dämmerung hinaus. Jemand erhob sich hundert Schritte vor ihm von der Erde und säuberte sich mit den Händen: der schweigsame Herr Holz.

XXXIII.

Als er nach dem Abendessen kam, wieder ungläubig und auf der Lauer, fand er sie so schön, daß er sie kaum wiedererkannte. Sie fühlte seinen erstaunten, eifersüchtigen Blick, der sie umfing. Sie strahlte geradezu und gab sich seinen Blicken so rückhaltlos preis, daß er erschrak. Ein neuer Gast war anwesend, d'Hémon mit Namen, wohl ein Diplomat, ein Mann von mongolischem Typus mit blauen Lippen und einem kurzgeschnittenen Bartkranz ringsum. Er schien in der physikalischen Chemie trefflich bewandert und warf nur so mit bekannten Namen, wie Becquerel, Planck, Niels Bohr, Millikan und andern, um sich. Er kannte auch Prokop aus der Literatur und bekundete großes Interesse für seine Arbeit. Prokop ließ sich hinreißen, wurde gesprächig und vergaß ganz, die Prinzessin anzusehen. Dafür bekam er unterm Tisch einen solchen Stoß gegen das Schienbein, daß er ihn ihr am liebsten heimgezahlt hätte. Daraufhin traf ihn ein flammender Blick der Eifersucht. Gerade da mußte er eine dumme Frage des Prinzen Suwalski beantworten, der wissen wollte, was denn eigentlich diese Energie sei, von der hier so viel gesprochen würde. Prokop nahm die Zuckerdose, sah dabei die Prinzessin so wütend an, als wollte er sie ihr an den Kopf werfen, und erklärte, daß alle darin enthaltene Energie, plötzlich entwickelt und ausgelöst, genügen würde, den Montblanc samt Chamonix in die Luft zu sprengen; aber so ein Versuch gelinge eben nicht.

»Sie könnten es«, erklärte d'Hémon bestimmt und ernst.

Die Prinzessin beugte sich weit vor: »Was haben Sie gesagt?«

»Ich sagte, er wäre imstande dazu«, wiederholte d'Hémon mit unerschütterlicher Sicherheit.

»Siehst du«, sagte die Prinzessin ganz laut und lehnte sich triumphierend zurück. Prokop errötete und wagte nicht, sie anzusehen.

»Und wenn er es zuwege bringt«, fragte sie begierig, »dann wird er wohl sehr berühmt? So wie Darwin?«

»Wenn er das zuwege bringt«, meinte Herr d'Hémon, ohne zu zögern, »werden Könige sich geehrt fühlen, einmal den Zipfel seines Bahrtuches zu halten. Wenn es bis dahin noch Könige gibt.«

»Unsinn«, brummte Prokop, doch die Prinzessin war überglücklich. Um nichts in der Welt hätte er sie jetzt angesehen; er murmelte etwas, über und über rot im Gesicht, und zerbröckelte vor Verlegenheit einen Zuckerwürfel zwischen den Fingern. Endlich wagte er, die Augen zu heben. Sie sah ihn mit einem Blick voll leidenschaftlicher Liebe an. »Hast du . . .?« fragte sie halblaut über den Tisch hinweg. Er verstand nur zu gut dieses: Hast du mich lieb? – aber er tat, als hörte er es nicht, und blickte hartnäckig auf das Tischtuch nieder. Sie ist verrückt geworden, oder will sie absichtlich – »Hast du . . .?« klang es etwas lauter und drängender über den Tisch herüber. Er nickte rasch und sah sie voller Freude an. Zum Glück hatte es in der allgemeinen Unterhaltung niemand gehört; nur Monsieur d'Hémons Gesicht nahm einen diskreten und abwesenden Ausdruck an.

Das Gespräch drehte sich um dies und jenes, da begann d'Hémon, offenbar ein Mann, der sich in allem und jeglichem auskannte, Herrn von Graun seinen Stammbaum bis ins dreizehnte Jahrhundert zu entwickeln. Die Prinzessin, die sich ins Gespräch mengte, war Feuer und Flamme für dieses Thema. Daraufhin begann der neue Gast, ihre Vorfahren aufzuzählen, als ob er sie von einer Liste abläse. »Genug«, rief die Prinzessin, als er beim Jahre 1007 angelangt war, da der erste Hagen ein Baronat in Estland begründet, nachdem er dort jemanden umgebracht hatte; weiter waren die Genealogen freilich nicht gekommen. Aber Herr d'Hémon fuhr fort: »Dieser Hagen, auch Agn der Einarmige genannt, war nachweisbar ein Tatarenfürst, der bei einem Einfall in das Gebiet von Kamsko gefangengenommen wurde. Die persische Geschichte kennt einen Khan Agan, einen Sohn des Giw-Khan, des Königs der Turkmenen, Uzbeken, Sarten und Kirgisen, der seinerseits wieder ein Sohn des Weiwusch war, eines Sohnes Litaj-Khans des Eroberers. Dieser ›Kaiser‹ Li-Taj ist in chinesischen Quellen nachzuweisen als Herrscher des Turkmenenlandes, der Dschungarei, des Altai-Gebietes und Westtibets bis Kaschgarien; er ließ fünfzigtausend Menschen verbrennen, töten, darunter einen chinesischen Herrscher, dem er ein nasses Seil um den Kopf winden und so lange zuziehen ließ, bis dieser platzte. Von weiteren Ahnen Li-Tajs wird man erst erfahren, sobald die Archive in Lhasa zugänglich sind. Sein Sohn Weiwusch, eine selbst für mongolische Begriffe reichlich wilde Erscheinung, wurde in Kara Butak mit Zeltstangen erschlagen. Dessen Sohn Giw-Khan plünderte Chiwa, verheerte das Land bis Itil oder Astrachan, wo er unvergessen blieb, nachdem er zweitausend Menschen die Augen ausstechen, sie an ein Seil fesseln und in die Kubanische Steppe hinaustreiben ließ. Agan-Khan trat in seine Fußstapfen, gelangte bis Bolgar, das heutige Simbirsk, wo er gefangengenommen und ihm die rechte Hand abgehackt wurde; er blieb dort so lange als Geisel, bis es ihm gelang, ins Baltenland zu den tschudischen Liven zu entkommen, wo er von dem deutschen Bischof Gotilla oder Gutilla getauft wurde. Er erstach, wahrscheinlich in religiösem Eifer, auf dem Friedhof in Werra den Erben der Herrschaft von Petschory, worauf er dessen Schwester zur Frau nahm. Durch nachgewiesene Bigamie vergrößerte er später sein Land bis zum Peipus-See. In Nikiphorows Chronik wird er ›knjaz Agen‹, Fürst Agen, genannt, während ihn die Oeseler-Chronik ›rex Agen‹ tituliert. Seine Nachfahren«, schloß Herr d'Hémon leise, »wurden vertrieben, aber niemals entthront«, worauf er aufstand, sich tief verneigte und stehenblieb.

Es war eine vollkommene Sensation. Die Prinzessin hatte jedes einzelne Wort begierig aufgenommen, als ob diese Ahnenreihe der tatarischen Halsabschneider die großartigste Offenbarung der Welt wäre. Prokop hatte sie die ganze Zeit über mit wachsendem Staunen beobachtet. Bei Erwähnung der zweitausend Paare ausgestochener Augen hatte sie mit keiner Wimper gezuckt. Unwillkürlich suchte er jetzt in ihrem Gesicht nach tatarischen Zügen. Sie war wunderschön, wie über sich hinaus gewachsen und herrisch in sich verschlossen. Es entstand plötzlich ein merklicher Abstand zwischen ihr und den andern, die steif wie bei einem Hofdiner dasaßen, die Augen auf sie gerichtet, und sich kaum zu rühren wagten. Prokop verspürte große Lust, mit der Faust auf den Tisch zu schlagen, etwas Grobes zu sagen und wieder Leben in diese frostige, ratlose Gesellschaft zu bringen. Die Prinzessin hielt die Augen gesenkt, als ob sie auf etwas warte; ihre glatte Stirn begann sich vor Ungeduld zu kräuseln: Nun, wird es bald? Die Herren sahen einander fragend an, blickten auf die hochaufgerichtete Gestalt des Herrn d'Hémon und erhoben sich einer nach dem andern. Auch Prokop stand auf, ohne zu begreifen, was hier vorging. Was, zum Teufel, sollte das alles bedeuten? Die Herren hielten sich kerzengerade, die Hände an der Hosennaht, und blickten auf die Prinzessin. Erst jetzt sah die Prinzessin auf und nickte wie jemand, der für eine Huldigung dankt oder die Erlaubnis zum Niedersetzen erteilt. Und wirlich nahmen alle wieder Platz. Nun, da er wieder saß, begriff Prokop erst die ganze Szene: Es war eine Huldigung für die Herrscherin. Der in ihm aufsteigende Zorn trieb ihm den Schweiß auf die Stirn. Und diese Komödie hatte er mitgespielt! Brach denn niemand in schallendes Gelächter über diesen gelungenen Scherz aus, war es denkbar, daß auch nur einer diese lächerliche Posse ernst nahm?

Prokop war bereit, mit den andern loszulachen, doch da erhob sich die Prinzessin. Alle standen auf, auch Prokop, fest überzeugt, der ganze Spaß habe nun ein Ende. Sie blickte um sich, und ihre Augen blieben an dem dicken Vetter haften; der tat zwei, drei Schritte auf sie zu, die Hände herabhängend, ein wenig vorgeneigt, furchtbar lächerlich. Also war es doch nur ein Scherz? Die Prinzessin plauderte eine kurze Weile mit ihm und nickte huldvoll; der dicke Vetter verbeugte sich und trat zurück. Nun blickte sie auf Suwalski; der Prinz näherte sich ihr, stand Rede, sagte etwas höflich Witziges; die Prinzessin lachte und nickte. Also war es doch ernst? Nun blickte sie flüchtig auf Prokop; aber der rührte sich nicht. Die Herren stellten sich auf die Fußspitzen und warteten gespannt. Die Prinzessin gab ihm ein Zeichen mit den Augen; er blieb stehen. Sie ging auf einen alten, einarmigen Artilleristen zu, dessen Brust über und über mit Auszeichnungen behängt war. Der Major straffte sich, daß es nur so klirrte, doch nach einer kleinen Halbwendung stand die Prinzessin plötzlich dicht vor Prokop.

»Lieber, Lieber«, sagte sie mit leiser, klarer Stimme. »Zürnst du mir schon wieder? Ich möchte dich küssen.«

»Prinzessin«, zischte Prokop wütend, »was bedeutet diese Komödie?«

»Nicht so laut! Das ist ernster, als du dir vorstellen kannst. Sie werden mich verheiraten wollen.« Sie schüttelte sich vor Grauen. »Lieber, verschwinde jetzt von hier. Geh vom Flur aus ins dritte Zimmer und erwarte mich dort. Ich muß dich sehen.«

»Hören Sie mich an . . .« Prokop wollte noch etwas sagen, aber sie nickte bloß und wandte sich wieder an den alten Major.

Prokop traute seinen Augen nicht. War das nicht alles ein abgekartetes Spiel, oder nahmen diese Leute wirklich ihre Rollen ernst? Der dicke Vetter faßte ihn unter und zog ihn diskret beiseite. »Wissen Sie, was das bedeutet?« flüsterte er erregt. »Den alten Hagen rührt der Schlag, wenn er das erfährt. Ein Herrschergeschlecht! Haben Sie jüngst den Thronerben hier gesehen? Es sollte schon Hochzeit gefeiert werden, aber dann überlegte sie sich's wieder. Der Mensch dort ist sicherlich damit beauftragt – Das nenne ich einen Stammbaum!«

Prokop machte sich los. »Sie verzeihen«, murmelte er, schlich so ungeschickt wie nur möglich auf den Flur hinaus und klinkte die Tür zum dritten Zimmer auf. Es war ein winziger Teesalon mit verhängten Lampen, nichts als Lack, rotes Porzellan, japanische Zeichnungen an den Wänden und ähnliche Spielereien. Prokop lief, die Hände auf dem Rücken verschränkt, in dem Miniaturzimmerchen auf und ab; er glich einer summenden Fliege, die jeden Augenblick mit dem Kopf gegen die Fensterscheibe stößt. Verdammt, nun war alles wieder anders, und bloß wegen ein paar lausiger tatarischer Henker, deren sich ein anständiger Mensch nur schämen könnte . . . Eine feine Abstammung! Und wegen ein paar solcher Hunnen fallen diese Idioten auf den Bauch, und sie, und sie – Prokop hielt im Gehen inne. Jetzt wird sie eintreten . . . die tatarische Fürstin, und wird sagen: Lieber, Lieber, nun ist es aus zwischen uns, du wirst dir schon gedacht haben, daß die Urenkelin Litaj-Khans nicht einen Schusterssohn lieben kann. Tack, tack, er hörte in der Erinnerung Vaters Hammer, roch förmlich den herben Gerbgeruch des Leders, das aufdringliche Schusterpech und sah die Mutter, rot im Gesicht, an der heißen Herdplatte stehen –

Die Fliege begann wieder wie wild zu summen. Die Fürstin! Wie konnte er auch nur daran denken! Wenn sie jetzt kommt, wird er auf die Knie fallen, mit der Stirn die Erde berühren und sagen: Habt Erbarmen, Fürstin von Tatarien, ich werde Euch nie mehr wieder vor die Augen treten.

Den Teesalon erfüllte ein feiner Duft von Quittenäpfeln, die Lampen leuchteten matt und weich.

Die Prinzessin glitt leise zur Tür herein, griff nach dem Schalter und drehte das Licht ab. Im Finstern spürte Prokop eine Hand, die sanft sein Gesicht berührte. Er schloß die Prinzessin in die Arme; sie war so schmal und fast unkörperlich, daß er dieses Gebrechliche, Hauchzarte nicht an sich zu drücken wagte. Sie küßte ihn, fast ohne ihn zu berühren, und stammelte Unverständliches. Ein Zittern durchlief den schmalen Körper, eine Hand schmiegte sich eng an seinen Nacken, feuchte Lippen bewegten sich auf seinem Mund, als ob sie lautlos und eindringlich etwas flüsterten. Nun zog sie seinen Kopf an sich, schlang ihre Arme um seinen Nacken, drängte sich an ihn, preßte ihren Mund auf den seinen; eine furchtbare, schmerzhafte, stumme Umklammerung, das Stöhnen eines Menschen, der am Ersticken ist. Nicht locker lassen! Eins werden oder sterben! Sie schluchzte auf und hing fast ohnmächtig an ihm. Prokop lockerte den Griff seiner Hände, sie machte sich los, taumelte wie betäubt, nahm ein Taschentuch aus dem Kleidausschnitt, betupfte sich die blutenden Lippen und glitt wortlos wieder hinaus in das beleuchtete Nebenzimmer.

Prokop blieb im Dunkel sitzen. Diese letzte Umarmung schien ihm wie ein Abschied.

XXXIV.

Der dicke Vetter hatte recht: Den alten Hagen rührte vor Freude der Schlag; er lag gelähmt, von Ärzten umgeben, und bemühte sich, das linke Auge zu öffnen. Oncle Rohn und die übrige Verwandtschaft wurden eilig herbeigerufen. Der alte Fürst versuchte andauernd, das linke Augenlid zu heben, um seine Tochter zu sehen und ihr mit dem Auge etwas anzudeuten.

Sie kam barhaupt aus seinem Zimmer herausgelaufen und eilte auf Prokop zu, der die ganze Zeit über im Park auf sie gewartet hatte. Ohne sich im geringsten um Holz zu kümmern, küßte sie Prokop und hängte sich bei ihm ein. Sie erwähnte nur ganz flüchtig ihren Vater und Onkel Charles, war nachdenklich, zerstreut und zärtlich. Sie drückte seinen Arm, schmeichelte sich an ihn heran und schien gleich darauf wieder abwesend und versonnen. Er begann scherzhaft, aber auch ein wenig gereizt, auf die tatarische Dynastie anzuspielen; sie warf ihm einen flammenden Blick zu und brachte das Gespräch auf den gestrigen Nachmittag. »Bis zum letzten Augenblick dachte ich, ich würde nicht zu dir kommen. Weißt du, daß ich fast dreißig bin? Als Fünfzehnjährige verliebte ich mich ganz toll in unsern Kaplan. Ich ging zur Beichte zu ihm, um ihn aus der Nähe zu sehen. Da ich mich schämte, zu sagen, daß ich gestohlen oder gelogen hätte, beichtete ich, ich sei unkeusch. Ich wußte nicht, was das war, und der arme Mensch gab sich viel Mühe, es mir auszureden. Jetzt könnte ich nicht mehr beichten«, schloß sie leise und verzog bitter den Mund.

Ihre ständige Selbstanalyse berunruhigte Prokop; er vermutete darin eine fieberhafte Selbstquälerei. Er versuchte es mit einem andern Thema, merkte aber erschrocken, daß sie sich nur über Liebe und sonst über nichts unterhalten konnten. Sie standen auf der Bastei. Es schien der Prinzessin wohl zu tun, in die Vergangenheit zurückzukehren, kleine, vertrauliche Dinge von sich zu erzählen. »Bald nach dieser Beichte kam ein Tanzlehrer zu uns, der meine Gouvernante liebte, eine dicke Frauensperson. Ich entdeckte es . . . ich habe sie gesehen. Es stieß mich ab, oh! Trotzdem schlich ich ihnen weiter nach und . . . Ich konnte es nicht begreifen. Erst beim Tanzen, als er mich einmal an sich drückte, ging mir ein Licht auf. Dann durfte er mich nicht mehr anrühren; ich schoß sogar . . . aus einem Flobertgewehr auf ihn. Man mußte beide entlassen.

Damals . . . quälten sie mich sehr mit der Mathematik, die mir gar nicht in den Kopf wollte. Ein böser Professor, ein berühmter Wissenschaftler, war mein Lehrer; ihr Gelehrten seid alle so sonderbar. Er stellte mir eine Aufgabe und sah dabei auf die Uhr; in einer Stunde mußte ich es ausgerechnet haben. Aber wenn mir dann nur noch fünf, vier, drei Minuten blieben und ich noch nicht einmal den Anfang hatte, begann mein Herz wild zu pochen, und ich wurde von einem ganz furchtbaren Gefühl erfaßt –« Sie vergrub die Finger in Prokops

Arm und stöhnte auf. »Später aber freute ich mich sogar auf diese Stunden.

Mit neunzehn verlobten sie mich. Das weißt du noch gar nicht? Da ich über alles aufgeklärt war, mußte mir mein Bräutigam schwören, mich nicht zu berühren. Zwei Jahre nachher fiel er in Afrika. Ich war so untröstlich – aus Romantik oder aus einem andern Grund –, daß sie nie mehr auf eine Heirat drängten. Ich dachte, die Frage sei ein für allemal erledigt.

Ich hatte mich damals eigentlich nur dazu gezwungen und zwang mich auch zu dem Glauben, ihm etwas schuldig geblieben zu sein, wofür ich ihm auch nach dem Tode die Treue halten mußte. Am Ende glaubte ich selbst daran, ihn geliebt zu haben. Jetzt sehe ich, daß ich mir das alles nur eingeredet und nichts als eine dumme Enttäuschung empfunden habe.

Findest du es merkwürdig, daß ich dir solche Dinge von mir erzähle? Aber es ist so angenehm, unverschämt, rückhaltlos über sich selbst zu sprechen; es prickelt und kribbelt so schön dabei.

Als ich dich das erstemal sah, fiel mir gleich die Ähnlichkeit mit jenem Mathematikprofessor auf. Ich hatte Angst vor dir, mein Lieber. Nun wird er mir wieder solche Aufgaben stellen, dachte ich voller Schrecken, und schon begann mein Herz zu pochen.

Pferde, Pferde, die berauschten mich förmlich. Ich glaubte, wenn ich Pferde hätte, brauchte ich keine Liebe. Und ich wurde eine tolle, wilde Reiterin.

Liebe erschien mir immer als etwas Gemeines und . . . erschrekkend Widerwärtiges. Nun scheint sie mir nicht mehr so; das ist es eben, was mich so bedrückt und demütigt. Aber andererseits freue ich mich wieder, daß ich so bin wie jede andere. Als ich klein war, empfand ich eine Scheu vor Wasser. Ich lernte auf dem Trockenen schwimmen und mied den Teich; ich stellte mir vor, er sei voller Spinnen. Aber einmal, da kam es über mich, ich weiß nicht, war es Mut oder Verzweiflung: Ich schloß die Augen, machte ein Kreuz und sprang hinein. Du kannst dir nicht vorstellen, wie stolz ich nachher war; als ob ich eine Prüfung bestanden, alles erkannt, mich ganz verändert hätte. Als ob ich plötzlich erwachsen wäre . . .«

Am Abend kam sie ins Laboratorium, war unruhig und gequält. Als er sie umarmte, stammelte sie entsetzt: »Er hat das Auge geöffnet, er hat das Auge geöffnet, oh!« Sie meinte damit den alten Hagen. Nachmittags hatte sie eine lange Unterredung mit Onkel Rohn gehabt, vermied es jedoch, darüber zu sprechen. Sie schien vor irgendwas zu fliehen und stürzte sich so begierig und ergeben in Prokops Arme, als wollte sie sich um jeden Preis bis zur Bewußtlosigkeit betäuben. Sie lag matt und reglos mit geschlossenen Augen da. Er dachte, sie schliefe, doch da begann sie flüsternd: »Lieber, Liebster, ich werde etwas Furchtbares vollbringen, aber dann, dann darfst du mich nicht mehr verlassen. Schwöre, schwöre es mir«, fuhr sie wild auf, bezwang sich jedoch gleich wieder. »Ach nein, was könntest du mir schon schwören? Ich habe es aus den Karten gelesen, daß du fortgehst. Wenn du das tun willst, dann tu es, aber tu es gleich, ehe es zu spät ist.«

Prokop sprang zornig auf, warf ihr vor, sie wolle ihn loswerden, der Tatarenstolz sei ihr zu Kopf gestiegen und dies und jenes. Da wurde auch sie zornig und schrie, er sei gemein und roh, und sie verbiete sich das . . . Aber kaum waren ihr diese Worte entschlüpft, da hing sie schon wieder bestürzt und reumütig an seinem Hals: »Ich meinte es nicht so! Die Prinzessin schreit nie; sie verzieht bloß das Gesicht, wendet sich ab, und das genügt. Wenn ich dich anschreie . . . dann ist mir, als wäre ich dein Weib. Schlag mich, ich bitte dich! Warte, ich zeige dir, wozu ich imstande wäre . . .« Sie ließ ihn los und begann unvermutet das Laboratorium aufzuräumen. Sie feuchtete sogar einen Scheuerlappen unterm Hahn an, kniete nieder und begann den Fußboden aufzuwischen. Das war offenbar als Buße gedacht; doch fand sie Gefallen daran, fegte mit dem Lappen auf dem Boden nur so hin und her und summte gar ein Lied, das sie irgendwann einmal von einem Dienstboten aufgeschnappt hatte. Er wollte ihr vom Boden aufhelfen. »Nein, warte«, wehrte sie ab, »dort ist noch ein Fleck«, und kroch mit dem Lappen unter den Tisch.

»Du, komm mal her«, ließ sie sich nach einer Weile unterm Tisch vernehmen. Etwas verlegen brummend kroch er ihr nach. Sie saß da, die Hände um die Knie geschlungen. »Guck mal, wie ein Tisch von unten aussieht! Ich hab' das noch nie gesehen. Warum ist das so?« Sie legte ihm die feuchte, kalte Hand an die Wange. »Du bist genauso grob gezimmert wie der Tisch an der Unterseite; das ist das Schönste an dir. Von den andern bekam ich immer nur die glatte, gehobelte Seite zu sehen. Du gleichst auf den ersten Blick einem rissigen Balken; wenn man mit dem Finger darüberfährt, reißt man sich einen Splitter ein. Und dabei ist er doch so schön und solid gemacht – Es sieht anders aus und ernster als an der glatten Oberfläche. Das bist du.«

Sie schmiegte sich an ihn wie ein alter Kamerad. »Stell dir vor, wir wären in einem Zelt oder in einer Blockhütte«, flüsterte sie hingerissen. »Ich durfte nie mit Jungen spielen. Manchmal jedoch zog ich heimlich mit den Gärtnerbuben los und kroch mit ihnen auf Bäume und über Zäune. Dann wunderten sie sich daheim, weil meine Hose zerrissen war. Wenn ich davonschlich und den Jungen nachlief, dann schlug mein Herz so himmlisch vor Angst. Wenn ich zu dir gehe, fühle ich die gleiche himmlische Angst wie damals.

Jetzt bin ich so schön geborgen«, zirpte sie glücklich, den Kopf an seine Knie gelehnt. »Hier kann nichts an mich heran. Hier bin auch ich rauh wie dieser Tisch, ein gewöhnliches Frauenzimmer, das an nichts denkt und sich einwiegen läßt. Warum fühlt man sich so wohl im Versteck? Jetzt weiß ich, was Glück ist: Man muß die Augen schließen und sich ganz klein machen, winzig klein, damit einen niemand entdeckt . . .«

Er wiegte sie sanft und strich ihr zärtlich über das wirre Haar, aber seine Augen starrten über ihren Kopf hinweg ins Leere.

Sie wandte ihm heftig das Gesicht zu: »Woran dachtest du jetzt?«

Er wich scheu ihrem Blick aus. Er konnte ihr doch nicht sagen, daß er die tatarische Prinzessin in all ihrer Herrlichkeit vor sich sah, dieses herrschsüchtige, hochmütige Geschöpf, das er jetzt . . . das er in Qual und Sehnsucht . . .

»Nichts, nichts«, antwortete er und sah in das demütige, glückselige Gesicht, dessen dunkle Wangen vor Leidenschaft flammten.

XXXV.

Er hätte besser getan, an diesem Abend nicht zu kommen. Aber er kam gerade deshalb, weil sie es ihm verboten hatte. Oncle Charles war überaus freundlich zu ihm. Zum Unglück bemerkte er, wie sie einander bei einer ganz ungeeigneten und augenfälligen Gelegenheit die Hand drückten; er setzte sogar das Monokel auf, um besser sehen zu können. Da erst riß die Prinzessin, wie eine Schülerin errötend, ihre Hand los. Onkel Charles trat auf sie zu und flüsterte ihr, während er sie beiseite führte, etwas ins Ohr. Sie kehrte nicht mehr zurück. Rohn kam wieder, tat, als wenn nichts geschehen wäre, und unterhielt sich mit Prokop, wobei er ihn diskret ausforschte. Prokop hielt sich ungewöhnlich tapfer und verriet nichts; das beruhigte den lieben Onkel einigermaßen, wenn auch nicht der Sache, so doch der Form halber. »Man kann in Gesellschaft nicht vorsichtig genug sein«, bemerkte er am Ende, was sowohl ein Verweis als auch ein Ratschlag sein konnte. Prokop atmete erleichtert auf, als er ihn gleich darauf allein ließ und ihm so Gelegenheit gab, über die Reichweite seiner letzten Bemerkung nachzudenken.

Schlimmer war, daß sich allem Anschein nach etwas im geheimen vorbereitete; namentlich die älteren Verwandten platzten fast vor Wichtigtuerei.

Als Prokop am nächsten Morgen um das Schloß herumschlich, kam die Zofe atemlos zu ihm mit dem Auftrag, er möge im Birkenhain warten. Er wartete sehr lange. Endlich kam die Prinzessin mit den schönen langen Sprüngen einer Diana herbeigeeilt. »Verbirg dich«, flüsterte sie aufgeregt, »der Onkel ist hinter mir her.« Sie liefen, sich bei der Hand haltend, weiter und verschwanden im dichten Laub eines Holunderstrauches. Herr Holz, der sich vergebens nach einem Gebüsch umsah, legte sich aufopfernd in die Brennesseln. Da sah man auch schon Onkel Rohn in seinem hellen Hut: Er schien es eilig zu haben und spähte links und rechts. Die Augen der Prinzessin funkelten vor Freude wie die einer jungen Faunin. Im Gebüsch roch es nach Feuchtigkeit und Moder, das geheimnisvolle Insektenleben umspann Zweige und Blätter; man kam sich vor wie in einem Dschungel. Ohne abzuwarten, bis die Gefahr vorbei war, zog die Prinzessin Prokops Kopf an sich und kostete die Küsse, als ob es Ebereschen- oder Hartriegelbeeren, bittere Lieblingsfrüchte, wären. Das war Locken, Spiel und Verwehren zugleich, eine so neue und überraschende Lust, als hätten sie sich zum erstenmal gesehen.

An diesem Tag kam sie nicht mehr zu ihm ins Laboratorium; außer sich und voll Verdächtigungen lief er zum Schloß. Sie ging gerade mit Egon eng umschlungen spazieren. Kaum hatte sie Prokop erblickt, ließ sie Egon stehen und eilte auf ihn zu; sie war blaß, niedergeschlagen und unterdrückte nur mühsam ihre Verzweiflung. »Onkel weiß bereits, daß ich bei dir war«, sagte sie. »Mein Gott, was soll nun werden? Ich glaube, man wird dich von hier fortbringen. Rühr' dich jetzt nicht, er sieht uns aus dem Fenster zu. Er sprach nachmittags mit dem . . . mit dem . . .« Ein Zittern überlief sie. »Mit dem Direktor, du weißt schon! Sie haben gestritten. Der Onkel verlangte, man solle dich freilassen, dir Gelegenheit zur Flucht geben oder so ähnlich. Der Direktor tobte und wollte davon nichts hören. Man werde dich angeblich anderswo unterbringen . . . Lieber, sei in der Nacht hier, ich komme heraus zu dir, ich muß fliehen, ich bleibe nicht mehr –«

Sie kam wirklich atemlos herausgelaufen, ein trockenes, verzweifeltes Schluchzen unterdrückend. »Morgen, morgen«, stammelte sie. Da legte sich eine Hand schwer und begütigend auf ihre Schulter. Es war Onkel Rohn. »Geh ins Haus, Minni«, befahl er energisch. »Und Sie warten hier«, wandte er sich an Prokop. Dann legte er den Arm um die Schultern der Prinzessin und brachte sie heim. Eine Weile später kam er zurück und hängte sich bei Prokop ein. »Sehen Sie, mein Lieber«, begann er eher sanft und traurig, »ich begreife euch junge Menschen nur zu gut und . . . fühle mit euch.« Seine Hand vollführte eine hoffnungslose Gebärde. »Es ist etwas geschehen, was niemals hätte geschehen dürfen. Ich will und . . . und kann Sie deshalb nicht tadeln. Im Gegenteil, ich anerkenne, daß Sie . . . selbstverständlich . . .« Das war wohl eine schlechte Einleitung, und der gute Prinz suchte krampfhaft nach einer andern. »Ich schätze Sie, lieber Freund . . . ich habe Sie wirklich . . . sehr gern. Sie sind ein ehrenhafter und . . . genialer Mensch, was man selten vereint findet. Ich habe nur zu wenigen Menschen eine solche Sympathie gefaßt wie zu Ihnen – Ich weiß, Sie werden es sehr, sehr weit bringen«, sagte er und atmete erleichtert auf. »Glauben Sie mir, daß ich es gut mit Ihnen meine?«

»Durchaus nicht«, erwiderte Prokop friedlich; er hütete sich, in die Falle zu gehen.

Der gute Onkel war verwirrt. »Das tut mir leid, außerordentlich leid«, stotterte er. »Zu dem, was ich Ihnen sagen wollte, wäre – nun ja – vollkommenes gegenseitiges Vertrauen nötig.«

»Mein Prinz«, unterbrach ihn Prokop höflich, »wie Ihnen bekannt ist, befinde ich mich hier in der nicht gerade beneidenswerten Lage eines unfreien Menschen. Ich glaube, unter diesen Umständen habe ich keinen Grund, allzusehr zu vertrauen –«

»N . . . nun ja«, meinte Onkel Rohn aufatmend und erfreut über die Wendung des Gesprächs. »Sie haben ganz recht. Sie stoßen überall auf die – äh, peinliche Tatsache, daß Sie bewacht werden. Gerade darüber wollte ich mit Ihnen sprechen. Lieber Freund, was mich betrifft . . . Kurz, ich habe von allem Anfang an und . . . ganz energisch die Art, wie man Sie hier im Werk festhält, verurteilt. Das ist ungesetzlich, brutal und . . . mit Rücksicht auf Ihren Ruf als Gelehrter, geradezu unerhört. Ich habe eine Reihe Schritte unternommen . . . früher schon«, fügte er rasch hinzu. »Ich habe sogar höheren Orts interveniert, aber . . . die Behörden sind in Anbetracht der internationalen Spannungen einigermaßen nervös. Sie stehen hier unter Spionageverdacht. Da läßt sich nichts tun, außer –«, der Prinz neigte sich zu Prokops Ohr, »außer, es gelingt Ihnen zu fliehen. Vertrauen Sie mir, ich verschaffe Ihnen die Möglichkeit. Ehrenwort.«

»Was für eine Möglichkeit?« erkundigte sich Prokop unverbindlich.

»Ich . . . nehme es einfach auf mich. Ich bringe Sie in meinem Auto hinaus – mich kann man nicht aufhalten, Sie verstehen? Alles übrige später. Wann sind Sie bereit?«

»Verzeihen Sie, aber – ich will ja gar nicht«, antwortete Prokop fest.

»Warum nicht?« entfuhr es Onkel Charles.

»Erstens . . . möchte ich nicht, daß Sie, mon prince, ein solches Risiko auf sich nehmen. Eine Persönlichkeit wie Sie –«

»Und zweitens?«

»Zweitens . . . beginnt es mir hier zu gefallen.«

»Und weiter, weiter?«

»Nichts weiter«, sagte Prokop lächelnd und hielt dem forschenden, ernsten Blick des Prinzen stand.

»Dann hören Sie zu«, ließ sich oncle Rohn nach einer Weile vernehmen. »Ich wollte es Ihnen nicht sagen. Es handelt sich darum, daß Sie in ein, zwei Tagen anderswohin gebracht werden sollen, auf eine Festung. Immer unter dem Verdacht der Spionage. Sie können sich nicht vorstellen – Mein lieber Freund, fliehen Sie, fliehen Sie rasch, solange es Zeit ist!«

»Ist das wahr?«

»Ganz bestimmt.«

»Dann . . . dann danke ich Ihnen, daß Sie mich rechtzeitig gewarnt haben.«

»Was werden Sie tun?«

»Ich werde mich darauf vorbereiten«, antwortete Prokop grimmig. »Mon prince, machen Sie die Herren darauf aufmerksam, daß das . . . nicht so leicht . . . gehen wird.«

»Was – wie – wieso, bitte?« stotterte oncle Charles.

Prokop warf etwas Imaginäres vor sich in die Luft und machte dann eine unmißverständliche Handbewegung.

Onkel Rohn war starr. »Sie wollen sich wehren?«

Prokop schwieg; er stand da mit düsterem Gesicht, die Hände in den Hosentaschen, und überlegte.

Oncle Charles, der sich in der nächtlichen Dunkelheit alt und gebrechlich ausnahm, trat näher. »Sie . . . Sie lieben sie so sehr?« sagte er fast stotternd vor Rührung oder Bewunderung.

Prokop antwortete nicht. »Sie lieben sie«, wiederholte Rohn und umarmte ihn. »Seien Sie stark. Verlassen Sie sie, reisen Sie ab!

Begreifen Sie doch, es kann nicht so bleiben! Begreifen Sie doch! Wohin sollte das führen? Um Gottes willen, haben Sie Erbarmen mit ihr, bewahren Sie sie vor einem Skandal! Glauben Sie denn wirklich, sie könnte Ihre Frau werden? Vielleicht liebt sie Sie, aber – sie ist viel zu stolz, um auf den Titel einer Prinzessin zu verzichten . . . Oh, das ist unmöglich, unmöglich! Ich will nicht wissen, was zwischen euch beiden vorgefallen ist! Reisen Sie ab, noch diese Nacht! Im Namen der Liebe, reisen Sie ab, mein Freund; ich beschwöre dich, ich flehe dich an, in ihrem Namen flehe ich dich an. Du hast sie zur glücklichsten Frau gemacht – genügt dir das nicht? Beschütze du sie, wenn sie sich schon nicht selbst beschützen kann! Du liebst sie? Also opfere dich!«

Prokop stand da, reglos, die Stirn gesenkt wie ein Widder. Le bon prince fühlte, wie dieser dunkle, grobe Klotz sich im Innern spaltete und vor Schmerz wand. Mitleid krampfte ihm das Herz zusammen, aber noch hielt er eine Waffe bereit; es ließ ihm keine Ruhe, er mußte damit herausrücken.

»Sie ist stolz, phantastisch, wahnsinnig ehrgeizig; von Kindheit an war sie so. Nun wurden uns Dokumente unermeßlichen Wertes eingehändigt; sie ist eine Fürstin, jedem Herrschergeschlecht ebenbürtig. Du kannst nicht begreifen, was das für sie bedeutet. Für sie und für uns. Vielleicht sind das Vorurteile, aber . . . wir *leben* darin. Prokop, die Prinzessin wird heiraten, einen Thronfolger ohne Land. Er ist ein braver, passiver Mensch, aber sie, sie wird um die Krone kämpfen; denn Kämpfen ist ihr Charakter, ihre Sendung, ihr Stolz – Nun eröffnet sich ihr, wovon sie geträumt hat. Nur du stehst noch zwischen ihr und . . . ihrer Zukunft. Sie hat sich bereits entschieden, quält sich aber mit Gewissensbissen –«

»Ach so«, schrie Prokop, »so ist das? Und – du glaubst, ich trete jetzt zurück? Nein, mein Lieber!«

Und ehe sich Onkel Rohn besinnen konnte, war Prokop im Dunkel verschwunden und rannte zum Laboratorium. Der schweigsame Herr Holz hinter ihm her.

XXXVI.

Im Laboratorium angekommen, wollte er Holz die Tür vor der Nase zuschlagen, um sich darin zu verschanzen; aber Herrn Holz gelang es noch rechtzeitig, »die Prinzessin« zu flüstern.

»Was ist?« fuhr ihn Prokop heftig an.

»Sie hat mir aufgetragen, bei Ihnen zu bleiben.«

Prokop vermochte seine freudige Überraschung nicht zu unterdrükken. »Hat sie dich bestochen?«

Herr Holz schüttelte den Kopf, und sein pergamentenes Gesicht verzog sich zum erstenmal zu einem Lächeln. »Sie hat mir die Hand gereicht«, sagte er ehrfurchtsvoll. »Ich versprach ihr, daß Ihnen nichts zustoßen wird.«

»Gut. Hast du einen Schießprügel? Hüte die Tür, niemand darf zu mir herein, verstanden?«

Herr Holz nickte. Prokop unternahm eine gründliche Untersuchung des ganzen Laboratoriums in bezug auf dessen Uneinnehmbarkeit. Einigermaßen zufrieden, stellte er alle Blechbüchsen und Dosen, die sich auftreiben ließen, auf den Tisch und entdeckte zu seiner übergroßen Freude noch eine Menge Nägel. Dann machte er sich an die Arbeit.

Am Morgen pirschte sich Herr Carson mit unschuldiger Miene ans Laboratorium heran. Er sah schon von weitem, wie sich Prokop ohne Rock vor der Baracke im Steinstoßen übte. »Ein sehr gesunder Sport«, rief er ihm fröhlich zu.

Prokop zog rasch den Rock an. »Gesund und nützlich«, erwiderte er lächelnd. »Was führt Sie zu mir?«

Die Taschen seines Rockes standen weit ab, es klirrte nur so darin. »Was haben Sie denn in den Taschen?« fragte Herr Carson nebenbei.

»Chloracid«, antwortete Prokop. »Brisantes Chloratpulver.«

»Hm. Und warum tragen Sie das bei sich?«

»Ach, nur so zum Spaß. Kommen Sie, um mir etwas zu sagen?«

»Jetzt nicht mehr. Vorläufig nicht«, meinte Herr Carson beunruhigt und hielt sich in gebührender Entfernung. »Was haben Sie noch in diesen – Büchsen?«

»Nägel. Und hier«, Prokop zog eine Vaselinschachtel aus der Hosentasche und hielt sie ihm hin, »hier ist Benzoltetraoxozonid, eine Neuheit, dernier cri. Nun?«

»Sie brauchen damit nicht so herumzufuchteln«, meinte Herr Carson und trat noch einige Schritte zurück. »Haben Sie irgendwelche Wünsche?«

»Wünsche?« sagte Prokop freundlich. »Nun, dann bitte ich Sie, den *Herren* mitzuteilen, daß ich mich zunächst einmal nicht von hier wegrühre.«

»Gut, natürlich. Und weiter?«

»Und daß ich, wenn mich jemand unvorsichtig anfassen sollte . . . Ich hoffe, Sie haben nicht die Absicht, mich umbringen zu lassen.«

»Keinesfalls. Ehrenwort.«

»Sie können näher treten.«

»Fliegen Sie nicht in die Luft?«

»Ich werde mich hüten. Weiter wollte ich Ihnen sagen, daß während meiner Abwesenheit niemand meine Festung hier betreten darf. An der Tür hängt eine Sprengschnur. Vorsicht, hinter Ihnen befindet sich eine Falle!«

»Eine Sprengfalle?«

»Bloß mit ein wenig Diabenzolperchlorat. Warnen Sie Ihre Leute! Hier hat niemand was zu suchen. Ferner habe ich bestimmte Gründe . . . mich bedroht zu fühlen. Ich würde Sie deshalb bitten, Holz den Auftrag zu erteilen, mich . . . vor jedem Anschlag persönlich zu beschützen. Und zwar mit der Waffe in der Hand.«

»Das ist unmöglich«, brummte Carson. »Holz wird versetzt.«

»Nein, nein«, widersprach Prokop, »ich fürchte mich, allein zu bleiben. Beauftragen Sie ihn also gefälligst damit.« Bei diesen Worten näherte er sich Carson und klirrte so bedrohlich, als bestünde er nur aus Blech und Nägeln.

»Gut«, sagte Carson rasch. »Holz, Sie sind zum Schutz des Herrn Ingenieurs da. Sollte ihm jemand zu nahe treten – Herrgott, macht, was ihr wollt. Haben Sie noch einen Wunsch?«

»Vorläufig nicht. Wenn mir etwas einfallen sollte, komme ich persönlich zu Ihnen.«

»Danke höflichst«, knurrte Herr Carson und verließ rasch das gefährliche Gebiet. Kaum aber hatte er, in seinem Büro angekommen, die dringlichsten Befehle nach allen Seiten hin telefoniert, da rasselte es draußen auf dem Flur, die Tür wurde aufgestoßen und Prokop stürzte, über und über mit Blechbomben beladen, herein.

»Hören Sie«, schrie er, blaß vor Zorn, »wer hat den Befehl erteilt, mich nicht mehr in den Park zu lassen? Entweder Sie widerrufen sofort diesen Befehl oder –«

»Bleiben Sie mir vom Leib«, herrschte ihn Carson hinter seinem Schreibtisch an. »Was geht mich Ihr Park an? Scheren Sie sich zum –«

»Einen Augenblick«, unterbrach ihn Prokop und bemühte sich, seine Sache mit Geduld vorzubringen: »Nehmen wir an, es treten Umstände ein, wo . . . wo es einem ganz gleichgültig ist, was geschieht – verstanden?« brüllte er plötzlich los. Rasselnd und klirrend stürzte er zum Wandkalender. »Dienstag, heute ist Dienstag! Und hier, hier habe ich –« Er suchte fieberhaft in den Taschen, bis er eine Seifenschachtel, die notdürftig mit einem Bindfaden umwickelt war, fand und hervorzog. »Wissen Sie, was das ist? Vorläufig nur fünfzig Gramm.«

»Krakatit?« rief Carson, von jäher Hoffnung über das ganze Gesicht strahlend, »Sie bringen es uns? Dann – ja, dann –«

»Nichts dann«, unterbrach ihn Prokop grinsend und verstaute die Schachtel wieder in der Tasche. »Aber wenn ihr mich zum Äußersten treibt, dann . . . dann streue ich es aus, wo es mir beliebt. Was meinen Sie dazu?«

»Was meinen Sie dazu?« wiederholte Carson mechanisch, so bestürzt war er.

»Ordnen Sie an, daß der Kerl am Eingang verschwindet. Ich will im Park spazierengehen.«

Carson zuckte die Achseln. »Wenn sonst nichts . . .! Das ist eine Kleinigkeit. Ich freue mich . . . ich freue mich außerordentlich, Ihnen diesen Gefallen zu erweisen. Nun, und Sie . . . geben uns die fünfzig Gramm?«

»Nein. Ich werde sie selbst vernichten; aber . . . vorher möchte ich mich vergewissern, ob unser alter Vertrag noch gilt. Bewegungsfreiheit und so weiter. Sie erinnern sich!«

»Alter Vertrag!« brummte Carson. »Zum Kuckuck mit Ihrem alten Vertrag! Damals waren Sie noch nicht – damals hatten Sie noch kein Verhältnis –«

Prokop sprang auf ihn zu: »Was sagen Sie da? Was hatte ich nicht?«

»Nichts, nichts«, beeilte sich Herr Carson, ein wenig verstört, ihn abzuwehren. »Ich weiß von nichts. Ihre Privatangelegenheiten interessieren mich nicht. Wenn Sie im Park spazierengehen wollen, ist das Ihre Sache. Leben Sie wohl, gehen Sie und –«

»Noch etwas«, sagte Prokop, von einem plötzlichen Verdacht erfaßt, »lassen Sie es sich ja nicht einfallen, etwa die elektrische Leitung meines Laboratoriums zu unterbrechen. Sonst –«

»Gut, gut«, versicherte Herr Carson eilig. »Status quo, ich verstehe. Viel Glück! – Verdammter Kerl!« fügte er verärgert hinzu, als Prokop außer Hörweite war.

Schwer und massiv wie ein Geschütz bewegte sich Prokop, bei jedem Schritt rasselnd, durch den Park. Vor dem Schloß stand eine Gruppe von Herren; kaum erblickten sie ihn aus der Ferne, traten sie ziemlich verwirrt den Rückzug an. Offenbar hatte man sie bereits über den mit Sprengstoff geladenen Wildling aufgeklärt; ihre Rücken drückten dementsprechend stärksten Ärger aus, daß man »derartiges überhaupt dulde«. Herr Krafft führte mit Egon gerade peripatetischen Unterricht durch. Kaum erspähte er Prokop, ließ er Egon stehen und lief auf ihn zu. »Können Sie mir die Hand reichen?« fragte er und errötete über seinen eigenen Heldenmut. Von Krafft erfuhr er, wie es sich blitzschnell im Schloß herumgesprochen habe, er, Prokop, sei ein Anarchist. Und da heute abend ein Thronfolger hier eintreffen sollte, wolle man Seiner Hoheit depeschieren, die Reise zu verschieben; eben jetzt werde darüber eine große Familienberatung abgehalten.

Prokop machte auf der Stelle kehrt und ging ins Schloß. Zwei Kammerjungfern nahmen auf dem Flur vor ihm Reißaus, drückten sich schreckensbleich an die Wand und ließen den klirrenden, geladenen Attentäter wortlos vorbei.

Im großen Salon wurde eben beraten. Onkel Rohn ging sorgenvoll auf und ab, die älteren Verwandten waren außer sich über die Verworfenheit der Anarchisten, der dicke Vetter schwieg, während ein anderer Herr eifrig dafür eintrat, einfach Soldaten gegen diesen verrückten Kerl antreten zu lassen: Entweder er ergibt sich, oder er wird erschossen. In diesem Augenblick flog die Tür auf, und Prokop betrat mit großen Schritten den Salon. Er blickte in die Runde: Die Prinzessin war nicht da. Während alle andern vor Schreck erblaßten und sich in Erwartung des Schlimmsten erhoben, sagte Prokop heiser zu Rohn: »Ich bin nur gekommen, um zu sagen, daß dem Thronfolger nichts geschehen wird.« Ein kurzes Nicken, und schon entfernte er sich, mächtig ausschreitend wie die Statue des Komturs.

XXXVII.

Der Flur war leer. Er schlich so leise wie nur möglich zu den Gemächern der Prinzessin und wartete vor der Tür, reglos wie einer von den Blechrittern unten in der Treppenhalle. Die Zofe kam heraus, stieß einen durchdringenden Schrei aus, als hätte sie ein Gespenst erblickt, und verschwand, woher sie gekommen. Eine Weile später öffnete sie ängstlich wieder die Tür, hieß Prokop wortlos eintreten, wobei sie Schritt um Schritt zurückwich und schließlich entwischte. Die Prinzessin schleppte sich ihm entgegen; sie war in einen langen Mantel gehüllt und hatte wohl eben erst das Bett verlassen. Die Haare über der Stirn waren wirr und feucht, als hätte sie gerade einen kühlenden Umschlag abgenommen; ihr Gesicht war von fahler Blässe und unschön. Sie fiel ihm um den Hals, bot ihm ihre fieberheißen Lippen. »Du bist gut«, flüsterte sie matt. »Ich habe unerträgliche Kopfschmerzen, o Gott! Man erzählt, du hättest die Taschen voll mit Bomben? Ich fürchte mich nicht vor dir. Geh jetzt, ich bin häßlich. Mittag komme ich zu dir, ich werde nichts essen, mir ist gar nicht wohl. Geh!« Sie berührte seinen Mund mit schmerzenden, fieberrissigen Lippen und verdeckte ihr Gesicht, damit er sie nicht sähe.

In Begleitung von Herrn Holz kehrte er ins Laboratorium zurück. Jeder, der ihm begegnete, wich zurück, sprang beiseite und, wenn es nicht anders ging, über den Graben. Prokop stürzte sich wieder wie besessen in seine Arbeit. Er mischte Stoffe, wie es sich niemand hätte einfallen lassen, von einer fast blinden Sicherheit geleitet, daß diese Mischung einen Sprengstoff ergeben werde. Damit füllte er Fläschchen, Streichholzschachteln, leere Blechbüchsen, alles, was ihm unterkam, und stellte sie auf den Tisch, aufs Fensterbrett, auf den Fußboden, mußte darübersteigen, hatte kaum noch Platz zum Sitzen und Stehen. In der ersten Mittagsstunde kam die Prinzessin, verschleiert und den Mantel bis zum Kinn geschlossen. »Nein, nein, ich bin heute häßlich. Arbeite, als ob ich nicht da wäre; ich will dir nur zusehen.«

Sie setzte sich auf den äußersten Rand eines Stuhls inmitten des furchtbaren Arsenals von oxozoniden Sprengstoffen. Prokop wog, die Lippen aufeinandergepreßt, etwas ab und mischte es; die Masse zischte auf, verbreitete einen säuerlichen Geruch und wurde dann auf das Sorgfältigste filtriert. Die Prinzessin starrte mit reglosen heißen Augen auf seine Hände. Beide dachten an das heutige Eintreffen des Thronfolgers.

Prokop blickte suchend nach dem Regal mit den Chemikalien. Da erhob sie sich, lüftete den Schleier, schlang ihre Arme um seinen Hals und preßte ihre schmalen trockenen Lippen auf seinen Mund. In stummer, krampfhafter Umarmung verharrte das Paar, umgeben von Flaschen mit dem gefährlichen Oxozobenzol und den hochexplosiven Knallsäuresalzen. Dann schob sie ihn wieder von sich, verhüllte ihr Gesicht und setzte sich. Unter ihren Blicken fuhr Prokop in seiner Arbeit fort wie ein flinker Bäcker, der den Teig mischt. Das hier war ein teuflischer Stoff, wie ihn noch niemand hergestellt hatte, ein gewalttätiges, unheimlich empfindliches Öl, die verkörperte Entflammbarkeit und Heftigkeit. Und dies da, dies wasserhelle, ätherartig Flüchtige, das war jenes furchtbar und unberechenbar explosive

Ding, ein Stoff von höchster Sprengkraft. Er sah sich um, wo er die Flasche mit diesem Namenlosen hinstellen könnte. Sie nahm sie ihm lächelnd aus der Hand und hielt sie fest umklammert.

Draußen rief Herr Holz jemandem »Halt!« zu. Prokop lief hinaus. Es war oncle Rohn, der bedenklich nahe der Sprengfalle stand.

Prokop ging ihm entgegen. »Was suchen Sie hier?«

»Minni«, antwortete oncle Charles sanft, »sie fühlt sich nicht wohl, und darum –«

Prokops Mundwinkel zuckten. »Holen Sie sie selbst«, sagte er und führte ihn hinein.

»Ah, oncle Charles«, begrüßte ihn die Prinzessin freundlich. »Sieh dir das an, es ist ungemein interessant.«

Onkel Rohn blickte erst forschend auf sie und dann im Raum umher und atmete erleichtert auf. »Das solltest du nicht tun, Minni«, meinte er rügend.

»Warum nicht?« wandte sie unschuldig ein.

Er sah Prokop ratlos an. »Weil . . . weil du fieberst.«

»Hier fühle ich mich besser«, bemerkte sie ruhig.

»Du solltest überhaupt nicht . . .« Le bon prince seufzte und wurde ernstlich rot dabei.

»Mon oncle, du weißt, daß ich immer tue, was ich will«, beendete sie unwiderruflich die Auseinandersetzung, während Prokop mehrere gefüllte Büchsen von einem Stuhl wegräumte. »Nehmen Sie Platz«, lud er Rohn höflich ein.

Oncle Charles schien von der ganzen Situation nicht sehr begeistert. »Stören wir Sie nicht . . . stören wir dich nicht bei der Arbeit?« fragte er Prokop ziellos.

»Durchaus nicht«, entgegnete Prokop, der Infusorienerde zwischen den Fingern zerrieb.

»Was machst du da?«

»Sprengstoffe. Die Flasche, bitte«, wandte er sich an die Prinzessin.

Sie reichte sie ihm und sagte herausfordernd und überdeutlich: »Da hast du sie.« Onkel Rohn zuckte zusammen, als hätte ihn etwas gestochen; doch da fesselte ihn schon die gewandte und vorsichtige Sorgfältigkeit, mit der Prokop die reine Flüssigkeit auf das Häuflein Erde abtropfen ließ.

Er räusperte sich und fragte: »Wodurch gelangt das zur Explosion?«

»Durch Erschütterung«, erwiderte Prokop und zählte die Tropfen ab.

Oncle Charles sah die Prinzessin an. »Wenn du Angst hat, oncle«, bemerkte sie trocken, »brauchst du nicht auf mich zu warten.«

Er rückte resigniert auf seinem Stuhl hin und her und klopfte mit dem Stock an eine Blechbüchse von kalifornischen Pfirsichen: »Was ist das?«

»Eine Handgranate«, erklärte Prokop. »Hexanitrofenylmethylnitramin und Schraubenmuttern. Heb es einmal auf!«

Onkel Rohn war verlegen. Er nahm eine Zündholzschachtel vom Pult, drehte sie zwischen den Fingern hin und her und meinte: »Wäre da nicht vielleicht . . . etwas mehr Vorsicht . . . geboten?«

»Sicherlich«, stimmte Prokop zu und nahm ihm das Schächtelchen aus der Hand. »Das ist Chlorargonat. Damit spielt man nicht.«

Oncle Charles Gesicht verfinsterte sich. »Auf mich macht das alles . . . den etwas unangenehmen Eindruck von Einschüchterung«, bemerkte er scharf.

Prokop warf die kleine Schachtel auf den Tisch: »So? Ich dagegen hatte den Eindruck von Einschüchterung, als Sie mir mit der Festung drohten.«

». . . Ich kann nur sagen«, meinte Rohn, den Vorwurf überhörend, »daß mich diese ganze Handlungsweise . . . nicht im geringsten beeindruckt.«

»Mich sehr«, verkündete die Prinzessin.

»Fürchtest du, daß er etwas anstellt?« wandte sich le bon prince an sie.

»Ich *hoffe* es«, sagte sie gläubig. »Glaubst du, er wäre nicht dazu imstande?«

»Daran zweifle ich nicht«, sagte Rohn, ohne zu zögern. »Gehen wir?«

»Nein. Ich möchte ihm helfen.«

Prokop zerbrach einen Metallöffel zwischen den Fingern. »Wozu das?« fragte sie neugierig.

»Ich habe keine Nägel mehr«, brummte er, »um die Bomben zu füllen.« Er blickte um sich, auf der Suche nach etwas Metallenem. Da erhob sich die Prinzessin errötend, streifte rasch den einen Handschuh ab und zog einen Goldring vom Finger. »Nimm das«, sagte sie leise; sie hielt die Augen gesenkt, und ihre Wangen flammten. Prokop nahm ihn bebend entgegen; es war so feierlich . . . wie eine Verlobung. Er zögerte, wog den Ring auf dem Handteller. Sie hob den Blick zu ihm, eine drängende, leidenschaftliche Frage in den Augen; er nickte ernst und legte den Ring auf den Boden der Blechbüchse.

Oncle Charles blinzelte besorgt und tieftraurig mit den Vogelaugen des Poeten.

»Jetzt können wir gehen«, sagte die Prinzessin verhalten.

Gegen Abend traf der Thronfolger ein. Am Eingang stand eine Ehrenkompanie; es gab eine offizielle Begrüßung, die Dienerschaft stand Spalier, Park und Schloß waren festlich beleuchtet. Prokop saß auf einem Hügel vor dem Laboratorium und blickte mit trüben Augen auf das Schloß hinab. Niemand war mehr zu sehen; Stille und Dunkelheit breiteten sich aus, nur das Schloß erstrahlte in grellem Lichterglanz.

Prokop erhob sich mit einem tiefen Seufzer von seinem Sitz. »Zum Schloß?« fragte Herr Holz und schob den Revolver aus der Hosentasche in die Tasche seines unverwüstlichen Gummimantels hinüber.

Sie gingen durch den jetzt dunklen Park; zwei- oder dreimal trat eine Gestalt vor ihnen ins Gebüsch zurück, etwa fünfzig Schritte hinter ihnen vernahm man verdächtige Schritte im raschelnden Laub, aber sonst war alles öde und verlassen. Nur vom Schloß her leuchtete es aus großen goldenen Fenstern.

Es war Herbst, schon Herbst. Ob in Teinitz der Brunnen immer noch so silbrig tropft? Kein Windhauch regte sich, und dennoch strich ein leiser, fröstelnder Schauer über die Erde oder durch die Bäume. Über den Himmel glitt eine Sternschnuppe, eine breite, rotglühende Bahn hinterlassend.

Einige Herren im Frack traten auf die Terrasse über der Schloßtreppe; sie sahen elegant und zufrieden aus, plauderten, rauchten, lachten und kehrten wieder in die Salons zurück. Prokop saß still auf einer Bank und drehte die Blechbüchse mit dem zerbrochenen Löffel, dem Ring und dem namenlosen Stoff zwischen den verstümmelten Fingern hin und her.

Herr Holz näherte sich ihm scheu. »Heute kann sie nicht kommen«, sagte er schonend.

»Ich weiß.«

Im Gästeflügel flammten die Fenster auf. Das waren die »Fürstenzimmer«. Nun leuchtete das ganze Schloß so feenhaft und unwirklich wie ein Traumgebilde. Alles war dort versammelt: unermeßlicher Reichtum, Schönheit, Ehrgeiz, Lebenskunst, Anmut, geistreiche Schlagfertigkeit und Selbstbewußtsein; als wären es andere Menschen – andere Menschen –

Wie ein eigensinniges Kind schüttelte Prokop seine Rasselbüchse. Allmählich verlöschten die Fenster; noch leuchtete eins hier, das war Rohns Fenster, und ein anderes dort, im Schlafzimmer der Prinzessin. Onkel Rohn öffnete einen Fensterladen und sog die kühle Nachtluft ein; dann sah man ihn hin und her gehen, von der Tür zum Fenster, vom Fenster zur Tür, unaufhörlich hin und her. Hinter dem verhängten Fenster der Prinzessin bewegte sich nicht einmal ein Schatten.

Auch bei Onkel Rohn verlöschte das Licht; nun schimmerte nur noch ein einziges mattleuchtendes Fenster. Ob der menschliche Gedanke einen Weg finden, sich mit Gewalt einen Weg bahnen kann durch die über hundert Meter stummen Raumes, um das wache Gehirn des andern Menschen zu erreichen? Was soll ich dir verkünden, tatarische Fürstin? Schlafe, es ist schon Herbst; und wenn es einen Gott über uns gibt, dann möge er dir mit kühlenden Fingern über die glühende Stirn streichen.

Das mattrote Fenster erlosch.

XXXVIII.

Am Morgen entschloß er sich, nicht in den Park zu gehen, in der richtigen Annahme, dort nur hinderlich zu sein. Er suchte sich einen verhältnismäßig niedrig gelegenen, halb verödeten Platz aus, an dem vorüber ein direkter Weg vom Schloß durch den alten verwachsenen Wall zum Laboratorium führte. Er erklomm den Wall, von wo er, halbwegs gedeckt, eine Ecke des Schlosses und einen kleinen Teil des Parkes übersehen konnte. Hier gefiel es ihm; er grub ein paar Handgranaten ein und beobachtete abwechselnd den Park, einen eiligen Laufkäfer und die Sperlinge auf den schwankenden Zweigen. Einmal flog sogar ein Rotkehlchen an. Mit Entzücken sah Prokop dem kleinen Vogel mit dem rotbraunen Kehlchen zu, wie er ein wenig trillerte, mit dem Schwanz wippte und wieder davonflog.

Unten im Park erging sich die Prinzessin in Begleitung eines hochgewachsenen jungen Mannes; in ehrfurchtsvoller Entfernung folgte eine Gruppe Herren. Die Prinzessin blickte zur Seite und bewegte die Hand, als hielte sie eine Gerte und peitschte damit den Sand. Mehr war nicht zu erkennen.

Später tauchte Onkel Rohn mit dem dicken Vetter auf. Dann war niemand mehr zu sehen. Lohnte es sich überhaupt, hier zu sitzen?

Es ging gegen Mittag. Plötzlich tauchte hinter der Ecke des Schlosses die Prinzessin auf und kam geradewegs auf ihn zu. »Bist du hier?« rief sie leise. »Komm herunter und halte dich links.«

Er kroch den Wall hinunter und arbeitete sich linkerhand durch das Gebüsch. Dort lag ein Haufen mit allen möglichen Abfällen, daß man sich wunderte, derlei Dingen in der Umgebung eines fürstlichen Schlosses zu begegnen. Vor diesem armseligen Hügel stand die Prinzessin, lebhafter und anmutiger denn je, und sagte: »Als ich noch klein war, kam ich immer hierher, um meinen Ärger loszuwerden. Niemand kennt diese Stelle. Gefällt sie dir?«

Er merkte, sie wäre böse geworden, wenn er ihr nicht zugestimmt hätte, und beeilte sich daher, »ja« zu sagen. Sie strahlte und umarmte ihn. »Du Lieber, weißt du, wenn ich hierherkam, setzte ich mir eine Blechdose als Krone auf und spielte Königin. ›Schirrt das Sechsergespann an‹, befahl ich meinen Dienern, ›wir reisen nach Zanubien.‹ Das war mein Traumland. Zanubien, Zanubien! Gibt es das auf der Welt? Komm, wir fahren nach Zanubien. Du wirst es finden, du kennst doch alles –«

Noch nie war sie so heiter und lebhaft gewesen wie heute. Ein leidenschaftlicher Verdacht ergriff ihn; er wollte sie umarmen. »Nein, laß mich«, wehrte sie ab, »sei vernünftig, du bist Prospero, Prinz von Zanubien, und nur als Zauberer verkleidet, um mich zu entführen oder auf die Probe zu stellen. Doch da kommt Prinz Rhizopod aus dem Reich Alicuri-Filicuri-Tintili-Rhododendron, um mich zu freien; ein ganz abscheulicher Mensch, statt einer Nase hat er eine dicke Kerze, seine Hände sind eiskalt, hu! Schon will er mich zur Frau nehmen, da erscheinst du und sagst: ›Ich bin der Zauberer Prospero, Erbprinz von Zanubien.‹ Mon oncle Metastasio fällt dir um den Hals, und sie beginnen zu läuten, zu blasen und zu böllern –«

Prokop begriff nur allzu gut, daß ihr liebliches Geplapper etwas sehr Ernstes bedeutete, und hütete sich, sie zu unterbrechen. Sie hielt ihn um den Hals gefaßt und rieb ihre duftende Wange und ihre Lippen an seinem rauhen Gesicht. »Oder nein, anders: Ich bin die Prinzessin von Zanubien, und du bist der Große Prokopokopok, der Geisterkönig. Aber ich bin verwunschen, denn sie haben den bösen Zauberspruch: ›Ore, ore baléne, magot malista manigoléne‹ über mir gemurmelt, und darum bekommt mich ein Fisch, ein Fisch mit Fischaugen und Fischhänden und einem Fischkörper, und ich soll mit ihm auf seine Fischburg. Da fliegt der Große Prokopokopok auf seinem Sturmmantel herbei und entführt mich – Leb wohl«, schloß sie unvermittelt und küßte ihn auf den Mund. Sie lächelte noch einmal, strahlend und rosig, und ließ den düster Dreinblickenden auf den morschen Trümmern Zanubiens zurück. Was hatte das alles zu bedeuten? Sie verlangte, daß er ihr helfe, das war klar; sie unterlag dem Druck und erwartete von ihm . . . daß er sie rette! Mein Gott, was tun?

Tief in Gedanken versunken, ging Prokop langsam seinem Laboratorium zu. Da blieb wohl nichts mehr als . . . der große Angriff; doch wo damit beginnen? An der Tür angelangt, griff er in die Tasche nach dem Schlüssel; da hielt er verblüfft inne und begann ehrlich zu fluchen. Die Außentür des Laboratoriums war mit quer angebrachten Eisenstangen verbarrikadiert. Wütend rüttelte er daran, aber sie gaben nicht nach.

An der Tür war ein Zettel angebracht: »Auf Anordnung der Zivilbehörden bleibt dieser Raum wegen unzulässiger Anhäufung von Sprengstoffen ohne gesetzliche Sicherheitsvorkehrungen nach §§ 216 und 217 d. lit. F tr. z. u. Verordn. 63.607 M. 1889 geschlossen.« Die Unterschrift war unleserlich. Darunter stand mit Tinte geschrieben: »Herrn Ing. Prokop wird bis auf weiteres ein Raum beim Wächter Gerstensen, Sicherheitswache III, zugewiesen.«

Herr Holz prüfte fachgemäß die Eisenriegel; dann ließ er einen Pfiff vernehmen und steckte die Hände in die Taschen: Da war wirklich nichts zu machen. Prokop lief um die Baracke herum: Die Explosivfallen waren pioniermäßig entfernt worden, alle Fenster noch von früher her vergittert. Prokop überzählte rasch in Gedanken seine Kriegsmittel: fünf schwächere Bomben in den Taschen, vier stärkere Granaten auf dem Hügel von Zanubien vergraben; das war recht dürftig für eine größere Aktion. Wutentbrannt eilte er ins Büro dieses verdammten Carson; na warte, mein Lieber, mit dir werde ich ein Hühnchen rupfen! Dort angelangt, meldete ihm ein Diener, der Herr Direktor sei nicht da und werde auch nicht so bald wiederkommen. Prokop schob ihn beiseite und drang in das Direktionszimmer ein. Carson war wirklich nicht da. Raschen Schrittes durchmaß er alle Büroräume, was sämtliche Angestellte des Werkes bis zum letzten Telefonfräulein in Aufruhr versetzte, Carson war nirgends.

Prokop lief zum Hügel von Zanubien, um wenigstens seine Munition zu retten. Dort fand er eine neuerliche Überraschung: Der ganze Hügel samt dem dschungelartigen Buschwerk und dem Kehrichthaufen war durch spanische Reiter abgesperrt; es glich einer befestigten Höhe im Kriegszustand. Er versuchte, die Drähte zu entwirren, ritzte sich aber nur die Hände blutig, ohne etwas zu erreichen. Da drang er, vor Wut heulend und auf nichts mehr achtend, durch den Stacheldraht ins Innere ein; seine vier großen Granaten waren ausgegraben und verschwunden. Ohnmächtiger Zorn schüttelte ihn. Zu allem begann es noch abscheulich zu nieseln. Er kroch zurück, Rock und Hose in Fetzen, Hände und Gesicht blutiggekratzt, und rannte zum Schloß, um die Prinzessin, Rohn, den Thronfolger oder wen immer zu treffen. In der Schloßhalle vertrat ihm der blonde Riese den Weg, bereit, sich in Stücke reißen zu lassen, wenn es sein müßte. Prokop zog eine seiner Sprengbüchsen hervor und fuchtelte drohend damit. Der Riese blinzelte nur, ohne einen Schritt zu weichen; plötzlich stürzte er vor und umklammerte Prokops Schultern. Da schlug ihm Holz mit dem Revolverknauf so fürchterlich über die Finger, daß er aufbrüllte und losließ. Auf einmal sahen sie sich drei Männern – wie aus dem Boden gewachsen – gegenüber. Den Augenblick, den die drei mit dem Angriff zögerten, benutzten die beiden, um sich blitzschnell mit dem Rücken gegen die Wand zu stellen. Prokop hielt die Sprengbüchse in der erhobenen Hand, entschlossen, sie dem ersten, der sich ihm nähern wollte, vor die Füße zu werfen, während Holz (nun völlig revolutioniert) den schußbereiten Revolver im Anschlag hielt. Vier blasse Männer standen ihnen gegenüber, ein wenig vorgeneigt, drei von ihnen mit schußbereiten Revolvern in der Hand; die Lage war mehr als bedrohlich. Prokop täuschte einen strategischen Angriff auf die Treppe vor. Die vier wandten sich nach dieser Seite hin, im Hintergrund ergriff jemand die Flucht; es herrschte vollkommene Stille. »Nicht schießen!« zischte einer verhalten. Prokop hörte seine Taschenuhr ticken. Im Stockwerk oben lärmten fröhliche Stimmen, dort ahnte man nichts. Da der Ausgang jetzt frei war, wich Prokop, durch Holz gedeckt, rückwärts zur Tür. Die vier Männer bei der Treppe standen wie zu Säulen erstarrt. Da brach Prokop aus.

Es nieselte kalt und unfreundlich; was nun? Rasch überdachte er die Lage. Vielleicht sollte er die Schwimmschule am Teich in eine Wasserfestung verwandeln? Aber von dort hatte man wiederum keine Aussicht aufs Schloß. Jäh entschlossen, lief Prokop, von Holz gefolgt, zum Pförtnerhaus. Sie drangen ein, als der alte Pförtner gerade beim Mittagessen saß; es ging über seine Begriffe, daß man ihn »gewaltsam und unter Androhung des Todes« davonjagte. Kopfschüttelnd eilte er aufs Schloß, um sich zu beschweren. Prokop war mit der eroberten Position überaus zufrieden. Er schloß das aus dem Park hinausführende Tor sorgfältig ab und verzehrte dann mit sichtlichem Appetit das Mittagessen des Alten. Nachher trug er alles zusammen, was in dem kleinen Haus auch nur entfernt einer Chemikalie ähnelte, wie Kohle, Salz, Zucker, Leim, eingetrocknete Ölfarbe und andere Schätze, und überlegte, was sich damit herstellen ließe. Holz stand teils Wache, teils verwandelte er die Fenster in Schießscharten, was mit Rücksicht auf seine vier Sechsmillimeterpatronen ein wenig übertrieben war. Inzwischen richtete sich Prokop auf dem Küchenherd sein Laboratorium ein; es stank erbärmlich, immerhin war das Ergebnis ein etwas schwerfälliger Sprengstoff.

Die Feindesseite unternahm keinen Angriff; wahrscheinlich wollte man während der Anwesenheit des hohen Gastes jeden Skandal vermeiden. Prokop zerbrach sich den Kopf, wie man das Schloß am besten aushungern könnte. Er durchschnitt zwar die Telefonleitung, doch verblieben noch drei Ausgänge, ungerechnet der Weg durch den Wall zu den Werksanlagen. Er verzichtete daher, wenn auch ungern, auf seinen Plan, das Schloß von allen Seiten zu belagern.

Es regnete unaufhörlich. Das Fenster der Prinzessin öffnete sich, und eine helle Gestalt schrieb mit der Hand große Buchstaben in die Luft. Prokop vermochte sie nicht zu entziffern, trotzdem stellte er sich vor das Pförtnerhaus und schrieb seinerseits aufmunternde Botschaften in die Luft, wobei er die Arme wie die Flügel einer Windmühle bewegte. Gegen Abend lief Doktor Krafft zu den Aufständischen über. In seinem edlen Eifer hatte er vergessen, eine Waffe mitzubringen, so daß diese Verstärkung eher moralisch zu werten war. Abends hörten sie Herrn Paul heranschlurfen, der in einem Korb einen wunderbaren kalten Abendimbiß und eine Menge roten Wein und Champagner herbeigeschleppt brachte. Er behauptete, von niemandem dazu beauftragt worden zu sein. Trotzdem gab ihm Prokop eine Botschaft mit – ohne näher zu sagen, für wen sie bestimmt sei –, er danke für alles und werde sich auf keinen Fall ergeben. Bei dem abenteuerlichen Abendessen entschloß sich Dr. Krafft zum erstenmal, Wein zu trinken, wahrscheinlich, um seinen Mannesmut zu beweisen. Die Folge war auf seiner Seite eine mondsüchtig-selige Stummheit, während Prokop und Herr Holz Kriegslieder anstimmten. Obgleich jeder von ihnen in einer andern Sprache und ein anderes Lied sang, verschmolzen ihre Stimmen in der Ferne und namentlich in der Dunkelheit beim Rauschen des hartnäckigen Regens zu einem recht furchterregenden und bedrückenden Zwiegesang. Im Schloß öffnete sogar jemand ein Fenster, um zu lauschen; dann versuchte dieser Jemand, den Gesang aus der Ferne zu begleiten, ging jedoch bald in die »Eroika« über und endete mit unsinnig dröhnenden Griffen in die Tasten. Als die Lichter im Schloß verlöschten, verbaute Herr Holz die Tür mit einer Riesenbarrikade, worauf die drei Helden friedlich entschlummerten. Am Morgen erwachten sie erst durch das energische Klopfen des Herrn Paul, der allen dreien Kaffee brachte.

XXXIX.

Es regnete. Der dicke Vetter kam mit einer weißen Parlamentärsflagge angerückt und schlug Prokop vor, aufzugeben; er bekomme sein Laboratorium wieder und so weiter. Prokop erklärte, auf keinen Fall von hier zu weichen, es sei denn, man sprenge ihn in die Luft; vorher würde er sich freilich noch melden, daß ihnen allen Hören und Sehen vergehen werde. Mit dieser dunklen Drohung kehrte der Vetter zurück. Offenbar ertrug man im Schloß nur schwer, daß der Haupteingang blockiert war, doch wollte man nicht viel Aufhebens von der Sache machen.

Dr. Krafft, der Friedensfreund, sprudelte förmlich über von wilden, kriegerischen Vorschlägen: Man müßte die elektrische Leitung ins Schloß unterbrechen, die Wasserzufuhr absperren oder Giftgas herstellen und gegen das Schloß ausströmen lassen. Herr Holz fand eine alte Zeitung, fischte einen Kneifer aus seinen unergründlichen Taschen und las den ganzen Tag über, einem Universitätsdozenten zum Verwechseln ähnlich. Prokop langweilte sich maßlos; er brannte vor Sehnsucht nach einer großen Tat, wußte aber nicht, wie er es anstellen sollte. Schließlich überließ er Holz die Bewachung des Pförtnerhauses und streifte mit Krafft durch den Park.

Sie trafen keine Menschenseele; offenbar waren die feindlichen Kräfte im Schloß konzentriert. Sie umschlichen das Schloß, bis sie zu den Speichern und Ställen kamen. »Wo ist Whirlwind?« fragte Prokop unvermittelt. Krafft wies auf eine Fensterluke in einer Höhe von etwa drei Metern. »Stützen Sie sich auf!« flüsterte Prokop, kletterte auf Kraffts Rücken und stellte sich ihm auf die Schultern. Krafft sank unter der Last fast zusammen; nun tanzte Prokop ihm noch auf den Schultern herum – was machte er eigentlich da oben? Ein schwerer Fensterrahmen flog zur Erde, von der Wand rieselte Sand herab. Auf einmal schwang sich die Last hinauf, Krafft blickte erstaunt empor und unterdrückte mit Mühe einen Aufschrei: Oben bewegten sich nur noch zwei Beine, die ruckweise in der Fensterluke verschwanden.

Die Prinzessin reichte Whirlwind gerade ein Stückchen Brot und betrachtete versonnen sein schönes Auge, als sie am Fenster ein Geräusch vernahm. Im Zwielicht des warmen Pferdestalles unterschied sie eine ihr wohlvertraute Hand, die eben dabei war, das Drahtgitter aus dem Stallfenster zu entfernen. Die Prinzessin preßte die Hand an den Mund, um nicht aufzuschreien.

Mit Händen und Kopf voran landete Prokop in Whirlwinds Raufe. Dann sprang er hinunter, und nun stand er da, etwas abgeschürft zwar, aber sonst heil. Ein wenig ohne Atem, bemühte er sich zu lächeln. »Still«, flüsterte die Prinzessin erschrocken, denn hinter der Tür war der Stallbursch. Und schon lag sie an Prokops Brust. »Prokopokopok!« Er zeigte aufs Fenster: Dort hinauf und rasch fort! »Wohin?« fragte die Prinzessin flüsternd.

»Zum Pförtnerhaus.«

»Du Dummer! Wieviel seid ihr dort?«

»Drei.«

»Siehst du! Das geht doch nicht!« Sie fuhr ihm über die Wange.

Prokop überlegte blitzschnell, wie er sie entführen könnte. Es war halbdunkel im Stall, der Pferdegeruch wirkte erregend. Ihre Augen funkelten, als sie einander leidenschaftlich küßten. Sie war ganz Hingabe; plötzlich riß sie sich los und flüsterte schwer atmend: »Geh jetzt, geh!« Sie standen einander zitternd gegenüber und fühlten beide das Unreine der Leidenschaft, von der sie besessen waren. Prokop wandte sich ab, eine Sprosse der Leiter brach unter seinem Griff; erst das brachte ihn wieder zur Besinnung. Er drehte sich um und sah, daß sie ihr Taschentuch zerbiß und in kleine Stücke riß, die sie heftig an ihre Lippen drückte und ihm dann wortlos zur Belohnung oder zur Erinnerung reichte. Da neigte er sich und küßte die Stelle auf dem Stallbaum, wo eben noch ihre erregte Hand geruht hatte. Nie hatten sie einander leidenschaftlicher geliebt als in diesem Augenblick, da sie kein Wort aus sich herausbrachten und fürchteten, einander zu berühren. Auf dem Hofe draußen knirschten Schritte im Sand. Die Prinzessin gab ihm einen Wink, Prokop sprang auf die Leiter, ergriff einen Haken an der Decke und schwang sich mit den Beinen voran durchs Fenster hinaus. Als er unten aufsprang, umarmte ihn Dr. Krafft vor Freude. »Haben Sie den Pferden die Sehnen durchschnitten?« flüsterte er blutdürstig; als Kriegshandlung schien ihm das durchaus berechtigt.

Prokop eilte schweigend zum Pförtnerhäuschen, von plötzlicher Angst um Holz getrieben. Von weitem schon sah er die niederschmetternde Wirklichkeit: Zwei Männer standen in der Tür, der Gärtner verharkte die Spuren des Kampfes im Sand, das Gittertor war geöffnet und Holz verschwunden. Einer der Männer hatte die Hand verbunden.

Verbittert und schweigend zog sich Prokop in den Park zurück. Dr. Krafft, der annahm, sein Anführer schmiede einen neuen Kriegsplan, störte ihn nicht weiter. Prokop ließ sich mit einem schweren Seufzer auf einem Baumstumpf nieder und vertiefte sich in die Betrachtung einer Handvoll Spitzenfetzen. Auf dem Wege tauchte ein Arbeiter auf, der einen Schubkarren mit trockenem Laub vor sich herschob. Krafft, dem er verdächtig vorkam, fiel über ihn her und verprügelte ihn; er verlor dabei seinen Kneifer, den er – jetzt kneiferlos – nicht wiederfinden konnte. Er nahm den auf dem Kampffeld zurückgelassenen Schubkarren als Beute und eilte damit zu Prokop. »Er ist ausgerissen!« meldete er, und seine kurzsichtigen Augen funkelten siegestrunken. Prokop brummte etwas und beschäftigte sich weiter mit dem weichen, weißen Mull zwischen seinen Fingern. Krafft wußte mit dem erbeuteten Schubkarren nichts Rechtes anzufangen; schließlich fiel ihm ein, man könnte ihn umstürzen und als Sitz verwenden.

Prokop erhob sich und schlug die Richtung zum Teich ein; Dr. Krafft folgte ihm samt dem Schubkarren; vielleicht dachte er an den Transport künftiger Verwundeter. Sie besetzten das auf Pfählen im Wasser stehende Schwimmbad. Prokop ging die Kabinen ab, von denen die größte der Prinzessin gehörte. Er fand darin einen Spiegel, einen Kamm mit einigen ausgekämmten Haaren, etliche Haarnadeln, einen Flauschbademantel und ein Paar Sandalen, intime, verlassene Dinge. Er verwehrte Krafft den Zutritt und besetzte mit ihm eine Herrenkabine auf der anderen Seite. Krafft strahlte; nun hatten sie sogar eine Flotte zur Verfügung, bestehend aus zwei Paddelbooten, einem Kanu und einem bauchigen Ruderboot, das ihr Flaggschiff darstellte. Prokop ging lange schweigsam auf dem Deck der Schwimmschule über dem großen Teich auf und nieder. Dann verschwand er in der Kabine der Prinzessin, setzte sich auf den Liegestuhl, nahm den Flauschmantel und vergrub sein Gesicht darin. Dr. Krafft, der trotz seiner unglaublich mangelhaften Beobachtungsgabe einiges von dem Geheimnis ahnte, schonte Prokops Gefühle. Er machte sich auf dem Schwimmdeck leise zu schaffen, leerte mit Hilfe eines Topfes das Wasser aus dem bauchigen Schlachtschiff und suchte nach den nötigen Rudern. Dabei entdeckte er sein ansehnliches kriegerisches Talent, wagte sich ans Ufer und brachte Steine jeden

Kalibers zum Schwimmbad geschleppt, darunter sogar zehn Kilogramm schwere Brocken, die er aus der Wallmauer brach. Dann baute er Brett um Brett des Brückenstegs ab, der das Festland mit dem Schwimmbad verband; am Ende waren sie nur noch durch zwei schmale Balken mit dem Ufer verbunden. Aus den abgerissenen Brettern gewann er Material zum Verbarrikadieren des Eingangs und außerdem eine Menge wertvoller rostiger Nägel, die er durch die Ruderblätter trieb. Mit den Spitzen nach außen gekehrt, entstand so eine furchtbare und wirklich mörderische Waffe. Nachdem das alles getan und für gut befunden war, hätte er sich dessen gern Prokop gegenüber gerühmt; aber der verhielt sich so still in der Kabine der Prinzessin, daß er kaum zu atmen schien. Dr. Krafft hockte über der grauen Fläche des Teiches, dessen Wasser sich kühl und leise regte; bald gluckste es auf, wenn ein Fisch hochschnellte, bald raschelte es im Schilf; da legte sich die Einsamkeit bange und schwer auf den so verlassenen Krafft.

Er stand auf, räusperte sich vor der Kabine der Prinzessin und sprach halblaut vor sich hin, um Prokops Aufmerksamkeit zu erregen. Endlich trat Prokop heraus, die Lippen fest aufeinandergepreßt und ein seltsames Leuchten in den Augen. Krafft führte ihn herum, zeigte ihm alles, gab sogar eine Probe, wie weit er einen Stein nach dem Feind schleudern könnte, wobei er fast ins Wasser fiel. Prokop sagte nichts, sondern umarmte ihn nur und küßte ihn auf die Wange. Dr. Krafft errötete vor Freude und hätte noch viel mehr für ihn tun mögen. Sie setzten sich auf eine Bank am Wasser, wo sich die braune Prinzessin zu sonnen pflegte. Im Westen erhoben sich die Wolken und gaben einen unendlich fernen, trübgoldenen Himmel frei. Der ganze Teich begann in einem blassen, rührend hellen Licht zu leuchten und zu glitzern. Dr. Krafft entwickelte eine funkelneue Theorie über den ewigen Krieg, das Vorrecht der Macht, die Rettung der Welt durch Heldentum, was in grausamem Widerspruch zur quälenden Trostlosigkeit dieses Herbstabends stand. Zum Glück aber war Dr. Krafft kurzsichtig und überdies Idealist, daher vollkommen unabhängig von seiner zufälligen Umgebung. Abgesehen von der kosmischen Schönheit dieser Stunde verspürten beide Kälte und Hunger.

Auf dem Festland kam Herr Paul, einen Korb am Arm, mit kurzen, eiligen Schritten herangetrippelt und blickte suchend nach links und nach rechts. Prokop fuhr ihm auf dem Schlachtschiff entgegen und verlangte von ihm zu wissen, von wem er geschickt sei. »Von niemand, bitte«, beteuerte der Alte, »aber meine Tochter Elisabeth ist Beschließerin.« Am liebsten hätte er nun von seiner Elisabeth erzählt, doch Prokop strich ihm freundlich über das weiße Haar und trug ihm für einen Unbekannten die Botschaft auf, daß er gesund und bei Kräften sei.

Dr. Krafft trank heute allein, schwatzte, philosophierte und wetterte wieder gegen alle Philosophie: Die Tat, meinte er, die Tat sei alles. Prokop saß unruhig auf der Bank der Prinzessin und starrte nur immerfort auf einen Stern – weiß der Himmel, warum er sich gerade diesen ausgesucht hatte –, es war der rötliche Beteigeuze im Orion. Es stimmte gar nicht, daß er gesund war; er spürte ein merkwürdiges Stechen an den Stellen, wo es damals in Teinitz gerasselt und geröchelt hatte, der Kopf drehte sich ihm, und ein Schüttelfrost durchlief den ganzen Körper. Er sprach wirr durcheinander und zitterte derart, daß Dr. Krafft völlig nüchtern und sehr besorgt wurde. Er bettete Prokop auf den Streckstuhl in der Kabine, deckte ihn mit allem möglichen, auch mit dem Flauschmantel der Prinzessin, zu und gab ihm einen neuen Umschlag auf die Stirn. Prokop behauptete, es sei ein Schnupfen; gegen Mitternacht schlief er ein und phantasierte, von schrecklichen Träumen geplagt.

XL.

Am Morgen erwachte Krafft erst durch Pauls Rufen. Er wollte aufspringen, war aber völlig gelähmt; er hatte die ganze Nacht gefroren und wie ein Hund zusammengerollt geschlafen. Als er endlich ein wenig zu sich kam, merkte er, daß Prokop fort war; eines der kleinen Schiffe ihrer Flottille schaukelte am Ufer. Es wurde ihm angst und bange um seinen Anführer. Am liebsten hätte er ihn gesucht, fürchtete sich jedoch, eine so gut ausgerüstete Festung zu verlassen. Er verbesserte daran, was noch zu verbessern war, und hielt mit kurzsichtigen Augen nach Prokop Ausschau.

Prokop, der, alle Glieder wie zerschlagen, mit einem schalen Geschmack im Mund, fiebergeschüttelt und etwas betäubt, erwacht war, saß schon lange im Park hoch oben im Wipfel einer alten Eiche, von wo man die ganze Schloßfront überblicken konnte. Er hielt sich an den Zweigen fest und hütete sich, gerade hinunterzusehen, da er sonst, vom Schwindel gepackt, abgestürzt wäre.

Diese Seite des Parks galt offenbar als sicher; selbst die alten

Verwandten wagten sich bis auf die Schloßtreppe, die Herren spazierten zu zweit oder dritt, eine ganze Kavalkade tummelte sich auf dem Hauptweg, und am Tor tat wieder der alte Pförtner Dienst. Nach zehn kam die Prinzessin in Begleitung des Thronfolgers und schlug die Richtung zum Japanischen Pavillon ein. In Prokop zuckte es, er glaubte, kopfüber hinunterzustürzen; krampfhaft hielt er sich an einem Ast fest, um dem Zittern zu begegnen. Niemand folgte ihnen; im Gegenteil, alle verließen eiligst den Park und versammelten sich wieder auf dem Platz vor dem Schlosse. Nun schien die entscheidende Unterredung stattzufinden. Es dauerte endlos lange, vielleicht eine Stunde, vielleicht fünf. Da sah man den Thronfolger, feuerrot im Gesicht und die Fäuste geballt, davoneilen. Die Herrschaften vor dem Schloß stoben auseinander und wichen zur Seite, als ob sie ihm Platz machten. Der Thronfolger lief, ohne nach links oder rechts zu sehen, die Treppe hinauf, wo ihm bereits Onkel Rohn barhäuptig entgegenkam. Sie sprachen eine Weile miteinander, le bon prince fuhr sich mit dem Handrücken über die Stirn, worauf beide verschwanden. Die Herrschaften vor dem Schloß bildeten kleine Gruppen, steckten die Köpfe zusammen und räumten dann endlich den Platz. Fünf Autos fuhren am Schlosse vor.

Prokop schwang sich aus der Eichenkrone an den Zweigen abwärts und sprang schwer auf die Erde auf. Er wollte zum Japanischen Pavillon laufen, vermochte aber kaum die Beine zu bewegen; er wankte wie durch einen dichten Nebel und suchte lange den Pavillon, denn die Dinge verschwammen vor seinen Augen und durchdrangen sich. Endlich war er da, sah die Prinzessin, wie sie mit strengen Lippen etwas vor sich hinmurmelte und dabei eine Gerte durch die Luft schwirren ließ. Er mußte alle Kräfte zusammennehmen, um halbwegs aufrecht vor sie hinzutreten. Sie erhob sich und schritt ihm entgegen: »Ich habe dich erwartet.« Er ging auf sie zu und stieß fast an sie an, denn er sah sie nur wie von weitem. Dann legte er ihr die Hand auf die Schulter, merkwürdig krampfhaft aufgerichtet und ein wenig schwankend, und bewegte die Lippen; er glaubte zu reden. Auch sie sagte etwas, doch es blieb unverständlich; alles spielte sich wie unter Wasser ab. Da heulten die Sirenen und Hupen der abfahrenden Autos auf.

Die Prinzessin zuckte zusammen. Prokop sah undeutlich ein bleiches Gesicht, in dem zwei dunkle Schlitze schwammen. »Es ist aus«, hörte er jetzt klar und nahe, »es ist aus. Lieber, Lieber, ich habe ihn fortgeschickt!« Wäre er seiner Sinne mächtig gewesen, dann hätte er sie gesehen: wie aus Elfenbein geschnitzt, von einer starren, qualvollen Schönheit auf der Höhe ihres Opfermuts. Aber er vermochte kaum die Lider zu bewegen, fühlte, wie eine ohnmächtige Schwäche darauf lastete, wie sich alles um ihn drehte und zuoberst zu kehren drohte. Auch die Prinzessin preßte die Hand gegen die Stirn und wankte; eben wollte sie sich seinen Armen anvertrauen, damit er sie, die von der überwältigenden Tat erschöpft war, stütze. Aber er kam ihr zuvor und stürzte lautlos zu ihren Füßen nieder; er war so körperlos zusammengesackt, als bestünde er nur aus Fetzen und Bandagen.

Dabei verlor er nicht das Bewußtsein, ließ die Augen umherirren, ohne zu begreifen, wo er sich befand und was mit ihm geschah. Ihm schien, als wolle man ihn aufheben; stöhnend wollte er nachhelfen, aber es ging nicht. »Das ist nur eine . . . Entropie«, sagte er; er glaubte, damit die Situation genügend erklärt zu haben und wiederholte es mehrere Male. Dann ergoß sich etwas mit dem Rauschen eines Wasserfalles in seinem Kopf. Der Kopf entglitt den bebenden Fingern der Prinzessin und schlug schwer auf den Boden auf. Sie fuhr wie von Sinnen in die Höhe und lief um Hilfe.

Er wußte von allem, was vorging, aber nur unklar. Er fühlte, wie ihn drei Mann aufhoben und ihn langsam, als wäre er aus Blei, davontrugen. Er hörte einen schweren, schleifenden Schritt und ihren raschen Atem und wunderte sich, daß sie ihn nicht wie einen Lappen, nur mit den Fingerspitzen, anfaßten. Jemand hielt ihn die ganze Zeit über an der Hand; matt wandte er sich um und erkannte die Prinzessin. »Sie sind brav, Paul«, sagte er dankbar zu ihr. Nun entstand eine verwirrte, atemlose Drängerei. Sie trugen ihn die Treppe hinauf, Prokop aber schien es, als fielen sie mit ihm wirbelnd in die Tiefe. »Drängt nicht so«, murmelte er, doch da begann alles um ihn zu kreisen, bis er nichts mehr wahrnahm.

Als er die Augen öffnete, sah er sich wieder im Kavalierzimmer liegen und Paul an seinem Bett, der ihn mit aufgeregten Fingern entkleidete. Zu Häupten stand die Prinzessin mit riesengroßen Augen. Prokop dachte alles wirr durcheinander. »Bin ich vom Pferd gefallen?« brabbelte er mühsam. »Sie – Sie – Sie waren dabei? Bums, Ex-Ex-Explosion. Litrogly-Nitrogry-Mikro-Ce Ha zwei O En O zwei. Kom-pli-zier-te Fraktur.« Er verstummte, als er eine schmale kühle Hand auf seiner Stirn fühlte. Dann erblickte er den Metzger-Doktor und bohrte seine Nägel in irgend jemandes kalte Finger. »Ich will nicht«, stöhnte er aus Furcht, es werde schmerzen; aber der Metzger legte nur das Ohr an Prokops Brust und lastete, lastete wie ein Felsblock. In seinen Ängsten fand er über sich dunkle, weitaufgerissene Augen, die ihn bannten. Der Metzger richtete sich auf und sagte zu jemand im Hintergrund: »Grippepneumonie. Bringen Sie Ihre Hoheit fort, das ist ansteckend.« Jemand redete wie unter Wasser, und der Doktor antwortete: »Wenn Lungenödem eintritt, dann – dann –« Prokop begriff, daß er verloren war und sterben müsse, aber das ließ ihn ganz kalt. So einfach hatte er es sich nie vorgestellt. Er hegte nur einen Wunsch: Man möge ihn ausschlafen lassen, ehe es zu Ende ging; aber statt dessen wickelten sie ihn in etwas Kaltes, oh! Endlich flüsterten sie nur noch. Prokop schloß die Augen und wußte von nichts mehr.

Als er erwachte, standen zwei schwarze Herren an seinem Lager. Er fühlte sich ungemein erholt. »Guten Tag«, sagte er und wollte sich erheben. »Sie dürfen sich nicht rühren«, bemerkte einer der Herren und drückte ihn sanft ins Kissen zurück. Da lag er denn folgsam. »Aber es geht mir schon besser, nicht?« fragte er zufrieden. »Natürlich«, brummte der andere Herr zögernd, »nur nicht bewegen. Ruhe, verstanden?«

»Wo ist Holz?« fragte Prokop in plötzlicher Eingebung.

»Hier«, antwortete jemand. Es war Herr Holz zu Füßen des Bettes, mit einer mächtigen Kratzwunde und blauen Flecken im Gesicht, sonst aber hager und knochig wie immer. Hinter ihm, um Himmels willen, das war ja Krafft, der im Schwimmbad vergessene Krafft! Seine Augen waren angeschwollen und gerötet, als hätte er drei Tage geheult. Was war denn geschehen? Prokop lächelte ihm zur Aufmunterung zu. Auch Herr Paul kam auf den Zehenspitzen ans Bett und hielt sich die Serviette vor den Mund. Prokop freute sich, daß alle um ihn waren, und ließ die Blicke im Zimmer umherschweifen, bis er hinter den beiden schwarzen Herren die Prinzessin entdeckte. Sie war totenbleich und blickte Prokop mit scharfen, finsteren Augen an, die ihn unbegreiflich erschreckten. Sie sah einen der Herren an, der resigniert nickte. Dann trat sie ans Bett und fragte leise: »Fühlst du dich besser? Lieber, Lieber, fühlst du dich wirklich besser?«

»Ja«, antwortete er unsicher, ein wenig bedrückt durch das zurückhaltende Wesen aller. »Fast ganz gut, nur – nur . . .« Ihr unverwandter Blick verwirrte ihn und erfüllte ihn mit Bangigkeit; er fühlte sich wie unter einem Zwang.

»Hast du einen Wunsch?« fragte sie, sich über ihn beugend.

Ein seltsamer Schauer erfaßte ihn unter diesem Blick. »Schlafen«, flüsterte er, um ihm zu entgehen.

Sie sah die beiden Herren fragend an. Der eine nickte ein wenig und blickte sie dabei so – so merkwürdig ernst an. Sie begriff und wurde noch bleicher. »Schlaf denn«, brachte sie mit halberstickter Stimme hervor und wandte sich zur Wand. Prokop sah sich verwundert um. Paul hielt das Tuch vor den Mund, Holz stand stramm wie ein Soldat, nur ein wenig blinzelnd, Krafft dagegen, der am Schrank lehnte, heulte einfach drauflos.

»Was ist denn –«, entfuhr es Prokop, der sich erheben wollte. Aber einer der Herren legte ihm eine weiche, gute Hand auf die Stirn, unter deren begütigendem Druck er sich im Nu beruhigte und mit einem erleichterten Seufzer augenblicklich einschlief.

Er erwachte unter einer dünnen Schicht von Halbbewußtsein. Auf dem Nachttisch brannte eine kleine Lampe, neben dem Bett saß die Prinzessin, in Schwarz gekleidet, und blickte ihn mit glänzenden, behexenden Augen an. Er schloß rasch die Lider, um dem Blick, der ihm Angst machte, zu entgehen.

»Lieber, wie ist dir?«

»Wie spät ist es?« fragte er verworren.

»Zwei Uhr.«

»Mittag?«

»Nachts.«

»Schon«, wunderte er sich ohne Grund und wob weiter an dem dünnen Faden des Schlafes. Manchmal öffnete er halb die Lider, warf einen flüchtigen Blick auf die Prinzessin und schlief wieder ein. Warum sah sie ihn immer so an? Ab und zu befeuchtete sie ihm die Lippen mit einem Löffel Wein; er schluckte und murmelte etwas dabei. Schließlich verfiel er in einen dumpfen, bewußtlosen Schlaf.

Prokop erwachte erst dadurch, daß einer der schwarzen Herren seine Brust aufmerksam abhorchte. Fünf andere standen herum.

»Unglaublich«, brummte der schwarze Herr, »das ist ein stählernes Herz.«

»Muß ich sterben?« fragte Prokop ganz unvermittelt. Der schwarze Herr sprang auf vor Überraschung.

»Wenn Sie *diese* Nacht überlebt haben – Wie lange sind Sie damit herumgegangen?«

»Womit?« wollte Prokop wissen.

Der schwarze Herr winkte ab. »Ruhe«, sagte er, »nur Ruhe.«

Obwohl Prokop sich sehr elend fühlte, mußte er lächeln; wenn sich die Doktoren keinen Rat wissen, schreiben sie einem immer Ruhe vor. Aber der mit den guten Händen sagte: »Sie müssen daran glauben, daß Sie gesund werden. Der Glaube vollbringt Wunder.«

XLI.

Er fuhr, völlig in Schweiß gebadet, aus dem Schlafe auf. Wo – wo war er? Die Decke über ihm schwankte hin und her; nein, nein, sie senkte sich, schraubte sich herab, näherte sich ganz langsam wie eine hydraulische Riesenpresse. Prokop wollte schreien, brachte aber keinen Laut hervor. Die Decke war nun schon so niedrig, daß er eine daran sitzende durchsichtige Fliege, ein Sandkorn im Wandputz, jede Unregelmäßigkeit im Anstrich unterschied. Und immer noch senkte sie sich; Prokop sah es mit atemlosem Entsetzen und vermochte nur noch zu röcheln. Das Licht erlosch, schwarze Finsternis umgab ihn, er fühlte, wie die Decke seine aufgerichteten Kopfhaare berührte, jetzt – jetzt mußte sie ihn erdrücken. Da ertastete er eine Tür, brach sie auf und stürzte ins Freie. Aber auch da war Finsternis, nein, keine Finsternis, Nebel, undurchdringlicher Nebel, so dicht, daß er nicht mehr atmen konnte; er würgte entsetzt und war am Ersticken. Jetzt wird es geschehen, dachte er in panischer Angst und floh, trat auf – auf lebendige, sich krümmende Leiber. Er beugte sich hinab, tastete und fühlte unter der Hand eine junge, breite Brust. Das – das – das ist Anni, erschrak er und griff nach dem Kopf; aber statt des Kopfes hatte es eine Schüssel, eine Por-zel-lan-schüssel mit etwas Glitschigem, Schwammartigem darin wie eine Rinderlunge. Es war zum Erbrechen furchtbar; er wollte die Hände losreißen, doch es klebte schwabbelig an ihm, saugte sich fest und kroch an seinen Armen hinauf. Das war die Krakatie, eine feuchte, gallertartige Tintenschnecke, mit den leuchtenden Augen der Prinzessin, die ihn leidenschaftlich, verliebt anstarrten. Sie kroch weiter an seinem nackten Körper und suchte eine Stelle, wo sie ihren widerlichen Saugmund ansetzen konnte. Prokop jappte keuchend nach Atem, rang mit dem Ungeheuer, bohrte die Finger in die nachgiebige zähe Masse – und erwachte.

Paul stand über ihn gebeugt und gab ihm einen kalten Umschlag auf die Brust.

»Wo – wo – wo ist Anni?« murmelte Prokop erleichtert und schloß die Augen. Er rannte keuchend über ein Ackerfeld; er wußte nicht, warum er es so eilig hatte, aber er raste, daß ihm das Herz zu zerspringen drohte, und wollte schreien aus Angst, zu spät zu kommen. Da war es endlich, das Haus, aber es hatte weder Tür noch Fenster, nur oben war eine Uhr, die zeigte fünf Minuten vor vier. Prokop wußte plötzlich: Wenn der große Zeiger auf zwölf steht, fliegt die ganze Stadt in die Luft. »Wer hat mir Krakatit gestohlen?« brüllte er; er versuchte, die Wand hinaufzuklettern, um den Uhrzeiger in letzter Minute anzuhalten, sprang immer wieder in die Höhe, grub die Fingernägel in den Kalkbewurf, glitt jedoch ab, lange Kratzspuren an der Wand hinterlassend. Er heulte entsetzt auf und rannte irgendwohin um Hilfe. Da stieß er die Tür zum Pferdestall auf: Dort stand die Prinzessin und dicht neben ihr Carson, sie liebten einander mit mechanisch zuckenden Bewegungen wie Papiermännchen, die oben auf einem Ofen von der warmen Luft bewegt werden. Als die beiden ihn erblickten, nahmen sie sich an der Hand und begannen zu hüpfen, rasch und immer rascher.

Prokop erwachte jäh und sah die Prinzessin mit schmalen Lippen und glühenden Augen über sich gebeugt. »Bestie«, murmelte er in finsterem Haß und schloß rasch die Augen. Sein Herz schlug irrsinnig wild. Schweiß stach ihm in die Augen, im Mund spürte er einen salzigen Geschmack; die Zunge klebte ihm am Gaumen, und die Kehle war von trockenem Durst zugeschnürt. »Willst du etwas?« fragte die Prinzessin ganz nahe. Er schüttelte den Kopf. Sie dachte, er schlafe wieder, doch nach einer Weile ließ er sich heiser vernehmen: »Wo ist das Kuvert?«

Sie nahm an, er phantasiere bloß, und antwortete nicht. »Wo ist das Kuvert?« wiederholte er herrisch, die Stirn runzelnd. »Hier, hier ist es«, erwiderte sie und schob ihm das erstbeste Stück Papier, das ihr unterkam, zwischen die Finger. Er zerknüllte es heftig und warf es beiseite. »Das ist es nicht. Ich – ich will mein Kuvert. Ich – ich – ich will mein Kuvert.«

Er wiederholte es ununterbrochen, begann zu wüten, rief nach Paul. Paul entsann sich eines starken, abgegriffenen, verschnürten Briefumschlags; wo hatte er ihn nur gesehen? Er fand ihn in der Schublade des Nachttischchens; da ist es endlich! Prokop faßte mit beiden Händen nach dem Kuvert und drückte es an die Brust; das beruhigte ihn, und er verfiel in bleiernen Schlaf. Nach drei Stunden fand er sich wieder über und über mit Schweiß bedeckt. Er war so geschwächt, daß er kaum noch zu atmen vermochte. Die Prinzessin alarmierte die Ärzte zum Konsilium. Die Temperatur sank bedenklich, der Puls war kaum fühlbar. Man wollte ihm Kampfer einspritzen, doch der Ortsarzt, ein scheuer Provinzler unter so vielen Kapazitäten, meinte, er seinerseits wecke niemals einen Patienten. »Auch gut«, brummte der berühmte Spezialist, »so verschläft er wenigstens seinen Exitus.«

Die völlig erschöpfte Prinzessin legte sich auf eine Stunde nieder, nachdem man ihr versichert hatte, daß im Augenblick nichts getan werden könne. Dr. Krafft blieb beim Patienten und versprach ihr, in einer Stunde Nachricht zu bringen. Da er nicht kam, ging die Prinzessin beunruhigt hin, um nachzusehen. Sie fand Krafft mitten im Zimmer stehen, mit den Händen in der Luft herumrudernd und aus vollem Herzen über Telepathie predigend, wobei er sich auf Richert, James und andere berief. Prokop hörte ihm mit klaren Augen zu und reizte ihn ab und zu durch seine Einwände als wissenschaftlicher, beschränkter Ungläubiger. »Ich habe ihn zum Leben erweckt, Prinzessin«, schrie Krafft, seine ganze Umgebung vergessend, »ich habe seinen Willen gestärkt, damit er gesund wird. Ich habe ihm meine Hände aufgelegt, sehen Sie, so – das ist das Od, die Ausstrahlung aus dem menschlichen Körper. Aber jetzt bin ich total erschöpft, ich fühle mich schwach wie eine Fliege«, erklärte er und leerte auf einen Zug ein Glas mit irgendeinem Desinfektionsmittel, das er wahrscheinlich für Wein hielt, so aufgeregt war er über seinen Erfolg. »Sagen Sie, habe ich Sie gesund gemacht oder nicht?«

»Natürlich«, antwortete Prokop mit freundlicher Ironie.

Dr. Krafft sank in den Lehnstuhl. »Ich wußte selbst nicht, daß ich eine so starke Aura habe«, stellte er, zufrieden aufatmend, fest. »Soll ich Ihnen nochmals meine Hände auflegen?«

Die Prinzessin blickte, außer sich vor Staunen, von einem zum andern, errötete bis unter die Haarwurzeln, lachte, hatte plötzlich die Augen voller Tränen, fuhr mit der Hand über Kraffts rothaarigen Schädel und lief hinaus.

»Frauen halten nichts aus«, bemerkte Krafft stolz. »Sehen Sie, ich bin ganz ruhig. Ich fühlte, wie das Fluidum aus meinen Fingern sickerte. Mit Hilfe von Ultrastrahlen hätte man's sicher aufnehmen können, meinen Sie nicht?«

Spezialisten kamen, warfen vor allem Krafft trotz seines Protestes hinaus und maßen von neuem Körpertemperatur, Puls und alles mögliche. Die Temperatur war höher, der Puls sechsundneunzig, der Patient zeigte Appetit: also unstreitig eine Wendung zum Besseren. Daraufhin begaben sich die Spezialisten in den anderen Flügel des Schlosses, wo sie ebenfalls gebraucht wurden. Dort lag die Prinzessin mit fast vierzig Fieber, vollkommen erschöpft nach sechsunddreißigstündigem Wachen; außerdem wurde neben einer Reihe anderer Krankheiten ein vernachlässigter Tuberkuloseherd und starke Anämie festgestellt.

Tags darauf saß Prokop im Bett und empfing festlich Besuche. Die

Herrschaften waren alle abgereist, nur der dicke Vetter zögerte noch und langweilte sich zu Tode. Carson kam etwas verlegen herbeigeeilt, doch ging alles gut ab. Prokop erwähnte das Vergangene mit keinem Wort, und Carson gab schließlich zum besten, daß die furchtbaren Sprengstoffe, die Prokop in den letzten Tagen hergestellt hatte, sich bei näherer Untersuchung so brisant wie etwa Sägespäne erwiesen hätten; kurz – Prokop mußte bei der Herstellung schon tüchtig gefiebert haben. Auch das nahm der Patient ruhig hin und begann erst nach einer Weile zu lachen. »Aber trotzdem habe ich Ihnen ordentlich Angst eingejagt«, meinte er gutmütig.

»Das kann man wohl sagen«, gab Carson bereitwillig zu. »Mein Lebtag hatte ich keine solche Angst um mich und das Werk.«

Krafft kam zu Besuch, fahl im Gesicht und völlig zerknirscht. Er hatte in der vergangenen Nacht sein wundertätiges Fluidum bei Strömen von Wein gefeiert und nun war ihm hundeübel. Er bejammerte seine wohl für immer entschwundene Fähigkeit und schwor, sich von jetzt ab der indischen Askese nach dem Yogasystem zu weihen.

Auch oncle Charles kam, er war très aimable und auf feine Weise zurückhaltend. Prokop war dankbar dafür, daß le bon prince wieder den netten Ton von früher fand, Sie zu ihm sagte und so unterhaltsam von seinen Erlebnissen zu erzählen wußte. Doch wenn das Gespräch auch nur annähernd die Prinzessin streifte, wurde er gleich verlegen.

Im andern Flügel hütete die Prinzessin das Bett, von einem trockenen, schmerzhaften Husten geplagt, und empfing jede halbe Stunde Paul, der ihr erzählen mußte, was Prokop aß und wer ihn besuchte.

Noch einige Male kehrte das Fieber mit seinen furchtbaren Träumen wieder. Prokop sah eine dunkle Baracke und darin endlose Reihen von Fässern, gefüllt mit Krakatit. Ein Soldat mit geschultertem Gewehr ging vor der Baracke auf und nieder, auf und nieder; es war quälend. Dann träumte Prokop, er sei wieder im Krieg. Ein riesiges Feld mit Gefallenen breitete sich vor ihm aus. Alle waren tot, auch er war tot und zu Eis erstarrt, an den Boden angefroren. Nur Herr Carson stolperte über die Leichen, fluchte vor sich hin und blickte fortwährend auf die Uhr. Von der andern Seite näherte sich der lahme Hagen mit krampfhaft zuckenden Bewegungen; er kam merkwürdig rasch vorwärts, hüpfte wie ein Heupferd und wieherte bei jeder Bewegung. Carson grüßte nachlässig und sagte etwas zu ihm. Prokop lauschte gespannt, vernahm jedoch kein Wort, vielleicht verwehte es der Wind. Hagen wies mit der mageren, abgezehrten

Hand gegen den Horizont; wovon sprachen sie? Nun wandte sich Hagen ab, griff sich in den Mund und nahm ein gelbes Pferdegebiß samt den Kiefern heraus. An Stelle des Mundes hatte er nun ein gähnendes schwarzes Loch, das lautlos kicherte. Mit der andern Hand holte er einen riesigen Augapfel aus der Augenhöhle und hielt ihn ganz nahe an die Gesichter der Gefallenen. Das gelbe Gebiß in seiner Hand zählte krächzend: »Siebzehntausendeinhunderteins, einhundertzwei, einhundertdrei.« Prokop konnte sich nicht wegwenden, denn er war tot; der grauenhaft blutige Augapfel starrte nun gerade über seinem Gesicht, das Pferdegebiß krähte: »Siebzehntausendeinhundertneunundzwanzig« und klappte dann zu. Nun verlor sich Hagen, in einem fort zählend, in der Ferne. Da kam die Prinzessin, den Rock schamlos hochgeschürzt, über die Leichen gehüpft und fuchtelte mit einem tatarischen Bundschuk wie mit einer Reitpeitsche herum. Sie beugte sich über Prokop, kitzelte ihn mit dem Bundschuk unter der Nase und stieß mit der Fußspitze gegen seinen Kopf, als wollte sie prüfen, ob er tot sei. Das Blut schoß ihm ins Gesicht, obwohl er wirklich tot war, so tot, daß er das zu Eis erstarrte Herz in sich fühlte. Aber er vermochte nicht den Anblick ihrer schlanken Beine zu ertragen. »Lieber, Lieber«, flüsterte sie, streifte mit einer langsamen Bewegung den geschürzten Rock ab, kniete neben Prokop nieder und strich mit der Hand zart über seine Brust. Plötzlich zog sie ihm den verschnürten Briefumschlag aus der Tasche, zerriß ihn wütend in kleine Stücke und streute sie in den Wind. Dann begann sie sich mit ausgebreiteten Armen zu drehen und wirbelte, wirbelte, auf die Leichen tretend, davon, bis sie in der nächtlichen Dunkelheit verschwand.

XLII.

Er hatte die Prinzessin, seit sie bettlägerig war, nicht gesehen. Sie schrieb ihm mehrmals des Tages kurze, leidenschaftliche Briefe, die mehr verbargen als besagten. Von Paul hörte er, daß sie immer wieder aufstand und im Zimmer umherging. Er konnte nicht begreifen, warum sie nicht zu ihm kam; er selbst war bereits außer Bett und wartete, daß sie ihn wenigstens auf eine Minute zu sich berief. Er wußte nicht, daß sich bei ihr eine akut tuberkulöse Kaverne geöffnet hatte und daß sie Blut spuckte. Sie schrieb ihm nichts davon, aus

Angst, ihm widerwärtig zu werden. Er ahnte auch nicht, daß die Ärzte in seinem Auswurf Spuren einer Ansteckung entdeckt hatten, worüber die Prinzessin in verzweifelte Selbstbeschuldigungen ausbrach. Von all dem wußte er nichts, ärgerte sich nur, weil man so viel Umstände mit ihm machte, wo er sich doch schon fast gesund fühlte; lähmende Angst erfüllte ihn, wenn wieder ein Tag verging, ohne daß sie den Wunsch äußerte, ihn zu sehen. Er verdächtigte sie alles möglichen und wollte sich nicht so weit erniedrigen, selbst auf eine Zusammenkunft zu drängen. Er wartete nur im Lehnstuhl mit erstarrten Händen und Füßen, wartete, daß sie käme, ihm etwas sagen ließe, daß überhaupt etwas geschehe.

An schönen Tagen durfte er hinaus in den Park und, in Wolldecken gehüllt, an einem sonnigen Platz sitzen. Er hätte sie abwerfen und sich irgendwo am Teich mit seinen dunklen Gedanken herumschlagen mögen, aber ständig war jemand bei ihm, sei es Krafft, Paul, Holz oder Rohn selber, der freundliche, versonnene Poet Charles, der immer etwas auf der Zunge hatte, ohne es auszusprechen. Statt dessen philosophierte er über Wissenschaft, Erfolg, Heldentum oder ähnliches. Prokop hörte nur mit halbem Ohr zu; er hatte den Eindruck, le bon prince wolle ihn aus irgendeinem Grunde ehrgeizig machen. Eines Tages bekam er von der Prinzessin einen verworrenen Brief, er möge sich tapfer halten und sich nicht einschüchtern lassen. Bald darauf kam Rohn in Begleitung eines wortkargen alten Herrn, dem man auf den ersten Blick einen in Zivil verkleideten Offizier anmerkte. Der wortkarge Herr befragte Prokop, was er in Zukunft zu unternehmen gedenke. Prokop, durch den Ton ziemlich verärgert, antwortete brüsk und großspurig, er beabsichtige, seine Erfindungen auszuwerten.

»Militärische Erfindungen?«

»Ich bin kein Soldat.«

»Ihr Alter?«

»Achtunddreißig.«

»Rang?«

»Keiner. Und Ihrer?«

Der wortkarge Herr war ein wenig verwirrt. »Beabsichtigen Sie, Ihre Erfindungen zu verkaufen?«

»Nein.« Prokop fühlte, daß er verhört und höchst offiziell bewertet wurde. Das langweilte ihn; er gab sehr knappe Antworten und geruhte nur ab und zu etwas von seinem Wissen oder ein paar ballistische Zahlen zum besten zu geben, da er merkte, daß er Rohn damit eine besondere Freude bereitete. Le bon prince strahlte förmlich und blickte immer wieder auf den wortkargen Herrn, als ob er ihn fragen wollte: Nun, was sagen Sie zu diesem Wunder? Der wortkarge Herr sagte jedoch nichts und verabschiedete sich schließlich freundlich.

Am nächsten Morgen erschien Carson schon zeitig, rieb sich vor Begeisterung die Hände und tat sehr wichtig. Er geriet vom Hundertsten ins Tausendste, wobei er unablässig sondierte. Er machte unbestimmte Andeutungen, wie »Zukunft«, »Karriere« und »großartiger Erfolg«, ohne deutlicher zu werden. Prokop fiel es nicht ein, weiter zu fragen. Darauf erhielt er einen sehr ernsten und merkwürdigen Brief von der Prinzessin: »Prokop, Du wirst heute einen Entschluß fassen müssen. Ich tat es bereits und bedaure es nicht . . . Prokop, in diesem letzten Augenblick sage ich Dir, daß ich Dich liebe und auf Dich warten werde, so lange es nötig ist. Selbst wenn wir uns für einige Zeit trennen müßten – und so wird es sein, denn Deine Geliebte kann nicht Deine Frau werden –, wenn man uns für Jahre trennen sollte, ich bleibe Deine demütige Braut. Schon das bedeutet für mich ein solches Glück, daß ich kaum Worte dafür finde. Ich gehe wie betäubt im Zimmer umher und stammle Deinen Namen. Lieber, Lieber, Du kannst Dir nicht vorstellen, wie unglücklich ich war, seit das zwischen uns vorgefallen ist. Nun unternimm das Nötigste, damit ich mich wirklich Deine W. nennen kann.«

Prokop verstand den Inhalt des Briefes nicht recht. Er las ihn unzählige Male und konnte einfach nicht glauben, daß die Prinzessin . . . Er wollte zu ihr eilen, wußte aber vor quälender Verlegenheit nicht ein und aus. Vielleicht war das nur ein weiblicher Gefühlsausbruch, den man nicht wörtlich nehmen durfte und den er gar nicht begriff; kannte er sich denn in ihr aus? Während er so hin und her überlegte, kam oncle Charles, begleitet von Carson. Sie sahen beide so offiziell und ernst aus, daß Prokop erschrak: Gewiß überbrachten sie ihm die Nachricht, daß man ihn jetzt auf die Festung bringe. Die Prinzessin hatte ihm etwas eingebrockt, und das war schlimm. Rasch suchte er mit den Augen nach einer Waffe, falls es zum Äußersten kommen sollte. Seine Wahl fiel auf den marmornen Briefbeschwerer. Das Herzklopfen bezwingend, setzte sich Prokop.

Oncle Rohn blickte auf Carson und der wieder auf Rohn mit der stummen Frage, wer beginnen sollte. Also begann Onkel Rohn: »Was wir Ihnen zu sagen haben, ist . . . bis zu einem gewissen Grad . . . zweifellos . . .« Es war Rohns bekanntes Geplätscher, ehe er zur Sache kam. Aber dann nahm er sich zusammen und ging gerade drauflos: »Mein lieber Freund, was wir dir jetzt sagen werden, ist etwas sehr Ernstes und . . . Vertrauliches. Es liegt nicht nur in deinem Interesse, es zu tun . . ., sondern im Gegenteil . . . Kurz, es war *ihr* Einfall und . . . was mich betrifft, so habe ich nach reiflicher Überlegung . . . Übrigens läßt sie sich ja von nichts zurückhalten. Sie ist eigensinnig . . . und leidenschaftlich. Außerdem scheint sie sich wirklich in den Kopf gesetzt zu haben . . . Kurz, es ist für alle Teile besser, einen Ausweg zu finden«, stieß er erleichtert hervor. »Der Herr Direktor wird es dir näher erklären.«

Carson, beziehungsweise der Herr Direktor, setzte sich langsam und feierlich die Brille auf. Er sah geradezu beunruhigend ernst aus, ganz anders als sonst. »Es ist mir eine Ehre«, begann er, »Ihnen den Wunsch unserer höchsten militärischen Stellen zu verdolmetschen, dahin lautend, daß Sie in den Verband unserer Armee eintreten. Selbstverständlich nur in den höheren technischen Dienst, der Ihrer Arbeit entspricht, und zwar im Range eines . . . Ich will sagen, daß es – außer im Kriegsfall – durchaus nicht üblich ist, Zivilfachleute militärisch zu aktivieren, aber in unserem Fall – mit Rücksicht darauf, daß die gegenwärtige Situation ohnehin nicht weit vom Krieg entfernt ist, und unter besonderer Berücksichtigung Ihrer wirklich außergewöhnlichen, durch die gegenwärtigen Verhältnisse nur noch erhöhten Bedeutung, und . . . unter einmaliger Beachtung Ihrer Ausnahmestellung oder besser gesagt Ihrer . . . im höchsten Grade privaten Verpflichtungen –«

»Was für Verpflichtungen?« unterbrach ihn Prokop heiser.

»Nun, ich meine . . .«, stotterte Carson etwas verwirrt, ». . . ich meine Ihr Interesse, Ihr Verhältnis . . .«

»Ich habe Ihnen niemals ein Interesse gebeichtet«, fertigte ihn Prokop schroff ab.

»Haha«, legte Carson los, der bei dieser Grobheit förmlich auflebte, »das allerdings nicht; war auch gar nicht nötig. Glauben Sie vielleicht, wir haben uns höheren Orts damit gebrüstet? Natürlich nicht. Es handelt sich einfach um eine persönliche Rücksichtnahme und damit Punktum . . . Eine einflußreiche Intervention, Sie verstehen! Obendrein sind Sie Ausländer – Übrigens, auch das ist erledigt«, setzte er rasch hinzu. »Es genügt, wenn Sie ein Gesuch um Erlangung unserer Staatsbürgerschaft einbringen.«

»Aha.«

»Was wollten Sie sagen?«

»Nichts, bloß aha.«

»Aha. Das wäre alles. Es genügt also ein formales Gesuch . . . Nun, Sie werden begreifen, daß . . . gewisse Bürgschaften nötig sind. Sie werden sich den Rang, den man Ihnen . . . für außerordentliche Verdienste verleiht, durch irgendwas verdienen müssen. Man setzt also voraus, Sie . . . Sie übergeben . . .«

Es herrschte drückende Stille. Le bon prince blickte zum Fenster hinaus, Carsons Augen verschwanden hinter den blitzenden Brillengläsern. Prokops Herz krampfte sich angstvoll zusammen.

». . . Sie übergeben also . . . Sie übergeben ganz einfach . . .«, stotterte Carson, dem vor Erregung der Atem versagte.

»Was?«

Carson schrieb mit dem Finger ein großes K in die Luft. »Weiter nichts«, sagte er aufatmend. »Am nächsten Tag erhalten Sie das Dekret . . . die Ernennung extra statum zum Ingenieur-Hauptmann der Sappeure . . ., zugeteilt nach Balttin. Erledigt. So.«

»Das heißt, nur *provisorisch* zum Hauptmann«, ließ sich nun oncle Charles wieder vernehmen. »Mehr konnten wir vorläufig nicht erreichen. Aber es wurde uns versichert, falls es unerwartet zum Krieg kommen sollte –«

»Also innerhalb eines Jahres«, rief Carson, »*höchstens* eines Jahres.«

»– Falls es also zum Krieg kommen sollte – gleichgültig, wann und mit wem –, daß du dann zum General-Ingenieur der Pioniere . . . im Range eines Generals der Kavallerie ernannt wirst. Sollte sich nach einem erfolgreichen Krieg die . . . Regierungsform ändern, ist mit diesem Rang gleichzeitig der Titel Exzellenz und . . . kurz, zunächst einmal die Baronie verbunden. Auch diesbezüglich haben wir die . . . allerhöchste Zusicherung erhalten«, schloß Rohn gedämpft.

»Und wer sagt euch, daß ich das will?« fragte Prokop eisig.

»Du lieber Himmel«, sprudelte Carson über, »wer sollte das nicht wollen? Mir hat man den Rittertitel angeboten; ich pfeife zwar drauf, aber es handelt sich nicht um mich, sondern um die Öffentlichkeit. Übrigens, für Sie hätte das eine ganz besondere Bedeutung.«

»Ihr glaubt also wirklich«, sagte Prokop langsam, »daß ich euch Krakatit ausliefere?«

Herr Carson wollte auffahren, aber oncle Charles hielt ihn zurück. »Wir nehmen an«, begann er ernst, »du wirst alles tun, oder . . ., wenn nötig . . ., jedes Opfer bringen, um die Prinzessin Hagen aus ihrer illegalen und . . . unerträglichen Situation zu befreien . . . Unter außergewöhnlichen Umständen . . . kann die Prinzessin einem

Soldaten die Hand reichen. Sobald du zum Hauptmann ernannt bist, wird euer Verhältnis durch eine . . . streng geheime Verlobung geregelt. Die Prinzessin wird natürlich abreisen und erst wiederkehren, wenn . . . wenn sie ein Mitglied des Herrscherhauses bitten darf, ihr Trauzeuge zu sein. Bis dahin . . . du mußt trachten, dir bis dahin die Ehe zu verdienen, die deiner und der Prinzessin würdig ist. Gib mir die Hand. Du brauchst dich noch nicht zu entscheiden. Überlege gut, was du tust, was deine Pflicht ist und was du dafür zahlen willst. Ich könnte an deinen Ehrgeiz appellieren, aber ich spreche nur zu deinem Herzen. Prokop, sie leidet über ihre Kraft und brachte der Liebe ein größeres Opfer als irgendeine Frau. Auch du hast gelitten, ich weiß, du leidest noch durch dein Gewissen. Aber ich will keinen Druck auf dich ausüben, weil ich dir glaube. Überlege alles gut, und dann laß es mich wissen . . .«

Herr Carson nickte nur zu allem, wahrhaftig und tief gerührt. »So ist es«, sagte er. »Ich bin zwar ein gemeiner Knochen und zäh wie altes Rindsleder, aber ich muß gestehen, daß . . . Ich sagte Ihnen doch immer, die Frau hat Rasse. Das sieht man erst . . .« Er schlug sich mit der Faust gegen die Stelle, wo das Herz sein mochte, und blinzelte ergriffen. »Ich würde Sie eigenhändig erwürgen, wenn . . . wenn Sie ihrer nicht würdig wären . . .«

Prokop hörte schon lange nicht mehr zu; er war aufgesprungen und lief nun mit gefurchtem, erregtem Gesicht im Zimmer hin und her. »Ich . . . ich muß also, so ist es doch?« stammelte er heiser. »Ich muß also? Gut, wenn ich *muß* . . . ihr habt mich hineingelegt! Ich wollte doch nicht –«

Onkel Rohn stand auf und legte ihm sanft die Hand auf die Schulter. »Prokop«, sagte er, »du mußt dich selbst entscheiden. Wir drängen dich nicht. Geh mit dem Besten in dir zu Rate; frage Gott, die Liebe, dein Gewissen oder deine Ehre. Aber denk' daran, daß es nicht nur um dich geht, sondern auch um sie, die dich so sehr liebt, daß sie imstande wäre . . .« Er machte eine hilflose Handbewegung. »Gehen wir!«

XLIII.

Der Tag war wolkig und regnerisch. Die Prinzessin hustete, fühlte bald ein Frösteln, bald Fieberhitze. Sie wartete auf Prokops Antwort.

Sie blickte zum Fenster hinaus, ob sie ihn nicht kommen sehe, und rief gleich wieder nach Paul. Immer das gleiche: Der Herr Ingenieur gehe in seinem Zimmer auf und ab. Und ließ er nichts sagen? Nein, nichts. Sie schleppte sich von einer Wand zur andern, als wollte sie ihn begleiten; dann setzte sie sich wieder und wiegte sich mit dem ganzen Körper, um ihre fiebernde Ungeduld zu besänftigen. Aber auch das war nicht länger zu ertragen! Sie begann, ihm einen langen Brief zu schreiben, beschwor ihn darin, er möge sie zur Frau nehmen, er brauche nichts auszuliefern, er solle sein Geheimnis, Krakatit, für sich behalten; sie gehe mit ihm in *sein* Leben und wolle ihm dienen, komme, was kommen mag. »Ich liebe Dich so«, schrieb sie, »daß mir kein Opfer für Dich groß genug ist. Unterwirf mich einer Prüfung, bleibe arm und unbekannt; ich gehe mit Dir als Deine Frau und werde nie mehr in jene Welt zurückkehren, die ich verlasse. Ich weiß, Du liebst mich nur ein wenig und nur in einem entlegenen Winkel Deines Herzens; aber Du wirst Dich an mich gewöhnen. Ich war stolz, böse und leidenschaftlich; ich habe mich geändert, ich gehe zwischen den alten Dingen wie eine Fremde umher, ich habe aufgehört zu sein –« Sie überlas es und zerriß, leise stöhnend, den Brief in kleine Stücke. Es war Abend, und von Prokop noch immer keine Nachricht.

Vielleicht meldet er sich persönlich, fiel ihr ein und ließ sich, ungeduldig vor Eile, in das Abendkleid helfen. Erregt stand sie vor dem großen Spiegel, prüfte sich mit fiebrigen Augen und war äußerst unzufrieden mit der Frisur, mit dem Kleid, mit allem. Sie bedeckte die glühenden Wangen mit immer neuen Puderschichten, fühlte ein Frösteln in den nackten Armen, behängte sich mit Schmuck und kam sich häßlich, unmöglich, plump vor. »Ist Paul nicht gekommen?« fragte sie jeden Augenblick. Endlich kam er: Nichts Neues. Herr Prokop sitze im dunklen Zimmer und erlaube ihm nicht, das Licht anzudrehen.

Es war schon spät. Die Prinzessin saß, zu Tode erschöpft, vor dem Spiegel, der Puder war von den fieberheißen Wangen abgeblättert; sie war grau im Gesicht und hatte eiskalte Hände. »Entkleide mich«, sagte sie matt zur Zofe. Das frische, noch etwas alberne Ding nahm ihr den Schmuck ab, zog ihr das Kleid aus und hüllte sie in einen durchsichtigen Frisiermantel. Gerade als sie sich anschickte, ihren ungebärdigen Haarschopf durchzukämmen, stieß Prokop unangemeldet die Tür auf.

Die Prinzessin war einen Augenblick starr und schien noch blasser als zuvor. »Geh, Marieka«, sagte sie kaum hörbar und hielt den

Mantel über der mageren Brust zusammen. »Warum . . . kommst . . . du?«

Prokop lehnte sich an den Schrank, fahle Blässe im Gesicht, die Augen blutunterlaufen. »Das also war euer Plan«, würgte er mühsam hervor. »Fein habt ihr das untereinander abgekartet!«

Sie stand auf, wie von einem Peitschenhieb getroffen. »Was – was – was redest du da?«

Prokop knirschte mit den Zähnen. »Ich weiß, was ich sage. Darum also ging es: daß – daß ich euch Krakatit ausliefere. Man bereitet einen Krieg vor und – Sie, Sie«, schrie er mit verhaltener Stimme, »Sie sind ihr Werkzeug! Mit Ihrer Liebe, mit Ihrer Ehe, Sie Spionin! Und ich sollte in die Falle gehen, damit ihr töten könnt, damit ihr euch rächen könnt –«

Sie riß die Augen entsetzt auf und sank auf den Stuhlrand nieder. Ein furchtbares, lautloses Wimmern durchlief ihren Körper.

»Wer sind Sie eigentlich?« stammelte Prokop. »Sind Sie die Prinzessin? Wer hat Sie geworben? Bedenke, du Nichtswürdige, daß du Hunderttausende morden wolltest; daß du mithelfen wolltest, die Städte hinwegzufegen und unsere Welt, unsere, nicht eure, die Welt unserer Menschen zu zerstören. Zerstören, zertrümmern, morden! Warum hast du das getan?« schrie er, in die Knie sinkend. »Was wolltest du tun?«

Sie erhob sich, das Gesicht voll Entsetzen und Abscheu, und wich vor ihm zurück. Er ließ den Kopf auf den Stuhlrand sinken, von einem schweren, groben, männlichen Weinen geschüttelt. Fast wäre sie neben ihm niedergekniet, aber sie bezwang sich noch und trat weiter zurück, die Hände krampfhaft an die Brust gepreßt. »So also«, flüsterte sie, »so also denkst du von mir!«

Prokop erstickte fast an seinem Schmerz. »Weißt du überhaupt«, herrschte er sie an, »was Krieg ist? Weißt du, was Krakatit ist? Hast du nie daran gedacht, daß ich ein Mensch bin? Oh – oh, ich hasse euch! Dazu war ich euch gut genug! Hätte ich Krakatit ausgeliefert, dann wäre alles in bester Ordnung. Die Prinzessin wäre abgereist und ich, ich –« Er sprang auf und hämmerte mit den Fäusten gegen seine Schläfen. »Und ich hätte es fast getan! Millionen Menschen für – für – für – Noch nicht genug? Zwei Millionen! Zehn Millionen Tote! Das – das – das wäre eine Partie, selbst für eine Prinzessin! Das lohnte schon, sich ein wenig zu vergeben! Ich Narr!« Seine Stimme war nur noch ein Röcheln. »Mir graut vor euch!«

Er glich einem furchtbaren Ungeheuer, wie er so dastand, Schaum vor dem Mund, das Gesicht angelaufen, in den Augen die erschütternde Unberechenbarkeit eines Wahnsinnigen. Sie drückte sich an die Wand, totenblaß, mit weit aufgerissenen Augen und angstverzerrten Lippen. »Geh«, stöhnte sie, »geh fort!«

»Fürchte dich nicht«, sagte er rauh, »ich töte dich nicht. Mir graute schon immer vor dir, auch – auch wenn du mein warst, wurde ich es nicht los und glaubte dir – nicht eine Sekunde lang. Und doch, und doch habe ich dich – Ich töte dich nicht. Ich – ich weiß gut, was ich tue. Ich – ich –« Er suchte etwas, packte eine Flasche mit Kölnischwasser, goß es sich über die Hände und rieb sich die Stirn. Ein Aufatmen ging durch seine Brust. »Fürchte dich nicht! Nein – nein.«

Er beruhigte sich etwas, sank auf den Stuhl und bedeckte das Gesicht mit den Händen. »Nun«, begann er heiser, »nun – nun können wir reden. Sie sehen, ich bin ruhig. Nicht einmal . . . nicht einmal die Finger zittern mir . . .« Er streckte die Hand vor, um es zu beweisen, aber sie zitterte derart, daß es schrecklich war, hinzusehen. »Wir können nun . . . ungestört . . . Ich bin schon ganz ruhig. Sie können sich ankleiden. Ihr Onkel . . . sagte mir also, ich sei verpflichtet . . . es sei Ehrensache, Ihnen zu ermöglichen . . . den Fehltritt . . . gutzumachen, ich müßte demnach . . . ich müßte mir einfach . . . einen Titel verdienen, mich verkaufen . . . und damit das Opfer bezahlen, das Sie . . .«

Sie bewegte die blutleeren Lippen, um Einspruch zu erheben.

»Einen Augenblick«, kam er ihr zuvor, »ich habe noch nicht – ihr alle dachtet . . . ihr habt eure eigenen Ehrbegriffe. Aber ihr seid schrecklich im Irrtum. Ich bin kein Kavalier. Ich bin . . . ein Schusterssohn. Das ist zwar nebensächlich, aber . . . ich bin ein Paria, ein niedriger, verächtlicher Kerl. Ich habe keine Ehre. Ihr könnt mich wie einen Dieb davonjagen oder auf die Festung bringen. Ich tue es trotzdem nicht, ich liefere Krakatit nicht aus. Meinetwegen denkt euch . . ., ich sei ein niederträchtiger Schuft. Ich könnte Ihnen sagen, was ich vom Krieg halte. Ich war im Krieg . . . ich habe die Giftgase miterlebt . . . und weiß, wozu Menschen imstande sind. Ich liefere Krakatit nicht aus. Aber warum sage ich Ihnen das alles? Sie verstehen es ja doch nicht; Sie sind eine tatarische Prinzessin und viel zu obenauf . . . Ich wollte Ihnen nur erklären, daß ich es nicht tue, und ergeben für die Ehre danke – Übrigens bin ich verlobt; ich kenne sie zwar nicht, aber ich habe mich ihr verlobt – Das ist eine weitere Niedertracht von mir. Es tut mir leid, daß ich . . . Ihr Opfer so gar nicht verdient habe.«

Sie stand da wie versteinert, die Finger gegen die Wand gepreßt. Es herrschte eine grausame Stille, nur das Bohren ihrer Fingernägel an der Wand unterbrach das unerträgliche Schweigen.

Ihre großen Augen starrten ins Leere. Sie war knabenhaft schmächtig in dem klaffenden Mantel.

Er tat einen Schritt auf sie zu. »Prinzessin«, sagte er fast flüsternd, »man wird mich jetzt unter dem Vorwand der Spionage oder sonstwas von hier fortbringen. Ich werde mich nicht mehr wehren. Geschehe, was immer, ich bin bereit. Ich weiß, ich werde Sie nie mehr wiedersehen.«

Ihre Lippen zitterten, aber sie brachte kein Wort hervor; mein Gott, wohin starrte sie nur so?

Er trat nahe an sie heran. »Ich liebte Sie«, kam es stockend aus ihm, »ich liebte Sie mehr, als ich es zu sagen vermöchte. Ich bin ein gewöhnlicher, ein grober Mensch. Aber jetzt kann ich es sagen . . . ich habe Sie anders geliebt . . . und mehr. Ich habe Sie genommen . . . habe Sie festgehalten aus Angst, Sie würden mir entgleiten; ich wollte mich vergewissern . . . Ich konnte es nie glauben, und darum habe ich –« Er wußte nicht, was er tat, als er ihr die Hand auf die Schulter legte; sie erzitterte unter dem leichten Stoff des Mantels. »Ich liebte Sie . . . wie ein Verzweifelter . . .«

Sie wandte ihm die Augen zu. »Lieber«, flüsterte sie und ihr blasser Mund rötete sich ein wenig. Da beugte er sich nieder und küßte ihre rissigen Lippen; sie wehrte ihm nicht.

XLIV.

Sie saßen, eng aneinandergelehnt, und blickten ins Halbdunkel. Er fühlte ihr Herz fieberhaft schlagen; sie hatte stundenlang kein Wort gesprochen, küßte ihn nur immer wieder und riß sich wieder los, legte ihr Taschentuch zwischen ihre und seine Lippen, als fürchte sie sich, ihn anzuhauchen. Jetzt kehrte sie das Gesicht ab und starrte mit vor Fieber funkelnden Augen in die Dunkelheit.

Er saß da, die Knie umschlungen. Ja, verloren; in die Falle gegangen, gefesselt, in die Hände der Philister geraten. Nun mag geschehen, was geschehen muß. Er wird ihnen also die Waffe ausliefern. Zehntausende, Hunderttausende werden umkommen. Sah er nicht schon das endlose Trümmerfeld vor sich? Dort war der Dom, und da ein Haus, und hier ein Mensch. Die Kraft ist das Furchtbare, von der alles Böse herrührt. Die verfluchte Kraft, die böse, unerlöste Seele. Wie Krakatit, wie er selbst.

Jedes gute, ehrliche Werk entstammt der menschlichen Schwäche, der schöpferischen, emsigen. Ihre Arbeit ist es, zu binden und zu ketten, die Teile zusammenzufügen und, was verbunden ist, zu erhalten. Verflucht sei die Hand, welche die Kraft entfesselt! Verdammt sei, wer den Zusammenhalt der Elemente stört! Alles Menschliche ist nur ein Schifflein auf dem weiten Ozean der Kräfte; und du, du entfesselst einen Sturm, wie er noch nie dagewesen –

Ja, er entfesselt einen Sturm, wie er noch nie dagewesen; er liefert Krakatit aus, und das Schifflein der Menschheit wird zerschellen. Hunderttausende werden zugrunde gehen. Völker werden ausgerottet und Städte vom Erdboden hinweggefegt werden. Wer diese Waffe in der Hand hat und das Verderben im Herzen, dem wird keine Grenze gesetzt sein. Und er wird das getan haben. Furchtbar ist die Leidenschaft, das Krakatit der Menschenherzen, und alles Böse rührt davon her.

Er blickte auf die Prinzessin – ohne Haß, von ruheloser Liebe und Mitleid erfüllt. Woran dachte sie jetzt, wie sie so reglos vor sich hinstarrte? Er beugte sich zu ihr und küßte sie auf die Schulter. Dafür liefert er Krakatit aus; er wird es ausliefern und abreisen, um den Schrecken und die Schande seiner Niederlage nicht mit ansehen zu müssen. Er zahlt den grauenhaften Preis für seine Liebe und wird fortgehen.

Unwillkürlich zuckte er zusammen: Werden sie ihn denn fortlassen? Was nützte ihnen Krakatit, solange er es auch anderen verraten konnte? Darum wollen sie ihn für immer binden! Darum muß er ihnen Leib und Seele ausliefern! Hier wird er bleiben, gefesselt von der Leidenschaft und ewig schaudernd vor dieser Frau. Höllische Waffen wird er ersinnen und ihnen dienen . . .

Sie wandte sich ihm mit einem atemlosen Blick zu. Er saß reglos. Sie stützte sich auf die Ellbogen und sah ihn mit starren, schmerzlich prüfenden Augen an. Er wußte nichts davon, senkte die Lider und verharrte in der Dunkelheit der Niederlage. Leise stand sie auf, machte am Toilettentisch Licht und begann sich anzukleiden.

Er schreckte erst durch das Geräusch des weggelegten Kammes auf. Staunend sah er, wie sie mit beiden Händen das wirre Haar hob und in Ordnung brachte. »Morgen . . . morgen liefere ich es aus«, flüsterte er. Sie antwortete nicht, hielt eine Haarnadel zwischen den Lippen und wand rasch das Haar zu einem dichten Helm. Er verfolgte jede ihrer Bewegungen: Sie beeilte sich fieberhaft, hielt inne, blickte zu Boden, dann nickte sie wieder und hantierte um so rascher. Nun erhob sie sich, besah sich nahe, aufmerksam im Spiegel und fuhr sich mit der Puderquaste über das Gesicht, als wäre sie allein. Nun ging sie ins Nebenzimmer und kehrte zurück, einen Rock über den Kopf streifend. Sie setzte sich wieder, sann nach, den Oberkörper hin und her wiegend; dann nickte sie entschlossen und ging in die Garderobe nebenan.

Er stand auf und ging leise an den Toilettentisch, der besät war mit seltsamen, feinen Dingen: Flakons, Lippenstiften, Dosen, Toilettesalben und einer Unzahl von Sächelchen. Das also war das Handwerk der Frau: Augen, Lächeln, Duft, ein durchdringender, schmeichlerischer Duft – Die Stümpfe seiner Finger erzitterten beim Berühren dieser zerbrechlichen, geheimnisvollen Dinge, als berührten sie etwas Verbotenes.

Sie trat im Ledermantel, einen Lederhelm auf dem Kopf, ein und zog unförmige Handschuhe an. »Mach dich bereit«, sagte sie tonlos, »wir fahren.«

»Wohin?«

»Wohin du willst. Bereite vor, was du brauchst, aber beeile dich, beeile dich!«

»Was soll das heißen?«

»Frag' nicht lange. Hier kannst du nicht bleiben. Sie lassen dich nicht so ohne weiteres fort. Fährst du?«

»Für . . . für wie lange?«

»Für immer.«

Sein Herz begann heftig zu schlagen. »Nein – nein – ich fahre nicht!«

Sie trat auf ihn zu und küßte ihn auf die Wange. »Du mußt«, sagte sie leise. »Ich erkläre es dir später. Komm vors Schloß, aber bald, solange es dunkel ist. Geh jetzt, geh!«

Er ging wie im Traum in sein Zimmer, suchte seine Papiere zusammen, die wertvollen, unvollendeten Aufzeichnungen, und blickte rasch um sich: War das alles? Nein, ich fahre nicht, fuhr es ihm durch den Kopf; er ließ die Papiere liegen und lief hinaus. Ein großes, startbereites Auto ohne Lichter stand an der Rampe; die Prinzessin saß bereits am Lenkrad. »Rasch, rasch«, flüsterte sie. »Ist das Tor geöffnet?«

»Ja«, brummte der Chauffeur verschlafen und schloß die Motorhaube.

Ein Schatten umschlich in einiger Entfernung das Auto und blieb im Dunkel stehen.

Prokop trat an den offenen Wagenschlag. »Prinzessin«, murmelte er, »ich . . . ich habe mich entschlossen, alles auszuliefern . . . und zu bleiben.«

Sie hörte nicht auf ihn, starrte nur angestrengt nach vorn auf jene Stelle, wo der Schatten mit der Dunkelheit verschwamm. »Rasch«, sagte sie plötzlich, packte Prokop an der Hand und zerrte ihn neben sich in den Wagen; ein einziger Hebelgriff – und das Auto fuhr los. In diesem Augenblick leuchtete im Schloß ein Fenster auf, und jener Schatten stürzte aus der Dunkelheit hervor. »Halt!« rief er und warf sich vor den Wagen; es war Holz.

»Aus dem Weg!« schrie die Prinzessin, schloß die Augen und schaltete auf volle Geschwindigkeit. Prokop hob entsetzt die Hände; da erscholl ein unmenschlicher Schrei, eines der Räder hob sich über etwas Weiches hinweg, Prokop wollte hinausspringen, doch da bog das Auto um die Ecke, daß der Wagenschlag von selbst zufiel, und schoß in rasender Fahrt in die Dunkelheit hinaus. Von Grausen gepackt, wandte sich Prokop an die Prinzessin; er erkannte sie kaum wieder in ihrem Lederhelm, das Gesicht über das Lenkrad gebeugt. »Was haben Sie getan?« stieß er hervor.

»Sei still!« zischte sie, immer noch vorgebeugt. Er unterschied in der Ferne drei Gestalten auf der matthellen Straße; sie verlangsamte das Tempo und hielt dicht vor ihnen. Es war eine Militärpatrouille. »Warum haben Sie kein Licht?« schimpfte einer der Soldaten. »Wer sind Sie?«

»Die Prinzessin.«

Die Soldaten hoben die Hand an die Mütze und traten beiseite. »Die Losung?«

»Krakatit.«

»Bitte, machen Sie Licht. Wen haben Sie im Wagen? Die Bewilligung, bitte.«

»Gleich«, sagte die Prinzessin ruhig und schaltete den Gang ein. Das Auto schoß mit einem Ruck vorwärts, daß die Soldaten gerade noch zur Seite springen konnten. »Nicht schießen«, rief einer, und der Wagen raste im Finstern weiter. Bei einer Kehre bog sie rasch ein und fuhr fast in entgegengesetzter Richtung. Sie hielt knapp vor einer herabgelassenen Straßenschranke. Zwei Soldaten näherten sich dem Auto.

»Wer hat Dienst?« fragte sie kurz.

»Leutnant Rohlauf«, meldete der Soldat.

»Rufen Sie ihn!«

Leutnant Rohlauf kam, sich die Bluse zuknöpfend, aus der Wachstube geeilt.

»Guten Abend, Rohlauf«, grüßte sie freundlich. »Wie geht's? Bitte, lassen Sie öffnen.«

Er stand respektvoll da, musterte jedoch Prokop mißtrauisch: »Sehr gern . . . hat der Herr eine Bewilligung?«

Die Prinzessin lachte. »Es handelt sich um eine Wette, Rohlauf. In fünfunddreißig Minuten auf den Brogel und wieder zurück. Glauben Sie es nicht? Sie werden mir doch nicht die Wette verderben.« Sie reichte ihm die Hand aus dem Wagen, nachdem sie rasch den Handschuh abgestreift hatte. »Auf Wiedersehen. Und zeigen Sie sich mal wieder.« Er schlug die Hacken zusammen und küßte, sich tief verbeugend, ihre Hand. Die Soldaten öffneten die Schranke, und der Wagen fuhr weiter. »Auf Wiedersehen!« rief sie noch einmal zurück.

Sie fuhren in schnellstem Tempo durch eine endlose Allee. Da und dort blitzte das Licht einer menschlichen Behausung auf, im Dorf weinte ein Kind, hinter einem Zaun kläffte wütend ein Hund dem dunklen, rasenden Wagen nach. »Was haben Sie getan?« schrie Prokop. »Wissen Sie, daß Holz fünf Kinder und eine verkrüppelte Schwester hat? Sein Leben . . . ist zehnmal mehr wert als das meine und das Ihre! Was hast du getan?«

Sie antwortete nicht; die Stirn gefurcht, die Zähne zusammengebissen, achtete sie auf die Straße; ab und zu erhob sie sich, um besser zu sehen. »Wohin willst du?« fragte sie unvermittelt an einer Kreuzung hoch über der schlafenden Landschaft.

»Zur Hölle«, knirschte er.

Sie hielt an und wandte sich mit ernstem Gesicht zu ihm: »Sag' das nicht! Meinst du, ich hätte nicht schon hundertmal Lust gehabt, uns beide gegen eine Wand zu fahren? Sei versichert, da gingen wir beide zur Hölle. Ich weiß jetzt nur zu gut, was die Hölle ist. Wohin willst du also?«

»Ich will . . . bei dir bleiben.«

Sie schüttelte den Kopf. »Das ist unmöglich. Weißt du nicht mehr, was du gesagt hast? Du bist verlobt und . . . willst die Welt vor etwas Furchtbarem bewahren. Dann tu es. Du mußt mit dir ins reine kommen, sonst . . . sonst bist du böse. Ich kann nicht mehr . . .« Sie strich mit der Hand über das Lenkrad. »Wohin willst du also? Wo bist du überhaupt zu Hause?«

Er packte sie mit aller Kraft. »Du – du hast Holz getötet! Weißt du denn nicht –«

»O doch«, sagte sie leise. »Glaubst du, ich habe es nicht gespürt? Als wären es meine eigenen Knochen gewesen. Immer sehe ich ihn vor mir, und immer, immer mit dem Wagen gegen ihn, und wieder läuft er mir in den Weg –« Sie zitterte am ganzen Körper. »Wohin also? Rechts oder links?«

»Ist das wirklich das Ende?« fragte er flüsternd.

Sie nickte. »Ja, das Ende.«

Er öffnete den Schlag, sprang aus dem Wagen und stellte sich vor die Räder. »Fahr' zu«, sagte er heiser. »So fahr' doch!«

Sie fuhr zwei Schritte zurück. »Komm, wir müssen weiter. Ich bringe dich wenigstens näher an die Grenze. Wohin willst du?«

»Zurück«, antwortete er zähneknirschend, »mit dir zurück.«

»Mit mir gibt es . . . weder ein Vorwärts noch ein Zurück. Verstehst du mich denn nicht? Ich muß das tun, damit du sie hast, damit du die Gewißheit hast, wie sehr ich dich liebte. Meinst du, ich könnte noch einmal hören, was du mir ins Gesicht sagtest? Du kannst nicht mehr zurück. Entweder müßtest du ihnen Krakatit ausliefern, was du nicht willst und nicht darfst, oder sie bringen dich anderswohin, und ich –« Sie ließ die Hände in den Schoß sinken. »Auch daran dachte ich, mit dir . . . vorwärts zu gehen. Ich wäre dazu imstande, gewiß wäre ich dazu imstande, aber – du bist ja nicht allein; geh zu ihr. Siehst du, niemals fiel mir ein, dich danach zu fragen. Wenn man eine Prinzessin ist, glaubt man, allein auf der Welt zu sein. Liebst du sie?«

Er sah sie aus dunklen Augen gequält an und wagte nicht zu leugnen–

»Siehst du«, sagte sie matt, »nicht einmal lügen kannst du, du Lieber! Aber begreife doch, als ich mir das alles zurechtlegte – Was war ich dir schon? Was tat ich denn viel? Du dachtest an sie, wenn du mich liebtest! Wie mußtest du mich verabscheuen! Nein, sprich jetzt nicht! Nimm mir nicht die Kraft, dir das Letzte zu sagen.«

Sie rang die Hände. »Ich liebte dich! Ich liebte dich so sehr, daß ich imstande gewesen wäre, was immer zu tun – und noch mehr. Aber du, du zweifeltest so schrecklich daran, daß du am Ende auch meinen Glauben brachst. Liebe ich dich? Ich weiß es nicht. Ich könnte mir ein Messer ins Herz stoßen, wenn ich dich so sehe, ich möchte sterben oder – aber liebe ich dich denn? Ich – ich weiß es nicht mehr. Als du mich das letztemal . . . in deine Arme nahmst, da fühlte ich etwas Ungutes in mir . . . und auch in dir. Streife meine Küsse von deinen Lippen, sie waren . . . sie waren unrein«, sagte sie tonlos.

Sie sah ihn nicht an, sie hörte nicht, was er sagte. Ihre Lider zitterten; unter ihnen verbarg sich eine Träne, die hervorbrach, rasch die Wange hinablief, anhielt und von einer zweiten eingeholt wurde. Sie weinte tonlos, die Hände auf dem Lenkrad. Als er sich ihr nähern wollte, fuhr sie den Wagen ein Stückchen zurück.

»Jetzt bist du nicht mehr Prokopokopok«, flüsterte sie, »jetzt bist du ein unglücklicher Mensch. Du zerrst an deiner Kette . . . wie ich an der meinen. Das war eine . . . schlimme Fessel, die uns aneinanderband. Und dennoch, wenn man sie zerreißt, dann . . . dann ist einem, als ginge das ganze Innere mit, auch das Herz, auch die Seele . . . Wird es denn rein sein im Menschen, wenn er so leer und öde zurückbleibt?« Die Tränen stürzten ihr aus den Augen. »Ich hatte dich lieb, jetzt sehe ich dich nicht mehr. Geh, geh mir aus dem Weg, ich kehre um.«

Er stand da und rührte sich nicht. Sie fuhr dicht an ihn heran. »Leb wohl, Prokop«, sagte sie leise und begann im Rückwärtsgang die Straße zurückzufahren. Er lief ihr nach; da fuhr sie rasch und immer rascher; es schien, als würde sie versinken.

XLV.

Er stand und lauschte, vor Angst zitternd, ob er nicht das Splittern und Krachen des an einer Straßenkehre zerschmetterten Wagens vernehme. War das nicht das Auspuffgeräusch eines Motors in der Ferne? Hatte die furchtbare, tödliche Stille denn kein Ende? Wie von Sinnen rannte Prokop dem Wagen auf der Straße nach. Er lief die Serpentine hinab bis zum Fuß des Hügels. Nirgends auch nur eine Spur von dem Auto. Er eilte wieder hinauf, forschte alle Hänge ab, kroch abwärts, wo er etwas Dunkles oder Helles zu unterscheiden vermeinte, sich die Hände abschürfend; aber es war bloß ein Hagedornstrauch oder ein Felsen. Er stolperte weiter und kletterte zur Straße hinauf, die Dunkelheit mit den Augen durchbohrend . . . ob er nicht irgendwo einen Haufen Wagentrümmer erblicke und darunter . . .

Er befand sich wieder oben an der Kreuzung; eben hier war sie in die Finsternis versunken. Er setzte sich auf einen Meilenstein. Stille, unendliche Stille ringsum und über ihm die kalten, nachmitternächtlichen Sterne. Wo raste jetzt der dunkle Meteor des Wagens? Ließ sich denn kein Laut vernehmen, schlug kein Vogel an, kläffte kein Köter im Dorf, gab es nirgends ein Lebenszeichen? Alles war zu feierlichem Todesschweigen erstarrt. Das war nun das Ende, das stille, eisige, dunkle Ende von allem; Leere, im Kreisen der Finsternis und Stille entstanden, eisig starrende Leere. In welchem Winkel sollte er sich verbergen, um ihn mit seinem Schmerz auszufüllen? Ach, wenn doch die Sterne verlöschten und das Ende der Welt käme! Dann würde sich die Erde spalten und die Stimme des Herrn im Getöse der Welt erschallen: Ich nehme dich zurück, du schmerzenvolles, schwaches Geschöpf; es war unrein in dir, und böse Kräfte hast du entfesselt. Lieber, Lieber, ich bereite dir ein Lager aus nichtigem Nichts.

Prokop erzitterte unter der Dornenkrone des Weltalls. Also gilt das Leid des Menschen nichts und bleibt ohne Wert; ist nur ein Kleines, Zusammengekauertes, eine schwankende Seifenblase am Grunde der Leere. Gut, gut, wer da meint, die Welt sei unendlich; aber er möchte sterben!

Im Osten verblaßten die Sterne, die Straße und die weißen Steine leuchteten kalt. Da waren Räderspuren, Spuren im toten Sand. Prokop erhob sich, steif vor Kälte und wie betäubt, und machte sich auf den Weg hinunter, in der Richtung nach Balttin.

Er wanderte rastlos. Da war ein Dorf, eine Ebereschenallee, eine kleine Brücke über einen stillen, dunklen Fluß. Der Nebel stieg und verdunkelte die Sonne. Wieder brach ein grauer, kalter Tag an, und der Wanderer sah rote Dächer und eine Herde braunroter Kühe. Wie weit mochte es nach Balttin sein? Sechzig, siebzig Kilometer. Trockenes Laub, nichts als trockenes Laub.

Früh am Nachmittag ließ er sich auf einem Schotterhaufen an der Straße nieder. Er konnte nicht mehr weiter. Ein Bauerngefährt kam vorüber. Der Bauer hielt vor dem zusammengesunkenen Menschen an. »Wollt Ihr nicht mitfahren?« Prokop nickte dankbar und setzte sich wortlos neben ihn. Dann hielt das Gefährt im Städtchen. »So, da wären wir«, meinte der Bauer. »Wohin wollt Ihr eigentlich?« Prokop stieg ab und wanderte weiter. Wie weit kann es noch bis Balttin sein?

Es begann zu regnen. Prokop war am Ende seiner Kräfte. Er setzte sich auf ein Brückengeländer; unten floß ein schäumender, kalter Bach vorbei. Aus der entgegengesetzten Richtung kam ein Auto heran, verlangsamte auf der Brücke das Tempo und hielt. Ein Herr in einem Ziegenpelz stieg aus und kam auf Prokop zu. »Was machen Sie hier?« Es war d'Hémon. Mit der Autobrille über den tatarischen Augen sah er aus wie ein langhaariger Riesenkäfer. »Ich komme aus Balttin. Man sucht Sie.«

»Wie weit ist es noch bis Balttin?« fragte Prokop mit schwacher Stimme.

»Vierzig Kilometer. Was wollen Sie dort? Es wurde ein Steckbrief hinter Ihnen erlassen. Kommen Sie, ich nehme Sie mit.«

Prokop schüttelte den Kopf.

»Die Prinzessin ist abgereist«, sagte Herr d'Hémon leise. »Heute morgen mit oncle Rohn. Vor allem, um . . . eine gewisse . . . unangenehme Sache mit einem überfahrenen Menschen zu vergessen –«

»Ist er tot?« fragte Prokop atemlos.

»Noch nicht. Ferner ist die Prinzessin, wie Ihnen vielleicht bekannt, ernstlich tuberkulös – Man bringt sie deshalb nach Italien.«

»Wohin?«

»Das weiß ich nicht. Niemand weiß es.«

Prokop erhob sich schwankend. »Dann ist es also –«

»Fahren Sie mit mir?«

»Nein. – Ich weiß nicht. Wohin?«

»Wohin Sie wollen.«

»Ich – ich möchte nach – Italien.«

»Kommen Sie.« Herr d'Hémon half Prokop in den Wagen, warf einen Pelz über ihn und schlug die Wagentür zu. Das Auto fuhr los. Wieder entfaltete sich die Landschaft vor ihm, aber so merkwürdig, wie im Traum und in verkehrter Reihenfolge; Städtchen, Pappelallee, Straßenschotter, kleine Brücke, Ebereschenbeeren, Dorf. Das Auto fuhr keuchend die Serpentinen den Hang hinan. Hier war die Kreuzung, wo sie sich verabschiedet hatten. Prokop erhob sich, um aus dem Wagen zu springen. Aber Herr d'Hémon riß ihn zurück, trat aufs Pedal und schaltete den vierten Gang ein. Prokop schloß die Augen; sie fuhren jetzt nicht mehr auf der Straße, sie erhoben sich in die Luft und flogen. Der Wind schlug ihm ins Gesicht, an den Wangen fühlte er die nassen Schläge der Wolkenfetzen, während sich die Geräusche des Motors zu einem langgezogenen, tiefen Geheul vereinigten; irgendwo unten lief die Erde vorbei. Prokop fürchtete sich, die Augen zu öffnen, um nicht die dahinfliegenden Alleen zu sehen. Rascher! Daran ersticken! Noch rascher! Ein Ring des Schreckens und des Taumels preßte sich um seine Brust, er atmete kaum mehr, so sehr erfüllte ihn das Rasen durch den Raum mit atemberaubender Lust. Der Wagen glitt hinauf und hinunter, Menschen schrien auf, Hunde bellten, manchmal nahm er eine Kehre, daß er beinahe auf der Seite lag, dann war es, als hätte sie ein Wirbelsturm erfaßt, und wieder, wieder gerader Flug, reine Schnelligkeit, das bebende, dröhnende Zittern der Luft, als hätten sie die Sehne der Fernen berührt.

Er schlug die Augen auf. Es herrschte neblige Dämmerung, Lichterketten durchdrangen das Halbdunkel, Fabrikslampen versprühten Helle. Herr d'Hémon wand sich mit dem Wagen durch den Straßenknäuel, glitt durch die ruinenartige Vorstadt und schoß wieder auf die freie Straße hinaus. Der Wagen warf seine langen Lichtfühler voraus, betastete Mist, Kot, Steine, knirschte in den Kehren, puffte ein wahres Trommelfeuer aus und stürzte sich auf das lange Band der Straße, als ob er es aufwickelte. Rechts und links wand sich ein enges Tal zwischen Bergen; der Wagen bohrte sich hinein, verschwand in Wäldern, schraubte sich heulend bergan und ließ sich kopfüber in ein neues Tal hinab. Dörfer atmeten Lichtstreifen in den dichten Nebel aus, brüllend flog der Wagen vorüber, einen Funkenschweif hinter sich schleudernd, glitt dahin, kreiste in Spiralen aufwärts, aufwärts, aufwärts, übersprang etwas und senkte sich wieder bergab. Stopp! Sie hielten in dunkler Nacht; nein, da war ein kleines Haus, Herr d'Hémon stieg brummend aus, klopfte an die Tür und sprach mit den Leuten. Nach einer Weile kehrte er mit einer Kanne voll Wasser zurück und goß es in den zischenden Kühler. Im scharfen Licht der Scheinwerfer sah er in seinem Pelz wie der Teufel in einem Kindermärchen aus. Nun schritt er um den Wagen herum, befühlte die Reifen, hob die Motorhaube und sagte etwas; Prokop schlief, von Müdigkeit übermannt, ein. Dann erfaßte ihn wieder das endlose, gleichmäßige Gerüttel. Er schlief in der Ecke des Wagens und wußte von nichts; wußte stundenlang von nichts anderem als dem gleichbleibenden Schlingern. Er erwachte erst, als der Wagen vor einem hellerleuchteten Hotel in scharfer Bergluft zwischen Schneefeldern hielt.

Er war ganz erstarrt und gerädert. »Das . . . das ist nicht Italien«, stotterte er verwundert.

»Noch nicht«, sagte Herr d'Hémon. »Aber jetzt kommen Sie etwas essen.« Er führte Prokop, der von so viel Licht wie geblendet war, in einen abgeteilten kleinen Speiseraum. Blütenweißes Tischtuch, Silber, Wärme, ein Kellner, der aussah wie ein Botschafter. Herr d'Hémon setzte sich nicht; er ging auf und ab und betrachtete dabei eingehend seine Fingerspitzen. Prokop ließ sich stumpf und verschlafen auf einem Stuhl nieder; ihm war es völlig gleichgültig, ob er jetzt aß oder nicht. Trotzdem trank er die heiße Fleischbrühe, stocherte, vor Müdigkeit kaum imstande, die Gabel zu halten, in einigen Speisen herum, drehte ein Weinglas zwischen den Fingern und verbrannte sich die Eingeweide mit der glühenden Bitterkeit eines Mokka. Herr d'Hémon ging die ganze Zeit über auf und ab und verzehrte im Gehen ein paar Bissen. Als Prokop fertig war, bot er ihm eine Zigarre an und reichte ihm Feuer. »So«, sagte er, »und nun zur Sache.

Von jetzt ab«, begann er im Aufundabgehen, »bin ich für Sie einfach . . . Kamerad Daimon. Ich bringe Sie zu unseren Leuten. Es ist nicht weit von hier. Sie dürfen sie nicht allzu ernst nehmen. Teils sind es politische Heißsporne, Gehetzte und Flüchtlinge, aus allen Teilen der Welt hierher verschlagen, teils Phantasten, Maulhelden, Dilettanten des Erlösungsgedankens und weltfremde Doktrinäre. Nach ihren Programmen dürfen Sie nicht fragen; sie sind nur Material, das wir in unser Spiel einsetzen. Hauptsache ist, daß wir ihnen eine weitverzweigte und bisher geheime internationale Organisation zur Verfügung stellen können, die überall ihre Zellen hat. Einziges Programm ist die direkte Aktion. Dafür gewinnen wir alle ohne Ausnahme, man lechzt ohnehin danach wie nach einem neuen Spielzeug. Übrigens wird die ›neue Aktionslinie‹ und die ›Destruktion in den Köpfen‹ einen unwiderstehlichen Zauber auf sie ausüben. Nach den ersten Erfolgen laufen sie Ihnen nach wie die Schafe, besonders wenn Sie diejenigen aus der Führung entfernen, deren Namen ich Ihnen nennen werde.«

Er sprach gewandt wie ein geübter Redner, das heißt, er dachte dabei an etwas anderes, und mit jener selbstverständlichen Sicherheit, die jeden Widerstand und Zweifel ausschließt. Prokop schien es, als hätte er ihn schon irgendwann einmal gehört.

»Ihre Situation ist einzigartig«, fuhr er, weiter auf und ab gehend, fort. »Sie haben das Angebot einer bestimmten Regierung abgelehnt, also wie ein vernünftiger Mensch gehandelt. Was kann ich Ihnen bieten im Vergleich damit, was Sie sich selbst nehmen können? Sie wären ein Narr, wenn Sie Ihre Sache aus der Hand ließen. Sie haben ein Mittel, womit Sie alle Mächte der Welt bezwingen können. Ich biete Ihnen unbegrenzten Kredit. Wollen Sie fünfzig oder hundert Millionen Pfund? Sie können sie in einer Woche haben. Mir genügt, daß Sie bisher der einzige Besitzer von Krakatit sind. Fünfundneunzig Gramm befinden sich derzeit im Besitz unserer Leute, ein sächsischer Kamerad aus Balttin hat sie uns gebracht. Aber diese Idioten haben ja keine Ahnung von Ihrer Chemie! Sie hegen es wie ein Heiligtum in der Porzellandose, und dreimal wöchentlich liegen sie sich in den Haaren, welche Regierungsgebäude der Welt sie damit in die Luft sprengen sollen. Übrigens, Sie werden sie ja selbst hören. Von dieser Seite droht Ihnen also nichts. In Balttin haben sie nicht einmal ein Stäubchen Krakatit mehr. Herr Tomesch scheint am Ende zu sein mit seinen Versuchen.«

»Wo ist Georg – Georg Tomesch?« fragte Prokop stockend.

»Sprengstoffwerke Grottup. Dort hat man seine ewigen Versprechungen schon über. Sollte ihm jedoch die Herstellung durch einen Zufall doch noch gelingen, wird er sich nicht lange darüber freuen. Dafür bürge ich Ihnen. Kurzum, Sie als einziger haben Krakatit in der Hand und liefern es niemandem aus. Sie werden Menschenmaterial und unsere gesamte Organisation zur Verfügung haben. Ich gebe Ihnen die Presse, die ich bezahle. Und schließlich steht Ihnen das zu Diensten, was in den Zeitungen ›der geheimnisvolle Rundfunk‹ genannt wird, nämlich unsere illegale drahtlose Verbindung, die mit Hilfe von sogenannten Gegenwellen oder Extinktionsfunken Ihr Krakatit auf eine Entfernung bis zu dreitausend Kilometer zur Spaltung bringt. Das sind Ihre Trümpfe. Nehmen Sie das Spiel auf?«

»Was – was – was meinen Sie damit?« ließ sich Prokop vernehmen. »Was soll ich damit?«

Kamerad Daimon blieb stehen und blickte Prokop unverwandt an. »Sie werden tun, was Sie wollen. Sie werden große Dinge vollbringen. Wer kann Ihnen noch befehlen?«

XLVI.

Daimon rückte einen Stuhl zu Prokop heran und setzte sich.

»Ja«, begann er nachdenklich, »es ist nur schwer zu begreifen. Es gibt in der Geschichte nichts, was sich mit der Macht, die Sie in Händen halten, vergleichen ließe. Sie werden die Welt mit einer Handvoll Leuten erobern wie seinerzeit Cortez Mexiko. Aber das ist nicht der richtige Vergleich. Mit Krakatit und der Rundfunkstation halten Sie die ganze Welt in Schach. Das klingt merkwürdig, aber es ist so. Es genügt ein wenig von dem weißen Pulver, und zu einer bestimmten Stunde fliegt alles, wie Sie befohlen haben, in die Luft. Wer könnte das verhindern? In Wahrheit sind Sie der Herr der Welt. Sie werden Befehle erteilen, ohne daß Sie jemand zu Gesicht bekommt. Es klingt fast lächerlich: Aber greifen Sie meinetwegen Portugal oder Schweden an; in drei, vier Tagen werden sie um Frieden betteln, und Sie werden Kriegssteuern, Gesetze, Grenzen, oder was Ihnen einfällt, diktieren. In dieser Stunde gibt es nur eine einzige Großmacht – und das sind Sie.

Sie glauben, ich übertreibe? Ich habe hier ein paar brauchbare Leute, die zu allem fähig sind. Erklären Sie zum Spaß Frankreich den Krieg! An einem bestimmten Tag um Mitternacht fliegen die Gebäude der Ministerien, die Banque de France, die Hauptpost, die Elektrizitätswerke, Bahnhöfe und mehrere Kasernen in die Luft. In der nächsten Nacht die Flugplätze, Arsenale, Eisenbahnbrücken, Munitionsfabriken, Hafeneinrichtungen, Leuchttürme und Hauptverbindungswege. Ich habe vorläufig nur sieben Flugzeuge. Sie können Krakatit ausstreuen, wo es Ihnen beliebt; dann schalten Sie den Sender ein und die Sache klappt. Wollen Sie es versuchen?«

Prokop schien zu träumen. »Nein! Wozu auch?«

Daimon zuckte die Schultern. »Weil Sie dazu imstande sind. Kraft . . . muß sich auswirken. Soll es irgendein Staat für Sie tun, wo Sie es doch selbst vollbringen können? Ich weiß nicht, was Sie alles vermögen. Aber man muß es versuchen: Ich versichere Ihnen, Sie kommen auf den Geschmack. Wollen Sie die Weltherrschaft übernehmen? Wohlan. Wollen Sie die Welt aushungern? Gut. Wollen Sie sie beglücken, indem Sie ihr den ewigen Frieden, Gott, eine neue Weltordnung oder die Revolution aufzwingen? Warum nicht? Aber beginnen Sie – das Programm ist nebensächlich. Schließlich werden Sie nur das tun, was die von Ihnen geschaffene Wirklichkeit erzwingt. Sie können die Banken, die Könige, den Industrialismus, die Heere, das ewige Unrecht oder was immer aus der Welt schaffen. Nachher wird sich schon zeigen, wie es weitergehen soll. Fangen Sie mit irgendwas an; es läuft dann von allein. Aber suchen Sie keine Analogien in der Weltgeschichte, fragen Sie nicht, was erlaubt ist. Ihre Stellung ist beispiellos. Kein Dschingis-Khan oder Napoleon könnte Ihnen sagen, was Sie zu tun haben und wo Ihre Grenzen sind. Niemand ist imstande, Sie zu beraten; niemand vermag sich in die Grenzenlosigkeit Ihrer Macht hineinzudenken. Sie müssen allein sein, wenn Sie das Äußerste erreichen wollen. Lassen Sie keinen an sich heran, der Ihnen Grenzen setzen oder die Richtung angeben wollte.«

»Auch Sie nicht, Daimon?« fragte Prokop scharf.

»Auch mich nicht. Ich stehe auf seiten der Kraft. Ich bin alt, erfahren und reich. Ich brauche nichts; ich will nur, daß etwas geschieht und sich in der Richtung entwickelt, die der Mensch selbst bestimmt. Mein altes Herz wird sich an dem erfreuen, was Sie vollbringen. Ersinnen Sie das Schönste, das Kühnste und Paradiesischeste und auferlegen Sie es der Welt kraft Ihrer Macht; dieses Schauspiel wird mich dafür entlohnen, daß ich Ihnen diene.«

»Reichen Sie mir die Hand«, sagte Prokop voller Mißtrauen.

»Nein, ich würde Sie verbrennen«, sagte Daimon lächelnd. »Ich habe ein altes, uraltes Fieber. Was wollte ich sagen? Ja, die einzig mögliche Form der Kraft ist die Gewalt. Kraft ist die Fähigkeit, den Dingen Bewegung aufzuzwingen. Sie werden dem am Ende nicht entgehen können, daß sich alles um Sie dreht. Gewöhnen Sie sich von Anfang an daran; werten Sie die Menschen nur als Ihre Werkzeuge oder als Werkzeuge der Idee, die Sie sich in den Kopf gesetzt haben. Sie wollen das unmöglich Gute; demzufolge werden Sie wahrscheinlich sehr grausam sein. Schrecken Sie vor nichts zurück, wenn Sie Ihre großen Ideale verwirklichen wollen. Übrigens, auch das kommt von selbst. Es mag Ihnen jetzt erscheinen, daß es über Ihre Kraft geht – ich weiß nicht, in welcher Form –, über die Erde zu herrschen. Mag sein, aber es ist nicht jenseits der Kraft Ihrer Werkzeuge; Ihre Macht reicht weiter als jede nüchterne Überlegung.

Richten Sie sich so ein, daß Sie völlig unabhängig sind. Noch heute lasse ich Sie zum Präsidenten der Nachrichtenkommission wählen; damit gelangen Sie praktisch in den Besitz der Geheimstation, die übrigens auf einem Grundstück steht, das mein Privateigentum ist. In einer Weile sehen Sie unsere komischen Kameraden; verwirren Sie sie nicht durch irgendwelche großen Pläne. Man hat sie vorbereitet, und Sie werden mit Begeisterung empfangen werden. Sprechen Sie ein paar Phrasen zu ihnen über das Wohl der Menschheit oder was Sie wollen. Es wird ohnehin untergehen im Chaos der Meinungen, die man ›politische Überzeugung‹ nennt.

Entscheiden Sie selbst, ob Sie die ersten Schläge in politischer oder wirtschaftlicher Richtung führen wollen, also ob Sie zuerst militärische Objekte oder Fabriken und Verkehrswerge bombardieren werden. Das erstere ist effektvoller, das zweite greift tiefer. Sie können einen umfassenden Generalangriff eröffnen oder sich einen Sektor auswählen. Es steht Ihnen frei, einen anonymen Umsturz herbeizuführen oder ganz öffentlich und, scheinbar wahnsinnig, den Krieg zu erklären. Ich kenne Ihren Geschmack nicht. Übrigens liegt es nicht an der Form; wenn Sie nur Ihre Macht entfalten. Sie sind der Oberste Richter dieser Welt; verurteilen Sie, wen Sie wollen, unsere Leute werden Ihr Urteil vollstrecken. Zählen Sie nicht Menschenleben; Sie arbeiten im Großen, und die Welt hat Milliarden Leben zu vergeben.

Ich bin Industrieller, Zeitungsherausgeber, Bankier, Politiker, alles, was Sie wollen. Kurz, ich bin gewohnt zu rechnen, die Umstände einzukalkulieren und mit beschränkten Möglichkeiten hauszuhalten. Eben darum muß ich Ihnen sagen, und das ist der einzige Ratschlag, den ich Ihnen gebe, ehe Sie die Herrschaft antreten: Rechnen Sie nicht und sehen Sie sich nicht um. Sowie Sie einmal zurückblicken, verwandeln Sie sich in eine weinende Säule wie Lots Weib. Ich bin Vernunft und Zahl; doch wenn ich aufwärts blicke, möchte ich mich auflösen in Irrsinn und Unberechenbarkeit. Alles, was existiert, sinkt aus dem Chaos der Unbegrenztheit über die Zahl ins Nichts. Jede große Kraft stellt sich dieser abfallenden Bewegung entgegen; jede Größe will zur Unermeßlichkeit werden. Verworfen ist die Kraft, die nicht über die alten Grenzen hinausdrängt. Ihnen ist eine Macht in die Hand gegeben, die ungeheuersten Dinge zu vollbringen; wollen Sie ihrer würdig sein, oder wollen Sie sie verzetteln? Ich alter Praktiker sage Ihnen: Hegen Sie wahnsinnige, maßlose Pläne, denken Sie in beispiellosen Dimensionen, an unsinnige Rekorde menschlicher Macht. Die Wirklichkeit wird Ihnen die Hälfte, ja zwei Drittel eines jeden großen Planes vereiteln; aber selbst was bleibt, muß noch gigantisch sein. Versuchen Sie das Unmögliche, damit Sie wenigstens noch eine unbekannte Möglichkeit verwirklichen. Sie wissen, welch eine große Sache das Experiment ist. Nun, alle Herrscher der Welt schrecken am meisten davor zurück, einmal etwas anderes, noch nie Dagewesenes, Entgegengesetztes zu versuchen; es gibt nichts Konservativeres als das menschliche Regiment. Sie sind der erste Mensch auf dieser Erde, der die ganze Welt als sein Laboratorium betrachten kann. Das ist die höchste Versuchung auf dem Gipfel des Berges: Ich gebe dir das alles da unten nicht zu Genuß und Freude an deiner Macht; es sei dir verliehen, du sollst es erobern, auf daß du es umformst und etwas Besseres versuchst als diese erbärmliche, ungeheuerliche Welt. Sie braucht immer und immer wieder einen Schöpfer; aber ein Schöpfer, der nicht zugleich unumschränkter Herr und Gebieter ist, bleibt ein Narr. Ihre Gedanken werden Befehle sein, Ihre Träume geschichtliche Umwälzungen; und wenn Sie nichts weiter aufrichteten als nur Ihr eigenes Denkmal, so hätte es sich gelohnt. Nehmen Sie, was Ihrer ist.

Nun müssen wir gehen; man erwartet uns.«

XLVII.

Daimon ließ den Motor an und sprang in den Wagen. »Wir sind bald da.« Das Auto fuhr vom Berg der Versuchung in ein breites Tal, flog durch die stumme Nacht, schwang sich über einen friedlichen Sattel und hielt vor einem langgestreckten Holzbau zwischen Erlen; er sah aus wie eine alte Mühle. Daimon sprang aus dem Wagen und führte Prokop zu einer hölzernen Treppe. Dort vertrat ihnen ein Mann mit aufgestelltem Kragen den Weg. »Losung?« Daimon riß die Autobrille herunter, der Mann trat beiseite und Daimon eilte voran. Sie betraten einen großen, niedrigen Raum, der einem Schulzimmer glich: zwei Reihen Bänke, ein Podium und ein Rednerpult unter einer Tafel. Der Raum war erfüllt von Dunst, Rauch und Lärm. Auf den Bänken saßen dichtgedrängt Menschen, die Hüte auf dem Kopf. Sie stritten alle, oben auf dem Podium schrie sich ein rotbärtiger, langbeiniger Mann heiser, am Rednerpult stand ein dürrer, pedantischer Greis und läutete wütend.

Daimon bestieg das Podium. »Kameraden«, schrie er mit einer Stimme, die nichts Menschliches an sich hatte und an eine kreischende Möwe erinnerte, »ich habe euch da jemanden mitgebracht. Es ist Kamerad Krakatit.« Ruhe trat ein. Prokop fühlte sich von fünfzig Augenpaaren gebannt und schonungslos gemustert. Verwirrt ging er aufs Podium hinauf und blickte sich ratlos in dem raucherfüllten Saal um. »Krakatit, Krakatit«, heulte es unten und verstärkte sich zu dem Schrei: »Krakatit! Krakatit! Krakatit!« Vor Prokop stand ein schönes Mädchen mit zerzausten Haaren und reichte ihm die Hand: »Willkommen, Kamerad!« Ein kurzer, glühender Druck, ein alles verheißender Blick, und schon waren zwanzig andere Hände da: grobe, feste, von Leidenschaft abgezehrte, feuchtkalte und vergeistigte. Prokop fühlte sich in eine ganze Kette von Händen eingeschaltet, die sich ihm entgegenstreckten und sich ihn aneigneten. »Krakatit! Krakatit!«

Der pedantische Alte schwang wie verrückt die Glocke. Als das nichts nützte, eilte er auf Prokop zu und schüttelte ihm die Hand. Es war eine vertrocknete, pergamentartige Hand; doch hinter den Stahlbrillen des Alten leuchtete unermeßliche Freude. Die Menge brüllte vor Begeisterung und beruhigte sich wieder. »Kameraden«, redete der Alte, »ihr habt den Kameraden Krakatit mit spontaner und lebhafter Freude empfangen . . . der auch ich als Vorsitzender hiermit Ausdruck gebe. Wir begrüßen ferner Präsidenten Daimon . . . und danken ihm. Ich bitte den Kameraden Krakatit als Gast . . . auf dem

Vorstandspodium Platz zu nehmen. Die Delegierten haben zu entscheiden, ob ich weiter die Versammlung leiten soll . . . oder Präsident Daimon.«

»Daimon!«

»Mazaud!«

»Daimon!«

»Mazaud! Mazaud!«

»Zum Teufel mit Ihren Formalitäten, Mazaud«, zischte Daimon. »Behalten Sie den Vorsitz und Schluß.«

»Die Verhandlung wird fortgesetzt«, kreischte der Alte. »Das Wort hat der Delegierte Peters.«

Der Rotbärtige ergriff wieder das Wort; er schien die englische Labour Party anzugreifen, doch hörte niemand zu. Aller Augen waren fast körperlich fühlbar auf Prokop gerichtet. Dort im Winkel die großen, schwärmerischen Augen eines Schwindsüchtigen; da die blauen, starrenden eines bärtigen Burschen; die runden, blitzenden Brillen eines prüfenden Professors; buschig überwachsene Äuglein, die aus einem Wirrwarr grauer Zotten blinzelten; forschende, feindselige, tiefliegende, kindliche, heilige und gemeine Augen! Prokop ließ seine Blicke über die dichtbesetzten Bänke schweifen und zuckte zusammen, wie von einem Feuerstrahl getroffen: Er war dem Blick des zerzausten Mädchens begegnet. Sie räkelte sich mit einer eindeutigen, wiegenden Bewegung, als ob sie in schwellende Kissen versinke. Sein Blick blieb an einem merkwürdig kahlen Kopf haften, unter dem ein kurzer Rock hing; weiß der Kuckuck, ob dieses Gebilde zwanzig oder fünfzig Jahre alt war! Doch ehe er es enträtseln konnte, verzog sich das ganze Gesicht zu einem breiten, begeisterten, verehrungsvollen Lächeln. Ein Blick peinigte ihn die ganze Zeit über; er suchte ihn unter allen anderen, konnte ihn aber nicht finden.

Der Delegierte Peters beendete stockend sein Referat und verschwand mit rotem Kopf auf seinem Sitz. Aller Augen hingen an Prokop in gespannter, nötigender Erwartung. Der alte Mazaud plapperte etwas Formelles und beugte sich dann zu Daimon hinüber. Es herrschte atemlose Stille. Prokop erhob sich, ohne daß es ihm bewußt wurde. »Das Wort hat Kamerad Krakatit«, verkündete Mazaud und rieb sich die dürren Hände.

Prokop blickte mit trüben Augen um sich: Was sollte er tun? Sprechen? Wozu? Wer waren überhaupt diese Leute? Er fing den Blick des Schwindsüchtigen auf, den strengen, prüfenden Glanz der Brillen, sah wieder die blinzelnden, neugierigen, fremden Augen, den funkelnden, schmelzenden Blick des schönen Mädchens, das den sündigen heißen Mund vor Aufmerksamkeit öffnete. In der ersten Bank hing ein kahlköpfiges, runzeliges Männlein hingerissen an seinen Lippen und lächelte ihm begeistert zu.

»Leute«, begann Prokop leise und sich selber fremd, »vergangene Nacht habe ich einen . . . ungeheuren Preis bezahlt. Ich erlebte . . . ich verlor . . .« Er mußte sich mit aller Macht zusammennehmen. »Man erlebt manchmal . . . solches Leid, daß man es mit anderen teilen muß. Man schlägt die Augen auf und sieht: Das Weltall hat sich verfinstert, und die Erde hält vor Qual den Atem an. Unerträglich wäre dieser Schmerz, wenn man ihn allein tragen müßte. Ihr alle kennt die Hölle, ihr alle –«

Er warf einen Blick über die Köpfe hinweg, die ihm zu einer mattleuchtenden Meeresvegetation zu verschwimmen schienen. »Wo habt ihr das Krakatit?« fragte er plötzlich gereizt. »Wo habt ihr's?«

Der alte Mazaud hob vorsichtig das porzellanene Heiligtum und legte es ihm in die Hand. Es war dieselbe Dose, die er damals in seiner Laboratoriumsbaracke zurückgelassen hatte. Prokop öffnete den Deckel und wühlte mit den Fingern in dem körnigen Pulver, zerrieb es, roch daran, legte sich ein Körnchen auf die Zunge, erkannte die starke, zusammenziehende Bitterkeit und schmeckte sie mit Wonne. »Das ist gut«, flüsterte er, das wertvolle Ding umklammernd, als wollte er sich die erstarrten Hände daran wärmen.

»Das bist du«, murmelte er, »ich kenne dich; du bist das explosive Element. Wenn dein Augenblick kommt, gibst du alles von dir; und das ist gut so.« Er blickte unsicher auf: »Was wollt ihr wissen? Ich verstehe mich nur auf zwei Dinge: auf Sterne und Chemie. Wie schön sind Sterne, unendliche Ausdehnung der Zeit, ewige Ordnung und Beständigkeit, göttliche Zahlenlehre des Weltalls. Ich sage euch . . . es gibt nichts Schöneres. Aber was sollen mir die Gesetze der Ewigkeit? Es kommt dein Augenblick, und Liebe, Schmerz, Gedanken werden in dir frei; das Größte, das Stärkste ist nur der Augenblick. Wir sind weder miteingeschlossen in der unendlichen Ordnung, noch mitgezählt in den Millionen Lichtjahren. Darum . . . darum soll sich dein Nichts wenigstens lohnen! Brich aus mit hochlodernder Flamme, und wenn du dich umschlossen fühlst, zerreiße den Panzer, zerschmettere den Felsen! Schaffe Platz für deinen einzigen Augenblick! So ist es gut getan!«

Er begriff nur unklar, was er redete; aber ein dunkler Drang zwang ihn auszusprechen, was ihm gleich wieder entglitt. »Ich . . . bin nur

Chemiker. Ich kenne die Materie . . . und verstehe mich darauf; das ist alles. Die Materie zersetzt sich unter der Einwirkung von Luft und Wasser; sie spaltet sich, gärt, fault, brennt, nimmt Sauerstoff auf oder zerfällt. Aber niemals, hört ihr, niemals gibt sie alles von sich, was in ihr ist. Selbst wenn ein Stäubchen Erde um den ganzen Erdball wanderte, sich in eine Pflanze einverleibte, in lebendiges Fleisch verwandelte, zur Denkzelle eines Philosophengehirns würde und mit ihm stürbe und wieder zerfiele, selbst dann gibt es nicht alles von sich. Aber zwingt es mit Gewalt, sich zu spalten und seine ganze Kraft zu entfesseln, seht, dann explodiert es in einer tausendstel Sekunde, und jetzt, jetzt erst hat es seine ganze Kraft aufgeboten. Vielleicht hat es gar nicht geschlafen, sondern war nur gefesselt und wäre fast erstickt, rang im Dunkeln und wartete auf seinen Augenblick. Sich ganz ausgeben! Das ist sein Recht. Auch ich muß mich ganz ausgeben . . . den ganzen Menschen . . . auf dem Gipfel meiner Zeit. Denn ich glaube, es ist wohlgetan, sich ganz auszugeben. Mag es gut oder böse sein. Es ist mit mir verwachsen und durchdringt mich: das Gute wie das Böse. Wer lebt, vollbringt beides; auch ich habe beides vollbracht. Aber nun muß ich das Höchste hergeben, denn das ist die Erlösung des Menschen. Es ist in keinem Ding oder Werk, das ich geschaffen habe, enthalten, es ist mit mir verwachsen. Wie eine versteinerte Muschel mit dem Fels. Und darum muß ich mit Gewalt in Stücke bersten wie ein Geschoß. Und ich werde nicht fragen, *was* dabei in Trümmer geht; es ist einfach nötig . . . ich muß das Letzte, das Höchste hergeben.«

Er rang mit den Worten, bemühte sich, etwas Unsagbares zu umfassen. Mit jedem Wort verlor er es, furchte die Stirn und suchte in den Gesichtern der Lauschenden, ob er nicht vielleicht den Sinn dessen einfangen könnte, wofür ihm die Worte fehlten. Er fand strahlende Zuneigung in den reinen Augen des Schwindsüchtigen und gesammelte Aufmerksamkeit in den großen blauen Augen des bärtigen Riesen dort im Hintergrund. Das Männchen mit dem furchigen Gesicht trank jedes seiner Worte mit der grenzenlosen Ergebenheit eines Gläubigen, und das schöne Mädchen empfing sie, halb liegend, mit den Liebeserschütterungen ihres Körpers. Andere Gesichter aber starrten ihn fremd, neugierig oder mit wachsender Gleichgültigkeit an. Wozu redete er eigentlich?

»Ich habe durchlebt«, fuhr er unsicher und schon ein wenig gereizt fort, »was ein Mensch nur zu durchleben vermag. Warum ich das hier erwähne? Weil es mir noch nicht genügt; weil . . . ich noch nicht erlöst bin; es war nicht das Höchste. Das liegt im Menschen versenkt wie die

Kraft in der Materie. Man muß die Materie zerstören, um ihre volle Kraft auszulösen. Auch der Mensch muß sich entfesseln, er muß gestört werden und aus allen Fugen geraten, um flammend das Höchste herzugeben. Das wäre . . . das wäre denn doch zu viel, wenn er dahinterkäme, daß er selbst dann nicht erreicht hätte, was . . . was . . .«

Er stotterte etwas, verzog finster das Gesicht, legte die Dose mit Krakatit brüsk auf das Pult und setzte sich.

XLVIII.

Eine Weile herrschte verlegenes Schweigen.

»Das ist alles?« ließ sich eine spöttische Stimme in der Mitte der Bankreihen vernehmen.

»Ja, das ist alles«, brummte Prokop angeekelt.

»Nein«, sagte Daimon und erhob sich. »Kamerad Krakatit setzte voraus, daß die Delegierten den guten Willen aufbringen, seiner Rede zu folgen –«

»Oho!« kam es wieder aus der Mitte.

»Ja. Der Delegierte Mezierski muß sich schon gedulden, bis ich ausgeredet habe. Kamerad Krakatit hat uns bildlich gesagt, daß es nötig ist«, und hier klang Daimons Stimme wie das Kreischen eines Vogels, »daß es nötig ist, die Revolution ohne Rücksicht auf die Theorie von den Etappen durchzuführen, und zwar eine vernichtende, jäh ausbrechende Revolution, in der die Menschheit das Höchste, was in ihr verborgen ist, hergibt. Der Mensch muß in Stücke gehen, um alles herzugeben. Die Gesellschaft muß zerschmettert werden, um den höchsten Kern in sich selbst zu finden. Ihr streitet euch da herum um das höchste Gut der Menschheit. Kamerad Krakatit hat uns belehrt, daß es genügt, die Menschheit zur Explosion zu bringen, um weit höher aufzuflammen, als eure Debatten ihr je vorschreiben könnten. Und das ohne Rücksicht darauf, was dabei in Trümmer geht. Ich sage euch, Kamerad Krakatit hat recht.«

»Ja, ja, ja!« Plötzlich erscholl Geschrei und Beifall. »Krakatit! Krakatit!«

»Ruhe!« überschrie Daimon sie. »Seine Worte haben um so mehr Gewicht, als sie tatsächlich durch die Macht, eine solche Explosion herbeizuführen, gestützt werden. Kamerad Krakatit ist nicht ein

Mann des Wortes, sondern der Tat. Er ist gekommen, um uns mit einer direkten Aktion zu betrauen. Ich sage euch, sie wird weit furchtbarer werden, als ihr je zu träumen wagtet. Sie wird heute, morgen, in einer Woche ausbrechen –«

Seine Worte gingen in einem unbeschreiblichen Getöse unter. Eine Menschenwelle wogte aus den Bänken an das Podium heran und umringte Prokop. Sie umarmten ihn, zerrten ihn an den Händen und schrien: »Krakatit! Krakatit!« Das schöne Mädchen kämpfte sich mit fliegenden Haaren wie eine Löwin durch den Menschenknäuel zu ihm vor. Durch einen plötzlichen Stoß vorwärtsgedrängt, preßte sie sich eng an Prokop, der sie beiseite schieben wollte; da hängte sie sich ihm an den Hals und flüsterte ihm fieberhaft etwas in einer fremden Sprache zu. Inzwischen erklärte am Rande des Podiums der Mann mit der Brille langsam und leise vor leeren Bänken, daß es theoretisch unzulässig sei, soziologische Schlüsse aus der unbelebten Natur zu ziehen. »Krakatit, Krakatit«, heulte die Menge; niemand saß mehr, Mazaud schwang die Glocke wie ein Müllfuhrmann. Plötzlich sprang ein schwarzhaariger junger Mann auf das Katheder und schwenkte hoch über allen die Dose mit Krakatit in der erhobenen Rechten.

»Ruhe!« brüllte er und: »Hinunter! Sonst werfe ich euch das da vor die Füße!«

Sogleich trat Stille ein. Der Knäuel glitt vom Podium hinab und wich zurück. Nur der verwirrte, ratlose Mazaud mit der Glocke, Daimon, an der Tafel lehnend, und Prokop, an dessen Hals immer noch die dunkelhaarige Mänade hing, blieben oben.

»Rosso!« riefen mehrere Stimmen. »Reißt ihn herunter! Rosso, herunter mit dir!«

Der junge Mann auf dem Katheder ließ die glühenden Blicke umherschweifen. »Niemand rührt sich! Mezierski will auf mich schießen. Ich werfe«, schrie er, die Dose wurfbereit haltend.

Die Menge wich, wie ein gereiztes Raubtier brummend, zurück. Zwei, drei hoben die Hände, andere folgten. Eine Weile herrschte dumpfes Schweigen.

»Geh hinunter!« kreischte der alte Mazaud. »Wer hat dir das Wort erteilt?«

»Ich werfe«, drohte Rosso, gespannt wie ein Bogen.

»Das ist gegen die Geschäftsordnung«, ereiferte sich Mazaud. »Ich protestiere und . . . lege den Vorsitz nieder.« Er schleuderte die Glocke zu Boden und trat vom Podium herunter.

»Bravo, Mazaud«, sagte eine ironische Stimme. »So ist's recht!«

»Ruhe!« schrie Rosso und warf die Haare aus der Stirn. »Ich habe das Wort. Kamerad Krakatit sagte uns: Es kommt dein Augenblick, wo du in Trümmer gehst. Schaffe Platz für deinen einzigen Augenblick. – Gut, ich nahm mir seine Worte zu Herzen.«

»So war es nicht gemeint.«

»Es lebe Krakatit!«

Jemand begann zu pfeifen.

Daimon packte Prokop am Arm und zog ihn zu einer verborgenen Tür hinter der Tafel.

»Pfeift nur«, fuhr Rosso höhnisch fort. »Niemand hat gepfiffen, als sich der Fremde vor euch hinstellte und . . . Platz machte für seinen Augenblick. Warum sollte es nicht auch ein anderer versuchen?«

»Das ist wahr«, ließ sich eine ruhige Stimme vernehmen.

Das schöne Mädchen stellte sich vor Prokop hin, um ihn mit ihrem Leib zu schützen. Er wollte sie beiseite stoßen.

»Das ist nicht wahr«, rief sie mit funkelnden Augen. »Er . . . er ist . . .«

»Sei still!« zischte Daimon.

»Befehlen kann jeder«, sagte Rosso erregt. »Solange ich *das* in der Hand habe, befehle ich. Mir ist's einerlei, ob ich zugrunde gehe! Niemand verläßt den Raum! Galeasso, bewache die Tür! So, und jetzt reden wir miteinander.«

»Ja, jetzt reden wir miteinander«, sagte Daimon scharf.

Rosso wandte sich blitzschnell nach ihm um. In diesem Augenblick stürzte der blauäugige Riese mit gesenktem Kopf, gleich einem Widder, aus der Bank, und noch ehe sich Rosso umwenden konnte, hatte er ihn bei den Füßen gepackt und sie unter ihm weggerissen. Rosso fiel kopfüber vom Katheder und prallte mit dem Kopf krachend auf dem Fußboden auf, während der Deckel der Porzellandose vom Podium herunter unter die Bänke rollte. Entsetzliche Stille trat ein.

Prokop eilte zu dem leblosen Körper. Auf Rossos Brust und Gesicht, auf dem Boden, in der Blutlache, überall war das weiße Pulver Krakatit verstreut. Daimon hielt ihn zurück. Da erhob sich Geschrei, und einige der Leute liefen aufs Podium. »Nicht auf Krakatit treten, es explodiert«, warnte eine erregte Stimme. Doch schon warfen sie sich zu Boden, sammelten das weiße Pulver in Streichholzschachteln ein, rauften und wälzten sich im Knäuel auf dem Boden. »Tür schließen!« rief jemand. Das Licht erlosch. In diesem Augenblick trat Daimon die Geheimtür hinter der Tafel auf und zerrte Prokop in die Dunkelheit hinein.

Er leuchtete mit einer Taschenlampe. Es war ein winziger, fensterloser Raum, Tische standen aufeinandergestellt, Bieruntersätze und muffige Kleider lagen umher. Er zog Prokop rasch weiter; sie tappten durch einen säuerlich riechenden, finsteren Flur über schwarze, enge Treppen hinab. Auf der Treppe holte sie das zerzauste Mädchen ein. »Ich gehe mit euch«, flüsterte sie und verkrampfte ihre Finger in Prokops Arm. Daimon führte sie auf den Hof, die abgründige Finsternis mit dem Lichtkreis seiner Lampe ableuchtend. Er stieß ein Tor auf und lief die Straße entlang. Ehe Prokop, der das Mädchen abzuschütteln versuchte, beim Auto anlangte, ratterte bereits der Motor, und Daimon sprang ans Lenkrad. »Rasch!« Prokop stürzte in den Wagen, hinter ihm her das Mädchen. Das Auto machte einen Satz und raste durch die finstere Nacht. Es war eisiger Winter. Das Mädchen zitterte in seinem dünnen Kleid. Prokop hüllte sie in den Pelz und drückte sich in die andere Ecke. Der Wagen fuhr über einen schlechten, weichen Fahrweg, schlingerte von einer Seite auf die andere, setzte aus und nahm wieder an Schnelligkeit zu; Prokop fror und wich aus, wenn ihn die schleudernde Bewegung des Wagens gegen das Mädchen warf. Sie rutschte zu ihm herüber. »Dir ist kalt, nicht wahr?« flüsterte sie, öffnete den Pelz und zog Prokop an sich. »Wärm dich«, flüsterte sie mit girrendem Lachen und preßte sich mit ihrem ganzen Körper an ihn. Sie war heiß und so üppig locker, als wäre sie nackt. Ihren zerzausten Haaren entströmte ein bitterer, wilder Geruch; sie kitzelten ihn an der Wange und verdunkelten ihm die Augen. Sie flüsterte ihm, ganz nahe, etwas in einer fremden Sprache zu, wiederholte es leiser und noch leiser und nahm dann seine Ohrmuschel zart zwischen die Zähne. Plötzlich lag sie ihm an der Brust und drang mit einem lasterhaften, erfahrenen, überfeuchten Kuß in seinen Mund ein. Er stieß sie grob zurück. Erstaunt richtete sie sich auf, fuhr beleidigt zurück und warf mit einer Schulterbewegung den Pelz von sich. Es wehte eisig herein. Prokop hob den Pelz auf und legte ihr ihn wieder um die Schulter. Sie machte eine zornige Bewegung, riß trotzig den Pelz herunter und ließ ihn auf dem Boden des Autos liegen. »Wie Sie wollen«, brummte Prokop und wandte sich ab.

Der Wagen erreichte wieder die Autostraße und raste nun mit heulender Geschwindigkeit dahin. Von Daimon war nur der ziegenpelzbehaarte Rücken zu sehen. Prokop vermochte in dem kalten Luftzug kaum zu atmen. Er blickte nach dem Mädchen, das sich die Haare um den Hals wand und in dem leichten Kleid vor Kälte zitterte. Sie tat ihm leid. Er nahm den Pelz und warf ihn über sie. Wieder stieß sie ihn in trotzigem Zorn von sich; da hüllte er sie ganz darin ein und hielt sie wie ein Paket fest. »Nicht rühren!« sagte er.

»Was treibt sie schon wieder?« fragte Daimon ruhig vom Lenkrad her. »Na, geben Sie ihr schon . . .«

Prokop überhörte absichtlich den Zynismus, doch das gefesselte Paket in seinen Armen begann leise zu kichern.

»Sie ist ein braves Mädel«, fuhr Daimon gleichmütig fort. »Dein Vater war Schriftsteller, nicht wahr?« Das Paket nickte; und Daimon nannte Prokop einen so berühmten, leuchtenden, reinen Namen, daß er erschrak und unwillkürlich seine Umarmung lockerte. Das Paket wiegte sich und hopste ihm auf den Schoß. Unter dem Pelz ragten sündhaft schöne Beine hervor und baumelten kindlich in der Luft. Er deckte den Pelz darüber, damit sie nicht friere. Sie hielt das eher für ein Spiel, lachte immerfort in sich hinein und strampelte den Pelz wieder weg. Da hielt er sie, so gut er konnte, unten fest. Dafür rutschte oben eine mollige Mädchenhand heraus, fuhr ihm in wildem Liebesspiel ins Gesicht, raufte ihm die Haare, strich lockend über seinen Hals und eroberte mit den Fingern seine aufeinandergepreßten Lippen. Er ließ sie schließlich gewähren. Sie berührte seine Stirn, fand sie streng gefurcht und fuhr zurück, als hätte sie sich verbrannt. Jetzt war es wieder eine furchtsame Kinderhand, nicht wissend, was ihr erlaubt ist. Sie näherte sich verstohlen seinem Gesicht, berührte es, schreckte zurück, berührte es von neuem, streichelte es und legte sich leicht, fast, ängstlich auf die grobe Wange. Im Pelz seufzte es noch einmal tief auf, und dann blieb es still.

Das Auto wand sich durch ein schlafendes Städtchen und fuhr dann in ein breites Tal hinunter. »Nun«, wandte sich Daimon an ihn, »was halten Sie von den Kameraden?«

»Still«, flüsterte Prokop reglos, »sie ist eingeschlafen.«

IL.

Der Wagen hielt in einem dunklen Waldtal. Prokop unterschied im Finstern unförmige Türme und Halden. »Da wären wir«, brummte Daimon. »Das ist meine Erzgrube und der Eisenhammer. Nicht viel wert. Steigen Sie aus!«

»Soll ich sie hierlassen?« fragte Prokop leise.

»Wen? Ach ja, Ihre Schöne. Wecken Sie sie, wir bleiben hier.«

Prokop stieg vorsichtig aus und trug sie in den Armen. »Wo soll ich sie hinlegen?«

Daimon schloß ein düsteres Gebäude auf.

»Wie? Warten Sie, ich habe hier einige Zimmer. Ich führe Sie hinein . . . dort können Sie sie hinlegen.«

Er machte Licht und führte ihn über einen kalten Büroflur. Endlich öffnete er eine Tür, ging hinein und drehte das Licht an. Es war ein häßlicher, ungelüfteter Raum mit einem zerwühlten Bett und herabgelassenen Jalousien. »Aha«, brummte Daimon, »da hat wohl wieder ein . . . Bekannter übernachtet. Schön ist es hier gerade nicht. Wie eben bei einem Junggesellen. Legen Sie sie aufs Bett.«

Prokop legte das still atmende Paket behutsam nieder. Daimon ging einige Male auf und ab und rieb sich die Hände. »Wir gehen jetzt zu unserer Station. Sie liegt oben auf einem Hügel, zehn Minuten von hier. Oder wollen Sie dableiben?« Er trat an das schlafende Mädchen heran, schlug einen Zipfel des Pelzes zurück und enthüllte ihre Beine bis zu den Knien. »Sie ist schön, nicht wahr? Schade, daß ich so alt bin.«

Prokop blickte verärgert drein und schlug den Pelzzipfel wieder zurück. »Zeigen Sie mir Ihre Station«, sagte er trocken. Daimons Mund verzog sich zu einem spöttischen Lächeln. »Gehen wir.«

Er führte ihn über einen Hof. Das Maschinenhaus war erleuchtet. Prokop vernahm das Stampfen der Maschinen. Der Heizer mit aufgekrempelten Ärmeln trieb sich, eine Pfeife rauchend, im Hof umher. Eine Schwebebahn mit Wagen zur Erzbeförderung führte zur Höhe hinauf; ihre Konstruktion zeichnete sich starr wie das Gerippe einer Riesenechse ab. »Ich mußte drei Gruben schließen«, erklärte Daimon. »Es lohnt sich nicht. Wenn die Station nicht wäre, hätte ich es längst verkauft. Gehen wir hier hinauf.« Er klomm einen steilen Waldpfad den Hang hinan. Prokop folgte ihm nur dem Geräusch nach. Es war schwärzeste Nacht; zuweilen fielen von den Fichtenzweigen schwere Tropfen nieder. Daimon blieb stehen und atmete schwer. »Ich bin alt«, sagte er, »und nicht mehr so rüstig wie früher. Immer mehr bin ich auf andere Leute angewiesen. Heute ist niemand auf der Station. Der Kamerad Telegrafist blieb unten bei den andern . . . Macht nichts. Kommen Sie!«

Auf dem Hügel sah es aus wie auf einem zerwühlten Schlachtfeld: verlassene Fördertürme, eine Seilbahn, verödete Riesenhalden. Auf der größten Halde stand oben eine Holzbaracke mit Antennen. »Das ist die . . . Station«, keuchte Daimon. »Sie steht auf . . . vierzigtausend Tonnen Magnesit. Ein natürlicher Kondensator, Sie verstehen? Der ganze Hügel ist ein einziges, riesiges Drahtnetz. Ich werde es Ihnen einmal ausführlich erklären. Helfen Sie mir hinauf.« Sie krochen die lockere Halde hinan. Der schwere Kies kollerte polternd unter ihren Füßen abwärts. Endlich kamen sie zur Station.

Prokop starrte und traute seinen Augen nicht. Das war doch seine Laboratoriumsbaracke von zu Hause, dort zwischen den Feldern über der Stadt! Die gestrichene Tür, einige helle Fensterrahmen von der letzten Reparatur, die Augen der Äste – Erregt tastete er den Türstock ab: Natürlich, da war der umgebogene rostige Nagel, den er selbst einmal eingeschlagen hatte. »Woher stammt das?« stieß er atemlos hervor.

»Was?«

»Diese Baracke.«

»Die steht schon jahrelang hier«, antwortete Daimon gleichgültig. »Was finden Sie so Besonderes daran?«

»Nichts.« Prokop lief um das Haus herum und befühlte Wände und Fenster. Ja, da war der Spalt, gesprungenes Holz, da fehlte die Scheibe im Fenster und hier der Astknorren, das Loch von innen mit Papier verklebt. Mit zitternder Hand strich er über die vertrauten, armseligen Einzelheiten; alles wie es war, alles . . .

»Nun«, rief Daimon, »sind Sie fertig mit der Besichtigung? Öffnen Sie, Sie haben den Schlüssel.«

Prokop griff in die Tasche. Ja, er hatte den Schlüssel von seinem alten Laboratorium bei sich. Er steckte ihn in das Vorhängeschloß, sperrte auf und ging hinein. Wie daheim griff er mechanisch nach links und drehte den Schalter an, der statt des Knopfes einen Nagel hatte. Daimon trat hinter ihm ein. O Gott, da steht ja sein Feldbett, immer noch unaufgebettet, das Waschbecken, der Krug mit dem abgeschlagenen Rand, das Handtuch – alles wie einst. Er wandte sich um: Und dort sein alter Eisenofen, das Abzugsrohr, mit Draht zusammengehalten, eine Kiste mit Kohlenstaub und hier der alte Lehnstuhl auf wackligen Beinen, aus dem Werg und eine Drahtspirale hervorlugen. Da ist der vertraute Nagelkopf im Fußboden und dort das versengte Brett, und der Schrank, sein Kleiderschrank. Er öffnete ihn, eine alte Hose hing darin.

»Komfortabel ist es hier gerade nicht«, bemerkte Daimon. »Unser Telegrafist ist ein – Sonderling. Was sagen Sie zu den Apparaten?«

Prokop wandte sich zum Tisch. Nein, das war nicht dagewesen, nein, nein, das gehörte nicht hierher. Statt der chemischen Behelfe stand auf dem einen Ende des Arbeitstisches eine Sendestation mit abhebbarem Hörer, wie sie auf Schiffen üblich sind. Daneben bemerkte er einen Empfangsapparat, Kondensatoren, Variometer, einen Regulator, unterm Tisch ein gewöhnliches Transformatorenaggregat und auf dem anderen Ende –

»Das ist die Normalstation für gewöhnliche Gespräche«, erklärte Daimon. »Das andere dort ist unsere Extinktionstation, mit der wir die Antiwellen, Gegenströme, künstliche magnetische Stürme, oder wie Sie es sonst nennen wollen, aussenden. Das ist unser ganzes Geheimnis. Kennen Sie sich darin aus?«

»Nein.« Prokop überblickte flüchtig die Apparate, die ihm gänzlich unbekannt waren. Er bemerkte eine Unmenge Widerstände, eine Art Drahtgitter, etwas wie eine Kathodenröhre, isolierte Trommeln oder ähnliches, einen merkwürdigen Kohaerer, eine Schalteinrichtung und einen Taster mit Kontakten. Er wußte überhaupt nicht, was das alles war. Er ließ den Apparat sein und blickte zur Decke empor, ob sich dort noch die seltsame Zeichnung im Holz befand, die ihn daheim immer an den Kopf eines alten Mannes erinnert hatte. Ja, dort war sie. Und dort hing der Spiegel mit der abgeschlagenen Ecke –

»Was meinen Sie zu dem Apparat?« fragte Daimon.

»Ja – nun – das scheint die erste Konstruktion. Es ist noch etwas zu kompliziert.« Sein Blick fiel auf eine Fotografie, die gegen eine Induktionsspule gelehnt war. Er nahm sie in die Hand; es war ein wunderschöner Mädchenkopf. »Wer ist das?« fragte er heiser.

Daimon blickte ihm über die Schulter. »Sie erkennen sie nicht? Das ist doch Ihre Schöne, die Sie vor einer Weile in den Armen hielten. Ein prächtiges Mädel, wie?«

Daimon grinste. »Wahrscheinlich vergöttert unser Telegrafist sie. Wollen Sie, bitte, den großen Hebel dort einschalten, den Kontakthebel – – Er ist so ein kleines Männchen, haben Sie ihn nicht bemerkt? Er saß vorn in der ersten Bank.«

Prokop warf die Fotografie auf den Tisch und schaltete den Hebel ein. Ein blauer Funke durchlief das Drahtgitter. Daimon spielte auf dem Taster. Da begann der ganze Apparat kurze blaue Flämmchen zu sprühen. »So«, bemerkte Daimon zufrieden und blickte reglos in das sprühende Funkenspiel.

Prokop griff mit heißen Händen wieder nach der Fotografie. Ja, natürlich, das war das Mädchen von unten; da gab es keinen Zweifel. Aber wenn . . . wenn sie einen Schleier hätte, einen Pelz – hochgeschlossen . . . und Handschuhe – Prokop biß die Zähne zusammen. Das ist unmöglich, daß sie ihr so ähnlich wäre! Er kniff die Augen zu, um die entschwindende Erscheinung zu erfassen; wieder sieht er das Mädchen im Schleier, wie sie den versiegelten Briefumschlag an die Brust preßt – und jetzt, jetzt wendet sie ihm ihren reinen, verzweifelten Blick zu –

Außer sich vor Erregung verglich er das Bild mit der entschwundenen Gestalt. Mein Gott, wie sah sie eigentlich aus? Ich weiß es nicht mehr, erschrak er, ich weiß nur, daß sie verschleiert und schön war. Schön war sie und verschleiert, mehr hatte er nicht gesehen. Aber dieses Bild da, die großen Augen und der ernste, feine Mund, das sollte die – die – die Schlafende unten sein? Die hatte doch einen halboffenen, einen sündigen, halboffenen Mund, hatte zerzaustes Haar und blickte doch nicht so – blickte doch nicht so – Nein, das war Unsinn; das war nicht das Mädchen von unten, ähnelte ihr ja nicht einmal. Das hier war das Gesicht der Verschleierten, die in Leid und Angst zu ihm gekommen war; die Stirn klar, die Augen vom Schmerz beschattet. Der Schleier, der dichte Schleier, vom Atem betaut – Warum hatte sie ihn damals nicht gehoben? Dann hätte er sie wiedererkannt!

»Kommen Sie, ich zeige Ihnen etwas«, sagte Daimon und zog Prokop hinaus. Sie standen auf dem Gipfel der Halde; zu ihren Füßen lag, ins Unabsehbare gebreitet, die dunkle, schlafende Erde. »Schauen Sie dorthin«, sagte Daimon und wies mit der Hand gegen den Horizont. »Bemerken Sie dort nichts?«

»Nein. Doch, ein kleines Licht. Einen schwachen Schein.«

»Wissen Sie, was das ist?«

Da heulte es leise, wie wenn der Wind sich in die nächtliche Stille vergräbt. »Erledigt«, sagte Daimon feierlich und nahm die Mütze ab. »Good night, Kameraden.«

Prokop sah ihn fragend an.

»Verstehen Sie nicht?« sagte Daimon. »Erst jetzt ist der Schall der Explosion bis zu uns gedrungen. Fünfzig Kilometer Luftlinie. Genau zweieinhalb Minuten.«

»Was für eine Explosion?«

»Krakatit. Diese Dummköpfe haben es in ihre Streichholzschachteln gestopft. Ich glaube, jetzt werden wir Ruhe haben vor ihnen. Wir berufen einen neuen Kongreß ein – lassen einen neuen Ausschuß wählen –«

»Sie – haben sie –«

Daimon nickte. »Man konnte mit ihnen doch nicht arbeiten. Sie haben sich gewiß bis zur letzten Minute um die Taktik gerauft. Wahrscheinlich brennt es noch.«

Am Horizont war nur ein matter rötlicher Schein zu sehen.

»Auch der Erfinder unserer Station ist dort geblieben. Alle sind dort geblieben. Jetzt können Sie es selbst in die Hand nehmen – Horchen Sie – diese Stille! Und doch geht von hier aus allen diesen Drähten eine stumme, exakte Kanonade in den Weltraum hinaus. Jetzt haben wir sämtliche drahtlosen Verbindungen gestört, den wütenden Telegrafisten kracht es in den Ohren! Herr Tomesch müht sich inzwischen in Grottup, Krakatit herzustellen. Es wird ihm nie gelingen. Und wenn, wenn! Im Augenblick, wo ihm die Zusammensetzung glückt, ist es auch schon zu Ende damit – Arbeite nur, kleine Station, funke im stillen und bombardiere das ganze Weltall! Niemand, niemand außer Ihnen wird Herr über Krakatit sein. Jetzt sind nur noch Sie, Sie allein, als einziger – die ganze Welt.« Er legte ihm die Hand auf die Schulter und wies mit der anderen schweigend im Kreis. Es war eine sternenlose, öde Nacht; nur am Horizont leuchtete ein niedrig loderndes Feuer.

»Ich bin müde«, sagte Daimon gähnend. »Es war ein arbeitsreicher Tag. Gehen wir hinunter.«

L.

Daimon eilte, um bald daheim zu sein. »Wo liegt eigentlich Grottup?« fragte Prokop unvermittelt, als sie bereits unten waren.

»Kommen Sie«, sagte Daimon, »ich zeige es Ihnen.« Er führte ihn in die Werkskanzlei zu einer Wandkarte. »Hier«, sagte er und beschrieb mit einem riesigen Nagel auf der Mappe einen kleinen Kreis. »Wollen Sie nicht etwas trinken? Das wärmt.« Er goß Prokop und sich etwas, das aussah wie schwarzes Pech, in kleine gläserne Becher. Prokop leerte den seinen auf einen Zug und verschluckte sich. Es war wie geschmolzenes Eisen und schmeckte bitter wie Chinin; der Kopf drehte sich ihm. »Sie trinken nicht mehr?« fragte Daimon und zeigte grinsend die gelben Zähne. »Schade. Sie wollen Ihre Schöne wohl nicht warten lassen?« Er trank einen Becher um den andern, bis seine Augen grünlich zu funkeln begannen. Als er etwas vorbringen wollte, versagte ihm die Zunge. »Sie sind ein ganzer Kerl«, erklärte er. »Morgen fangen Sie an. Der alte Daimon gewährt Ihnen alles, was Sie sich wünschen.« Er erhob sich steif und verbeugte sich tief. »So gehört es sich. Und nun – wart – warten Sie –« Er brachte alle möglichen

Sprachen durcheinander; soviel Prokop verstand, waren es die gröbsten Unflätigkeiten. Am Ende brummte er ein völlig unsinniges Lied vor sich hin, begann wie ein Veitstänzer zu zucken und verlor das Bewußtsein; gelber Schaum trat ihm auf die Lippen.

»He, was ist Ihnen?« rief Prokop und rüttelte ihn.

Er öffnete schwer und blöde glotzend die gläsernen Augen. »Was . . . was ist?« stammelte er, erhob sich ein wenig und schüttelte sich. »Ach ja, ich – ich bin – Das ist nichts.« Er rieb sich die Stirn und gähnte krampfhaft. »Ich – ich bringe Sie in Ihr Zimmer!« Er war abschreckend fahl geworden, und sein tatarisches Gesicht zeigte plötzlich unzählige Falten. Er wankte unsicher, als wären alle seine Glieder gelähmt. »Kommen Sie.«

Er ging in das Zimmer, wo sie das schlafende Mädchen gelassen hatten. »Ah«, rief er in der Tür, »die Schöne ist erwacht. Bitte, treten Sie ein!«

Sie kniete beim Ofen und schien eben Feuer gemacht zu haben, denn sie blickte noch in die prasselnde Flamme. »Oh, sogar aufgeräumt«, brummte Daimon anerkennend. Es war gelüftet, und die peinliche Unordnung im Zimmer war verschwunden. Jetzt wirkte es so angenehm anspruchslos wie eine friedliche Hauswirtschaft.

»Wozu du nicht alles imstande bist!« wunderte sich Daimon. »Du solltest auch schon deinen Anker auswerfen.« Sie stand auf, errötete und schien ungewöhnlich verwirrt. »Na, nur keine falsche Scheu«, meinte Daimon grinsend. »Dein Kamerad gefällt dir also?«

»Ja«, sagte sie einfach, schloß das Fenster und ließ die Jalousie herab.

Der Ofen verbreitete Wärme im hellen Zimmer. »Schön habt ihr's hier«, stellte Daimon zufrieden fest, während er sich die Hände am Ofen wärmte. »Ich möchte gleich dableiben.«

»Geh nur«, sagte sie rasch.

»Gleich, mein Täubchen«, knurrte Daimon lächelnd. »Mir . . . mir ist bang ohne Menschen. Übrigens, dein Freund ist reichlich zugeknöpft. Ich werde ihm gut zureden.«

»Nichts wirst du tun!« fuhr sie ihn heftig an. »Er soll bleiben, wie er ist!«

Daimon hob die buschigen Brauen, die Verwunderung etwas übertreibend. »Was ist denn los? Was ist denn los? Du bist doch nicht am Ende ver- verlie–«

»Was geht's dich an?« unterbrach sie ihn und funkelte ihn an. »Wer braucht dich hier?«

Er lehnte am Ofen und kicherte leise in sich hinein. »Wenn du wüßtest, wie gut dir das zu Gesicht steht! Mädel, Mädel, hat's dich auch einmal richtig gepackt? Zeig dich!« Er wollte sie unterm Kinn fassen, aber sie wich ihm, weiß vor Zorn, aus und zeigte die Zähne.

»Was? Beißen? Mit wem warst du gestern beisammen, daß du so – Aha, ich weiß schon: Rosso, natürlich!«

»Das ist nicht wahr!« schrie sie empört.

»Lassen Sie sie in Ruhe!« mengte sich Prokop unfreundlich ein.

»Nun, nun, ist ja nichts geschehen«, brummte Daimon. »Ich will euch auch nicht länger stören. Gute Nacht, Kinder.« Er wich zurück, drückte sich an die Wand, und ehe sich Prokop versah, war er verschwunden.

Prokop zog sich einen Stuhl an den knisternden Ofen heran und blickte in die Flamme; er sah sich gar nicht nach dem Mädchen um. Er hörte, wie sie auf den Zehenspitzen durchs Zimmer ging, etwas abschloß und wieder etwas ordnete. Nun, da nichts mehr zu tun war, stand sie schweigend da und wartete. Seltsam ist die Macht der Flamme und des fließenden Wassers. Der Mensch blickt hinein, verliert das Bewußtsein, steht still; er denkt nichts mehr, weiß nichts mehr und entsinnt sich an nichts mehr, aber alles, was er je erlebt, spielt sich gestaltlos und zeitlos vor seinem inneren Auge ab.

Ein abgestreifter Schuh polterte auf den Fußboden, ein zweiter. Sie zog sich aus. Geh schlafen, Mädchen! Wenn du eingeschlafen bist, will ich schauen, wem du ähnlich siehst, dachte Prokop. Sie ging auf leisen Sohlen umher und hielt wieder inne; abermals ordnete sie etwas, weiß der Himmel, warum sie alles so schön und sauber haben wollte! Plötzlich kniete sie vor ihm und streckte die schönen Hände nach seinem Fuß aus. »Ich ziehe dir die Schuhe aus, willst du?« fragte sie leise.

Er nahm ihren Kopf zwischen beide Hände und drehte ihn zu sich. Sie war schön, unterwürfig und so sonderbar ernst. »Hast du Tomesch gekannt?« fragte er heiser.

Sie überlegte und schüttelte dann den Kopf.

»Lüg nicht! Du bist – du bist – du hast eine verheiratete Schwester?«

»Nein.« Sie entwand sich heftig seinen Händen. »Warum sollte ich lügen? Ich sage dir alles, absichtlich sage ich dir alles, du sollst es wissen – Ich bin ein verdorbenes Ding.« Sie vergrub ihr Gesicht in seine Knie. »Alle haben mich – alle, damit du's weißt –«

»Auch Daimon?«

Sie antwortete nicht, sondern schüttelte sich nur. »Du – du kannst mich von dir stoßen, ich bin, oh, rühr mich nicht an – ich bin, wenn du – wüßtest . . .« Sie erstarrte.

»Laß das«, schrie er gequält auf und hob ihr gewaltsam den Kopf. Ihre Augen waren geweitet vor Angst und Verzweiflung. Er ließ sie stöhnend los. Die Ähnlichkeit war so verblüffend, daß ihn das Entsetzen packte. »Schweig, schweig wenigstens«, flüsterte er und glaubte zu ersticken.

Sie ließ ihr Gesicht in seinen Schoß sinken. »Laß mich, ich muß alles, alles . . . Mit dreizehn fing ich an . . .« Er hielt ihr den Mund zu. Sie biß ihn in die Hand und murmelte ihre furchtbare Beichte zwischen seinen Fingern hindurch. »Sei still«, schrie er, aber es kam stoßweise aus ihr, ihre Zähne schlugen aufeinander, sie zitterte am ganzen Körper, redete, stockte – Er vermochte sie kaum zum Schweigen zu bringen. »Oh . . . wenn du wüßtest«, stöhnte sie, »was . . . wozu Menschen imstande . . . sind! Jeder, jeder war grob zu mir . . . als ob ich kein . . . als ob ich weniger als ein Tier, weniger als eine Sache wäre!«

»Hör auf!« brachte er noch hervor und strich ihr, ohne zu wissen, was er tat, mit zitternden Fingerstümpfen über den Kopf. Sie seufzte beruhigt auf und hielt still; er fühlte ihren heißen Atem und den Pulsschlag an ihrem Hals.

Sie begann leise zu kichern. »Du dachtest, ich schlafe . . . dort im Auto. Ich schlief nicht, ich, ich . . . das war Absicht. Ich wartete, daß du anfängst . . . wie die andern. Du wußtest doch . . . was für eine ich bin . . . Aber du verzogst nur finster dein Gesicht und hieltest mich, als ob ich . . . ein kleines, unberührtes Mädel wäre.« Mitten im Lachen kamen ihr die Tränen. »Ich war auf einmal, ich weiß nicht warum, so froh und so stolz wie noch nie – und schämte mich schrecklich, dabei war es so schön –« Mit schluchzendem Mund küßte sie ihm die Knie. »Sie . . . Sie haben mich nicht einmal aufgeweckt . . . und mich wie ein – Kind gebettet . . . haben mir die Beine zugedeckt und geschwiegen –« Ein heftiges Weinen schüttelte sie. »Ich werde Ihnen dienen, lassen Sie mich, lassen Sie mich . . . ich ziehe Ihnen die Schuhe aus . . . Bitte, bitte, seien Sie nicht böse, daß ich mich schlafend gestellt habe! Bitte –«

Er wollte ihren Kopf zu sich aufheben; sie küßte ihm die Hände. »Weinen Sie nicht!« entfuhr es ihm.

»Wie?« Sie zog erstaunt durch die Nase auf und hörte auf zu weinen. »Warum sagen Sie ›Sie‹ zu mir?« Er drehte ihr Gesicht zu sich, aber sie wehrte sich mit aller Macht und vergrub es wieder in seine Knie.

»Nein, nein«, stotterte sie entsetzt und lachend zugleich. »Ich bin verheult. Ich würde Ihnen nicht gefallen«, setzte sie leise hinzu und verbarg das Gesicht. »Ich weinte, weil Sie so . . . lange nicht kamen! Ich werde Ihnen dienen, Ihre Korrespondenz erledigen . . . ich werde Maschineschreiben lernen, ich beherrsche fünf Sprachen – jagen Sie mich nicht fort! Als Sie so lang nicht kamen, habe ich mir ausgedacht, was ich alles tun werde . . . Aber er hat es mir verdorben, er redete, als ob ich eine . . . Aber das ist nicht wahr . . . ich habe alles gesagt, ich werde . . . ich tue, was Sie mir sagen . . . ich möchte anständig werden –«

»Stehen Sie auf!«

Sie hockte sich auf, legte die Hände in den Schoß und starrte ihn verzückt an. Nun – sah sie nicht mehr der im Schleier ähnlich. Er erinnerte sich an Anni, wie sie damals geschluchzt hatte. »Weinen Sie nicht mehr«, murmelte er scheu.

»Sie sind schön!« sagte sie bewundernd. Er wurde rot und brummte etwas.

»Gehen Sie jetzt schlafen«, sagte er stockend und streichelte ihr die glühende Wange.

»Ekelt Ihnen nicht vor mir?« fragte sie flüsternd und errötete.

»Nein.« Sie rührte sich nicht, sondern blickte ihn nur mit angstvollen Augen an. Da beugte er sich zu ihr nieder und küßte sie. Über und über rot, erwiderte sie den Kuß verwirrt und ungewandt, als wäre es das erste Mal. »Geh schlafen, geh«, flüsterte er verlegen, »ich muß . . . noch . . . etwas überlegen.«

Sie stand folgsam auf und begann sich ruhig zu entkleiden. Er setzte sich in die Ecke, um sie nicht zu stören. Sie legte die Kleider ab, ohne Scham, aber auch ohne Schlüpfrigkeit, einfach und selbstverständlich wie eine Frau in ihrem Familienkreis. Langsam knöpfte sie das Kleid auf, knüpfte die Bänder los, legte die Wäsche sachte hin und streifte die Strümpfe von den kräftigen, schönen Beinen; nachdenklich blickte sie zu Boden und spielte dabei, wie es Kinder zu tun pflegen, mit den langen, makellosen Zehen. Sie sah auf Prokop, lachte, vor Freude errötend, und flüsterte: »Ich bin ganz still.« Prokop starrte sie atemlos an: Das war sie wieder, das Mädchen im Schleier; dieser kräftig entwickelte, schöne Körper, das war sie; so ernst und anmutig legte sie Stück um Stück ihrer Kleidung ab, so fielen ihr die Haare über die Schultern, so versonnen und zusammengekauert streichelte sie sich die vollen, müden Arme, und so, so – Er schloß klopfenden Herzens die Augen: Sahst du sie nicht oft – in deiner schlimmsten Einsamkeit –

wie sie im Schein der friedlichen Familienlampe stand, ihr Gesicht dir zuwandte und etwas sagte, was du nicht hörtest? Fingst du nicht damals, als du, die Hände zwischen die Knie pressend, dasaßest, mit einem Blick unter den gesenkten Lidern eine Bewegung ihrer Hand auf, eine schlichte, anmutige Bewegung, in der alle stille, verschwiegene Freude des Heimes lag? Einmal erschien sie dir, entsinne dich, sie stand mit dem Rücken zu dir, den Kopf über etwas gebeugt; und ein andermal sahst du sie lesend unter der Abendlampe. Ist das hier vielleicht nur eine Fortsetzung, die entschwindet, wenn du die Augen öffnest, nichts als Einsamkeit zurücklassend?

Er hob die Lider. Das Mädchen lag im Bett, bis ans Kinn zugedeckt, und sah ihn mit liebevollen, demütigen Augen an. Er trat an sie heran, beugte sich über ihr Gesicht und forschte mit heftiger, ungeduldiger Aufmerksamkeit in ihren Zügen. Sie blickte ihn fragend an und machte ihm Platz an ihrer Seite. »Nein, nein«, murmelte er und küßte sie leicht auf die Stirn. »Schlaf nur.« Gehorsam schloß sie die Augen und atmete kaum.

Auf den Zehenspitzen kehrte er in seine Ecke zurück. Nein, sie sah ihr nicht ähnlich, bestätigte er sich. Ihm war, als blickte sie unter geschlossenen Lidern auf ihn; das quälte ihn so, daß er nicht zu denken vermochte. Er verzog ärgerlich das Gesicht, wandte den Kopf ab, doch dann sprang er auf und ging leise zu ihr hin, um sie wieder anzusehen. Sie hatte die Augen geschlossen und atmete nur schwach; sie war schön und demütig. »Schlafe«, flüsterte er. Sie nickte ein wenig. Er verlöschte das Licht und tastete sich vorsichtig in seinen Winkel zurück.

Nach einer sehr langen, bangen Zeit stahl er sich wie ein Dieb zur Tür. Wird sie nicht erwachen? Er zögerte, die Hand auf der Klinke, öffnete pochenden Herzens und schlich auf den Hof hinaus.

Es war immer noch Nacht. Prokop sah sich zwischen den Halden um und stieg über einen Zaun. Er sprang hinunter, reinigte sich ein wenig und suchte die Straße.

Man sah kaum einen Weg. Prokop blickte, erschauernd vor Kälte, um sich. Wohin, wohin wollte er eigentlich? Nach Balttin?

Er ging einige Schritte und blieb wieder stehen. Er stand und starrte zu Boden. Nach Balttin also? Ein grobes, tränenloses Schluchzen stieg in ihm auf. Da machte er auf der Stelle kehrt.

Nach Grottup!

LI.

Die Bahnen der Welt sind seltsam verschlungen. Wenn man alle seine Schritte und Wege aufzeichnete, welch verwickeltes Gebilde käme dabei heraus! Mit seinen Schritten zeichnet sich jeder seine eigene Weltkarte.

Am Abend stand Prokop vor dem Gitterzaun der Grottuper Werke. Das war ein ausgedehntes Barackenfeld, von Bogenlampen, die nebligen Kugeln glichen, beleuchtet; zwei, drei Fenster waren erhellt. Prokop ging nahe an die Gitterstäbe heran und rief: »Hallo!«

Ein Pförtner oder Nachtwächter näherte sich. »Was wollen Sie? Der Eintritt ist verboten.«

»Sagen Sie, bitte, arbeitet bei Ihnen Ingenieur Tomesch?«

»Was wollen Sie von ihm?«

»Ich muß mit ihm sprechen.«

». . . Herr Tomesch ist noch im Laboratorium. Sie können jetzt nicht mit ihm sprechen.«

»Sagen Sie ihm . . . sagen Sie ihm, sein Freund Prokop erwarte ihn, er müsse ihm dringend etwas übergeben.«

»Treten Sie vom Gitter zurück«, brummte der Mann und rief jemanden herbei. Eine Viertelstunde später kam ein Mann in weißem Mantel ans Gitter.

»Bist du's, Tomesch?« rief Prokop halblaut.

»Nein, ich bin der Laborant. Der Herr Ingenieur läßt sich entschuldigen. Er hat eine wichtige Arbeit. Was wünschen Sie?«

»Ich muß dringend mit ihm sprechen.«

Der Laborant, ein gedrungener, lebhafter Mensch, zuckte mit den Schultern.

»Das ist unmöglich. Herr Tomesch hat heute nicht eine Sekunde Zeit –«

»Arbeitet ihr an Krakatit?«

»Was geht Sie das an?« schnaubte der Laborant und warf ihm einen argwöhnischen Blick zu.

»Ich muß ihn . . . vor etwas warnen. Ich muß ihm etwas einhändigen.«

»Sie sollen es mir übergeben. Ich bringe es ihm.«

»Nein – nein, ich gebe es ihm nur persönlich. Sagen Sie ihm das –«

»Dann sollen Sie's für sich behalten.« Der Mann im weißen Mantel drehte sich um und ging.

»Warten Sie«, rief Prokop, »geben Sie ihm das hier. Sagen Sie ihm ... sagen Sie ihm ...« Er holte den verknitterten starken Briefumschlag aus der Tasche und reichte ihn durchs Gitter. Der Laborant nahm ihn mißtrauisch zwischen die Finger. Prokop schien es, als hätte er nun gewaltsam etwas zerstört. »Sagen Sie ihm, ich warte hier auf ihn und lasse ihn bitten, er ... er soll hierherkommen!«

»Ich übergebe es ihm«, sagte der Laborant kurz und ging.

Prokop setzte sich auf einen Randstein. Jenseits des Gitters stand ein schweigsamer Schatten. Die Nacht war rauh, kahle Äste ragten in den Nebel, die Luft war erfüllt von feuchter Kälte. Nach einer Viertelstunde kam wieder jemand ans Gitter; es war ein blasser, verschlafener junger Bursche mit einem käsigen Gesicht.

»Der Herr Ingenieur läßt vielmals danken, aber er könne nicht kommen, Sie sollen nicht länger warten«, entledigte er sich mechanisch seiner Botschaft.

»Einen Augenblick«, erwiderte Prokop ungeduldig. »Sagen Sie ihm, ich *muß* mit ihm sprechen ... es geht um sein Leben. Ich gebe ihm alles, was er will, wenn er mir nur ... wenn er mir nur Namen und Adresse jener Dame mitteilt, von der das Päckchen stammt, das ich ihm brachte. Verstehen Sie?«

»Der Herr Ingenieur läßt vielmals danken«, wiederholte der Bursche verschlafen, »Sie sollen nicht länger warten.«

»Zum Teufel noch mal«, fluchte Prokop zähneknirschend, »richten Sie ihm aus, er soll sofort kommen, ich rühre mich nicht von hier! Er soll die Arbeit bleibenlassen, sonst ... sonst fliegt hier alles in die Luft, verstanden?«

»Bitte«, antwortete der Bursche stumpf.

»Also gehen Sie, gehen Sie rasch, verdammt noch mal –«

Er wartete in fieberhafter Ungeduld. Waren das ... waren das nicht Schritte dort drin? Daimon fiel ihm ein, wie er aufgebläht, den violetten Mund verzerrt, in das Funkengeknister seiner Station starrte. Und dieser Idiot Tomesch kommt nicht! Er mischt und braut dort hinter dem hellen Fenster etwas zusammen und weiß nicht, weiß nicht, daß er bombardiert wird, daß er sich mit flinken Händen selbst sein Grab gräbt – War das nicht ein Schritt? Nein, niemand kam.

Ein schwerer Husten quälte Prokop. Alles gebe ich dir, du Narr, wenn du mir nur ihren Namen sagst! Ich will nichts mehr, ich will nichts mehr, nur sie noch finden. Auf alles verzichte ich, laß mir nur das eine! Er starrte ins Leere: Da stand sie vor ihm, verschleiert, Herbstlaub unter den Füßen, mit blassem, ergreifend ernstem Gesicht, in der fahlen Dunkelheit. Sie hielt die Hände über der Brust gekreuzt, nicht mehr das Päckchen an sich pressend, und blickte ihn aus tiefen Augen an; der kalte Nachtfrost betaute Schleier und Pelz. »Sie waren unendlich gütig zu mir«, sagte sie leise, verhalten. Er hob die Hände nach ihr, da packte ihn ein arger Hustenanfall. Kommt denn niemand? Er stürzte an den Gitterzaun und wollte hinüberklettern.

»Halt, oder ich schieße!« schrie der Schatten jenseits des Zaunes. »Was wollen Sie hier?«

Prokop ließ die Gitterstäbe los. »Ich bitte Sie«, keuchte er verzweifelt, »– sagen Sie Herrn Tomesch . . . sagen Sie ihm . . .«

»Sagen Sie es ihm selbst«, unterbrach ihn die Stimme nicht gerade logisch, »aber packen Sie sich von hier!«

Prokop setzte sich auf den Bordstein. Vielleicht kommt Tomesch doch, wenn er nicht weiter weiß. Er findet bestimmt nicht heraus, wie man Krakatit herstellt. Dann wird er von selbst kommen und ihn rufen . . . Er saß da, zusammengekauert wie ein Bittsteller. »Hören Sie«, rief er über den Zaun, »ich gebe Ihnen . . . zehntausend, wenn . . . Sie mich einlassen.«

»Ich lasse Sie einsperren«, brummte die Stimme streng und abweisend.

»Ich will – ich will doch nur die Adresse«, sagte Prokop. »Ich will bloß wissen . . . Ich gebe Ihnen alles, wenn Sie mir das beschaffen . . . Sie . . . Sie sind verheiratet und haben Kinder, aber ich . . . ich bin allein . . . ich will nur . . .«

»Ruhe«, brauste die Stimme auf, »Sie sind betrunken.«

Prokop verstummte und bewegte, auf dem Stein sitzend, den Oberkörper hin und her. Ich muß warten, überlegte er dumpf. Warum kommt denn niemand? Ich gebe ihm alles, sogar Krakatit, wenn er mir nur . . . – »Sie waren unendlich gütig zu mir.«

»Nein, weiß Gott, ich bin ein schlechter Mensch, aber Sie, Sie haben die Leidenschaft der Güte in mir geweckt. Alles in der Welt wäre ich zu tun imstande, wenn Sie mich ansehen. Darum bin ich hier. Das Schönste an Ihnen ist Ihre Macht über mich, daß ich Ihnen diene; darum, hören Sie, darum muß ich Sie lieben.«

»Was reden Sie in einem fort?« schimpfte die Stimme hinter dem Zaun. »Entweder Sie verhalten sich jetzt ruhig oder –«

Prokop stand auf. »Ich bitte Sie, ich flehe Sie an, sagen Sie ihm doch –«

»Ich hetze den Hund auf Sie!«

Eine weiße Gestalt mit brennender Zigarette schlenderte ans Gitter heran. »Bist du's, Tomesch?« rief Prokop.

Es war der Laborant. »Mensch, Sie sind ja verrückt!«

»Kommt Tomesch?«

»Fällt ihm gar nicht ein«, antwortete der Laborant verächtlich. »Er braucht Sie nicht. In einer Viertelstunde sind wir fertig damit und dann ›gloria victoria‹! Dann trinke ich mir einen Rausch an.«

»Bitte, sagen Sie ihm doch, er . . . er soll mir nur die Adresse geben!«

»Das hat schon der Bursche ausgerichtet«, knurrte der Laborant. »Sie sollen sich zum Teufel scheren. Er wird doch nicht jetzt, da er mitten in der Arbeit steckt, unterbrechen! Es ist soweit; nur noch ein – und die Sache ist fertig.«

Prokop schrie entsetzt auf. »Laufen Sie, rasch – und sagen Sie ihm, er darf die Hochfrequenz nicht einschalten! Er soll aufhören! Sonst – sonst geschieht ein – Rennen Sie! Er weiß nicht – er – er weiß nicht, daß Daimon – um Gottes willen, halten Sie ihn zurück!«

Der Laborant brach in ein kurzes Lachen aus. »Herr Tomesch weiß, was er zu tun hat, und Sie –« Ein glühender Zigarettenstummel kam durchs Gitter geflogen. »Gute Nacht!«

Prokop sprang ans Gitter.

»Hände hoch!« brüllte drin eine Stimme; gleichzeitig schrillte die Signalpfeife des Nachtwächters. Prokop floh.

Er lief die Straße entlang, sprang über einen Zaun und rannte über eine weiche Wiese. In einer Ackerfurche stolperte er, fiel hin, raffte sich wieder auf und lief weiter. Schwer atmend blieb er einen Augenblick stehen. Ringsum war nichts als Nebel und ödes Feld; jetzt fangen sie ihn nicht mehr. Er horchte, vernahm aber nichts als seinen keuchenden Atem. Aber wenn – wenn Grottup in die Luft fliegt! Er griff sich an den Kopf, rannte weiter. Er rutschte in einen tiefen Hohlweg ab, kletterte mühsam auf der anderen Seite wieder hinauf und lief hinkend über ein Ackerfeld. Die alte Fraktur begann wieder zu schmerzen, in der Brust fühlte er ein scharfes Stechen. Er konnte nicht mehr weiter, setzte sich auf einen Feldrain und blickte auf Grottup zurück mit seinen im Nebel leuchtenden Bogenlampen. Es sah aus wie eine Lichterinsel in unermeßlicher Finsternis.

Beklemmende, atemlose Stille herrschte ringsum, und doch spielte sich in einem Umkreis von Tausenden und Abertausenden von Kilometern ein unentwegter, furchtbarer Angriff ab. Daimon leitete von seinem Magnetberg aus das grauenvolle stille Trommelfeuer gegen die ganze Welt. Mit meilenweiten Funken durchquerten die Wellen die Räume, um das erstbeste Stäubchen Krakatit wo immer auf der Erde zu erreichen und zur Explosion zu bringen. Und dort in der Tiefe der Nacht, inmitten der matten Lichterflut, arbeitete ein Wahnsinniger, Besessener, über den geheimnisvollen Prozeß der Umwandlung gebeugt – »Tomesch, Achtung!« schrie Prokop auf, aber seine Stimme versank im Dunkeln wie ein von Kinderhand geschleuderter Stein im Abgrund.

Er stand auf, von Grauen und Kälte geschüttelt, und floh weiter, immer weiter von Grottup. Er geriet in einen Sumpf und hielt inne; ertönte nicht eine Explosion? Nein, Stille. In einem Anfall von entsetzlicher Angst lief Prokop einen Abhang hinauf, stolperte, fiel auf die Knie, sprang wieder auf und rannte weiter. Ringsum nichts als Gebüsch, er tastete sich mit den Händen durch, arbeitete sich wie ein Blinder vorwärts, rutschte aus und glitt ab. Mühsam richtete er sich auf, wischte sich mit blutenden Händen den Schweiß von der Stirn und lief weiter.

Inmitten eines Feldes unterschied er etwas Helles. Er tastete es ab; es war ein umgestürztes Kreuz. Keuchend setzte er sich auf den leeren Steinsockel. Die neblige Flut über Grottup war nun weit, ganz weit am Horizont, wie ein niedriger Schein über der Erde. Prokop atmete tief auf. Nichts, nur Stille. Vielleicht war es Tomesch doch nicht gelungen, und das Schlimmste blieb verhindert. Angstvoll lauschte er in die Ferne: Nichts, nur das eisige Tropfen des Wassers in einem unterirdischen Rinnsal; nichts, nur das pochende Herz –

Da wurde über Grottup eine riesige schwarze Masse emporgeschleudert, und alle Lichter verloschen. Als ob die Finsternis sich spaltete, schoß gleich darauf eine Flammensäule hoch, loderte furchtbar auf und warf eine zyklopische Mauer von Rauch um sich. Da brauste auch schon ein Luftstoß heulend heran, rauschten die Bäume ächzend auf, und krach! Ein gräßlicher Peitschenknall, Getöse, ein schmetternder Schlag, donnerndes Dröhnen. Die Erde erbebte, und die Luft war erfüllt von wild umhergewirbeltem Laub. Mühsam nach Luft schnappend und sich mit beiden Händen an den Sockel anklammernd, um nicht hinweggefegt zu werden, starrte Prokop mit weit aufgerissenen Augen in die sprühende Riesenesse.

Schlag auf Schlag wälzte sich ein zweites, ein drittes Massiv empor, zerbarst in rotem Flammenschein, und schon loderte die dritte, grauenvollste Explosion auf; wahrscheinlich hatten sich die Munitionslager entzündet. Eine heulende Masse flog gegen den Himmel, zerstob nach allen Seiten und ging als prasselnder Funkenregen nieder. Dann erdröhnte ein ungeheurer Donnerschlag und verwandelte sich in ein Trommelfeuer: In den Lagern explodierten die Brandraketen und sprühten wie Funken unter einem Schmiedehammer. Eine Feuersbrunst ergoß sich in purpurnen Flammen und knatterte in scharfen Salven. Eine vierte, eine fünfte Detonation erschütterte die Luft wie das Aufbrüllen eines Riesengeschützes. Das Feuer griff nach beiden Seiten über; nun brannte fast der halbe Horizont.

Erst jetzt erreichte ihn das unheilvolle Krachen des hingemähten Waldes von Grottup; aber schon wurde es übertönt von der Kanonade brennender Munitionslager, wahrscheinlich Kresylit. Gleich darauf donnerte der tiefe Baß explodierender Dynamonfässer. Einem Blitz gleich schoß ein flammendes Riesengeschoß bis zum halben Himmel; eine hohe Stichflamme schlug heraus, verlöschte und sprang ein Stück weiter wieder hervor; erst Sekunden später erfolgte ein ohrenbetäubender Knall, polterte die donnerähnliche Erschütterung. Eine Weile blieb es ganz still, dann hörte er das Prasseln des Feuers wie brechendes Gezweig. Ein neuerlicher schwerer Feuerstoß, und nun sackten die Flammen plötzlich über den Werken von Grottup zusammen, nichts als eine niedrige Glut hinterlassend. Die Stadt Grottup jedoch brannte lichterloh.

Prokop erhob sich, starr vor Entsetzen, und stolperte davon.

LII.

Er lief, schwer keuchend, eine Straße entlang über einen Hügel und weiter in ein Tal hinab. Die Feuerflut entschwand hinter ihm. Auch die Dinge und ihre Schatten lösten sich in Nebel auf. Es war, als treibe alles reglos, gespenstisch davon wie auf einem uferlosen Fluß ohne Wellengeplätscher und Möwenschrei. Er erschrak vor seinem eigenen Schritt in dem stillen, unendlichen Fließen; da verlangsamte und dämpfte er seine Schritte und wanderte lautlos in den trüben Nebel hinein.

Auf der Straße vor ihm blinkte ein schwaches Licht; er wollte ihm ausweichen, blieb unschlüssig stehen. Eine Lampe überm Tisch, Glutflämmchen im heimlichen Ofen, eine Laterne, die den Weg sucht! Da regte ein ermatteter Nachtfalter in ihm seine Flügel nach dem blinkenden Licht. Er näherte sich zaudernd, als fehlte es ihm an Mut. Wieder blieb er stehen, wärmte sich aus der Ferne an dem schwankenden Licht, ging näher, immer in Angst, man werde ihn wieder davonjagen. Einige Schritte vor dem Licht hielt er an. Es war ein

Plachenwagen; an der Deichsel hing eine brennende Laterne und warf ihre Handvoll blinkendes Licht auf einen Schimmel, die weißen Straßensteine und hellen Birkenstämme am Weg. Das Pferd hatte einen groben Sack umgehängt und kaute mit gesenktem Kopf seinen Hafer. Die lange Mähne war silbrig und der Schweif nie gestutzt. Vor dem Pferd stand ein kleiner alter Mann mit weißem Bart und Silberhaar und war ebenso rauh und hell wie die Plache über dem Wagen. Er trat von einem Fuß auf den andern, schien nachdenklich und murmelte etwas vor sich hin, während er die weiße Mähne des Pferdes durch die Finger gleiten ließ.

Nun wandte er sich um und schaute blindlings in die Dunkelheit. »Bist du es, Prokop?« fragte er mit zittriger Stimme. »So komm doch, ich warte schon auf dich.«

Prokop wunderte sich gar nicht, er fühlte sich nur unsagbar erleichtert. »Ich komme schon«, flüsterte er, »ich bin ja so gelaufen!«

Der Alte trat auf ihn zu und befühlte seinen Rock. »Du bist ganz naß«, sagte er rügend, »wirst dich noch erkälten.«

»Wißt Ihr, Alter, daß Grottup in die Luft geflogen ist?«

Der Alte nickte wehmütig. »Und wieviel Menschen damals zugrunde gegangen sind! Du hast dich müde gelaufen, nicht wahr? Setz dich auf den Bock, ich fahre dich ans Ziel.« Er trippelte zu seinem Pferd und nahm ihm langsam den Hafersack ab. »He, he, jetzt ist's genug«, zischelte er. »Jetzt wird gefahren, wir haben einen Gast bekommen.«

»Was habt Ihr da unter der Plache?« fragte Prokop.

Der Alte wandte sich zu ihm und lachte. »Die Welt. Hast du die Welt noch nicht gesehen?«

»Nein.«

»Warte, ich zeig' sie dir.« Er verstaute den Hafersack im Wagen und begann dann gemächlich die Plache auf der einen Seite abzunehmen. Er schlug sie zurück, und nun kam eine Kiste mit einem verglasten Guckloch zum Vorschein. »Warte«, wiederholte er und suchte etwas auf der Erde. Er hob einen kleinen Zweig auf, hockte sich zur Laterne nieder und brannte das Ästchen an; das tat er alles recht langsam und bedächtig. »Nun brenne schon, brenne«, redete er dem Zweiglein gut zu, trippelte, es mit der Hand schützend, zur Kiste, hob den Deckel und entzündete darin eine kleine Lampe. »Ich habe noch Öllicht«, erklärte er. »Manche leuchten schon mit Karbid, aber . . . es brennt zu sehr in die Augen. Und dann ist das so ein Ding, es explodiert und schon ist's geschehen; wie leicht kommt jemand zu Schaden dabei! Aber Öl – das ist wie das Ewige Licht.« Er beugte sich zu dem

Guckloch nieder und blickte mit seinen wasserhellen Augen hinein. »Man sieht genug. Wie schön das ist!« flüsterte er verzückt. »Komm, sieh dir's an! Aber du mußt dich bücken, um ganz klein zu werden ... wie ein Kind. So!«

Prokop beugte sich zu dem Guckloch hinab. »Das ist der griechische Tempel in Girgenti auf Sizilien«, begann der Alte ernsthaft herzusagen. »Er ist einem Gott oder der Juno geweiht. Sieh dir die Säulen an! Die sind aus so großen Stücken gefertigt, daß auf jedem Stein eine ganze Familie Platz hätte. Bedenke, was für eine Arbeit das ist! Soll ich weiterdrehen? – Der Blick vom Berg Penegal in den Alpen bei Sonnenuntergang. Der Schnee leuchtet in einem so schönen, seltsamen Licht auf, wie du es hier siehst. Das ist das Alpenglühen, und der Berg heißt Latemar. Weiter? – Das ist die heilige Stadt Benares in Indien; der Fluß ist heilig und wäscht von Sünden rein. Tausende haben hier gefunden, was sie suchten.«

Es waren sorgfältig gezeichnete, handkolorierte kleine Bilder. Die Farben waren ein wenig verblichen, das Papier vergilbt, und doch war ihnen die liebe, erfreuliche Buntheit des Blaus, Grüns, Gelbs und Rots an den Gewändern der Menschen und das reine Himmelsblau erhalten geblieben; jedes Gräslein war mit Liebe und Sorgfalt ausgepinselt.

»Der heilige Fluß ist der Ganges«, setzte der Alte ehrfurchtsvoll hinzu und drehte die Kurbel. »Und das ist Zanubien, das schönste Schloß der Welt.«

Prokop preßte die Augen an das Guckfenster. Er sah ein herrliches Schloß mit luftigen Kuppeln, hohen Palmen und einem azurnen Springbrunnen. Eine winzige Gestalt, eine Feder auf dem Turban, in einem scharlachroten Mantel, gelben Pluderhosen und mit einem tatarischen Säbel grüßte, sich bis zur Erde verneigend, eine weißgekleidete Dame, die ein tänzelndes Pferd an der Leine führte. »Wo ... wo liegt Zanubien?« fragte Prokop.

Der Alte zuckte mit den Achseln. »Dort irgendwo«, meinte er unsicher, »wo es am schönsten ist. Der eine findet hin, der andere nicht. Soll ich weiterdrehen?«

»Noch nicht.«

Der Alte ging inzwischen zu seinem Pferd und strich ihm über die Hinterbacken. »Warte, na, na na, warte«, sprach er leise. »Wir müssen es ihm zeigen, weißt du? Damit er sich freut.«

»Dreht weiter, Alter«, bat Prokop zitternd. Es folgten: der Hamburger Hafen, der Kreml, eine Polarlandschaft im Nordlicht, der

Vesuv Krakatau, die Brücke von Brooklyn, Nôtre Dame, ein Eingeborenendorf auf Borneo, Darwins Haus in Down, eine Straße in Schanghai, die Viktoriafälle, Burg Pernstein, die Petroleumstürme in Baku. »Und das ist die Explosion in Grottup«, erklärte der Alte. Auf dem Bild sah man rötliche Rauchballen, die von einer schwefelgelben Flamme gegen den Himmel geschleudert wurden. Im Rauch und in den Flammen hingen zerfetzte Menschenleiber. »Fünftausend Menschen sind dabei umgekommen. Es war ein großes Unglück«, sagte der Alte seufzend. »Das war das letzte Bild. Nun, hast du die Welt gesehen?«

»Nein«, brummte Prokop wie betäubt.

Der Alte nickte enttäuscht. »Du willst zu viel sehen. Du mußt lange leben.« Er blies die Lampe im Guckkasten aus und zog brummelnd die Plache langsam wieder vor. »Setz dich auf den Bock, wir fahren.« Er nahm den Sack, mit dem das Pferd zugedeckt war, und legte ihn Prokop um die Schultern. »Damit dir nicht kalt ist«, sagte er, setzte sich zu ihm, nahm die Zügel in die Hand und pfiff leise. Das Pferd begann mäßig zu traben. »He! Na, na, Wal-lach!« sang der Alte.

Sie fuhren durch eine Birken- und Ebereschenallee; Bauernhäuser, wie mit einem nebligen Federbett zugedeckt, glitten vorüber: Es war eine schlafende, friedliche Welt. »Alter«, kam es zögernd aus Prokop, »warum habe ich das alles erleben müssen?«

»Was sagst du?«

»Warum ist mir so viel Unheil begegnet?«

Der Alte sann nach. »Das scheint nur so«, meinte er nach einer Weile. »Was dem Menschen begegnet, das kommt aus ihm selbst. Es wickelt sich von dir ab wie von einem Knäuel.«

»Das ist nicht wahr«, widersprach Prokop. »Warum bin ich der Prinzessin begegnet? Alter, Ihr . . . Ihr kennt mich vielleicht. Ich habe doch . . . die andere gesucht. Und doch ist es so gekommen – warum? Antworte mir!«

Der Alte überlegte und bewegte die weichen Lippen. »Das war dein Hochmut«, sagte er langsam. »Manchmal trifft es den Menschen, und er weiß nicht, wie er dazu kommt, aber es war in ihm. Er beginnt um sich zu schlagen – –« Der Alte machte es ihm mit der Peitsche vor, daß der Schimmel erschrak und zu galoppieren begann. »Prrr, was ist denn? Was ist denn?« rief er mit hoher Stimme dem Pferd zu. »Siehst du, genauso ist es, wenn ein junger Mensch über die Stränge schlägt; alles geht mit ihm durch. Es ist nicht nötig, große Dinge zu vollbringen. Bescheide dich und achte auf den Weg; so kommst du auch ans Ziel.«

»Alter«, klagte Prokop, die Augen schmerzlich zukneifend, »habe ich schlecht gehandelt?«

»Ja und nein«, antwortete der Alte überlegend. »Du hast Menschen Unrecht getan. Mit Verstand hättest du's nicht getan; Verstand muß da sein! Der Mensch muß denken, wozu ein Ding taugt. Du kannst mit einer Banknote ein Feuer anzünden oder deine Schuld bezahlen. Das erstere sieht nach mehr aus, aber . . . Genauso ist es mit den Frauen«, schloß er unerwartet.

»Habe ich schlecht gehandelt?«

»Wie, was?«

»War ich schlecht?«

». . . Es war nicht sauber in dir. Der Mensch . . . soll mehr denken als fühlen. Aber du stürztest dich kopfüber in alles.«

»Daran war Krakatit schuld.«

»Was?«

»Die Erfindung, die ich gemacht habe. Daraus –«

»Wenn es nicht in dir wäre, wäre es nicht in deiner Erfindung. Alles vollbringt der Mensch aus sich heraus. Denke einmal nach; denke einmal scharf nach und besinne dich, woraus deine Erfindung besteht, wie man es macht. Überlege es dir gut und dann sage es mir. – Hü, na, na, na, pschsch!«

Der Wagen holperte über eine schlechte Straße. Der weiße Wallach bewegte eifrig die Beine in einem zittrigen, altmodischen Trab. Das Licht tanzte über die Erde, die Bäume, die Meilensteine, und der Alte hüpfte auf dem Bock und summte vor sich hin. Prokop rieb sich angestrengt die Stirn.

»Alter«, flüsterte er.

»Ja?«

»Ich weiß es nicht mehr.«

»Was denn?«

»Ich . . . ich weiß nicht mehr . . . wie . . . man . . . Krakatit herstellt!«

»Siehst du«, sagte der Alte zufrieden, »nun hast du doch etwas gefunden.«

LIII.

Prokop war es, als führen sie durch die stille Landschaft seiner Kindheit. Doch der Nebel war zu dicht, und das kleine Licht am Wagen erreichte mit seinem schwankenden Schein kaum den Straßenrand. Dahinter lag zu beiden Seiten eine unbekannte, eine verschlossene Welt.

»Hohohot«, rief der Alte, und das Pferd trabte von der Straße geradewegs in diese verhüllte, stumme Welt hinein. Die Räder versanken im weichen Gras. Prokop unterschied ein niederes Tal, zu beiden Seiten entlaubte Haine und dazwischen eine liebliche Wiese. »Prr«, rief der Alte und kroch langsam vom Bock. »Steh auf«, sagte er zu Prokop, »wir sind da.« Er lockerte die Seitenriemen. »Weißt du, hier findet uns niemand.«

»Wer sollte uns finden?«

»Die Gendarmen zum Beispiel. Ordnung muß sein . . . aber sie verlangen gleich immer alle möglichen Ausweise . . . und Bewilligungen und fragen des langen und breiten. Ich kenne mich darin nicht aus.« Er spannte das Pferd los und redete ihm gut zu: »Still, Grauer, bekommst dann ein Stück Brot.«

Prokop, der von der Fahrt ganz steif war, stieg vom Bock. »Wo sind wir da?«

»Dort ist die Hütte«, antwortete der Alte unbestimmt. »Du mußt ausschlafen, dann wird dir besser sein.« Er nahm die Laterne von der Deichsel und beleuchtete eine Holzhütte. Es war eine Scheune, jedoch altersschwach, verfallen und windschief. »Ich mache ein Feuer an«, sagte er singend, »und koche Tee. Wenn du dich ausgeschwitzt hast, wird dir besser sin.« Er hüllte Prokop in den Sack und stellte die Laterne vor ihn hin. »Warte, ich bringe Holz. Setz dich hierher.« Er wollte schon gehen, da fiel ihm etwas ein. Er fuhr mit der Hand in die Tasche und blickte Prokop fragend an.

»Was denn, Alter?«

»Wenn . . . wenn du wolltest . . . Ich bin auch ein Planetenmann.« Er zog die Hand heraus und zeigte sie ihm: Zwischen seinen Fingern lugte ein weißes Mäuschen mit rubinroten Äuglein hervor. »Ich weiß«, plapperte er rasch, »du glaubst nicht daran, aber . . . das Mäuschen ist doch hübsch – Willst du?«

»Ja.«

»Das ist gut«, freute sich der Alte. »Sch-sch-sch, Kleine, hopp!« Er öffnete die Hand, und das Mäuslein lief flink an seinem Ärmel zur Schulter hinauf, schnupperte zart an seinem buschigen Ohr und verbarg sich in seinem Kragen.

»Das ist reizend!« rief Prokop.

Der Alte strahlte. »Aber warte nur, was es alles kann!« Und schon trippelte er zum Wagen, kramte darin und kehrte mit einer Schachtel wieder, die voll war von hintereinandergeschichteten kleinen Zettelchen. Er schüttelte die Schachtel und starrte mit großen Augen ins Leere. »Zeig ihm, Mäuschen, zeig ihm seine Liebe!« Er pfiff zwischen den Zähnen wie eine Fledermaus. Das Mäuslein sprang hervor, rutschte den Ärmel hinab und hopste auf die Schachtel. Prokop verfolgte atemlos die rosigen Pfötchen, mit denen es einen Zettel aussuchte. Dann faßte es ihn mit den Zähnchen und wollte ihn herausziehen. Aber irgendwie ging es nicht. Da schüttelte es den Kopf und packte den nächsten Zettel. Es zog ihn heraus, setzte sich auf die Hinterpfoten und knabberte an den kleinen Krallen.

»Das ist deine Liebe«, flüsterte der Alte begeistert. »Nimm sie dir.«

Prokop nahm den Zettel und beugte sich rasch zum Licht. Es war die Fotografie des Mädchens – mit den zerzausten Haaren. Sie hatte eine ihrer schönen Brüste enthüllt. Prokop erkannte sie gleich wieder an den leidenschaftlichen, abgründigen Augen. »Alter, das ist sie nicht!«

»Zeig!« brummte er verwundert und nahm ihm das Bild aus der Hand. »Aha – das ist schade«, bedauerte er. »So ein Fräulein! La-la, Li-li, das ist sie nicht, na, na, na, ks, ks, Klei-ne!« Er steckte das Bild wieder hinein und pfiff leise. Das Mäuslein blickte aus rubinroten Äuglein, packte wieder denselben Zettel mit den Zähnen und zupfte daran; nein, es ging nicht. Da zog es den nächsten heraus und begann sich zu putzen.

Prokop nahm das Bild: Es war Anni, aufgenommen von einem Dorffotografen. Sie weiß nicht recht, was sie mit ihren Händen anfangen soll, trägt das Sonntagskleid und steht da, recht hübsch und dumm – »Das ist sie nicht«, flüsterte Prokop. Der Alte nahm ihm das Bild aus der Hand, streichelte es und brummte dabei etwas vor sich hin. Er blickte Prokop unzufrieden, traurig an und ließ wieder seinen dünnen Pfiff ertönen.

»Sind Sie mir böse?« fragte Prokop schüchtern.

Der Alte antwortete nicht und blickte nur nachdenklich auf das Mäuschen. Wieder versuchte es, den eingeklemmten Zettel herauszuziehen, und wieder ging es nicht. Es schüttelte sich und holte den nächsten hervor. Das war das Bild der Prinzessin. Prokop stöhnte auf und ließ es zu Boden fallen.

Der Alte bückte sich schweigend und hob es auf.

»Ich will es selbst versuchen«, rief Prokop heiser und streckte rasch die Hand nach der Schachtel aus. Der Alte hielt ihn zurück: »Das ist nicht erlaubt!«

»Aber dort . . . dort ist sie«, sagte Prokop fiebernd, »dort ist die Richtige!«

»Ja, ja, alle Menschen sind dort«, sagte der Alte, seine Schachtel streichelnd. »Jetzt bekommst du einen Planeten.« Er pfiff wieder leise, das Mäuslein schlüpfte aus seinem Ärmel hervor, zog einen grünen Zettel heraus und verschwand blitzschnell. Prokop schien es erschreckt zu haben. »Lies!« sagte der Alte und schloß sorgfältig die Schachtel. »Ich bringe inzwischen Brennholz; und gräme dich nicht mehr.« Er streichelte den Schimmel, verstaute die Schachtel auf dem Boden seines Wagens und ging dem Hain zu. Sein heller, derber Rock leuchtete in der Dunkelheit. Der Wallach folgte ihm mit den Augen, warf den Kopf zurück und trottete ihm nach. »Ihaha«, hörte man den Alten singen, »du willst mit mir gehen? A-ha, sieh da! Hotte, hotte – hü!«

Sie verschwanden im Nebel. Prokop entsann sich des grünen Zettels. »Ihr Planet!« las er bei dem blinkenden Flämmchen. »Sie sind ein edelmütiger, gutherziger und in Ihrem Beruf überaus tüchtiger Mensch. Sie werden viele Widerwärtigkeiten zu überstehen haben. Aber wenn Sie sich vor Heftigkeit und Hochmut in acht nehmen, werden Sie Ansehen bei Ihren Mitmenschen erwerben und eine hervorragende Stellung erobern. Sie werden viel verlieren, später aber belohnt werden. Ihre Unglückstage sind der Dienstag und der Freitag. Saturn conj. b. b. Martis. DEO gratias.«

Der Alte tauchte aus der Dunkelheit auf mit einem Armvoll trockener Zweige und hinter ihm her der weiße Pferdekopf. »Nun«, fragte er gespannt und mit einer Art Autorenscheu, »hast du's gelesen? Ist das ein guter Planet?«

»Ja, Alter.«

»Siehst du«, sagte der Greis und seufzte zufrieden auf. »Es wird alles wieder gut werden.« Er legte die Zweige hin und entfachte, freudig vor sich hinmurmelnd, ein kleines Feuer vor der Hütte. Dann ging er zum Wagen, kramte darin herum, holte einen Kessel hervor und trippelte um Wasser. »Gleich, gleich wird es fertig sein«, brummte er eifrig. »Koch, koche, wir haben einen Gast!« Er lief wie eine aufgeregte Hausmutter umher. Schon war er mit Brot da und wickelte, verzückt schnuppernd, ein Stück Bauernspeck aus. »Ach, das Salz, das Salz!« rief er, sich an die Stirn schlagend, und lief wieder zum Wagen. Endlich ließ er sich am Feuer nieder, gab Prokop das größere Teil und kaute selbst bedächtig jeden Bissen. Der Rauch des offenen Feuers, oder was es sonst war, biß Prokop in die Augen, so daß ihm während des Essens die Tränen kamen. Der Alte reichte jeden zweiten Bissen seinem Pferd, das den hellen Stern an der Stirn über ihn neigte. Jetzt erkannte ihn Prokop durch den Schleier der Tränen hindurch: Das war das alte, runzlige Gesicht, das er immer an der Holzdecke seines Laboratoriums gesehen hatte! Wie oft war sein Blick vor dem Einschlafen und am Morgen beim Erwachen darauf gefallen! Später konnte man es kaum mehr unterscheiden, da waren es nur noch Astknorren, Jahre, Feuchtigkeit und Staub –

Der Alte lachte. »Hat es dir geschmeckt?« Er beugte sich über den Kessel. »Es kocht schon!« Mühsam erhob er sich und humpelte zum Wagen. Nach einer Weile kam er mit zwei Schalen wieder. »Halte das!« Prokop nahm die eine Schale: Vergißmeinnicht waren darauf gemalt, die einen Namen in Goldbuchstaben umkränzten: *»Agathe.«* Er las ihn vielleicht zwanzigmal. »Alter«, flüsterte er, »ist . . . das . . . ihr Name?«

Der Alte sah ihn mit traurigen, gütigen Augen an. »Wenn du's wissen willst«, sagte er leise, »– ja.«

»Und – finde ich sie je?«

Der Alte sagte nichts, sondern bewegte nur rasch die Lider.

»Reich mir die Schale«, sagte er mit zittriger Stimme, »ich schenke dir ein.«

Prokop hielt ihm mit unsicherer Hand die Schale hin, und der Alte goß ihm vorsichtig dunklen Tee ein. »Trink«, sagte er weich, »solange er warm ist.«

»Danke«, sagte Prokop leise und trank den bitteren Absud.

Nachdenklich strich sich der Alte über die langen Haare. »Er ist bitter«, sagte er langsam, »zu bitter für dich? Möchtest du nicht ein Stückchen Zucker?«

Prokop schüttelte den Kopf. Im Mund verspürte er die Bitterkeit, aber in der Brust breitete sich wohltuende Wärme aus.

Der Alte schlürfte laut aus seiner Schale. »Sieh dir an«, sagte er, um irgendwas zu reden, »was ich auf meiner Schale habe.« Er hielt sie ihm hin: ein Anker, ein Herz und ein Kreuz waren darauf gemalt. »Das ist Glaube, Liebe und Hoffnung.« Er stand nun mit gefalteten Händen überm Feuer. »Lieber, Lieber«, redete er leise, »du wirst nicht mehr das Höchste vollbringen und dich nicht ausgeben. Vor lauter Kraft hättest du dich in Stücke reißen mögen. Aber du bleibst heil und wirst die Welt weder erlösen noch vernichten. Viel wird in dir verschlossen sein wie Feuer im Ofen; nun gut, das sei geopfert. Du wolltest allzu große Dinge vollbringen, du wirst dich mit kleinen begnügen. Und das ist gut so.«

Prokop kniete vor dem Feuer und wagte nicht, die Augen zu erheben. Der liebe Gott selbst hätte nicht anders zu ihm reden können.

»Und das ist gut so«, flüsterte er.

»Und das ist gut so. Du wirst den Menschen nützliche Dinge bringen. Wer nur an das Höchste denkt, der hat die Menschen aus den Augen verloren. Dafür wirst du ihnen dienen.«

»Und das ist gut so«, wiederholte Prokop kniend.

»Siehst du«, sagte der Alte erfreut und hockte nieder. »Wozu ist eigentlich dein – Wie heißt deine Erfindung?«

Prokop hob den Kopf. »Ich . . . habe es vergessen.«

»Das ist einerlei«, freute sich der Alte. »Du wirst neue Dinge erfinden. Suche nur und prüfe . . . Vielleicht findest du etwas, das antreibt, in Bewegung setzt und den Menschen die Arbeit erleichtert. Verstehst du mich?«

»Ihr meint . . . vielleicht einen neuen Treibstoff?« brummte Prokop.

»Ja, warum nicht«, stimmte der Alte froh zu. »Es soll nur recht nützlich sein. Und soll auch leuchten und wärmen.«

»Ja dann . . .«, überlegte Prokop, »dann müßte man das an einem ganz anderen Ende anpacken.«

»Das ist es: einmal an einem ganz anderen Ende anpacken! Versuch es! Siehst du, gleich gibt es wieder Arbeit. Aber heute laß es schon sein, morgen ist auch ein Tag. Ich mache dir dein Bett.« Er erhob sich und trippelte zum Wagen. »Hotto, hotto-hü, wir gehen schlafen«, summte er. Er kam mit einem dürftigen Kopfkissen zurück. »Komm«, sagte er, nahm die Laterne und ging in die Scheune hinein. »Heu ist genug da«, brummte er, ein Lager bereitend, »für alle drei.«

Prokop setzte sich. »Alter«, rief er erstaunt, »seht nur!«

»Was ist?«

»Hier auf den Brettern!« Auf jedem Brett der Scheune war mit Kreide ein großer Buchstabe hingeschrieben, und Prokop las im blinkenden Laternenschein:

K . . . R . . . A . . . K . . . A . . . T . . . I . . . T . . .

»Das ist nichts, das ist nichts«, besänftigte ihn der Alte, die

Buchstaben rasch mit seiner Mütze auslöschend. »Nun ist es weg. Leg dich jetzt nieder, ich decke dich mit einem Sack zu. Sol.«

Er stellte sich in die Tür: »Hotohü, hotoho«, sang er mit zittrig hoher Stimme. Der Wallach neigte seine schöne Silberstirn zur Tür herein und rieb sein Maul am Rock des Alten. »Na komm schon, komm herein«, sagte der Alte, »und leg dich!«

Der Wallach kam herein, scharrte mit den Hufen an der anderen Wand und legte sich. »Ich schlafe zwischen euch«, sagte der Alte, »der Gaul wird es hier vollatmen, und dann wird dir warm sein.«

Er setzte sich still in die Tür. Hinter ihm glühte noch im Dunkeln das verlöschende Feuer und warf seinen Schein auf die blauen Augen des Pferdes, das ergeben nach ihm Ausschau hielt. Der Alte brummte etwas vor sich hin und wiegte den Kopf.

Das ist ja . . . das ist ja mein verstorbener Vater, fiel es Prokop plötzlich ein; mein Gott, wie er gealtert ist! Dieser dünne, faltige Hals –

»Prokop, schläfst du?« fragte der Alte.

»Nein«, antwortete Prokop, vor Liebe und Zärtlichkeit erschauernd.

Da begann der Alte mit weicher Stimme ein seltsames, leises Lied zu summen: »Lalala hou, dadada pa, binkili bunkili hou ta ta . . .«

Und Prokop verfiel endlich in einen ruhigen, traumlosen Schlaf.

Nachwort

Das Buch »Krakatit«, das im Jahr 1924 zum ersten Mal erschienen ist, geriet mir in den Jahren nach dem 2. Weltkrieg durch Zufall in die Hände: Als Fortsetzungsroman erschien es in der Wiener «Presse«, und zwar unter dem Titel »Die große Versuchung«. Ich wußte damals noch nichts über die Person des Autors, doch der Roman beeindruckte mich so sehr, daß ich mir die Fortsetzungsteile ausschnitt und zu einem Buch binden ließ.

Es ist bemerkenswert genug, daß sich ein Werk, das zweifellos der Weltliteratur zuzurechnen ist, auch als Fortsetzungsroman einer Tageszeitung eignet. Das liegt sicher nicht zuletzt daran, daß es voll von »action« ist, daß aber auch starke emotionale Momente anklingen. Die beachtliche Spannung, die das Buch von der ersten Seite bis zur letzten durchzieht, ist nicht zuletzt darauf zurückzuführen, daß der Roman, so handfest die Dinge sind, um die es darin geht, so doch auch märchenhaft-phantastische Züge aufweist. Darko Suvin, wohl der beste Kenner der utopischen Literatur sozialistischer Länder und ihrer Vorgänger, schreibt: »Čapek hat in *Krakatit* den bewußten und bedeutenden Versuch unternommen, die volkstümliche Paraliteratur – im besonderen die Detektivgeschichte und die epische Abenteuergeschichte von Homer über die Volksmärchen bis zu den Thrillern der Groschenhefte – in einer anspruchsvollen, poetischen SF zu integrieren, die sich mit Kernfragen des modernen Lebens befaßt. Er wollte ›die Liebe und das Heldentum‹ der Sensationsgeschichte der Zeitungen oder des ›Dienstmädchenromans‹ mit einer psychologischen Erzählung, und die Obertöne der Gegenschöpfung, die jeder Geschichte über einen verrückten Wissenschaftler innewohnen, mit einem sympathischen, leidenden und relativ komplexen Helden, dessen Erziehung eine Reihe von erotisch-politischen Versuchungen durchschreitet, verschmelzen.« In der Tat weist die Geschichte manche Eigenschaften einer Science Fiction auf, die sich zwar mit realen Konsequenzen des technisch-wissenschaftlichen Fortschritts befaßt, trotzdem aber reich an phantastischen Situationen und surrealen Bildern ist. Man merkt ihr den Einfluß der Prager Literaturtradition an, die so unterschiedliche Exponenten wie Meyrink und Perutz vereinigt.

Wer ist jener Karel Čapek, der – zwei Jahrzehnte vor dem Abwurf der

Atombombe, drei Jahrzehnte vor der Affäre Oppenheimer – dieses in vielen Aspekten visionäre Buch schrieb?

Karel Čapek wurde am 9. Januar 1880 in Kleinschwadonitz, in der heutigen Tschechoslowakei, geboren. Sein Vater war Landarzt, seine Großeltern waren Bauern, und so wuchs Karel in bürgerlichem Milieu auf, dessen Einengung und Beschränkung ihm später durchaus bewußt wurden. Das gilt einerseits für die konservative Haltung der »kleinen Leute«, andererseits aber auch im Hinblick auf die Abhängigkeit von Österreich, die ihn die Tschechei als »halbkolonialen Staat« empfinden ließ. Trotzdem bleibt ihm die Denkweise der einfachen Bürger vertraut, mehr noch: bleibt Ausgangsbasis seiner Denkweise und Arbeiten. Karel Čapek studierte in Prag, aber auch in Berlin und Paris; er promovierte 1918 zum Doktor der Philosophie. Mehrfach bereiste er Italien, England, Spanien, Holland und Skandinavien – vielleicht die Voraussetzung dafür, daß seine Sicht der Dinge eine überregionale, wenn man will europäische Haltung erkennen läßt. Čapek war Journalist, Redakteur und Schriftsteller, er publizierte Novellen, Essays, Dramen und Theaterstücke. Auch als Übersetzer moderner französischer Poesie ist er hervorgetreten. Einige Zeit führte er gemeinsam mit seinem Bruder Joseph Čapek ein Theater. Dieser, ein Maler und Schriftsteller, war am Start der schriftstellerischen Laufbahn von Karel beteiligt – einige der früheren Theaterstükke schrieben sie gemeinsam. Von Joseph stammt auch der Begriff »Roboter«, den man heute allgemein Karel Čapek zuschreibt, offensichtlich wegen seines Stücks »R. U. R. – Rossum's Universal Robots«. Der heute allgemein gebräuchliche »Roboter« leitet sich vom slawischen Wortstamm »Robot . . .« ab, der sich auf Schwerarbeit bezieht. Joseph schrieb auch ein eigenes symbolistisches Theaterstück – »Das Land der vielen Namen«, 1923 –, das Science Fiction-Züge aufweist. Er kam 1945 auf dem Rücktransport vom Konzentrationslager Bergen- Belsen um. Auch das Todesjahr von Karel ist nicht ohne Zeitbezug: 1938; er starb, wie sein Biograph Darko Suvin meint, »an gebrochenem Herzen«. Zuerst wurden seine Werke von den Nationalsozialisten verboten, und auch in der Tschechoslowakei wurde er zunächst ignoriert, gilt jedoch inzwischen als anerkannt.

Er hat ein umfangreiches Werk hinterlassen, insgesamt rund 50 Bücher, in denen immer wieder Probleme der aufkommenden Großindustrie behandelt werden; in vielen seiner fiktiven Darstellungen sind die Menschen von Erscheinungen bedroht, die aus dem Gegensatz zwischen Kapital und Arbeiterklasse erwachsen. Dabei zeigt sich Čapek in der Darstellung der Bedrohung recht phantasievoll – sie nimmt, etwa in seinem Buch »Der Krieg mit den Molchen«, die Form amphibienhafter fremdartiger Wesen an oder auch, in »R. U. R.«, die Gestalt von Robotern, die sich zunächst als unmenschliche, gefühllose Objekte erweisen, sich später allerdings in überraschender Weise der menschlichen Existenzform nähern und dann die Stelle der Arbeiterklasse einnehmen. Solche Ausführungen geben Čapek Gelegenheit, sein satirisches Talent anzuwenden, wenn er beispielsweise erwähnt, daß die Deutschen Edelmolche mit nordischem Langschädel allen anderen gegenüber bevorzugen.

Der Vergleich des Menschen, insbesondere des unterdrückten Arbeiters mit tierhaften Existenzformen, ist ein Kunstgriff, den Čapek mehrfach verwendet. Aus dem Jahr 1921 stammt das mit seinem Bruder gemeinsam geschriebene Stück »Aus dem Leben der Insekten«, das die Rückwirkungen einer ausrufenden Industrialisierung auf den Menschen zum Thema hat. Obwohl sich Čapek mit seinem schriftstellerischen Werk auf die Seite der unterdrückten Masse stellt und dabei alle Mittel seines satirischen und witzigen Talents anwendet, sieht er die Lösung der sozialen Probleme doch nicht in gewaltsamen Aktionen, sondern hofft auf Einsicht und Verständnis, die dazu beitragen können, die Klassengegensätze zu überbrücken. Sein ebenfalls gemeinsam mit Joseph verfaßtes, aus dem Jahr 1927 stammendes Theaterstück »Adam der Schöpfer« kann als Ablehnung revolutionärer Tendenzen gesehen werden.

Mit einem oft behandelten utopischen Thema beschäftigte sich Karel Čapek 1922 in dem Drama »Die Sache Makropulos«, das später von Leoš Janáček als Vorbild für eine Oper verwendet wurde. Dabei geht es um die Unsterblichkeit, Auseinandersetzungen über ein Lebenselexier sind die Basis der Handlung. Dabei vertritt Čapek die Meinung, daß die von vielen als Segen erhoffte Unsterblichkeit alles andere als wünschenswert wäre. Im letzten von Čapek geschriebenen Bühnenstück, »Die Weiße Krankheit«, 1937, setzt er sich mit der Erscheinung des aufkommenden Faschismus auseinander, jetzt sieht auch er die Notwendigkeit des aktiven Widerstands und drückt das deutlich genug aus. Was sich da in Deutschland zusammenbraute, mußte auf einen Dichter deprimierend wirken, der noch 1933 schrieb: »Die Funktion der Literatur ist die ständige Entdeckung des Menschen, ist ein

Richten über ihn, seine Verteidigung und Lobpreisung; das einzige, was die Literatur zu tun hat, ist, den Menschen auf tausenderlei Wegen zu erkennen. Keiner darf verboten werden, sofern er zum Menschen führt.«

In seinem Roman »Das Absolutum oder die Gottesfabrik«, 1922, legt Čapek einen Roman vor, in dem eine gefährliche Erfindung im Mittelpunkt steht. Das »Absolutum«, das eine Art Gottesrolle spielt, fällt als Nebenprodukt der Energieerzeugung ab – für den Autor Anlaß, die Konfrontation verschiedenster Institutionen, von der Industrie bis zur Kirche, mit der neuen Macht mit zynischer Schärfe zu schildern. Konsequenz ist ein grausamer Krieg, in dem ein Großteil der Menschen getötet wird – ein Bild, das die Verwandtschaft zu H.G. Wells unterstreicht. Darko Suvin sieht Karel Čapek sogar als Verbindungsglied zwischen Wells und moderner, gesellschaftlich engagierter Science Fiction, und das nicht nur wegen der von beiden behandelten soziologischen Thematik, sondern auch wegen des gezielten Einsatzes von Ingredienzien der Unterhaltungsliteratur.

Auch in »Krakatit« tritt eine Gestalt auf, die sich in technisch-phantastischen Schauerromanen immer wieder findet, der mad scientist«. Man würde Čapek allerdings Unrecht tun, würde man seinen negativen Helden auf eine Ebene mit Dr. Jekyll/Mr. Hyde oder Frankenstein stellen. Prokop, von nahezu krankhaftem Erkenntnisdrang getrieben, agiert und reagiert ganz anders als seine in hartem Schwarzweiß gezeichneten Vorbilder. Auch er ist ein Besessener seiner Wissenschaft, seiner Entdeckung. Was er gefunden hat, ist ein Sprengstoff, »Krakatit«, benannt nach dem Vulkan Krakatau, ein Explosivstoff bisher ungeahnter Zerstörungskraft. Wenn auch die Andeutungen, mit denen der Mechanismus der Sprengwirkung beschrieben wird, den heutigen Anschauungen nicht standhalten, so wird doch ganz eindeutig auf »Atomzertrümmerung« hingewiesen. Prokop ist ein Fanatiker der Sprengstoffchemie, unter seinen Händen gewinnt jedes harmlose Pülverchen Brisanz – ein starkes surrealistisches Bild! »Ich bin ein Küchengeist«, sagt Prokop. »Halten Sie mir irgendeinen Stoff unter die Nase, und ich schnuppere förmlich, was sich daraus machen läßt.« Dabei geht es ihm nicht um die Wirkung, sondern um die Erkenntnis. Schon am Anfang des Romans begründet er seine verhängnisvolle Leidenschaft, seinen Trieb, jede Art von Materie zum Zerfall zu bringen, zu zertrümmern: »Weil es . . . wissenschaftlich interessant ist«, antwortet Prokop auf die Frage des mächtigen Industriellen. »Einen Augenblick, ich weiß nicht, wie ich es Ihnen ... Es ist – ko-los-sal interessant ... Ich glaube, mein Kopf zerspringt; auch das wird ... wissenschaftlich ... unerhört interessant sein, meinen Sie nicht?« Prokop ist also bereit, seine Suche selbst um den Preis der Selbstvernichtung weiterzuführen, und so verbeißt er sich manisch in seine Aufgabe – geradezu willenlos reagierend –, sobald man ihm die Voraussetzungen dafür bietet, die Mittel zur Verfügung stellt, ein Laboratorium einrichtet. Zum Unterschied zu den wahnsinnigen Wissenschaftlern aus den Schauergeschichten ist er aber nicht bereit, jeden Preis zu zahlen. Um menschlicher Beziehungen willen würden er seine Arbeit aufgeben, gerade deshalb aber wird er auch erpreßbar: läßt sich zur Fortführung der Arbeiten zwingen, weil er die Frau, die er liebt, nicht im Stich lassen will. Je mehr er aber in die Intrigen machtbesessener Gruppen einbezogen wird, um so deutlicher begreift er die Konsequenzen auf Menschheit und Umwelt, und seine Abwehr wird immer entschiedener – und tragischer. Der friedvolle Schluß des Geschehens kommt fast unerwartet – Prokop hat die Synthesemethode seines Sprengstoffs vergessen, und der letzte, der Krakatit erzeugen will, kommt in einer ungeheuren Explosion um. Prokop selbst aber begegnet einem alten Mann, der hellseherische, vielleicht sogar gottesähnliche Züge aufweist und ihn mit einem Kinderlied zur Ruhe bringt.

Wenn die Anlehnung an das Märchen auch nirgends anders so deutlich wird, so zieht sich etwas Traumhaft-Märchenhaftes doch durch das ganze Buch. Prokop selbst befindet sich von Anfang an im Zustand eines Menschen, der von Schauplatz zu Schauplatz gehetzt wird, bis zur Erschöpfung weitergepeitscht, bis er in Schlaf oder Ohnmacht versinkt; das ganze Buch könnte einen Alptraum wiedergeben, der von kurzen Erholungspausen durchsetzt ist, danach aber, manchmal mit überraschenden Wendungen, zu neuen seltsamen oder auch wunderbaren Ereignissen führt. Und wie im Traum erscheinen viele Handlungen, wenngleich nicht logisch, so doch unausweichlich vorgegeben – eine irrationale Reaktion auf nicht weiter erklärbare Eingriffe von außen. In der Tat wechseln die schreckhaften Erlebnisse des Protagonisten immer wieder mit angenehm friedlichen Phasen, die meisten davon in Verbindung mit anziehenden Frauengestalten, zu denen er ein eher zurückhaltend reserviertes Verhältnis hat. Einer märchenhaften Handlung entsprechend tritt sogar eine Prinzessin auf, die er für sich gewinnen kann – und doch sind auch hier die Relationen komplizierter, vielschichtiger: Diese Prinzessin, die nicht nur sympathische Züge trägt, hat natürlich auch eine Rolle in dem Spiel, bei dem es um den Machtfaktor »Krakatit« geht, einer der vielen Tricks, den einzigen Mann, der den Sprengstoff produzieren kann, für die eigenen Pläne zu gewinnen.

Wenn man heute Čapeks »Krakatit«, sechzig Jahre nach der Erstpublikation des Buches, auch nicht mehr lesen kann, ohne an die Atombombe zu denken, so zeigt sich doch auch an diesem Beispiel, daß Utopien oder Science Fiction – wie man es nun nennen will – keineswegs Voraussagen im üblichen Sinn des Wortes sind. Gewiß liegt es in der vorausschauenden Phantasie des Autors begründet, wenn er mögliche künftige Entwicklungen in das von ihm geschilderte Geschehen mit einbezieht, aber so, wie er es wiedergibt, verzichtet er von vornherein auf den Anspruch, die Zukunft vorwegnehmen zu wollen. Meiner Meinung nach ist es gerade der Charakter als Fabel, der dieses Buch so eindrucksvoll macht – durch die Abhebung von der möglichen Realität wird es erst zur Dichtung. Das tut seinem Wert als Ausdruck einer tiefen Besorgnis gegenüber Entwicklungen, die sich im Interaktionsfeld zwischen Mensch und Technik abspielen, keinen Abbruch, vermindert nicht die Anerkennung des Verantwortungsbewußtseins eines Schriftstellers, der die Spannungen beim Übergang bäuerlicher und bürgerlicher Lebensformen in die moderne Industriegesellschaft erkennt. Neben alledem bleibt aber auch noch die Bewunderung der künstlerischen Phantasie, die uralte Sehnsüchte und Ängste der Menschen mit einer Fabel zu verbinden weiß, in der sich schicksalhafte Wahrheit offenbart.

Herbert W. Franke

Literatur

Darko Suvin: Poetik der Science Fiction. Phantastische Bibliothek, Suhrkamp, Frankfurt/Main 1977.

Hans Joachim Alpers, Werner Fuchs, Ronald M. Hahn: Reclams Science Fiction-Führer. Philipp Reclam jun., Stuttgart 1982.

Curtis C. Smith: Twentieth Century Science Fiction Writers. St. Martin's Press, New York 1981.